*Chronique*
*des pauvres amants*

Vasco Pratolini

# Chronique
# des pauvres amants

Traduit de l'italien
par Gennie Luccioni

Préface d'Armand Pierhal

*Albin Michel*

Collection « Bibliothèque Albin Michel »

*Les personnages et les épisodes de ce roman sont de pure fantaisie.
Ils ne doivent avoir aucun rapport avec des personnages
ou des sociétés existantes, commerciales ou autres.*

*Édition originale :*
CRONACHE DI POVERI AMANTI

*Traduction française :*
© Éditions Albin Michel 1956-1984
22, rue Huyghens, 75014 Paris

ISBN 2-226-02785-8
ISSN 0298-2447

Vasco Pratolini est né le 19 octobre 1913 à Florence, de parents ouvriers. Il commence très tôt à exercer toutes sortes de métiers : apprenti typographe, liftier, garçon de café... De 1944 à 1945, il est à Rome, rédacteur en chef d'un hebdomadaire, puis il demeure pendant sept ans à Naples où il enseigne l'histoire de l'art. De retour à Rome, ses livres et les films tirés de ses livres lui donnent enfin une renommée internationale. Parmi ses nombreux romans, il faut citer : *Le Quartier* (1944), *Chronique familiale* (1947), *Chronique des pauvres amants* (1947), *Un héros de notre temps* (1949), et le grand triptyque formé par *Métello* (1955), *Le Gâchis* (1960) et *La Constance de la raison* (1963), vaste fresque à la fois historique et sentimentale de la société italienne au XXᵉ siècle.

# INTRODUCTION

Un roman publié dans le texte original il y a seulement deux ans, et dont des traductions ont déjà paru aux Etats-Unis, en Angleterre, en Allemagne, en Suède, au Danemark, vont paraître en Argentine, en Tchécoslovaquie (en langue tchèque et en langue slovaque), en Pologne, en Russie, en Norvège, en Hollande, en Espagne — et voici la traduction française : nous pouvons être assurés à l'avance qu'un tel ouvrage présentera quelque intérêt, pour que tant de gens en soient convenus, sur des points du globe aussi disséminés et divers.

Il y a toutes chances que le lecteur français corrobore la bonne opinion que se sont gagnées, à l'étranger, les Cronache di Poveri Amanti de Vasco Pratolini. Il ne se laissera pas arrêter par l'impression de dépaysement qu'il pourra ressentir aux premières pages. Elle entrait, je crois, dans le plan de l'auteur, et d'ailleurs elle est inévitable. Etes-vous introduit dans une salle où se trouvent réunies une soixantaine de personnes — c'est à peu près le nombre des personnages du roman, exactement : cinquante-sept — il ne vous est pas possible de lier tout de suite connaissance avec toutes. Mais, avec un peu de patience, vous ne tarderez pas à distinguer et à mettre un nom sur chaque visage.

A la vérité, ce sont quatre romans que nous offrent ces Cronache, où s'entrelacent quatre destins d'amoureuses. Le lecteur soucieux de méthode pourra relever leurs noms vers la fin du chapitre premier : Aurora Cecchi, fille d'un balayeur; Milena Bellini, fille d'un petit fonctionnaire judiciaire; Bianca

*Quagliotti, fille d'un confiseur ambulant; Clara Lucatelli, fille d'un terrassier. Humbles, pauvres amantes comme on voit. Et leurs amoureux ne sont guère situés plus haut sur l'échelle sociale. Le plus fortuné tiendra une épicerie achalandée, qui sera d'ailleurs à l'origine de son malheur ; un autre est apprenti typographe; un troisième, employé de chemin de fer. Les filles sont à cet âge où l'amour est la grande, la seule affaire de la vie. La plus jeune a 17 ans, l'aînée a vu fleurir à peine plus de vingt printemps, lorsque commence l'histoire, par une étouffante soirée de juin 1925.*

Car les événements privés que cette chronique relate s'insèrent dans un laps déterminé de la durée historique : les années 1925 et 1926. C'est l'époque où le régime fasciste, établi depuis bientôt trois ans, s'occupe activement de consolider son pouvoir; où il matraque encore les récalcitrants, mais déjà de moins bon cœur, désavouant ostensiblement la violence. Il ne rencontre d'adversaire sérieux sur sa route que le parti communiste, réfugié dans la clandestinité. Mais on se méprendrait en voyant dans les Cronache un roman politique. C'est l'incidence des événements politiques sur la vie de ses personnages qui intéresse le romancier. Son tableau n'eût pas été complet s'il en avait omis la politique, alors qu'elle intervient d'une manière si directe dans la vie des gens.

Il n'est pas douteux que l'auteur témoigne à son héros communiste une affection particulière; c'est qu'il incarnait alors la lutte la plus active et courageuse pour la liberté de l'homme. L'apostrophant quelque part, il s'écrie : « Tu n'as peut-être jamais lu une ligne du Capital ; rien qu'à le voir, ce livre, on s'endort. Est-ce à cause de la théorie de la plus-value, ou parce que ton cœur est blessé, que tu es devenu communiste ? » D'autre part, il ne noircit pas inutilement ses personnages fascistes, il ne les charge pas jusqu'à la caricature, ils restent humains et d'une parfaite « véridicité ». Encore une fois, Pratolini est avant tout un romancier.

Enfin ce livre est la chronique vivante d'une rue de Florence, la via del Corno, une de ces ruelles, pas plus large qu'un boyau, qui cernent de leur lacis le Palais Vieux. Rue populaire, mais où le peuple, aussi, se sent entièrement chez lui, où il mène sous le ciel la même vie citadine et quotidienne qu'autrefois, ses ancêtres, au forum. C'est une petite cité dans la grande que la via del Corno, dont les habitants ont pris le nom : les Cornacchiai (prononcez : cornaquiaï), qui n'ignorent rien les uns des autres, qui se fréquentent, aiment, souffrent, se distraient ensemble. Et il n'est pas interdit de reconnaître, parmi les gamins jouant dans le ruisseau, aussi ardent à s'amuser mais plus réfléchi que ses petits camarades, celui qui devait devenir leur chroniqueur.

Oui, Vasco Pratolini est un enfant de Florence. Il y est né le 19 octobre 1913, de parents ouvriers. A neuf ans, déjà, pour rapporter à la maison quelques sous, il travaille après ses classes. Plus tard il fera la plupart des métiers qu'il attribue à ses personnages, et d'autres encore : apprenti typographe comme Mario, l'amoureux de Bianca Quagliotti, garçon d'ascenseur, représentant de commerce, garçon de café, employé, brocheur de journaux, vendeur de boissons glacées sur la place Madonna, à Florence. Il n'en publie pas moins, en 1941, son premier livre : Le Tapis Vert, suivi, l'année d'après, de Via' de' Magazzini et, en 1943, des Amies. En 1945 paraît Le Quartier, qui va être traduit en français. L'année 1947 voit paraître, coup sur coup, trois ouvrages : la Cronaca Familiare, publiée en français, en 1948, sous le titre : Destinée, les Chroniques des Pauvres Amants et Mestiere da Vagabondo. En 1949, Pratolini a publié un autre roman très remarqué : Un Héros de notre Temps, qui est également en cours de traduction française. Avec près d'une dizaine d'ouvrages, dont quatre parus ou à paraître dans notre langue, le romancier de trente-six ans nous arrive porteur d'un bagage déjà lourd.

Roman d'amour, histoire d'une époque, chronique d'une rue : ce triple aspect fait des Cronache di Poveri Amanti un ouvrage considérable. A l'ampleur du plan on mesurera l'ambition de l'écrivain. Je ne crois pas qu'il soit possible, en tout cas, de nier le caractère profondément humain de l'œuvre. D'où, aussi, sa valeur universelle, qui nous fait mieux comprendre que des hommes de toutes nationalités et croyances politiques aient pu se reconnaître en elle et l'aimer. Nous avons exactement dénombré la petite foule de personnages qui se presse dans ces pages. C'est dire que le livre est de ceux-là que l'on aimera relire. Alors l'impression de dépaysement de la première lecture s'efface, quantité d'implications que nous n'avions pu d'abord saisir apparaissent. Nous voyons les destins s'enlacer, se nouer les intrigues, grossir les drames. Il y a ici la vie, et rien que la vie. On s'aime, on ne s'aime plus, on en aime un autre ou une autre. La vie est comme ça. Pas de considérations morales, ni même, à vrai dire, d'indignation. En revanche, une grande pitié pour tous les personnages, même les plus déchus, faite d'intime compréhension et d'amour, et qui est la marque du vrai romancier. (J'ai toujours pensé, à voir un grand écrivain tel que Barrès s'acharner, dans les Déracinés, contre certains de ses personnages, créatures de son esprit pourtant, qu'il témoignait par là qu'il n'était pas un romancier né.)

Pratolini s'affirme également un romancier de race par ce sens de la fatalité des événements que l'on retrouve chez tous les grands manipulateurs de mythes, à commencer par les tragiques anciens. A cet égard, le récit de « la nuit de l'Apocalypse », qui marque sans doute le climax, — pour employer le terme usité par les Anglais — le sommet de l'œuvre [1], est tout à fait frappant. Le ton s'élève à l'épopée, tandis que la main des Parques pèse sur nous d'un poids sans cesse plus angoissant, avec ce caractère inéluctable que prend, considéré après coup, l'enchaînement des péripéties dans tout drame.

L'art de Pratolini ne vous séduira point par les blandices d'un esthétisme de serre. C'est une plante vigoureuse, venue en pleine terre, d'un sain réalisme. Mais non pas sans parfum, non pas sans suavité. Outre cette pitié que nous avons relevée chez le romancier pour les humbles, la chair de sa chair, les situations les plus triviales sont mystérieusement transfigurées par une aura romanesque ou héroïque qui est, je

1. Chap. XIV.

*le répète, d'un poète épique. Par moment, le récit rejoint la
féerie shaskespearienne, comme lorsque les couples amoureux
se promènent dans la ville nocturne et que le metteur en scène
éclaire, sans transition, tantôt l'un, tantôt l'autre. Mais c'est
d'abord par son accent de sincérité, la richesse et l'authenti-
cité de son apport humain que nous retient cette œuvre exceptionnelle.*

ARMAND PIERHAL.

*PREMIÈRE PARTIE*


# CHAPITRE PREMIER

Le coq du charbonnier Nesi a chanté ; la lanterne de l'Hôtel Cervia s'est éteinte. Le passage de la voiture qui ramène
les wattmen de leur voyage de nuit, a fait sursauter le coiffeur Oreste qui dort dans sa boutique « Via dei Leoni » à
cinquante mètres de la « Via del Corno ». Demain, jour de
marché, son premier client sera le régisseur de Calenzano qui
tous les vendredis matin se présente avec la barbe d'une
semaine. Sur la Tour d'Arnolfo, le lion [1] tourné vers l'Orient
garantit le beau temps. Dans la ruelle derrière le Palazzio
Vecchio, les chats défont les tas d'ordures. Les maisons sont
si rapprochées que la lumière de la lune effleure à peine les
fenêtres des derniers étages. Mais le coq de Nesi qui est sur
une terrasse l'a vue et il a chanté.

Eteinte la lanterne électrique de l'Hôtel, il ne reste qu'une
seule fenêtre allumée « via del Corno », celle de la chambre
de Madame, qui passe la nuit en compagnie des plaies de
sa gorge. Le cheval de Corrado, le maréchal-ferrant, piaffe
de temps en temps : sa mangeoire est aménagée dans le fond
de la forge. On est en mai et dans l'air nocturne, sans un

1. *Note de la traductrice :* le lion rampant des armoiries de Florence.

souffle de vent, affleurent les mauvaises odeurs. Devant la forge est accumulé le crottin des chevaux ferrés pendant la journée. La pissotière à l'angle de la Via del Leone est comble et déborde depuis des mois. Les tas et les débris d'ordures ont été disséminés devant les portes, comme d'habitude.

Les policiers ont le pas pesant et la voix assurée. Ils pénètrent Via del Corno avec la familiarité et la désinvolture du boxeur entre les cordes. C'est la ronde des prévenus :

— Nanni, tu es là ?

— Bonne nuit, brigadier.

— Mets-toi à la fenêtre, Nanni.

D'un premier étage se penche un homme de quarante ans au visage de fouine. Il a une chemise blanche sans col, mais fermée par un bouton ; les manches sont retroussées ; à la bouche un mégot.

— Maintenant retourne à ton lit et rêve de choses honnêtes, dit une voix venant de la rue.

— A vos ordres, brigadier.

Un peu plus loin, d'une petite fenêtre au-dessus de la forge un autre prévenu salue la ronde.

— Bonsoir, brigadier.

— Couche-toi ; bonne nuit.

— Brigadier !

— Qu'est-ce qu'il y a ?

— Ne me faites pas d'ennui ; il ne me reste que dix-huit jours pour finir mon temps de surveillance.

— A ta place j'en serais moins sûr. Qu'est-ce que c'est que cette histoire via Bolognese ?

— Rien, je vous jure ; je l'ai lue dans le journal. D'ailleurs vous le savez, la via Bolognese, ça n'est pas mon coin.

— Maintenant, dors. On en reparlera demain.

La ronde remonte le Borgo de' Greci. La façade de Santa Croce est humide de lune. Mais il n'y a rien là qui intéresse la police.

La via del Corno appartient enfin tout entière aux chats qui font bombance sur un tas d'ordures plus gros que les autres : chez les Bellini au second étage du numéro 3, on a

fait un repas de noces. Milena s'est mariée avec le fils du
charcutier de la via dei Neri. Milena a 17 ans ; elle est
blonde avec des yeux clairs de colombe. La via del Corno
a perdu le second de ses anges gardiens. Après le voyage de
noces, Milena ira habiter un joli petit appartement dans le
quartier des « Cure ».

Les réveille-matin sont faits pour sonner. Il y en a cinq Via
del Corno qui sonnent en l'espace d'une heure. Le plus ma-
tinal est celui d'Osvaldo. C'est le réveille-matin d'un représentant de commerce qui bat la province. C'est un petit réveil
de précision ; il a un timbre de jeune fille et précède d'un
quart d'heure le fracas du réveil de la maison Cecchi qui a
le son d'une cloche de tramway ; mais c'est ce qu'il faut
pour tirer un balayeur de son sommeil de marmotte.

Le réveille-matin de Ugo est de la même espèce hurlante, mais un peu plus essoufflé et moins décidé ; le contraire
de son propriétaire qui tourne toute la journée avec sa charrette de fruits et légumes et prend une voix de baryton pour
offrir sa marchandise. Ugo occupe une pièce en sous-location
au 3e étage du n° 2 et c'est pour cela que le réveil des Carresi ne se fait jamais entendre. Maria s'éveille presque toujours « quand explose l'engin de son locataire » ; elle allonge
alors le bras pour mettre sur le *silence* son propre réveil. Ainsi
Beppino qui dort à son côté ne se réveillera pas. Il lui inter-
dirait de quitter le lit avant que Ugo ne soit sorti.

Ugo reste une demi-heure au cabinet à fumer sa cigarette,
puis il s'attarde longuement dans sa chambre et Maria voudrait bien savoir pourquoi. D'habitude elle le trouve à la
cuisine, quand il se lave. Il n'a sur lui que ses caleçons courts
comme des culottes de femmes. Son torse est large, sa taille
mince, ses deux jambes musclées. Ça lui plait de le regarder,
comme de regarder la robe exposée dans une vitrine même
si elle ne peut pas l'acheter. Ensuite elle pourra affronter la
journée avec bonne humeur.

Maria allume le feu pour faire chauffer l'eau et le café au
lait. Ugo met la tête sous le robinet et mugit de satisfaction.
Beppino veut l'eau chaude dans la cuvette. En ce moment il

dort couché sur le dos, avec la bouche entr'ouverte. Chaque fois qu'elle se dresse et le voit, elle a l'impression de voir un mort.

— Dépêchez-vous, dit Maria, il faut que je me lave aussi.

Ugo a pris l'essuie-main par ses deux bouts ; il se frotte les épaules et les reins.

— Faites donc, répond-il, ça ne me fait pas peur.

Elle le pousse dehors en appuyant sa main sur la chair nue.

L'aiguille des minutes a mis en branle le mécanisme du cinquième réveil. Le terrassier Antonio se secoue et bredouille une malédiction. C'est la première voix qui rompt le silence. L'aube atteint la rue où même les chats ont trouvé le repos. Le coq a jeté à bas de son lit son patron le charbonnier. La mère de Milena est sur pied ; les mains sur le ventre, elle soupire devant le lit vide de la mariée. Dans chaque maison de la ruelle, quelqu'un déjà a ouvert les yeux. Seule Madame s'est à peine assoupie. Nanni rêve peut-être à d'honnêtes choses et Corrado ouvre la forge. Le cheval le salue avec un hennissement auquel fait écho le gémissement du nouveau-né qui dort dans la petite pièce au-dessus, entre ses deux parents qui l'empêchent de respirer. La mère essaie de le calmer en lui donnant le sein. Le père n'a pas fermé l'œil depuis que le brigadier a parlé du vol de la via Bolognese et le régisseur de Calenzano est dans la rue depuis longtemps avec sa charrette. Il pense qu'avant tout, il lui faut confier son cheval étourneau à Corrado ; puis il ira se faire enlever par Oreste sa barbe d'une semaine. Avec la figure fraîche et le cheval ferré de neuf, on réussit mieux ses affaires. C'est une antique superstition qu'on respecte encore.

Corrado a donné à son cheval sa pâtée de son. Il tire sur le soufflet et le feu crépite dans le fond de la forge, vaste et haute comme le vestibule d'un palais. Corrado est un homme de 30 ans, haut de près de deux mètres, solide comme Maciste et Maciste est son surnom[1]. Il a fait la guerre comme grenadier. Quand il fut en âge d'être conscrit, le capitaine

---

1. *Note de la tr.* : Maciste est le surnom de Bartollomeo Pagano, artiste de cinéma, devenu une sorte de héros national, du type Hercule-bon enfant.

voulut l'enrôler dans les grenadiers du roi, mais il eut vent
de ses idées politiques et il y renonça. Dans les années 19
et 20, Maciste fut « Hardi du Peuple ». Un matin de mars
1922 quatre fascistes se présentèrent à la forge ; Carlino qui
habite au n° 1 de la Via del Corno marchait devant. Ils parlèrent de régler les comptes ; d'autres fascistes avaient bloqué
la rue à ses deux bouts. C'était un guet-apens ; mais Corrado
trouva qu'ils étaient bien audacieux de venir le provoquer
dans son antre. Il s'adossa au mur de sa forge, à l'endroit où
les fers des chevaux sont suspendus à des clous. Il dit :

— Si vous jetez les pistolets, je règle volontiers les comptes ; je vous prends tous les quatre ensemble.

Carlino dit :

— Quand tu auras bu l'huile, on pourra discuter.

Corrado lui répondit en lui jetant le premier fer à la tête.
Il y eut comme un tremblement de terre dans la forge ; les
gens s'étaient mis aux fenêtres ; même Madame s'était levée
de son lit et le patron de l'hôtel Cervia, pour être sûr « de
n'avoir rien vu » s'était enfermé au verrou. Les fascistes ne
tirèrent pas — peut-être parce que la mère de Carlino frappait à la porte, conjurant son fils de rentrer à la maison.
L'agression ne s'est pas répétée.

Maciste est l'ami de tout le monde à l'intérieur du quadri-
latère formé par la piazza Signoria, la piazza Montana, San
Simone et Santa Croce. Les charretiers de Pontassieve et
de la Rufina, les fermiers de l'Impruneta et de Calenzano
savent qu'à Florence il n'y a pas de maréchal-ferrant qui le
vaille. Mais ses vrais amis, il les a Via del Corno où il
habite et où il travaille. Ugo fut Hardi du Peuple avec lui ;
maintenant il entrepose tous les soirs son charreton dans la
forge.

Maciste est l'ami même de Giulio. Quand Giulio chôme
— et ça lui arrive souvent, — Maciste lui fait faire quelques
courses. Il l'envoie acheter des clous et payer ses factures ;
il sait qu'il peut se fier à lui. Il est 7 heures à peine et Giulio
est déjà dans la rue ; il cherche à se rendre utile ; il rem-
place au soufflet le garçon qui n'est pas encore arrivé.

— Tu es tombé du lit ce matin ? lui dit Maciste.

Il prend une cigarette, lui en offre une ; ils l'allument à un tison de la forge. Giulio est d'une humeur noire ; il tire sur le soufflet à toute volée. Maciste range les outils. Finalement Giulio ouvre la bouche ; il prend un air léger mais sa voix est émue et le trahit.

— Corrado, il faut que tu me rendes un service.

— Je te dis tout de suite non.

Le ton est ferme ; d'autant plus ferme que Maciste craint davantage de se laisser attendrir ; il ajoute :

— Je te promets que s'ils te mettent à l'ombre, j'aiderai encore une fois ta famille. D'ailleurs, je m'étonne que tu aies pensé à moi...

— Je ne t'ai pas encore dit de quoi il s'agit.

— J'étais éveillé cette nuit quand le brigadier est passé.

Le cheval étourneau s'est arrêté devant la forge en se cabrant et avec un ultime tintement de grelots. Maciste dit à Giulio :

— Mets-toi au pas, mauvais garnement. Maintenant j'ai à travailler, au revoir.

A cette heure Ugo est déjà avec son charreton dans les quartiers de la périphérie ; ce matin il vend un chargement de courges et de pommes de terre. Les femmes lui achètent volontiers. C'est ce que pense Maria pendant qu'elle met de la sciure et passe la brosse dans les bureaux où elle est femme de ménage. Elle sourit toute seule. Elle pense combien elle aurait été heureuse si elle l'avait connu plus tôt et s'ils s'étaient mariés. Ce matin Beppino s'est réveillé plus nerveux que de coutume ; il a repoussé le portrait qui est sur la table de nuit. C'est le portrait de leur petit enfant mort à trois mois ; le verre s'est brisé, comme si une pierre l'avait atteint. Aujourd'hui Beppino, second cuisinier dans un restaurant, a son jour de liberté. Maria se dépêche de nettoyer ; elle veut être de retour avant qu'il soit levé. Il faut encore qu'elle lui repasse sa chemise, la bleue, pour laquelle il a une passion. Quand elle arrivera, s'il est encore au lit et s'il n'a pas mal à l'estomac, il se peut qu'il lui dise de se coucher. Faire l'amour le matin, avec le soleil qui tape sur le lit, ça lui plaît, comme cette fois-là au milieu du pré.

La via del Corno a cinquante mètres de long et cinq de large. Elle n'a pas de trottoirs; elle débouche à ses deux extrémités Via dei Leoni et del Perlascio; elle est comme bloquée entre deux toiles de fond : une île, une oasis, soustraites à tout trafic, à toute curiosité. Il faut y habiter ou bien avoir là des intérêts particuliers, pour s'y trouver. Pourtant elle n'est qu'à quelques mètres du Palazzio Vecchio qui l'écrase de sa masse. Le sol est pavé et légèrement concave : les eaux s'écoulent par des trous d'égout, en plein milieu de la rue. Les jours de pluie, un petit torrent divise la rue en deux. Le beau temps revenu, les enfants y viennent jouer aux courses nautiques avec des bouchons, des épluchures et des barques en papier d'écolier. Il y a deux ans environ, en novembre 1923, après une série d'orages, les orifices se trouvèrent bouchés; la via del Corno resta plusieurs jours inondée. L'eau envahit les boutiques et les caves. Dans le dépôt souterrain où Nesi tient sa marchandise, le charbon resta sous l'eau toute une semaine. D'abord on pensa que ce serait une grosse perte pour lui; puis les choses tournèrent à son avantage; les femmes aiment leurs habitudes; elles sont indolentes à un point qu'on n'imagine pas : elles savaient que le charbon était encore mouillé; qu'il pesait le double de son poids; que le feu ne prendrait pas; mais elles n'avaient pas la force de se rendre chez le charbonnier de la Via Mosca à cinq minutes de là.

La vérité vraie c'est que Nesi fait crédit, même pour un demi-kilo et le charbon est aussi nécessaire que le pain. La femme de Giulio s'est trouvée un jour, demi-kilo par demi-kilo, avec une dette de 27, 30 lires. Il en faut du charbon pour faire sécher le linge d'un nouveau-né ! Mais Nesi sait attendre; contrairement aux autres commerçants qui ne feraient pas crédit à des types comme Giulio et Nanni, lui, il sait qu'avec ces gens-là on n'y perd pas. Nesi connaît son monde. Il savait aussi ce qu'il faisait quand il prêtait ses camions aux fascistes pour leurs expéditions. Un soir ils revinrent avec les camions en pièces; il refusa l'argent des réparations. « Je vous le rappellerai quand vous serez au pouvoir », dit-il. Maintenant il est fournisseur officiel des écoles de tout l'arrondissement et il a trois camions au lieu d'un; il les met dans un garage de la via de' Renai où il a des intérêts. « Nesi, dit Madame avec un filet de voix, sème là où il est sûr de récolter. » Il a semé chez Giulio et maintenant la moisson vient au-devant de lui.

— Monsieur Nesi, mes respects !
— Comment va la petite ?
— Monsieur Nesi, j'ai quelque chose à vous dire.

Le magasin du charbonnier est sous terre. La porte basse laisse entrevoir de la rue la balance suspendue à hauteur d'homme. On descend six marches. Le magasin est à peine éclairé par une lampe électrique qui pend au-dessus de la petite table où Nesi tient ses registres. Les noms des débiteurs y sont consignés et ils sont plus à jour que les dossiers de la police. Nesi fils passe la braise au tamis pour récupérer le poussier. Il a le visage rayé de suie et deux yeux de chat. Il est grand et maigre; il aura 20 ans en juin.

Son père le fait sortir un moment et lui demande de se tenir à l'entrée pour dire aux gens que « la vente est suspendue pour une demi-heure. »

Nesi père a lui aussi le visage et les mains sales. Giulio ne voit que ses dents blanches et bien rangées comme celles du fils.

— Une demi-heure, je pense, ça nous suffira ?
— Largement, répond Giulio.

Son œil commence à se faire aux choses qui l'entourent. C'est comme si la lampe éclairait davantage de seconde en seconde. La charbonnerie est peut-être plus grande que la forge; le plafond s'ouvre sur le premier étage; il y a des montagnes de charbon contre les murs; de temps en temps de petites avalanches précipitent le charbon vers le bas et il s'étale un peu plus sur le sol. Le charbonnier invite Giulio à s'asseoir sur la chaise de l'autre côté de la table et lui-même

s'assied face à son interlocuteur, les coudes sur la caisse
ouverte. Il porte un béret noir et même la chemise noire (mais
par nécessité de métier, il faut qu'on sache qu'il n'est pas
inscrit au parti fasciste). Il est si noir qu'on le confond avec
les murailles de charbon derrière lui. Seul son visage et ses
mains émergent des ténèbres et Giulio a le sentiment de parler à un spectre. Ça ne lui fait pas peur ; ça l'impressionne.
Mais enfin il est venu pour parler. L'idée que les objets volés
sont sous son lit, l'agite comme s'il s'agissait d'une bombe à
retardement. (Il y a deux jours le Maure est venu le voir ; il
lui a demandé de donner l'hospitalité au « mort » pour quelques heures. Giulio voulait refuser ; il lui restait vingt jours
pour finir son temps de surveillance. Mais si le Maure avait
eu recours à lui, c'est qu'il ne savait plus à quel saint se
vouer. Il avait la police sur le dos. On ne peut pas dire non
dans ce cas-là. Maintenant le Maure est arrêté. Le « mort »
est sous le lit et la petite dessus. Et le brigadier a dit « on
en reparlera demain »).

— Eh bien ! Giulio, quoi de beau ?
— Je vous dois une trentaine de lires sauf erreur.
— Bagatelles. Parle, je suis tout ouïe.
— Je n'ai jamais parlé affaire avec vous encore. Je fais
peut-être fausse route.
— Vas-y carrément.
— Ce n'est pas une affaire très propre, je vous avertis.

Un visage, deux mains et tout le reste noir ; des yeux de
chat malade et méchant. Sur les deux mains se détache l'or
des bagues ; les doigts s'agitent comme les pattes d'un insecte renversé ; entre les lèvres la pointe de la langue apparaît : elle est plus blanche que le visage. Les lèvres s'ouvrent après un silence rempli par l'éboulement d'un tas de
charbon.

— Quelle sorte de choses ?
— Au toucher on dirait de l'argenterie.
— Pourquoi on dirait ?
— Moi je n'y étais pas et je n'ai pas ouvert le sac. Mais
ça, ça ne nous regarde pas.

— Si tu veux que je t'aide, prends-le de moins haut. Quel poids ?

— Une trentaine de kilos ; mais la marchandise ne m'appartient pas ; je voulais vous la donner en dépôt et vous dédommager pour le dérangement ; il se peut qu'on l'ait déjà promise.

— Et moi, Nesi, je dois faire ça pour tes beaux yeux et pour ceux du Maure ?

— Pourquoi le Maure ?

— De cette façon je ne marche pas ; tu crois que j'ai les oreilles bouchées ? Sache pour ta gouverne que moi, Nesi, je ne dors que d'un œil ; et demain matin la première chose que je ferai, ce sera d'acheter le journal.

Peut-être seuls les murs dorment-ils la nuit Via del Corno. Les gens non, ou, alors, ceux qui n'ont pas de soucis ; mais qui n'a pas de soucis Via del Corno ? ou ceux qui ne sont pas malades ; mais qui n'est pas malade Via del Corno ? Toutes les maladies ne se soignent pas avec des gargarismes et du bicarbonate, comme celle de Madame et de Beppino. Cerveaux et cœurs sont malades — malades d'obsessions, de passions diverses, d'avidité, de bonne volonté, de crainte sacrée, d'amour. Le malade se retourne dans son lit. Il tient compagnie en silence aux prévenus qui attendent la ronde. La via del Corno est en somme un prévenu qui tend l'oreille au salut du brigadier. Le dialogue de la nuit précédente, Maciste l'a entendu parce qu'il pensait à ses camarades arrêtés pour opinions subversives ; Ugo l'a entendu parce que le même motif le tenait en éveil et Maria qui rêvait sans dormir que Ugo était étendu auprès d'elle, et la mère de Milena dont le cœur se serrait d'appréhension pour la petite épousée, et le terrassier Antonio qui samedi sera chômeur parce que l'entreprise a terminé ses travaux, et le placier qui a nom Osvaldo, hôte de Carlino, et lui aussi fasciste, et les clients de l'hôtel Cervia où les femmes qui font le trottoir prennent pension, et tous les autres que nous ne connaissons pas encore. L'ont entendu enfin le charbonnier Nesi au cerveau plein de chiffres, de camions et de charbon et le balayeur Cecchi et

sa femme dont Nesi a séduit la fille pour la faire vivre dans
le quartier de Borgo Pinti comme une entretenue tirée du
bordel. Et tout le monde a compris que Giulio ne verrait pas
cette fois encore la fin de sa punition.

Beppino n'est pas seul à prendre son jour de liberté aujourd'hui. Au numéro 2, premier étage, un garçon de vingt
ans est devant la glace depuis une demi-heure ; un nœud de
cravate exige de multiples essais. Le jeune homme est de
taille moyenne. Ses yeux un peu en amandes lui donnent
l'air rêveur ; il a un grain de beauté sur la joue, mais il est
robuste et il a une forte voix masculine. Ses mains sont trop
rudes pour manier délicatement la cravate. Il est manœuvre
aux chemins de fer et parcourt les rails avec le petit drapeau
rouge et vert des signalisations ; mais il suit le cours de machiniste ; il passera bientôt ses examens. Son père était chef
de train ; il est mort il y a deux ans dans un tamponnement.
Ce malheur facilitera la carrière du fils et le dispensera du
service militaire. Il vit donc avec sa mère et une sœur de
huit ans. Mais son cœur est en face sur l'appui de la fenêtre
où apparaît une fillette plus jeune que lui. Elle lui fait signe
qu'elle est prête à sortir. Alors le nœud se fait, n'importe
comment. Ils se rencontrent Via della Ninna à quelques pas
de chez eux, mais dans un autre monde. On voit le ciel
même sans lever les yeux et l'air paraît meilleur ; vient de
l'Arno une brise qui revigore. Mais peut-être est-ce là, impression d'amoureux. Ils vont sous les Arcades du musée des
Offices ; ils s'assoient sur les bancs de pierre et se prennent
la main ; elle, elle le regarde intensément et fronce le nez
pour se donner une contenance.

— Tu ne m'as encore rien dit de ma nouvelle robe. J'y
ai travaillé toute la nuit pour pouvoir la mettre ce matin.

— Jolie. En quoi est-ce ?

— Organdi. Je te l'ai dit quand j'ai acheté l'étoffe.

— Je n'ai pas le droit d'oublier ?

— De ce que je te dis moi, tu ne dois jamais rien oublier.

— Tu files déjà ?

— Oui, parce que j'ai des courses à faire pour ma mère.
Juste le temps de monter et descendre et je sors de nouveau
pour rapporter le travail à l'atelier.

En attendant il achète un journal sportif et un paquet de
cigarettes ; il en allume une. La jeune fille ne se fait pas
attendre longtemps. Elle vient vers lui en courant ; ses deux
tresses lui balaient les épaules, elle est belle parce qu'elle
est jeune et amoureuse. Bruno n'a qu'un geste à faire, un
mot à dire pour la troubler ; personne d'autre ne la déconcerte
comme lui. Pour eux la Via del Corno c'est la 5ᵉ Avenue,
parce que c'est leur rue ; ils y habitent et ils se voient de
leur fenêtre. Et sa fenêtre à lui est belle comme les fenêtres
du Palais Farnèse. Clara sait à peine qu'au delà de la mer,
il y a un pays qui s'appelle l'Amérique, où l'on va faire
fortune ; et de Rome, elle ne connaît que le Colisée, de fraîche date encore ! elle a reçu il y a quelques heures une carte
postale illustrée et les salutations de Milena.

— J'ai fait vite ?

— Comme une flèche ; nous dirons « Clara » pour dire
« rapidité ».

— Tu te moques de moi ?

— C'est dans les comédies de Stenterello, tu ne te souviens pas ? Stenterello, brasseur à Preston « ou » Vin, Tabac
et Amour.

— Alors moi, je serais Stenterello ?

— Va donc, petite bête !

Clara a plié sur son bras la grande enveloppe d'étoffe
contenant les deux costumes d'homme qu'elle doit livrer à
un tailleur de la Via Tornabuoni. Sa mère fait les boutonnières, les finitions et Clara aussi commence à être forte pour
les boutonnières. Le travail ne manque pas ; mais il est mal
payé : un sou par boutonnière. En tout cas si la personne qui
met ces vêtements du soir ou d'après-midi, est impeccable,
elle le doit à la Via del Corno.

— Pourquoi me regardes-tu comme ça ? tu n'as pas l'air
content.

— C'est toujours cette coiffure. Je comprends qu'on ne te

laisse pas couper tes cheveux à la garçonne; mais de là à
t'obliger à porter les tresses comme les élèves du cours élémentaire...

— Papa est comme ça. L'autre soir j'ai essayé de le décider. Maman s'est mise de mon côté et nous avons failli
réussir, mais hier il a dit non, définitivement.

— Et de moi vous ne lui avez plus rien dit ?

— Sur ce point il est inébranlable. Il faut que je finisse
mes 18 ans; après je me fiancerai; mais il dit que tu es le
seul garçon convenable, Via del Corno.

—En attendant nous continuons à nous voir à la sauvette.

— Ne fais pas la tête, il n'y a plus que quatre mois ! et
il faut le laisser tranquille mon père; hier on lui a annoncé
que les travaux finissent samedi et que pour le moment l'entreprise n'a rien en vue. Il se désespère parce qu'il dit qu'en
ce moment c'est difficile de trouver du travail.

—Au dépôt où je suis on cherche des terrassiers à la journée. Le chef d'équipe était un ami de mon père; si je lui demandais un service il ne me le refuserait pas. Dis-le à ton père.

— Pourquoi ne viendrais-tu pas le lui dire, toi ?

— Je ne demande pas mieux !

— Ce soir même ! je vais le préparer !

— Tu es vraiment mon Ange gardien !

Voici l'histoire des anges gardiens.

Quatre jeunes filles, à peu près du même âge, avaient
grandi porte à porte, dans les maisons de la Via del Corno.
Elles avaient des caractères si différents qu'elles n'arrivaient
jamais à se mettre d'accord. C'est pourquoi elles étaient toujours ensemble.

Aurora Cecchi, fille d'un balayeur.

Milena Bellini, fille d'un agent des contributions [1].

Bianca Quagliotti, fille d'un confiseur ambulant.

Clara Lucatelli, fille d'un terrassier.

1. *Note de la tr.*: Fonctionnaire subalterne qui passe dans les maisons réclamer les impôts non payés.

Un dimanche matin, comme elles se rendaient à la messe en vêtements de fête et bien coiffées, Madame les vit passer ; elle n'était pas encore infirme et se trouvait à sa fenêtre. « On dirait les Anges gardiens », dit-elle à Luisa Cecchi, mère d'Aurora qui venait chez elle à mi-journée. Luisa descendit et raconta la chose à la femme de Staderini, le cordonnier qui habite le même immeuble : « Madame a dit que ces petites sont les Anges Gardiens de la Via del Corno. » Grâce au cordonnier toute la rue en fut informée et convaincue.

La police est une mère attentionnée mais égoïste, comme toutes les mères d'ailleurs. La nuit, elle se charge de venir border les fils qui ont mérité un temps de surveillance ; mais le matin elle exige qu'ils lui rendent sa visite ; ils vont donc au commissariat le plus proche pour faire signer la feuille de contrôle. Giulio doit s'y rendre à 10 heures. Il fait les derniers cent mètres en courant, poursuivi par les coups de cloche du Palazzio Vecchio. Il n'a eu que le temps de monter chez lui, de prendre le sac et de le porter chez le charbonnier. Peut-être bien qu'il pesait plus de trente kilos ! D'après le journal l'argenterie seule valait 100.000 lires. Maintenant il court. Chaque pas lui apporte un doute et un regret. Il n'aurait pas dû s'adresser à Nesi ; il le savait que c'était un usurier ! Et puis est-ce un homme sûr ? Un receleur est toujours sûr : c'est un complice. Il peut tout au plus protester de sa bonne foi, si l'affaire est éventée, ce qui ne lui évite pas la peine minimum. Mais lui, il trafique avec les fascistes, c'est peut-être un mouchard. Il aime trop l'argent pour laisser passer une pareille affaire !

Nanni lui avait dit : « Nesi est un usurier, tiens-toi à distance. » Ce matin on n'a pas vu Nanni. Ces jours-ci il se mettait à califourchon sur sa chaise, avec sa mauvaise jambe étendue sur le côté. Ce matin il ne s'est pas montré. Peut-être n'est-il pas bien. Elisa, son amie, a dû aller au commissariat pour le mettre en règle avec le brigadier.

Giulio s'est juré de se libérer de son temps de surveillance mais il pense que Nesi mériterait bien une leçon. Il est même dégénéré ce Nesi! pense-t-il. Aurora Cecchi était une fleur et il en a fait sa maîtresse. Des quatre Anges Gardiens, elle était la plus femme. Clara aussi était jolie et Bianca qui travaillait le blanc que c'en était une merveille! mais Aurora avait grandi plus vite. On disait que ce cochon l'avait prise traîtreusement sur des sacs de charbon. Certes elle avait continué ensuite à y aller jusqu'à ce qu'elle se trouvât enceinte...

Giulio s'est battu en Albanie et a attrapé la malaria ; mais quand on a fait passer les visites médicales pour les pensions on ne lui a rien trouvé. Pourtant s'il court il attrape mal à la rate et le souffle lui manque. Il est en retard de quelques minutes et le brigadier l'attend d'un air soupçonneux. Mais enfin il a traversé Por Santa Maria et se trouve en face du commissariat. Il convient de reprendre souffle et de marcher avec désinvolture. L'agent en faction à la porte l'a aperçu de loin.

Brusquement Giulio se souvient que la petite pleurait quand il est entré pour prendre le sac ; sa femme la changeait ; Liliana lui a dit quelque chose ; il n'a pas compris. Elle a essayé de répéter, mais il descendait l'escalier. Que pouvait-elle avoir à lui dire ? Cette pensée l'arrête un instant à quelques mètres du commissariat. Que disait-elle ? Elle lui parlait de Nanni... La petite criait si fort !

L'agent l'observe mais Giulio ne veut pas avancer tant qu'il n'a pas trouvé ce que sa femme voulait lui dire. Peut-être le Maure a-t-il trouvé le moyen de lui faire passer la consigne ? Giulio ne veut pas affronter le brigadier sans savoir ; sa femme lui a dit quelque chose de Nanni ; le nom de Nanni, il se rappelle l'avoir entendu. C'est ça : le Maure pensait que Giulio avait été arrêté et pour ne pas faire tomber l'intermédiaire dans la gueule de la Rousse, c'est-à-dire de la police, il l'avait dirigé sur Nanni et non sur Giulio. Le Maure aura pensé : si Giulio est encore libre Nanni le saura à coup sûr et il lui dira ce qu'il doit répondre au brigadier. Mais que va-t-il répondre maintenant ? Pourquoi Liliana ne l'a-t-elle pas retenu ? Peut-être n'a-t-elle pas mesuré l'importance du message. Maintenant Giulio sait que le brigadier a en mains les éléments qu'il faut pour l'embrouiller. Mais il ne va pas s'offrir au brigadier comme un plat tout servi ! Ce serait se constituer prisonnier, ni plus ni moins. Désormais il est certain de renouveler son temps de surveillance et de faire dix ou seize mois de prison au moins. Nesi lui donnera ce soir les 5.000 lires ! Il en fera porter une partie à l'amie du Maure, une partie à Liliana... Ouste ! Il virevolte comme une toupie. Mais l'agent a suivi tous ses mouvements ; il l'a vu qui se tenait la tête d'une main, se mettait l'index sur la bouche et se mordillait la lèvre en regardant le ciel. Il l'a vu ensuite se retourner brusquement et détaler au pas de course. L'agent est un employé auxiliaire qui veut se distinguer : il a l'œil éteint, la moustache noire et la jambe leste, comme il convient. En deux bonds il est sur Giulio, et lui passe les menottes avec une dextérité dont il jouit grandement lui-même. Giulio est mou comme une chiffe, dedans et dehors. La manche de sa veste usée et déteinte s'est décousue à l'épaule quand le policier l'a empoigné. Son visage est couleur de cendre ; il sent ses lèvres molles comme une gomme sous sa langue.

— Tu vois que tu as été repris avant de finir ton temps de surveillance ? Quand je dis une chose, tu peux me croire !

Ce sont les premiers mots que lui adresse le brigadier en attendant l'employé qui doit prendre le procès-verbal de l'interrogatoire. Et le brigadier ne doute pas que ce sera une confession.

Mais nous n'en sommes qu'au commencement et Giulio apprend que dans le sac, outre l'argenterie, il y avait un collier estimé à 300.000 lires d'après les journaux. Et quand le brigadier après avoir vainement essayé des moyens « plus persuasifs », le confie au gardien de cellule, Giulio a l'impression que Nanni a mis son nez dans l'affaire effectivement mais tout autrement qu'il s'y attendait ; Nanni s'est mis à côté du brigadier.

# CHAPITRE II

La première à se faire une idée de ce qui s'était passé fut Madame. Nous savons bien que l'interprétation de l'historien sur le déroulement d'une bataille, mérite plus de considération que le témoignage des généraux qui l'ont commandée ou des soldats qui l'ont faite. De « son lit de douleur » au second étage du numéro 2, Madame suit le cours des événements de la Via del Corno comme *si elle était nuit et jour à sa fenêtre*, armée du télescope de l'Observatoire. A la fenêtre elle a détaché une sentinelle de confiance, Gesuina, qui est tour à tour infirmière, cuisinière, dame de compagnie, amie intime et confidente de Madame. Les qualités d'observatrice de la jeune fille reçoivent leur orientation de l'expérience des hommes et de la vie que possède Madame. Mais comme tout journal qui se respecte, Madame a deux reporters dont la curiosité et la candeur (jointes à la reconnaissance et à la dévotion qu'ils nourrissent à son égard) lui permettent de compléter les tous derniers événements de la Via del Corno. Elle les suit et poursuit pour sa distraction, son réconfort et peut-être l'apaisement d'autres sentiments plus louches.

Les innocents reporters de Madame sont Luisa Cecchi et Liliana Solli, la femme de Giulio. Mais nous devons à leur sujet remonter un peu le cours de l'histoire.

Luisa était arrivée à l'âge de 40 ans sans mettre le pied au delà des boulevards de ceinture. Sa mère était domestique chez un juge de paix dont elle était devenue la maîtresse.

Quand elle se trouva enceinte, elle perdit la place et l'amour. La naissance de Luisa lui laissa une sciatique et l'immobilisa. Mère et fille menèrent une vie de privations dans leur « chambre — et — cuisine » de la Via del Corno, tant que le juge resta de ce monde et se crut tenu de leur servir une maigre mensualité. Luisa avait grandi avec des sentiments aussi honnêtes que sa personne manquait d'attraits : simple de cœur et sachant ce que cela coûte de fatigue de mettre la marmite sur le feu tous les matins. Après la mort de sa mère, elle avait épousé un homme pauvre et juste comme elle : un valet d'écurie qui avec le temps était arrivé à entrer dans les cadres de la Propreté Urbaine. Entre temps Aurora était née et huit ans plus tard un fils, Giordano, que l'on n'avait pas désiré et, comme un malheur n'arrive jamais seul, après Giordano était venue Musetta. Les pauvres, les simples ont l'imagination courte ; pour éviter les conséquences, les époux Cecchi avaient décidé de supprimer la cause et, comme dit Staderini, le cordonnier, « ils avaient éteint les feux ». Luisa avait alors trente-quatre ans et son mari trente-neuf. Mettre la marmite au feu tous les matins avec le salaire que payait la Propreté Urbaine, c'était un problème qui avait blanchi les cheveux des époux avant le temps. Les deux derniers enfants allaient sur leurs dix ans et la grande s'était faite une demoiselle, quand justement, elle, la grande s'était couchée avec Nesi sur les sacs de charbon.

L'horizon de Luisa se limitait aux angles de la rue ; une fois elle avait poussé jusqu'aux Cure pour conduire Aurora — alors enfant et souffrant d'une otite — au dispensaire de l'Hôpital Mayer. Une fois aussi, après la mort de sa mère elle avait poussé jusqu'à Trespiano — un voyage ! — pour aller sur sa tombe. La vie est une prison un peu spéciale ; plus on est pauvre et moins l'on a de mètres carrés à sa disposition. L'important c'est de garder en soi un équilibre qui fasse le monde grand comme le ciel. Luisa y était arrivée (comme y est arrivée Clara à moins de dix-huit ans). La via del Corno était pour elle l'infini rempli de visages, de choses, d'événements, et elle n'avait pas assez de la journée pour en faire le tour. Le bonheur c'est la paix de l'esprit. Il y a un proverbe qu'on dit beaucoup Via del Corno : « Qui sait se contenter est heureux ». Luisa se contentait ; elle vivait dans la dimension du bonheur. Le sort d'Aurora avait détruit cet équilibre. Il l'avait usée, consommée en peu de jours.

Maintenant Luisa travaille à mi-journées chez Madame. Pour elle, Madame est une « sainte quel que soit son passé » et elle en donne des preuves en « prenant Liliana sous sa protection ». Elle a offert à Liliana une layette pour sa fille pour qui elle a acheté aussi « les biscottes de la santé » et les biscuits des premières bouillies.

Maintenant Giulio est de nouveau en prison et Liliana passe toute la journée chez Madame qui se charge de subvenir à ses besoins et à ceux de sa fille. Elle n'a pas voulu que Liliana accepte l'aide de Maciste. Luisa dit qu'elle a trouvé « la Terre Promise » à la maison de Madame et elle ajoute « si Aurora avait écouté les conseils de Madame elle aussi !... » Aurora n'a pas écouté Madame ; c'est un fait ; mais la réalité n'est-elle pas un peu différente ? Liliana a-t-elle vraiment trouvé la terre promise chez Madame ? Liliana elle-même le croit ; et puis elle en veut à Giulio ; non pas certes, de s'être fait prendre ; pour autre chose ; d'ailleurs elle ne le juge pas à ce sujet ; elle sait que cette fois il était innocent ; il s'était remis sur le droit chemin et sans cette histoire, il aurait repris son métier. Tout le monde sait qu'il est excellent ébéniste.

Hier Liliana est allée le trouver à la prison des Murate, au parloir. Elle avait emmené la petite qu'il adore. Il était devenu un autre homme après la naissance de la petite. Elle lui a raconté que Madame la couvrait de gentillesses ; mais il lui a recommandé de se tenir le plus loin possible de Madame. Il lui a dit : « Qui sait ce qu'elle cherche ! Il ne faut pas oublier que c'est une ancienne grue. Si tu as besoin de quelque chose demande à Maciste ; c'est quelqu'un d'irréprochable et il n'a jamais refusé de nous aider. » De quelque chose ? de tout !

Giulio est en prison depuis un mois ; il a retrouvé son

calme; il a un peu grossi. L'amie du Maure apporte à manger tous les jours et il y en a pour lui. Le Maure a avoué après l'arrestation de Cadorna avec qui il avait fait le coup Via Bolognese. Mais il n'a pas ouvert la bouche au sujet du receleur. Tous les deux, le Maure et Cadorna, persistent à dire que Giulio est étranger à l'affaire. On n'a pas retrouvé les objets volés. C'est sur ce point qu'on interroge Giulio. Il nie; alors on lui donne des coups. Le brigadier a envoyé chercher Liliana. Madame lui a conseillé d'emmener la petite et de la pincer jusqu'à ce qu'elle pleure. Le brigadier a offert une chaise à Liliana; il n'a pas élevé la voix une seule fois; mais il a gardé Liliana trois heures. Liliana n'a rien dit. Pourtant elle savait que « le mort » était resté sous le lit toute une nuit et un jour et que Giulio l'avait emporté précipitamment. Où ? cela, même si elle avait voulu, elle n'aurait pu le dire.

Hier au parloir Giulio lui a demandé ce qu'elle criait dans la chambre, la dernière fois qu'ils s'étaient vus. « Que Nanni était venu faire une visite au mort » tout simplement ! et qu'elle avait trouvé bizarre que Giulio l'ait envoyé sans lui dire où se trouvait précisément le « mort ». « En effet, c'est moi qui l'avais envoyé », a répondu Giulio « mais de toutes façons si Nanni s'approche de toi, bouche cousue comme avec le brigadier ! » Il n'est pas nécessaire que Giulio lui fasse cette recommandation. Nanni ne lui a jamais plu. Il a une figure de fouine; on dirait qu'il cherche à vous faire un mauvais coup quand il vous regarde. Liliana ne peut rester près de lui plus de cinq minutes sans avoir envie de fuir. Mais pour ce qui est de Madame par contre, Giulio se trompe. Elle est bonne comme une mère. Ah ! si elle ne l'avait pas ! Aussi Liliana lui a-t-elle raconté point par point sa conversation avec Giulio au parloir.

Quand Giulio descendit avec le sac sur les épaules, avant de traverser la rue, il s'arrêta un instant derrière la porte pour s'assurer que personne ne le voyait. Il choisit son moment, enjamba les trois marches qui donnent sur la rue; en deux autres bonds il enfila le petit escalier de la charbonnerie. De ceux qui se trouvaient dans la rue, personne ne le vit, mais il y avait quelqu'un à une fenêtre ; et ce quelqu'un le vit. Semira, la mère du cheminot Bruno le vit tandis qu'il entrait et elle le dit à son fils, occupé à nouer sa cravate. « A ce qu'il paraît, Nesi a donné du travail à Solli ; je suis contente pour Liliana. » Mais de la fenêtre de l'étage supérieur, Gesuina avait pu suivre la manœuvre depuis le moment où Giulio était descendu avec Nesi la première fois, jusqu'au moment où il revint de chez Nesi, débarrassé du sac. Et comme le reporter de sa cabine, sur le stade, les yeux collés à la rue, elle renseignait Madame assise dans son lit.

— Maintenant Nesi fait signe à Giulio de le suivre. Ils descendent. Mais il ne se passe rien d'intéressant. Le régisseur de Calenzano montre à Maciste les pieds de son cheval. Rosetta sort du Cervia ; elle a une robe neuve. Non ! ce doit être la violette qu'elle a arrangée...

— C'est jour de marché et elle trouvera elle aussi quelque régisseur ! Penser que Rosetta a mon âge ! Que se passe-t-il maintenant ? Ne perds pas de vue la boutique de Nesi !

— Maintenant il n'y a rien ; les enfants de Luisa jouent avec ceux du terrassier. Maintenant le fils de Nesi vient sur le pas de la porte. Il a son air furieux comme toujours...

— Et maintenant ?

— Maintenant rien...

— Clara ne s'est pas encore mise à la fenêtre ?

— Non, mais je la vois parce que sa fenêtre est ouverte. Elle est en combinaison ; elle repasse sa robe qu'elle vient à peine de finir.

— Et maintenant ?

La voix de Madame est à peine intelligible. On dirait le bruissement rauque d'une cigale mourante. Seule l'oreille exercée de Gesuina peut la saisir distinctement.

— Maintenant le régisseur dit au revoir à Maciste.

— Il n'est pas encore allé se faire raser ?

— Je crois que non. Maintenant le garçon de Maciste arrive. Il lui fait des reproches pour son retard.

— Comment s'appelle-t-il celui-là ?

— Eugenio. Maciste l'a depuis peu de jours. Il habite à Legnaia. Il vient et repart à bicyclette.

— Et maintenant ?

— Oh ! oh ! Nanni va entrer au 4. Peut-être est-il entré ; mais je le vois mal parce qu'il est juste sous le mur... Maintenant il n'y a rien... Maintenant rien...

— Possible qu'il n'y ait rien ? Continue à regarder la boutique de Nesi.

— Naturellement... Maintenant Bianca sort de chez elle.

— Comment est-elle habillée ?

— Toujours gentiment. Elle a encore l'air malade.

— Si son père lui avait donné un peu plus de sucre, au lieu de le mettre tout dans les pralines ! cette petite avait besoin de glucose ! moi je me la rappelle enfant, si elle est restée la même, elle doit être de ces beautés fragiles qui font souvent fureur.

— Maintenant Nanni est sorti du numéro 4. Peut-être est-il allé chez Giulio et ne l'a-t-il pas trouvé. Il s'en va par la Via dei Leoni ; il va au commissariat pour donner sa signature !...

— Ça ce n'est pas une nouvelle. Ce qui est intéressant c'est ce que disent en ce moment Giulio et Nesi.

— Le voilà ! Giulio sort ; il rentre chez lui... Nesi vient sur la porte et envoie son fils faire une commission. Il regarde de notre côté.

— Mets-toi contre la persienne ; il ne faut pas qu'il te voie.

— Je suis suffisamment en retrait ; mais comme ça je ne vois pas Giulio s'il sort.

— Tu dois rester cachée et ne pas perdre une miette de ce qui se passe.

— Oh ! Giulio n'a fait qu'un saut et s'est enfilé dans la boutique de Nesi avec un sac sur les épaules.

— Un sac ?

— Oui ! et même il doit peser parce que encore un peu il lui tombait des épaules.

— C'était un sac de charbon ?

— Non, non ! un sac à moitié plein.

— Regarde bien, petite nigaude !

— Nesi est resté sur la porte... Il lorgne de tous les côtés... maintenant Giulio sort de la charbonnerie. Ils ne se disent même pas au revoir... Nesi regarde droit vers nos fenêtres.

— Lève-toi de là ! D'ailleurs Giulio ne peut qu'aller signer maintenant. Il se sentira plus sûr de lui devant le brigadier, puisque « le mort » est en bonnes mains... Donne-moi le journal et envoie-moi tout de suite Liliana.

— Madame pense que...

— Moi, je pense ce que bon me semble, nigaude !

Gesuina se tait. Madame est épuisée. Aujourd'hui la matinée a été exceptionnelle et elle sait qu'elle ne doit pas gaspiller ses forces. Elle sent sa gorge serrée « comme dans un étau » ; elle gonfle sa poitrine pour se soulager. Elle se distrait en tripotant le gros bracelet d'or qu'elle porte au poignet gauche, le collier qui lui pend sur la poitrine et ses bagues. Elle les porte depuis trente ans au moins ; ils font partie de sa personne et ils sont la seule partie de son corps sur laquelle elle puisse s'attarder sans répugnance. Elle les caresse comme on caresse un chat. Elle y trouve la même douce satisfaction, la même douce invite au recueillement. Madame médite. Elle est assise dans son lit, le dos appuyé sur les coussins que seule Gesuina sait disposer. La couverture de satin amarante bordée par le revers éblouissant du drap en toile de hollande, lui arrive aux hanches. Son buste s'encadre, bariolé et royal, comme un portrait de noble dame datant du XVIIe siècle. Les couleurs sombres et compactes s'illuminent d'éclairs blancs et rehaussent le caractère et le relief du visage. Elle a revêtu une robe ample d'un tissu gaufré dont la couleur est un mélange de noir et de bleu-outremer. Elle est garnie au col et aux poignets de dentelles aux reflets ivoire ; et la gorge — la gorge ! — elle est armée comme celle de la reine de Saba d'une bande qui l'enserre jusqu'au menton. La bande est noire pointillée de

geai ; au milieu étincelle un fermoir fait d'un gros camée
entouré de feuilles de lierre en platine.

Le visage et l'expression de ce visage épouvantent et fas-
cinent. Les cheveux d'un noir profond, lisses et brillants sont
partagés en deux bandeaux et ramassés en coquilles sur les
oreilles. La pâleur du visage est intense. Une couche de
poudre grasse et blanche comme du plâtre le recouvre de
la racine des cheveux à la gorge. Les lèvres fardées d'un
rouge aussi éclatant donnent l'impression d'une restauration
parfaite et macabre. La couche de poudre s'amincit et s'es-
tompe autour des yeux, gonflés et bistrés des paupières jusqu'aux pommettes ; ce sont deux cavernes noires, immenses,
inexplorées, au fond desquelles luit une lumière tantôt si écla-
tante qu'on ne peut en soutenir l'éclair, tantôt si faible qu'on
la dirait éteinte pour toujours. La chair croule. Les joues se
sont effondrées comme du caoutchouc trop tendu et suivent
vaguement la ligne des mâchoires ; elles branlent comme les
oreilles d'un cocker.

Madame médite. Elle a posé ses bras sur la couverture et
se caresse une main puis l'autre ; elle fait glisser lentement la
bague qu'elle porte au médius jusqu'à l'extrémité de l'ongle ;
puis la remet en place en marquant des points d'arrêt nombreux et prolongés. Les mains sont longues et leur maigreur
s'ajoute à la nervosité des doigts où les nœuds gros comme
des noix arrêtent la bague. Aussi mettre et ôter la bague
sans douleur est-ce un jeu de patience dont Madame accompagne ses pensées.

Elle, elle médite et Gesuina sait qu'elle doit respecter le
silence tant que Madame ne lui adresse pas la parole. C'est
le matin et pas un souffle de vent ne vient des persiennes
entrecroisées. Le mois de juin étouffant promet une autre
journée de « martyre ». Une langue de soleil se pose sur la
couverture amarante aux pieds du lit, caresse les montants
d'ébène polie, surmontés d'une boule dorée. Sur le mur, au-
dessus du panneau de tête arrondi est suspendue une reproduction de la Vierge à la Chaise avec ses draperies rouge
sombre fleuries de lys d'or.

Madame pense et ses pensées sont subtiles et bien ordonnées. Tout, autour d'elle, témoigne de son esprit d'ordre et de logique. La chambre est pourvue de meubles nécessaires ; rien de superflu, de décoratif, rien d'extravagant ou d'irrationnel. L'armoire à glace, les deux fauteuils rouges, la coiffeuse et, dans les angles, les chaises capitonnées de rouge, tout au cours de la journée doit justifier de son emploi comme — et principalement — la table des médicaments que Madame tient à côté de son lit, la table de nuit avec les carafes, les bouteilles et les verres. Les stores sont faits d'un tissu violet qui porte le lion rampant en filigrane. Face au lit, une commode occupe le mur jusqu'à mi-hauteur. Elle supporte toutes sortes d'objets : bibelots, coffrets, écrins, éventails, lorgnettes, face-à-main, disposés de telle sorte que Madame de « l'enfer » où elle est clouée puisse isoler du regard telle heure heureuse de sa vie dans ses moments de détente spirituelle. La pièce a été conçue et arrangée par elle comme « la chambre rouge » ; elle a voulu les lys sur les murs et le lion rampant sur les stores en hommage à Florence où elle était arrivée jeune encore, où elle aima et souffrit, où elle fit « son bonheur et son malheur ».

Ce que nous ne trouverons pas dans la chambre rouge, par contre, ni dans une autre pièce de la maison — dans aucun autre lieu au monde peut-être — c'est un portrait de Madame, un portrait du temps où elle était encore jeune et extraordinairement belle, paraît-il ; du temps, dit Luisa, « de sa splendeur ». Quand elle eut conscience de décliner et découvrit son mal, ce mal qui la porterait au cimetière, Madame décida de détruire tous les témoignages de sa défunte beauté. Elle n'eut pas grand effort à faire grâce à l'ordre qui avait toujours régné dans son esprit et grâce à sa prodigieuse mémoire ; elle fit une liste de tous ceux à qui elle avait donné son portrait et de tous elle se rappela le nom et l'adresse. Elle remonta les escaliers du centre, revit les palais des Lungarni à trente, quarante ans de distance, se mit en voyage, intéressa des agences de renseignements, bien décidée qu'elle était à mener son projet jusqu'au bout. Et elle réussit. D'ailleurs elle avait toujours été avare de son corps pour les photographes. Par un calcul prudent elle n'avait jamais accepté de se faire photographier dans un groupe. Elle avait seize photographies à dénicher ; elle en récupéra quatorze. De la quinzième elle put se convaincre par témoignage direct, que la dame qui l'avait eue entre les mains « tant d'années auparavant » l'avait déchirée en mille morceaux et jetée au « cabinet ». Pour la dernière elle obtint une déclaration écrite aux termes de laquelle l'ex-possesseur affirmait « sur son honneur de député et de criminaliste » qu'il l'avait livrée aux flammes et qu'il en dispersa les cendres au vent le jour où — mais ceci fut ajouté de vive voix — et même la nuit où il avait jugé qu'il était « devenu une personne sérieuse ». Arrivée à ses fins Madame déclara : « Maintenant plus personne ne pourra témoigner de ce que je fus. Les paroles, le vent les emporte. Je suis celle que je suis maintenant et que tout le monde peut voir. » (Désormais ils furent peu nombreux ceux qui purent la voir.)

Au cours de ses recherches, elle avait profané et détruit des souvenirs jusque-là intacts, soulevé des jalousies posthumes, ranimé de souvenirs des fragments d'existence engourdis. Elle était passé sur tout avec indifférence, persévérante et cynique comme la jeune femme dont elle tuait degré par degré l'image. Ses vieilles connaissances étaient toutes en vie, sauf une et toutes parvenues « aux plus hauts grades de la société ». Elle se félicita d'avoir « toujours vu juste » oubliant sans doute que la jeune femme qu'elle avait été avait coutume d'inaugurer ses relations par ces mots « les bons comptes font les bons amis ». Elle n'avait donné sa photographie qu'aux plus jeunes, aux plus beaux et aux plus généreux. Elle se plut à constater qu'ils l'avaient tous conservée. Celui chez qui elle récupéra la onzième fut particulièrement ému de la revoir. Il la lui restitua sous condition : il lui demanda de rester une journée avec lui en toute amitié : il lui ferait visiter Trevise qu'elle ne connaissait pas. Le soir il lui raconta qu'il ne l'avait jamais oubliée et patati... et patata... bref, il lui demanda de l'épouser. Elle ne voulut

pas s'exposer à perdre la photographie qu'elle voyait dans
un cadre de nacre « qui sait de quel prix ! ». A le dissuader
elle risquait de compliquer les choses. Elle fit donc en sorte
que les larmes lui vinssent aux yeux et feignit de consentir.
Ils firent l'amour (« un sacrifice ! »). La nuit tandis qu'il dormait elle se leva, s'habilla, prit la photographie et quitta
Trevise par le premier train. (Elle avait mis du somnifère
dans son café ; elle aurait été capable d'y mettre du poison.)
Cette démarche terminée, il ne devait rester aucune trace de
son ancienne beauté ; elle se rappela pourtant qu'un jour elle
avait posé pour un peintre, ami d'un ami. Retrouver l'ami ne
fut pas facile ; mais dénicher le portrait fut compliqué et coû-
teux. Quand elle l'eut elle regretta l'argent et le temps perdus : le portrait n'était pas ressemblant. Elle reconnaissait la
robe, mais c'était bien tout ce qu'il y avait d'elle là dedans.
Son ami en convint.

— Pourtant, dit-il, le cadre est beau !
— Mais je n'étais pas du tout comme ça !
— Pourtant il y a quelque chose, un air de toi, alors !
Elle le détruisit donc pour ce quelque chose. Il lui resta
le cadre ; une plaque de cuivre indiquait le nom de l'auteur
et le titre du tableau « Portrait de femme ».


Après avoir rapproché ce que Gesuina avait vu de la
fenêtre de la conversation entre Liliana et son mari que
Liliana lui avait racontée par le menu, Madame put se faire
des idées nettes sur le Vol de la Via Bolognese. Elle fut la
première à savoir que penser ; elle n'avait pas eu à bouger
de son lit pour cela.

— Fais savoir à Nesi que j'ai besoin de lui parler, or-
donna-t-elle à Gesuina.

# CHAPITRE III

Ce début de juin promet un été mémorable aux météoro-logistes. Le tailleur de la Via Tornabuoni a demandé à la couturière de la Via del Corno de faire un effort car ses clients avancent leurs vacances et réclament complets gris et pantalons crème. Les boutonnières bordées par Clara et sa mère iront jouir du bon air et de la mer. Pour notre rue se préparent des mois qui laisseront leur marque. La chaleur déjà ne baisse pas de la journée. Madame a inauguré la saison du ventilateur sur la commode.

Mais les chevaux marchent même quand il fait chaud ; ils arrivent devant la forge, encapuchonnés et toussant comme en janvier, attelés à la charrette ou tirant des chargements de dames-jeannes, de caisses et de sacs de farine. Ils ont tous la croupe mouillée de sueur : sueur chaude et odorante comme sueur de sang chez les poulains des régisseurs et des petits patrons ; sueur glacée de tuberculeux chez les gringa-lets de fiacres. Corrado lui aussi ruisselle de sueur ; on dirait un poulain normand de six ans. Tablier de cuir, passé au cou et serré à la taille, tricot largement échancré sur la poitrine, il a vu sa propre image hier au cinema où l'on donnait « Maciste en enfer ». Il soulève la jambe du cheval avec délicatesse et précision, ôte les clous du fer usé, tenant la jambe du cheval entre ses genoux, puis saisit le tranchet pour débarrasser le sabot de l'excès de cal qui s'y est formé. Main-tenant le cheval frotte son pied nu sur la pierre. Corrado tire

sur le soufflet et fait rougir le fer jusqu'à ce qu'il devienne
malléable. Puis il le prend entre de longues pincettes, le
porte sur l'enclume et le martelle pour le remettre à neuf.
Ses coups de marteau sont classiques de style et puissants
comme les coups de massue d'Hercule. Il est en même temps
d'une virtuosité de prestidigitateur. Il joue avec le fer rougi
comme le chat qui agace une souris du bout de la patte, la
fait fuir pour se retrouver tout à coup sur elle, les dents plan-
tées dans la nuque. Il tourmente donc le fer avec les pincettes qu'il tient dans la main gauche, le fait courir sur toute
la surface de l'enclume, le tourne, le retourne, le lâche et le
rattrape sans jamais le manquer, le rabat et l'écrase sous le
marteau qu'il tient dans la main droite. Il y a en lui l'agilité
et la dextérité du lanceur de javelot et du tireur d'épée. Tout
d'abord le fer éclate en feu d'artifice, puis à chaque coup
peu à peu, il change de couleur, sa pâte se consolide ; il
s'éteint et prend une épaisseur uniforme. Corrado se courbe
à nouveau sur la jambe du cheval, la prend dans les tenailles
de ses propres jambes et applique sous le sabot le fer encore
chaud. Un nuage de fumée recouvre le visage de Maciste
qui respire l'odeur de cal roussi. Le cheval n'a qu'un léger
écart et continue à manger son avoine en cherchant son maître des yeux. Corrado applique les clous qui fixeront le fer
remis à neuf. Un dernier coup de marteau et les pointes
pénètrent de biais dans la callosité extérieure du sabot. Corrado redresse le torse, retrouve toute sa taille, s'essuie le
front avec l'avant-bras velu et énorme qui tient le marteau et
où il a fait tatouer une petite danseuse ; elle exécute un entre-
chat : une virtuose elle aussi. Le garçon fait le même travail
mais avec plus de lenteur et moins de maëstria. Il n'a guère
plus de vingt ans et le travail le terrasse. Il a le visage pâle
comme le cordonnier qui reste tout le jour dans son établi. Il
arrive à ferrer huit chevaux dans la journée. C'est d'ailleurs
le maximum que puisse faire un maréchal-ferrant, l'été en
tout cas, sans attraper un tour de reins ou tomber poitrinaire.
Corrado en « abat » le double. Mais lui aussi il a les reins
qui lui font mal, les yeux qui brûlent et la langue râpeuse.

Corrado ferme sa porte quand Ugo a rentré sa charrette. Avant de monter chez lui, il donne la pâtée à son cheval, le brosse, le caresse, et lui garnit sa mangeoire. Il reviendra le voir avant de se coucher. Sa femme se met à la fenêtre du dernier étage et lui annonce que le repas est prêt. C'est une femme aux flancs larges, à la poitrine florissante, au visage de paysanne ; son tempérament généreux la dote d'une rougeur de jouvencelle. Elle se fait peu voir dans la rue ; son comportement réservé mais affable lui a valu le respect de tous les Cornacchiai[1]. Ses poulets sont « sa passion ». Elle les tient dans une cage sur le balcon. Elle les soigne et les cajole plus qu'il n'est permis. Elle redoute les chats qui tournent sur les toits comme des fouines. Le poulailler est sans coq ; il se mettait à chanter dès qu'il faisait jour, rivalisant avec celui de Nesi. Un matin Corrado se leva en jurant, prit le coq par les pattes et lui fracassa la tête contre le sol d'un seul coup. Elle aime Corrado comme on peut aimer l'homme qu'on a choisi comme époux ; mais dans son attachement il y a une ombre enfantine de crainte. Bien qu'elle le connaisse dans tous les replis de son âme et quelquefois s'attarde à le bercer comme un enfant, dans son sommeil, elle n'a pu encore habituer ses yeux à cette masse. Elle pense qu'un jour de colère il pourrait l'abattre d'un seul coup comme le coq. Elle sait qu'elle ne peut avoir d'enfants : c'est son désespoir. La maison est petite ; le ménage est vite fait et les journées sont longues ; elle les passe à faire du crochet et à suivre les aiguilles du Palazzio Vecchio qui sonne les heures, quand elle n'a pas la visite d'un ange gardien.

Du temps où il n'avait pas la forge, Corrado allait ferrer à domicile dans la région. Le père de Margherita avait une jument qu'il attelait le dimanche pour conduire ses deux filles en promenade. Il se trouvait que Corrado ferrait de temps en temps « Rosalinda ». Le père de Margherita était receveur

---

1. *Note de la tr.* : Nom que se sont donné les habitants de la via del Corno eux-mêmes.

des contributions; il n'avait pas le temps d'assister à l'opé-
ration. Corrado venait à la cuisine « faire rôtir » les fers. Il
devait s'agenouiller pour ne pas cogner de la tête contre le
manteau de la cheminée. Margherita en avait peur mais
comme on a peur d'un éléphant de cirque : on a aussi envie
de toucher. Un jour qu'il se trouvait agenouillé au-dessus du
feu elle ne put s'empêcher d'effleurer ses cheveux de la main
par derrière. Un éléphant ne s'aperçoit pas qu'on le caresse;
lui au contraire il se retourna et dit :

— Je n'avais pas le courage de me déclarer mais vous
m'avez compris.

Il la prit dans ses bras; elle se sentit comme une brindille
au milieu d'un pré. Puis Maciste releva la forge en ville et
le père de Margherita n'eut plus aucune raison de s'opposer
au mariage. (Au pays on lui disait qu'elle resterait vieille
fille; à vingt ans elle avait refusé un parti magnifique.) Elle
habite maintenant depuis trois ans Via del Corno; mais elle
ne s'est pas encore faite à la rue. Quand elle est arrivée
Maciste lui a dit :

— Les habitants de la Via del Corno sont tous de braves
gens; je te dirai ceux qu'il faut aider et ceux qu'il faut fréquenter.

Ugo est souvent leur hôte; il la traite avec respect; il a la
parole facile et des manières gentilles. Ils vont quelquefois
tous les trois au cinéma. Quand elle ne comprend pas, c'est
Ugo qui lui explique. Corrado parle « au compte-gouttes ».
Mais c'est le mari tel qu'elle l'avait toujours imaginé. Toutefois elle l'avait imaginé de proportions plus chrétiennes.

Quand la forge est fermée, Corrado monte manger. Il
s'assied et Margherita lui ôte ses souliers. Ça lui plaît comme
de l'embrasser. Au début il ne voulait pas; maintenant il se
laisse faire. Il a le visage couvert de suie et de sueur. Ce
sont les moments les plus beaux; elle est agenouillée; il lui
soulève le visage et le caresse. Puis Corrado se lave torse nu.
C'est un géant; elle lui tend la serviette; elle le regarde avec
orgueil et crainte en même temps. Il l'embrasse dans le cou;
c'est le baiser qu'il préfère; elle frissonne; c'est à ce mo-

ment-là qu'elle regrette de ne pouvoir être mère. Après le repas Corrado repousse les assiettes ; il veut qu'elle reste auprès de lui quand il fait ses comptes. Ils ont déjà mis 7.000 lires de côté ; Corrado a l'intention d'acheter un side-car. Au lit il ronfle ; on dirait un gros singe. Margherita aime à s'endormir la tête sur son épaule, même en ce moment où nous sommes en été. Elle le fait depuis bien longtemps et il ne s'en est jamais aperçu ; ça lui plaît d'autant plus. Son tatouage l'impressionne. Quand ils se sont fiancés elle lui a demandé ce que cela signifiait. Il lui a dit qu'il l'avait fait faire en prison pour passer le temps ; plus tard il lui raconta qu'avant la guerre il avait une maîtresse qui était artiste. Tard dans la soirée Corrado sort avec Ugo, et Margherita reste de nouveau seule ; mais souvent un ange gardien traverse la rue et vient lui tenir compagnie et l'aider à essuyer la vaisselle. Maintenant que Clara elle aussi s'est fiancée officiellement, il n'y a plus que Bianca qui dispose de ses soirées. Mais Bianca a confié à Margherita qu'à son tour elle était tombée amoureuse.

Bianca est la plus jeune des quatre anges gardiens. Ses cheveux sont d'un blond ardent avec des reflets roux ; elle a des traits plutôt marqués pour une fille de dix-huit ans. Sa bouche largement fendue lui donne une expression d'amertume encore accentuée par les grands yeux tristes. Elle s'est développée harmonieusement mais le corps est resté mince par manque de santé ou de maturité ; on ne saurait dire. Sur tout son visage il y a cet air languissant presque découragé que Madame a jugé susceptible de faire fureur. Depuis sa jeunesse, son cœur avide de compréhension, de douceur, de chaleur, n'a rencontré que sévérité, dureté, froideur. C'était un « poussin dans son duvet » et elle a dû se défendre seule comme un louveteau dont le chasseur a tué la mère. Le chasseur l'a tuée quand Bianca avait neuf ans.

Le père a repris femme disant qu'il avait besoin d'aide dans son travail, d'une femme qui fasse bouillir les amandes dans le sucre pendant qu'il faisait le tour de la ville avec sa corbeille de croquants, et qui surveille la petite. Il épousa précisément une bonne d'enfants rencontrée aux Jardins; il y passait ses après-midi à balancer ses friandises sous le nez des enfants pour que les grandes personnes en achètent. Cette femme, Clarinda, avait des économies et un certain désir de s'installer, car elle allait sur ses quarante ans. A la maison elle trouva Bianca. Elle la traita comme elle traitait les enfants de sa patronne (elle n'avait pas d'autre expérience) avec respect et autorité, avec soin et détachement. Elle ne lui donna jamais une gifle; jamais une caresse non plus. Elle vécut à côté d'elle comme à côté d'un objet fragile qui réclame une certaine attention, mais dont on ne comprend pas la signification. C'est ainsi que Bianca grandit, persuadée qu'elle était malheureuse et incomprise, renfermée en elle-même jusque dans ses relations amicales, nourrissant son cœur de rêves, de solitude et d'amertume.

— Ici Via del Corno vous vous fiancez bien vite ! lui dit Margherita; chez moi à ton âge on s'habille encore en ange pour les processions.

Elle se surprend même à dire :

— Ici vous avez une façon particulière d'être des anges.

Puis elle ajoute :

— Il habite aussi dans notre rue ?

— Non. Il habite Santa Croce.

— Qu'est-ce qu'il fait ? Où l'as-tu connu ? Tu veux me faire languir ?

Bianca sourit à bouche close ; elle essuie un plat avec un torchon et semble isolée dans une pensée qui l'amuse. Elle secoue la tête comme si elle prenait quelqu'un en pitié ; elle-même peut-être. Margherita lui demande ce que cela signifie.

— Je pensais à quelque chose ; si je vous le disais vous vous moqueriez de moi !

— Je te promets que non.

— Ce soir, figurez-vous, il est venu au rendez-vous avec des pantalons courts. Le plus fort c'est que je ne m'en suis pas aperçue, sur le moment. Je viens seulement d'y repenser.

— Mais alors ce n'est qu'un enfant ?

— Il a mon âge; un mois de moins.

— Ça alors !

Margherita se lave les mains; la vaisselle est finie.

— Je pensais que tu avais plus de jugeote !

Mais brusquement elle rougit, sourit et ajoute :

— Au fait, moi, je n'ai pas un mois mais quatre ans de plus que Corrado ! comme tu vois je t'ai donné l'exemple.

Bianca remet les assiettes dans le buffet. Elle pense combien tout cela est étrange. Elle qui croyait qu'elle n'aimerait jamais qu'un homme grand, bien habillé, avec les yeux clairs et les cheveux blancs aux tempes — aux tempes seulement ! — un homme « qui ait l'expérience de la vie », qui pût la comprendre ; elle qui au début des fiançailles de Milena avait cherché à la dissuader parce qu'Alfredo lui paraissait trop jeune avec ses vingt-trois ans ; elle, Bianca, qui avait traité Osvaldo comme il le méritait quand il avait fait sa déclaration (« comment un placier pourrait-il comprendre une femme ? ») elle était tombée amoureuse à n'en pas dormir la nuit d'un typographe, au point de ne pas s'apercevoir qu'il avait des pantalons courts ! (mais le typographe fait un métier intellectuel ; un typographe, n'oublie pas, Bianca, ça imprime les livres ; c'est comme s'il les écrivait lui-même ! et les pantalons s'allongeront).

— Comment s'appelle-t-il ?

— Mario. C'est un beau nom, tu ne trouves pas ?


— Au revoir, Maciste. Bonne nuit !

Il est onze heures et le cordonnier s'attarde sur le pas de sa porte ; il parle avec Nanni accoudé à l'appui de sa fenêtre. Un peu plus loin, après le numéro 1, assises en demi-cercle, les femmes font la conversation. Clarinda a la parole. Il y a là aussi, Armanda, la mère du fasciste Carlino ; une petite vieille aux yeux de lapine qui a la conscience aussi blanche que ses cheveux. L'air est pesant ; l'urinoir — encore bouché ! — les tas d'ordures et la remise de la Via del Perlascio dont le soupirail s'ouvre sur notre rue, empuantissent l'atmosphère. Tout en haut un morceau de ciel sans lune et

presque sans étoiles. La lumière des réverbères aux deux
bouts de la rue, fait deux ronds qu'elle ne dépasse pas. La
Via del Corno est obscure ; les gens se reconnaissent au son
de leur voix.

— Salut Ugo !

Toutes les fenêtres sont grandes ouvertes pour accueillir la
fraîcheur d'une brise qui ne vient pas, et toutes les lumières
sont éteintes, parce qu'elles attirent les moustiques et font
tourner les compteurs. Chacun à sa fenêtre, Clara et Bruno
échangent un dernier bonsoir. Ils ont tous deux l'impression
d'avoir à se dire, à cet instant précis, les paroles qui ne se
disent qu'à voix basse.

— Salut, femmes !

— Bonne nuit, Ugo !

Ugo ce soir a le cœur lourd comme l'air. Il monte lentement l'escalier de sa maison, avec sa veste sur une épaule et
les manches de sa chemise retroussées. Les jambes lui pèsent
d'une manière insolite. Il s'aperçoit, pour la première fois
peut-être, qu'il pourrait tomber malade, qu'il pourrait un certain jour prendre le lit, comme Madame, dans l'attente d'une
mort libératrice. Il atteint sa chambre à tâtons, se déshabille
et reste nu à fumer une cigarette. Il a laissé éteint pour les
mêmes raisons que tout le monde. La chambre est basse de
plafond, les draps sont encore chauds de soleil, on dirait
qu'ils viennent d'être repassés ; en sortant il a oublié de fermer les persiennes. Il est couché sur le dos ; il fume ; cette
chambre est la sienne ; la chaise près du lit, la commode,
au-dessus de la commode la glace, le réveil sur la table de
nuit ; c'est tout. Sur la commode, le peigne pris dans la
brosse, le flacon de brillantine, la brosse à dents et la poudre
dentifrice, la boîte à savon. Sur les deux murs opposés, deux
portraits cartonnés : à gauche ses parents, morts tous deux ; à
droite, leur faisant vis-à-vis, Lénine. Son père porte un faux
col qui monte jusqu'au menton. Sa mère est coiffée comme
la belle Otero ; ils ont l'air sérieux, presque effrayés. Sa mère
a une expression intense ; elle serre fort les lèvres comme
pour ne pas crier. Son père louchait d'un œil, mais le photo-

graphe a fait des retouches. Dans le portrait de droite Lénine regarde Ugo. C'est une photographie découpée dans un
journal et collée sur du carton. Le papier a un peu jauni;
mais Lénine émerge aisément du flou avec sa tête penchée
comme un taureau. De son lit Ugo ne peut le distinguer;
mais c'est comme s'il le voyait vivant, à un pas de lui au
milieu d'un pré. Et même il est plus vivant que s'il était
vivant, parce qu'Ugo recompose mentalement ses traits et lui
donne la physionomie et la grandeur qu'il lui plaît, la voix
qui sonne le mieux.

Tout à l'heure à la réunion ce camarade ne cessait de répéter : « Ceux qui ont des photographies, des opuscules, des
documents de valeur doivent se tenir prêts à les mettre en
lieu sûr, surtout les camarades particulièrement en vue ».
Maciste lui donnait des coups de coude comme pour lui dire :
« je t'avais prévenu! » Le camarade qui parlait n'était pas
plus haut que ça! Un fin renard! Dans le genre de Lénine
alors ?

— Il se peut que nous soyons contraints d'entrer sous peu
dans l'illégalité; et même virtuellement on peut dire que nous
y sommes depuis six mois...

Tous faisaient oui de la tête comme frappés de la danse
de saint Guy.

— Maintenant passons à la discussion...

Alors un camarade s'est levé et a dit :

— Il me semble à moi, sauf votre respect, que nous bais-
sons culotte et que nous relevons la chemise avec nos propres
mains.

C'était une grossièreté mais Ugo était bien de cet avis. Il
allait dire : « Tu m'as ôté les mots de la bouche ! », quand
Maciste lui donna une bourrade pour lui signifier de se taire.
A la fin le camarade « mal foutu » a pris la parole encore
une fois et il les a un peu ébranlés tous.

— Il y a ceux qui ont été arrêtés par mesure de prudence,
ceux qui sont surveillés; il y a les journaux supprimés; notre
Parti comme tous les Partis d'opposition a reçu indéniable-
ment de rudes coups.

Alors Ugo a pris la parole ; Maciste n'a pas eu le temps de le retenir.

— Même réduits à une poignée, nous serons encore assez nombreux pour reconstituer les Hardis du peuple. Est-ce vrai ou non que nos malheurs ont commencé quand les Hardis du Peuple se sont dissous ? Nous nous sommes dissous et les fascistes nous ont ligotés !

Celui de la chemise et des culottes a dit :

— Moi, j'en suis !

Mais il a été le seul. Le camarade mal foutu est encore intervenu ; il a fini par convaincre tout le monde, y compris Ugo.

La cigarette s'est éteinte entre ses lèvres. Il suffoque dans sa chambre. Il dort nu et son corps en sueur se colle aux draps. Ce qu'a dit le camarade, il ne pourrait le répéter mot pour mot mais c'était convaincant. « Tous les riches et les bourgeois sont passés du côté des fascistes ; les prêtres ont relevé la soutane et les bénissent ! » Ce n'est pas neuf cela. Il a dit que nous sommes restés peu nombreux et que le peuple n'a pas une conscience de classe très développée. Voulait-il dire que le peuple a peur des prêtres et des bourgeois ? Certes ! tant que ce seront les prêtres et les bourgeois qui lui donneront à manger ! Mais ce qui a convaincu Ugo c'est autre chose et il faut qu'il mette ça au clair pour le répéter aux camarades du marché demain. Il ferme la fenêtre, allume la lampe, prend son crayon et son carnet dans la poche de sa veste, débarrasse un coin de la commode et, nu, debout, se met à écrire : « Camarades, tout le monde est contre nous ; nous avons fait des erreurs, mais nous ne devons pas nous décourager. On pourrait faire la Révolution ; mais il serait prématuré d'aller s'offrir aux coups des fascistes et des carabiniers. Cette fois le Roi décréterait l'état de siège et les soldats nous tireraient dessus. Nous mourrions tous. Qui resterait pour la semence ? personne ! On perdrait des années précieuses. Il faut donc faire ainsi : continuer à combattre sur le plan légal et attendre que le peuple se révolte contre cet état de choses et fasse sauter les fascistes. Nous, nous devons nous trouver à l'avant-garde et à leur tête à tous au bon moment. »

Il retourna le portrait de Lénine et lui dit sur un ton mi-plaisant mi-affectueux : « C'est dur à avaler, cher Wladimir ! » Il éteignit et retourna au lit. Puis il se leva de nouveau, ralluma, prit le crayon et ajouta une phrase : « A ce moment-là nous reconstituerons les Hardis du Peuple ! »

Il se recoucha alors pour de bon. Il entendit Beppino geindre à voix basse dans la chambre voisine ; il pensa que Maria dormait toute nue et il la désira.

— Nanni, tu es là ? s'écria au même instant le brigadier de la rue.

— Je viens tout de suite à la fenêtre, brigadier !

— Ce n'est pas la peine, bonsoir !

Ugo pensa que si le brigadier se montrait si aimable, c'est que Nanni avait dû lui rendre quelque service. Tous les mauvais dormeurs de la Via del Corno firent la même réflexion. Mais il n'y avait pas là de quoi faire travailler plus longtemps leurs esprits engourdis ni tirer du sommeil leurs corps fatigués. Toutefois Madame ne connaît ni la fatigue ni le sommeil quand il s'agit de penser ; et surtout elle n'a jamais l'esprit engourdi.


— Comme vous voyez, je suis venu sur l'heure ! lui dit Egisto Nesi en entrant.

Gesuina lui apporta une chaise. Il était souriant et un peu narquois mais gardait son air servile et ténébreux. Il avait passé une veste et en entrant il avait ôté son béret. Le crâne nu apparaissait très blanc, par contraste avec le visage, noir de charbon. Le béret avait laissé une trace circulaire, un sillon qui séparait nettement la blancheur maladive du crâne, du masque poudreux et sombre du visage. On aurait dit un acteur qui aurait enlevé sa perruque mais non encore son fard.

Il était venu au rendez-vous par considération pour Madame. Il supposait que Madame l'avait fait appeler parce qu'elle s'intéressait à Luisa et il avait déjà sa réponse toute prête. Il la laisserait parler (Gesuina servait d'interprète) puis il lui dirait : « Chère Madame, l'histoire est vieille désormais et tout a été arrangé. J'ai donné à Aurora et à la petite un bel intérieur ; je lui donne la possibilité de mener une vie bourgeoise. J'ai donc fait mon devoir et je ne me prêterai à aucun chantage. » Mais *moi, Nesi,* se trompait et ses cheveux s'il en avait eus, se seraient dressés sur son crâne comme autant d'aiguilles aux paroles que Madame s'apprêtait à prononcer. Madame est maîtresse dans l'art de reconstruire la vérité sur un petit nombre de faits ! Nesi commença à se faire du souci dès les premiers instants quand Madame s'agita à l'intention de Gesuina et que Gesuina dit :

— Approchez-vous du lit ; Madame veut vous parler sans témoin ; moi je me retire.

Vous savez comment réagit l'homme coupable dans ces cas-là. Il croit que toutes les personnes qui le croisent sont au courant de sa faute. Nesi avait la conscience comme une montagne de charbon, couverte de fautes diverses. Il pensa subitement qu'Aurora avait confié à sa mère qu'il l'avait contrainte à avorter. Maintenant Madame allait le faire chanter au nom de Luisa !

Madame était assise dans son lit. Les antres de ses yeux lançaient des éclairs. Avec sa longue main de spectre couverte de bijoux, elle fit signe au charbonnier d'approcher. Il s'avança avec sa chaise, mais elle l'invita à s'asseoir sur le lit : la cigale au fond de sa gorge émit un souffle. Elle rassembla tout le volume de voix dont elle pouvait disposer, certaine que dès les premières paroles l'ouïe de Nesi aurait acquis une finesse prodigieuse.

Le charbonnier dit qu'il craignait de salir le lit, mais Madame le rassura d'un geste. Il s'assit de côté, sur le rebord, tendit son visage vers Madame et prépara son oreille à entendre. Madame avala sa salive plusieurs fois, toussa pour éclaircir sa voix, puis mit ses lèvres sanglantes à l'oreille de Nesi, en ayant soin de diriger les mots les plus directement possible sur son tympan. Et elle dit :

— Giulio vous fait savoir que vous pouvez être tranquille !

La voix arriva à destination avec les paroles pleines et

entières. Madame s'en aperçut au mouvement que fit le charbonnier, lequel glissa sur une jambe et dut pour se retenir, s'accrocher à la couverture. Il balbutia :

— Qui, Giulio ?

Les cavernes de Madame s'illuminèrent :

— Ne faites pas d'histoires ! j'ai peu de voix !

Puis elle ajouta d'un seul trait :

— Comme Giulio et le Maure n'ont pas confiance en vous — et à mon avis ils n'ont pas tort — ils m'ont chargée d'exiger le versement de 50.000 lires. Je les veux demain, dans la matinée, sinon j'avertis le brigadier. De toutes façons ces malheureux n'ont plus rien à perdre ! Je ne vous le répéterai pas, demain matin ; ici sur mon lit, à la même heure 50.000 lires !

Et elle se tut, prise de hoquets. Gesuina fit irruption dans la chambre et donna quelques gorgées de calmant à Madame en jetant des coups d'œil rancuniers à Nesi.

Le charbonnier passait du noir au vert comme vidé de sang. Il se mit sur ses pieds, fit mine de parler. Mais Madame, le verre à la bouche, l'arrêta d'un signe. Nesi mit son béret, rentra le cou dans ses épaules comme une tortue et regardant Madame de ses yeux injectés de sang et de poison, il lui dit, l'index pointé dans sa direction :

— Ecoute, vieille putain ! tu n'as pas de voix mais tes oreilles sont bonnes ; donc écoute !...

Mais brusquement il s'arrêta comme s'il s'était mis un frein. Il se redressa, ôta à nouveau son béret et — seul son regard demeurait inchangé — il dit :

— Le dernier mot n'est pas prononcé ! De toutes façons demain matin je vous apporterai la réponse, quoi que j'ai décidé.

Il s'inclina exagérément et ajouta :

— Mes hommages !

Puis il ouvrit la porte et sortit.

# CHAPITRE IV

— Ce soir tu es plus gaie que d'habitude. Tu souris si rarement que je croirais que tu as gagné un terne à la loterie. Tu as rêvé qu'on se mariait ?

— Non. D'ailleurs je ne rêve qu'éveillée. J'ai besoin de garder les yeux ouverts pour rêver.

— Alors ça ne vaut rien. Tu rêves seulement ce qui te plaît.

— Ce sont ces rêves-là les plus beaux, non ?

— Avoue que tu me caches quelque chose !

— Même si tu me mettais en morceaux, je ne te le dirais pas !

— Hé ! Bianca, tu es dure ! Mais je te mâterai.

— Tu veux faire l'homme ?

— Allons par ici.

— Non, Mario, non. Cette rue est trop sombre !

— C'est bien pour ça !


— Dis-moi, Clara, qu'est-ce qu'il pense de son travail ton père ?

— Cette nuit, j'ai entendu qu'il se lamentait parce que la paye est misérable.

— Mais, aux chemins de fer, les places sont sûres, même pour un journalier.

— C'est que nous sommes très nombreux à la maison, tu comprends, Bruno ?

— Et moi ? Quelle impression a-t-il de moi ?

— Comme s'il ne t'avait pas vu naître !

— Je veux dire en tant que futur gendre.

— Quand tu es sorti, il m'a dit seulement : maintenant tu dois marcher plus droit que jamais.

— Il a raison.

— Pourquoi ? Je fais quelque chose de mal ?

— Tu ne m'as même pas donné un baiser.

— Pas ici ! Il y a trop de lumière.

— Qu'est-ce que ça fait ? Celui qui ne veut pas voir n'a qu'à se tourner de l'autre côté.

— Mais alors, comment puis-je marcher droit ?

— Si c'est moi qui te demande, tu peux faire infraction à la règle !

— Quoi ?

— Infraction. Je t'expliquerai ensuite ce que ça veut dire.

— Dis-le-moi tout de suite, ou bien je retourne à la maison.

— Donne-moi un baiser.

— Un autre.

— Je te l'ai déjà donné, Mario. Maintenant ça suffit. Je commence à avoir froid. Et puis regarde, il y a des gens qui passent.

— C'est un couple d'amoureux comme nous. Maintenant ils s'arrêtent contre le mur et ils s'embrassent sans faire tant d'histoires.

— Tu ne vois pas que je vais tomber ?

— Si tu t'appuies au mur !...

— Je parle sérieusement ; le souffle me manque.

— Allons là où il y a un peu plus d'air, sur un petit banc de la Piazza Santa Croce.

— Encore, encore...

— Ça ne te donne pas chaud, Bruno ?

— Tu as de ces questions !

— Pourquoi ?

— Je voudrais savoir à quoi tu penses quand je t'embrasse.

— Que je t'aime.

— Alors pourquoi me demandes-tu si ça me donne chaud ?

— Comme ça pour changer de conversation. Tu n'en finirais pas autrement.

— Et toi tu ne voudrais même pas commencer.

— Comme tu es méchant !

— Tu te sens mieux ?

— Oui, je suis remise.

— Tu m'as fait peur. Tu étais devenue blanche comme un linge.

— C'est la chaleur.

— Ça t'arrive souvent ? Tu t'es fait voir ?

— Oui ; on m'a ordonné des piqûres. Je commencerai demain.

— Tu les feras, c'est sûr ?

— Certes ; pourquoi non ?

— J'ai l'impression que tu te fatigues trop. Prends une semaine de vacances au Laboratoire.

— Et où irais-je ?

— A la maison. Où veux-tu aller ? Tu te lèverais tôt, tu ferais une promenade sur les allées et l'après-midi tu viendrais me prendre quand je sors de l'imprimerie.

— Comme ça, je supporterais toute la journée ma belle-mère.

— Fais comme si elle n'était pas là.

— Elle y est, même quand elle n'y est pas.

— Elle te fait des mauvaises manières ?

— J'aimerais mieux, au moins j'aurais des raisons de me plaindre. Mais elle est mieux éduquée qu'une dame, et elle a toujours la raison pour elle ! Par exemple, le matin, si je reste au lit, cinq minutes de plus, elle arrive avec le bol de lait déjà refroidi. « Tu ne te sens pas bien, Bianchina ? » me dit-elle, et elle le dit avec un ton qui est pire qu'une gifle. Je dis que non, même si c'est vrai que je me sens mal. Alors, père se met en fureur et dit qu'elle n'est pas ma bonne et que ce serait à moi plutôt de lui porter son lait. La même chose pour la vaisselle. C'est moi qui la fais et comme je ne veux pas m'abîmer les mains, j'ai acheté des gants de caoutchouc. Je ne peux pas te dire toutes les moqueries que j'ai supportées : la « petite Duchesse », « notre raffinée », « certes tu es jeune et tu dois soigner ton apparence » ... tant et tant que j'ai fini par jeter les gants par la fenêtre. Alors ça été une autre chanson : si père se plaignait de ce qu'elle avait dépensé trop d'argent pour certaine chose, elle répondait : « la chose est toujours là, je n'ai pas jeté les sous par la fenêtre, moi ! »

— Vous êtes tous les mêmes Via del Corno. C'est une rue asphyxiante vraiment.

— Hé ! de l'air il n'y en a pas beaucoup. Mais c'est l'ambiance qui déprime. Misère et encore misère partout. Et même pas, car tout le monde mange à peu près à sa faim. Mais la misère, ils l'ont écrite sur le visage, ils la portent sur eux, tu comprends ? Il y en a qui ne sont pas mal, ils vivent aux derniers étages. Vivre aux derniers étages, c'est tout autre chose ! Moi, quand je vais chez Margherita, la femme du maréchal-ferrant, je t'en ai parlé, quand je me trouve chez elle, je sens mes poumons s'élargir.

— Dès que je reviens du régiment, nous nous marierons et nous irons habiter aux « Cure » comme ton amie.

— D'ici là tu m'auras abandonnée.

— Tu dois cesser de parler ainsi, Bianca. Moi, je t'aime.

— Tu m'aimes maintenant... Mais je me connais. Je suis d'un genre dont on se fatigue vite.

— Je ne comprends pas que ce soit toi qui mettes des bâtons dans les roues. Mon service, c'est comme si je l'avais fait ; mon examen de machiniste s'est très bien passé, ma mère est disposée à nous céder la chambre matrimoniale. Qu'est-ce que nous attendons ?

— Je suis encore trop jeune !

— Tant mieux si tu es jeune.

— Tant mieux en quel sens ?

— Malédiction ! Je vais t'appeler « mademoiselle pourquoi ? »

— Ne jure pas. Père suffit pour ça.

— Je n'ai pas juré, Clara. J'ai dit : malédiction !

— L'intention suffit.

— Je ne sais plus, le matin tu es comme ci et le soir comme ça. C'est l'obscurité qui t'indispose ?

— Tu commences par me dire des méchancetés, et après tu te moques de moi.

— Quelles méchancetés ? Je t'ai démontré que nous sommes dans des conditions telles que nous ne pouvons nous marier et tu appelles ça une méchanceté ! A voir comment vont les choses, qu'est-ce qui peut bien arriver de nouveau d'ici trois ou quatre ans ?

— Tu le sais, tu veux que je le répète, pour me faire enrager.

— Bien. Partons de ton point de vue. Tu dis que si nous nous mariions, ta mère serait obligée de s'arrêter de travailler pour tenir la maison, et qu'avec ce que gagne ton père, ta famille mourrait de faim. Ça va bien. Quel âge ont tes frères ?

— Tu es méchant, Bruno ; c'est toi qui changes le soir ; pas moi.

— Donc, comptons sur nos doigts. Adèle a douze ans, Gigino dix, et Palle, sept. Bon : avant qu'ils soient à même d'aider la famille, dix ans auront passé pour le moins. C'est

pourquoi toi et moi nous devrons rester dix autres années
comme l'oiseau sur la branche !

— Vois, vois comme tu es menteur. J'ai toujours dit qu'il
fallait attendre qu'Adèle soit assez grande pour prendre ma
place.

— Trois ou quatre ans, au minimum. Tu le sais, combien
d'heures font trois ou quatre ans ?

— Je veux retourner à la maison.

— Donne-moi un baiser.

— Oui ! Maintenant tu m'embrasses et puis tu recom-
mences.

— Tu veux toujours le savoir ? Tu ne m'ennuieras pas si
je te le dis ?

— Dis-le-moi si tu veux.

— Maintenant je veux. Je peux te le dire parce que c'est
passé. Hier soir tu avais mis des pantalons courts. Je ne m'en
suis aperçue qu'après ton départ... tu étais ridicule ! Aujour-
d'hui tu as remis des pantalons longs. On t'a embêté à ce
sujet ?

— Non, d'ailleurs tu m'as toujours vu avec ma salopette,
elle est longue et je n'ai rien d'autre. Hier j'avais fait un
accroc, je n'ai trouvé personne à la maison pour le raccom-
moder, alors pour ne pas te faire attendre, j'ai mis mes vieux
pantalons. J'ai été très content que tu fasses semblant de ne
pas t'en apercevoir.

— En fait, je te dis, je n'y ai pas fait attention.

— Dimanche en tout cas prépare-toi à une surprise.

— Tu t'es fait un tailleur neuf ?

— Oui, j'ai acheté l'étoffe à tempérament. Elle est belle,
toute grise. Comment crois-tu que ce soit mieux, croisé ou
pas croisé ?

— Le croisé n'est pas à la mode... Maintenant il faut que
je rentre. Souviens-toi. Moi à minuit juste je regarde la
montre. Tu fais de même. Ainsi nous serons près, l'un de
l'autre.

— Et si ma montre avance et la tienne retarde ?

— Ça veut dire que nous ne nous aimons pas.

— Quel rapport, la montre et l'amour ? Cesse d'être fataliste !

— Continue, vas-y ; dis-le que tu me materas !

— Pour sûr, je te materai moi !

— Corrado !

— Quoi ?

— Si en sortant, tu rencontres quelqu'un qui te demande où sont Clara et Bianca, dis qu'elles sont chez moi.

— Tu t'es mise à faire un beau métier !

— Pardonne-moi, c'est la dernière fois.

— Les anges gardiens t'ont trouvée trop facile. Après quoi elles finissent dans des charbonneries !

— Corrado !

— Bon, c'est la dernière fois, entendu.

Les Anges Gardiens qui finissent dans des charbonneries se démènent parmi les montagnes de charbon, dans l'espoir de remonter à la surface, et ne s'aperçoivent pas qu'ils s'enfoncent toujours davantage dans le ventre de la terre. Et s'ils savent, ils feignent de l'oublier. Ils se démènent et cherchent non seulement la lumière, mais aussi l'air, et aussi la consolation et aussi l'amour. Demandez à Aurora. Demandez-lui ce que ça signifie de subir Nesi avec toute sa saleté, son souffle empesté par le cigare refroidi, les os de ses jambes, ses exubérances vicieuses, tous les soirs de 8 à 10. Il exige qu'Aurora donne une infusion de pavot à l'enfant pour le faire dormir ; il exige la lumière bleue de l'abat-jour au pied du lit ; il exige qu'Aurora mette un bas noir et un seul, et sur le bas noir une jarretière rose. Tout cela encore n'est rien : le reste elle ne le dirait même pas en confession. Il dit certains mots et Aurora doit lui répondre et elle lui répond réellement ; elle entre dans son jeu, dans son cerveau, elle l'exauce, l'interprète, le satisfait, lui, et se satisfait elle-même. Le dégoût vient après, quand il s'en va et qu'elle doit remettre de l'ordre et éveiller le gosse pour lui donner sa tétée à ce même sein qui a servi peu auparavant.

Le bébé est abruti par le somnifère. Il fait rouler ses petits yeux et bave. Aurora lui met le bout du sein dans sa petite bouche entr'ouverte et l'enfant suce voracement, d'instinct, tout endormi qu'il est. A ce contact la mère réprime des frissons qui la secouent d'abord de tressaillements et se répandent aussitôt après en gémissements désespérés.

Elle est assise, elle presse le nouveau-né sur son sein, sanglote, son nez coule ; on dirait une petite fille : elle arrête la morve avec la lèvre inférieure, tremble ; ses larmes mouillent le visage de l'enfant. Elle l'essuie précipitamment. Alors il s'éveille, ouvre des yeux plus grands que jamais, sourit à sa mère sans lâcher le sein où il pose sa menotte. Elle s'assied sous l'abat-jour à franges près du trépied de la lampe en bois noir. Elle a le regard brouillé de pleurs ; les meubles neufs, les carreaux rouges et noirs, de forme hexagonale, le berceau du bébé garni de tulle, dansent devant ses yeux comme les images d'un film. Lentement ses larmes tarissent, de temps en temps un sanglot la secoue, qu'elle étouffe pour ne pas faire sursauter l'enfant qui dort maintenant sur ses genoux. Elle regarde devant elle, mais ne voit rien, ne pense à rien, absente comme dans le sommeil ou la mort. Brusquement elle se secoue, il lui semble sortir d'un long évanouissement ; elle s'étonne de ne pas avoir laissé choir l'enfant. Elle voudrait le remettre dans son berceau mais elle n'a pas la force de bouger, elle ne sait plus commander à son propre corps ; elle sent un vide en elle, comme si on avait aspiré tout son sang. Elle n'est même pas fatiguée, elle est de cendres, et sa dépouille, là, sur ce siège, berce l'enfant. Un soir elle pensa : « Je suis comme Pinocchio à la dernière page du livre. »

Milena l'avait forcée à lire *Pinocchio,* mais elle n'en avait pas envie : « Ce n'est pas un livre pour filles, c'est un bouquin de garçons », avait dit Bianca. Milena avait insisté :

« Si tu lis Pinocchio, je t'apporterai les *Contes de la Grand-Mère* ». C'étaient les seuls livres qu'elles avaient lu avant ceux de Carolina Invernizio [1]. Ceux-ci la reportaient à ses quinze ans. C'est Bianca qui les prêtait. Milena, après *La main de la mort* ne voulut plus rien savoir. Elle dit que ces livres l'ennuyaient et lui faisaient impression. Elle lisait alors *Les Trois Mousquetaires*. Clara a toujours prétendu que la lecture lui faisait mal à la tête. Quelle idiote ! Elle n'a même pas lu : *Abandonnée la nuit des noces !* C'était un roman à épisodes. Tous les jeudis un jeune garçon lui faisait les livraisons à domicile. On donnait une lire au début et vingt-cinq centimes à chaque livraison. Ça n'en finissait pas ; toutes les semaines un nouveau personnage faisait son entrée. Aurora trouvait les livraisons dans la chambre de Gesuina quand elle allait chez Madame. Elle les prenait et les remettait à leur place, sans en rien laisser voir. Elle appelait Bianca de la fenêtre et ensemble elles dévoraient les pages  Quant à Milena, elles l'eussent appelée en vain ; maintenant qu'elle avait treize ans, sa mère ne la laissait plus aller dans la rue. Bianca aussi avait sa belle-mère sur le dos. Clara n'avait que ses poupées en tête ; Aurora s'asseyait à côté d'elle sur les marches de la porte d'entrée et lui disait : « Bonjour, Madame. Votre mari est encore au lit ? » comme s'il se fût agi d'une folle qu'il ne faut pas contrarier. Près de la porte de Clara, il y a la cave du charbonnier. Nesi se tenait sur le seuil et souvent il appelait Aurora, il lui donnait deux sous pour une glace et des cerises ! (« Je t'ai vue grandir sous mes yeux et quand j'ai remarqué que tu avais de la poitrine, j'ai dit : ce n'est pas possible ! Mais j'avais un faible pour toi, même quand tu n'étais qu'une enfant. Tu te rappelles les paquets de charbon que je te donnais ? J'en attrapais mal à la rate quand je te voyais partager les marrons avec les autres ! » Puis il a ajouté : « On voit bien que je le sentais dans mon sang ce qui allait se passer ! »)

----

1. *Note de la tr. :* Auteur de romans-fleuves à l'eau de rose, extrêmement populaires.

Elle voudrait se rappeler comment c'est arrivé, pour saisir le moment où elle a commencé à se casser le cou; mais elle n'en a qu'une idée vague. Elle se souvient qu'on était en hiver. Elle était revenue de la fabrique (elle s'occupait des boîtes) et à la maison elle avait trouvé le feu éteint et ses frères, tous seuls, qui grelottaient de froid. Il faisait déjà nuit, et il n'y avait plus un morceau de charbon. C'était un samedi, cela elle se le rappelle : dans la poche de sa blouse de travail sous son manteau elle avait l'argent de la semaine. Elle prit le récipient de fer blanc où l'on mettait le charbon et sortit. Elle n'était plus « du bois dont on fait les saints » ; elle avait déjà eu deux fiancés. Même Carlino, le fasciste du numéro 5, lui faisait les yeux doux et quand il la rencontrait, il lui disait : « Si tu te décides, je te couvre d'or ». A deux reprises il l'avait amenée au cinéma, mais elle n'était jamais allée plus loin que quelques baisers, avec ce petit supplément que réclament les hommes quand ils emmènent une fille dans une rue déserte et l'arrêtent contre un mur « et ceux qui passent croient qu'ils ne font qu'échanger deux mots ! » Ses fiancés aussi s'étaient comportés comme Carlino. Pourtant, le premier, elle le lâcha, parce qu'il « allait trop loin ». Le second la lâcha, elle, pour retourner à un ancien amour. Avec Nesi elle plaisantait volontiers. Il lui soufflait toujours dans l'oreille : « Beauté ». Elle avait cessé de rougir à ce compliment. Il lui avait proposé de la rencontrer loin de la Via del Corno; mais elle avait toujours refusé. Toute enfant Aurora savait déjà qu'on peut arrêter les jeunes en chemin, mais que les vieux ne se contentent pas d'un rien. Les autres Anges Gardiens n'avaient pas de ces problèmes; Aurora se sentait un peu comme une grande sœur à côté d'elles. Clara était encore une petite fille et en parlant avec Bianca, Aurora s'était aperçue qu'elle ne savait pas comment une femme fait les enfants. Milena s'était fiancée et Alfredo lui interdisait même de se mettre à la fenêtre.

On n'avait pas encore allumé les réverbères ce soir-là. La rue était sombre. Seules quelques fenêtres étaient éclairées au premier étage... Nesi était sur sa porte. Dès qu'il la vit il lui dit : « J'allais fermer. Je suis content que tu m'aies trouvé, sinon ce soir tu mourais de froid. » Ils descendirent le petit escalier pour peser le charbon. Nesi n'était pas plus distinct qu'une ombre dans l'obscurité de la cave. Il lui dit :

— Tu n'as vu personne en venant ?

— Il n'y avait que Maciste dans la forge, mais il se trouvait de dos. Pourquoi me poses-tu cette question ?

— Attends un moment, dit-il.

Il remonta l'escalier quatre à quatre, baissa le rideau de fer et donna un tour de clé. Aurora se dit à elle-même : « il faut que je crie ». Toutefois elle voulait voir ce qui allait se passer. Elle se trouvait près du fourneau et se chauffait les mains qu'elle avait croisées derrière son dos ; elle sentait une bonne chaleur et pensait qu'il serait divertissant de se moquer de lui, « Moi, Nesi ! ». Elle était sûre, sans trop savoir pourquoi, d'être plus forte que lui, d'être capable de le renverser. Tandis qu'il descendait l'escalier en remettant les clés dans la poche postérieure du pantalon, elle pensa : « on dirait un petit chien ». Et elle eut envie de lui donner un coup de pied. Il s'approcha et lui dit :

— Que me donnes-tu si je te donne un baiser ?

— Une gifle.

— Et si je t'en donne deux ?

— Une double gifle.

— Et si j'ajoute un kilo de charbon ?

Alors, — mais pourquoi ? — elle avait répondu :

— Dans ce cas on pourrait voir.

Il avait rentré les épaules et mit le pouce dans la poche du gilet ; il alla peser le kilo de charbon. C'était un roquet, de ceux qu'on voit sauter à travers des cerceaux, habillés en clowns.

— Voilà. Maintenant donne-moi le baiser.

— Je plaisantais, dit-elle.

Elle s'éloigna du feu et sentit le froid dans le dos. Il s'approchait d'elle et comme elle riait, il lui recommanda de ne pas hausser la voix : « Tant mieux si on nous entend », dit-elle, « comme ça on viendra à mon secours. » Elle se sentait encore joyeuse. Puis, elle s'éloigna de nouveau, parce qu'il l'avait presque rejointe. Mais Nesi n'avait plus rien d'un caniche. Sous la faible lumière de la lampe, on aurait dit une chose noire avec deux points allumés, qui s'approchait. Il la prit brusquement par la taille avec ses deux mains et mit sa bouche sur la bouche d'Aurora. Quand elle réussit à libérer sa tête, il la tenait toujours serrée. Pourquoi ne cria-t-elle pas ? Pourquoi resta-t-elle muette et se laissa-t-elle embrasser encore ? Elle était bien libre quand Nesi se mit à disposer les sacs l'un à côté de l'autre ! Elle dit au contraire :

— Maman doit être rentrée et elle va me chercher.

— Faisons vite, dit Nesi.

Tu te souviens, Aurora ? C'est ce qu'il dit : « vite » ou bien « à la sauvette » ? Et quand tu ne pus t'empêcher de crier, que dit-il ? Il dit « Ce n'était pas dans mon programme ! » Tu vois que tu te rappelles ?

Et le soir suivant, et la troisième fois, tu sortis du lit en te détachant doucement de Musetta qui te tenait embrassée et qui dormait, tu t'habillas la gorge serrée, tu laissas la porte entr'ouverte, il faisait froid dans la rue. Il fallait se glisser à quatre pattes sous le rideau à peine soulevé, parce que, le lever et l'abaisser, ç'eût été réveiller toute la Via del Corno. Puis, il te conduisit dans l'après-midi à cet hôtel de la Via dell Amorino... C'est une rue pleine de bordels, et à toi aussi il te sembla être devenue comme une des femmes qui habitaient derrière ces persiennes. Toutefois, tu ne savais pas te refuser. Et cela dura jusqu'au jour où tu t'aperçus que tu étais enceinte. Il voulait te faire avorter...

Du jour où son amant lui a loué la maison de Borgo Pinti, Aurora n'a plus mis les pieds Via del Corno. Elle est toujours seule avec l'enfant et tout le jour se passe à attendre le soir et huit heures. Il arrive à l'heure tapante ! Quoi qu'elle fasse — mais elle n'a rien d'autre à faire qu'à s'occuper du gosse — elle vit tous les jours dans l'attente du soir. A mesure que passent les heures, l'une après l'autre, il lui vient une espèce d'angoisse : dès six heures elle se met à la fenêtre pour le voir déboucher du fond de l'Arc de San Piero. Son amant est la seule personne avec laquelle elle puisse parler sans se sentir jugée ou haïe. Elle se dit : « Il me fait souffrir, je le déteste, mais il ne me reste que lui désormais. Nous sommes liés au même joug. »

Les choses se passaient ainsi dans les premiers mois. A la lumière du jour elle oublie son repentir du soir. Du contact avec l'amant il lui reste un sentiment de répulsion dont elle s'accuse et puis le désir d'affronter de nouveau Nesi pour voir si c'est vraiment comme ça, et puis « ce sera fini ». « Dans ces conditions je n'en suis plus. J'aime mieux me retrouver à la rue », pense-t-elle chaque matin et chaque soir jusqu'à huit heures.

De temps en temps sa mère vient la voir. Elle vient voir surtout son petit-fils, dit-elle. Aurora lui offre du café ; elle voudrait parler un peu, mais sa mère lui répond toujours : « Ne me fais pas de contes. Vous allez bien, ça me suffit. D'ailleurs tout ce qu'il te donne te revient de droit. Ce ne sont pas des cadeaux. »

Son amant ne lui fait pas de cadeaux, mais elle ne manque de rien. Tous les soirs il lui laisse vingt-cinq lires. Le lendemain Aurora doit lui rendre des comptes, à un centime près. Si elle a besoin de quelque chose en plus, il s'en occupe, lui. Le matin une femme vient laver les langes. C'est une espionne de Nesi. Quand Aurora emmène l'enfant prendre l'air aux Jardins, cette femme la suit.

— Comme un policier, tu comprends, Maman ?

— Ces choses-là tu n'as pas à me les dire, elles me percent le cœur comme des aiguilles !

Aux Jardins, Aurora rencontre le père de Bianca, parce qu'il y a là une école. Il s'appelle Serafino, mais tout le monde, même Via del Corno, l'appellent plus simplement Revuar (Rivoire était autrefois le pâtissier le plus fameux de la ville). Il s'assied sur le petit banc près d'Aurora, pose sa corbeille sur le chevalet pliant et lui raconte les nouvelles de la Via del Corno. Aurora achète deux morceaux de nougat tous les jours. Elle lui dit de saluer Bianca et Revuar répond : « Ce sera fait ». Mais Aurora est certaine qu'il n'en fera rien. Maintenant le père de Bianca lui dit vous.

Son père, par contre, elle ne le voit qu'une fois par semaine. Il a dit : « Moi, je ne vais pas chez elle, pardieu ! Si elle veut me montrer l'enfant, elle sait où me trouver. » L'après-midi son père fait la Via de' Pilastri, traînant les balayures derrière lui. Aurora va à sa rencontre le jeudi et lui parle une demi-heure, sur le trottoir. Il ne lui dit jamais rien, il s'essuie les mains à son tablier avant de prendre l'enfant dans ses bras ; il lui fourre ses grosses moustaches dans le visage. L'enfant sourit et le balayeur dit : « Il te fait des chatouilles, grand-père, hein, pichounet ! »

Il a défendu à ses enfants d'aller la voir ; mais ils viennent souvent à son insu. Musetta n'a d'yeux que pour l'armoire à linge. Giordano et Palle attendent qu'Aurora leur offre de la marmelade de figues sur du pain. (Un soir Nesi s'aperçut qu'il était parti presque tout un pot de confiture en un jour. « Ça te fait mal, idiote ! » lui dit-il. Aurora lui avoua qu'elle en avait donné à ses frères. Il lui dit : « Entendons-nous bien : je t'entretiens toi, pas ta famille. » Depuis ce jour-là, chaque soir, en arrivant, il inspecte le buffet.)

Toutes ces choses ensemble, ont fini par l'humilier. Maintant elle attend le soir, comme le prisonnier attend l'heure de la torture. Il lui donne encore du plaisir par une sorte de pouvoir qu'il a dans les mains, dans la voix, à ces moments-là. Mais il n'y a plus rien qui l'attache au vieux Nesi, sinon l'intérêt, la peur, la terreur qu'il puisse découvrir qu'elle le trahit. Mais avec qui ?

Au cours du mois de janvier, un sac de charbon, tombé du haut du tas heurta Nesi à la jambe. Le soir, l'heure passa et Aurora pensa qu'il avait été retenu par quelque affaire. Vers les neuf heures, elle entendit sonner à la porte (comme Nesi avait la clé, Aurora supposa immédiatement qu'il était

arrivé malheur). C'était Otello, le fils de Nesi. Il restait
embarrassé sur le seuil, il dit à Aurora : « Mon père s'est
fait mal à la jambe. Il t'envoie cet argent. Il viendra demain
soir. » Il lui tendit le billet de vingt-cinq lires.

— Passe. Tu ne veux pas entrer ?

— Non, j'ai à faire, au revoir.

Il était déjà dans l'escalier.

L'attitude d'Otello lui donna pour la première fois le sentiment précis de sa condition : il y avait des personnes qu'elle
avait offensées. Et elle, Aurora, n'avait-elle pas été offensée ? Son amant ne l'offensait-il pas chaque soir ? Ne lui
faisait-il pas une vie de prisonnière ? Du jour où l'espionne
lui avait dit qu'Aurora rencontrait Revuar aux Jardins, il
lui avait défendu de sortir seule. Elle devait toujours se faire
accompagner de l'espionne qui rapportait à Nesi même ses
pensées. Mais il n'y en avait pas moins des personnes qui
souffraient par sa faute ; auxquelles par sa seule présence,
par la seule présence de l'enfant, elle menaçait « de crever
le toit ». Ces personnes étaient Otello et sa mère. Madame
Nesi avait pris tellement à cœur la liaison de son mari,
qu'elle gardait le lit depuis sept mois.

Quand les quatre Anges Gardiens habitaient encore le
Paradis de l'enfance, ils protégeaient toute la Via del
Corno. Ils auraient intercédé auprès du Seigneur même pour
Nanni qui était un délinquant invétéré, même pour Carlino,
qui avait fait cette agression contre Maciste et même pour
Nesi qui mouillait le charbon et avait la bassine sous la balance ; ils auraient mis la rue entière à la droite de Dieu le
Père Créateur du Ciel et de la Terre, auprès de Jésus-Christ
vrai Dieu et vrai Homme. Mais madame Nesi ils l'auraient
au contraire précipitée dans l'enfer, avec les pieds dans la
poix bouillante et sur la tête, la cendre brûlante. Via del
Corno, la femme du charbonnier était appelée « La Mégère [1]
apprivoisée ». C'était une femme du peuple, à qui la for-

---

1. *Note de la tr.* : en italien Crezia ; jeu de mots sur le prénom de
Crezia Nesi.

tune de Nesi avait tourné la tête. Elle ne rendait pas leur
salut aux passants et quand elle sortait, elle se tenait le mouchoir entre le nez et la bouche jusqu'à la Piazza della Signoria. Les Anges Gardiens venaient souvent jouer sur l'escalier du numéro 1, et elle les chassait en disant : « Vous
commencez tôt à faire le trottoir ! Otez-vous de devant ma
porte, ouste ! » Les haines accumulées dans l'enfance sont
les plus dures à mourir. Dans son malheur, Aurora était presque contente d'avoir pour ennemie la mégère Nesi. « Si je
dois avoir une ennemie, mieux vaut que ce soit celle-là ! »
Et encore maintenant qu'elle la savait infirme et souffrant de
grandes douleurs, elle ne trouvait pas une ombre de pitié
dans son cœur. Pour Otello c'était différent. Quand il était
petit et que sa mère le traînait derrière elle, il regardait les
Anges Gardiens d'un air de dire : « Ce n'est pas moi qui
vous chasse. Moi ça me plaît que vous jouiez devant ma
porte ! » Avec Otello elle était toujours restée en bons
termes. Avec l'âge elle avait compris qu'elle ne lui déplaisait pas et elle s'en réjouissait, elle l'encourageait même.
Mais Otello était devenu un jeune homme « très empoté »
et peut-être les femmes ne lui faisaient-elles encore ni froid
ni chaud. Quand elle fut devenue la maîtresse de Nesi,
Aurora chercha à parler à Otello, mais Otello la fuyait. Le
remords d'avoir fait du mal à Otello la faisait réfléchir longuement. Elle aurait voulu lui expliquer, mais comment faire ?
Entre la Via del Corno et Aurora il y avait l'océan. Elle
avait demandé à son amant :

— Que dit Otello ?

— Que tu es une putain.

— Il n'a pas tous les torts, disait-elle, et elle se mordait
les lèvres pour que Nesi ne voit pas qu'elle était près de
pleurer. Elle espérait que la naissance de l'enfant l'attire-
rait par curiosité, tout au moins. « C'est tout de même son
frère ! »

— Tu as invité Otello à venir voir le petit ? demanda-
t-elle à son amant. Qu'a-t-il dit ?

— Que les fils de putain ne l'intéressent pas.

(Cela, non ! Cela, Otello ne devait pas le dire ! pensa Aurora.)

Quand Otello était enfant, sa mère voulait en faire un médecin et son père un charbonnier pour lui laisser son affaire à sa mort. La mère voulait l'inscrire au lycée, le père à l'Ecole Commerciale ; mais l'envie d'étudier ne conduisit le gamin que jusqu'à la 3ᵉ. Le père eut le dessus et le prit avec lui à la charbonnerie. Il dit à sa femme :

— Toi, tu fais la fière, tant qu'il te plaît, moi je paye. Mais les affaires, c'est moi qui les fais et le gosse rentre dans les affaires !

Otello était l'ami des petites filles ; il cachait des morceaux de charbon dans ses poches et les donnait aux Anges Gardiens. Mais s'il n'avait pas l'étoffe d'un médecin, il n'avait pas non plus celle d'un charbonnier. Il grandissait, maigre et mélancolique sur le seuil du magasin. Il regardait le ciel et s'amusait à cracher devant lui, toujours plus loin jusqu'à atteindre le mur d'en face. Il éprouvait pour son père un sentiment de crainte et de dépendance. Il lui obéissait comme à un tyran pour le contenter et entrer en grâces auprès de lui. Mais la vie de charbonnier le dégoûtait. A dix-huit ans, il se mit à penser qu'à la mort de son père il liquiderait tout et voyagerait. Il était timide, susceptible, renfermé, il avait le regard distrait, et une attitude de chien battu. Il était resté l'ami des Anges Gardiens. Il fit un cadeau à Milena quand elle se fiança. Clara lui demanda conseil avant de dire oui à Bruno. Mais Aurora, il la regardait d'un autre œil, parce qu'elle était provocante « avec cette poitrine et ces yeux qui te traversent de part en part ». Mais tout de même c'était toujours la petite Aurora de ces dernières années, expansive, gaie, une chanson aux lèvres. Il finit par en tomber amoureux, mais il ne se décidait pas à se déclarer. Son père ne lui aurait jamais permis d'épouser la fille d'un balayeur de rue.

Puis il apprit que le vieux Nesi avait séduit Aurora. Il en fut plus affligé que sa mère ou Luisa. Quand Luisa fit cette scène qui attira toute la via del Corno aux fenêtres, Otello

était en train de décharger du charbon. Son père se doutait
bien qu'il avait entendu. Il alla le trouver le soir dans sa
chambre :

— Tu es au courant ? Eh bien, ce sont des choses qui
arrivent quand on porte culottes ! D'ailleurs je l'aime cette
petite. Ce n'est pas de ma faute si ta mère a vieilli plus vite
que moi !

Puis il ajouta :

— Nous sommes d'accord ?

— Non, nous ne sommes pas d'accord, dit Otello.

Son père ne le laissa pas finir ; il le gifla et s'écria :

— Moi, Egisto Nesi, je suis le patron dans ma maison !
Et tant que tu n'es pas majeur, tu ne dois dire non que si ça
me plaît ! J'étais venu pour te parler d'homme à homme. Je
m'aperçois au contraire que tu es encore un gamin qui a pris
l'habitude de contredire son père... Alors, vas-y, dis-la ton
opinion.

— Toi, tu es Nesi, et tu sais ce que tu fais, dit Otello,
humble, comme si brusquement la chose avait fini de l'intéresser. Au-dedans de lui, il pensait : « Demain je pars, je
vais dans les Apennins avec les charbonniers ! »

Mais il resta et il ne parla plus d'Aurora avec son père.
Donc le vieux Nesi mentait à sa maîtresse pour lui faire
croire qu'on avait fait le vide autour d'elle. Quand il se vit
couché, avec sa jambe enflée, il dit à Otello :

— Je ne peux pas bouger. Aurora est sans un sou. Porte-
lui ces vingt-cinq lires.

— Pourquoi n'envoies-tu pas le garçon ?

— Mes affaires, moi, Nesi, je ne les fais connaître à
personne. C'est un ordre.

Après un premier mouvement de répugnance, Otello
éprouva presque de la joie à rendre service à Aurora.

— Fais aller-retour, je regarde la montre, lui dit son père.

« Il est jaloux », pensait Otello en marchant, « il est
jaloux de moi ! » Et sa désaffection à l'égard de son père
(ce n'était pas encore de la haine. Pour que naisse la haine,
il faut que le père en rajoute et puis encore, et puis encore)

se mêla une ombre de mépris. Il en avait des battements de cœur. Il ne voulait pas s'avouer qu'il avait maintenant oublié son père et qu'il pensait à Aurora. C'est Aurora qui battait dans son cœur.

Le lendemain son père lui redonna vingt-cinq lires.

— Vas-y encore une fois, je ne peux pas me remuer, dit-il.

Et il ajouta :

— Vous me calomniez tous. Voilà ce que ça me coûte « la seconde famille », vingt-cinq lires !

Malgré les compresses, la jambe avait continué à enfler entre tibia et mollet.

— J'enverrai le garçon, dit Otello.

— Envoie qui tu veux, cria Nesi ; je suis entouré de canailles. Toi, le beau premier. Je souffre les peines de l'enfer.

— C'est encore rien, à côté de tes fautes ! commenta à haute voix sa femme dans la chambre voisine, d'où infirme elle ne sortait pas.

Pourtant, Otello alla lui-même porter l'argent le second soir. Il sonna ; elle vint lui ouvrir et dit :

— Je t'attendais. Ce soir tu ne m'échapperas pas !
Entre.

Elle le prit par la main et referma la porte.

— Assieds-toi ; fais comme chez toi.

Elle se mordit les lèvres. Elle aurait voulu être gentille et elle l'avait blessé, peut-être, dès les premiers mots.

— L'enfant dort, ajouta-t-elle. Allons au salon.

(« Si Otello vient, il faut que je lui parle », avait décidé Aurora en elle-même. L'enfant dormait, comme chaque soir, il avait pris un biberon de somnifère.)

Elle le fit asseoir sur le fauteuil aux bras recouverts de dentelle. Elle s'assit sur le bord du divan. Elle s'était coiffée et apprêtée comme chaque soir, plus que chaque soir. La fenêtre était à la hauteur du réverbère et la chambre s'en trouvait doublement éclairée. Le cœur d'Otello battait si fort qu'il en perdait le souffle. Il avait la gorge sèche, il ne savait que dire ; il se sentait tout brûlé à l'intérieur et les battements de son cœur s'ajoutaient à ceux des tempes. Il n'avait éprouvé une pareille tension que le jour où il avait participé à une course à pied sans s'être entraîné. Il y avait plusieurs années de cela, c'était un dimanche ; il se revoyait sur la piste avec un numéro sur la poitrine ; la foule se moquait de lui parce que ses concurrents étaient tous passés. « Dépêche-toi, que tu vas arriver le premier ! » lui criait-on. Et il se sentait près d'exploser, de mourir, mais il continuait à courir.

— Alors, comment tu me trouves ?

Otello eut un mouvement de surprise. L'espace d'un instant il se crut porté avec Aurora à plusieurs années plus tard, comme si plusieurs années avaient passé depuis le soir des vingt-cinq lires. Il regarda alors son visage ! Le soir précédent il avait fui son regard, exprès, pour lui manifester son ressentiment. Maintenant il lui semblait avoir dépassé le poteau ; il était assis sur le trottoir, il reprenait son souffle.

Voilà donc Aurora ? Elle n'a plus sa crinière bouclée et la raie de côté. Les cheveux sont coupés au niveau de l'oreille, on dirait qu'elle sort de chez le coiffeur. Son regard est un peu éteint, alangui ; elle n'a plus ces yeux qui semblaient emporter tout ce qu'ils fixaient mais c'est toujours Aurora. Elle a un peu grossi, elle a l'air plus posé. Plus doux ? Plus femme ?

— Je te fais peur ? dit-elle.

Otello maintenant peut même sourire.

— Tu as l'air épouvanté, ajouta-t-elle.

— Pourquoi ? Non. C'est une impression que tu as.

— Je t'ai demandé d'entrer pour te parler. Tu m'accordes cinq minutes ?

— Si tu veux.

— Je ne sais par où commencer... D'ailleurs, il suffit que je me trouve dans cette maison... Mais d'abord je voudrais savoir si tu me méprises, si tu me hais, ou... C'est vrai que tu n'as pas voulu connaître l'enfant ?

— Maintenant que je suis là, je le verrai volontiers.

— Viens... non, parlons d'abord. Je suis une... rien de bon, c'est hors de question. Mais as-tu réfléchi à ma situation ?

— Tu crois qu'il est nécessaire d'en parler ?

— Oui. Je me moque de l'opinion des gens, mais ce que tu penses toi, ça compte. Certes tu as le droit d'être sans pitié.

— Il me semble qu'au point où en sont les choses, elles ne peuvent faire machine arrière.

— Ça c'est juste ! (Tiens ! comme il lui ressemble !)

— Et alors ?

— Comment alors ? (C'est son portrait ! Il fait toujours le même mouvement avec le nez !)

— Je disais qu'il ne dépend ni de toi, ni de moi, de les changer. (Elle n'a jamais eu les mains si blanches. Cet hiver elle n'a pas d'engelures. C'est probablement la première fois de sa vie !)

— Tu comprends, maintenant, j'ai l'enfant. (Il devait être pareil quand il était jeune.)

— Certes, si, je le comprends ! (Elle n'a pas froid avec le pull-over déboutonné ? peut-être était-elle en train de donner le sein à son petit, quand je suis arrivé.)

— Donc, ce n'est pas vrai que tu me hais ? (Dis-le, Otello, que ce n'est pas vrai. Dis-le ! Mon cœur ! mon cœur !)

— Non. Je trouve que ce n'est pas de ta faute. (Pourquoi ne boutonne-t-elle pas son pull-over ? Je vais me lever et partir.)

— Tu verras que bientôt j'aurai tout arrangé.

— Que peux-tu faire ?

— Je sais, moi, Otello !

— Explique-toi. (Que veut-elle faire ? Elle veut se tuer ?)

— Tu le sauras à temps. (Otello ! Mon cœur !)

— Je dois partir. (C'est Aurora, Otello, Aurora !)

— Comme ça, tout de suite ? (Non, non, reste !)

— Aurora !

— Oui, oui, Otello ! murmura-t-elle, tandis qu'Otello la serrait dans ses bras.

Le troisième et le quatrième soir ce fut le garçon qui porta les vingt-cinq lires. Le garçon le dit au cordonnier Staderini.

— Nesi donne vingt-cinq lires par jour à sa maîtresse. Et à moi qui me tue de fatigue toute la journée il n'en donne que sept. Et il a l'impression de me faire un cadeau !

Staderini abandonna chaussures et alène sur l'établi, traversa la rue et rapporta la chose à Maciste. Jusque-là il n'y avait pas grand mal, Maciste ayant la bouche cousue. Il répondit « Hum ! Hum ! » et retourna au soufflet. Alors Staderini quitta la forge et accrocha Nanni qui venait comme d'habitude chez lui pour bavarder un peu et se réchauffer à son poêle. Nanni le dit à Elisa avec qui il vit et Elisa le répandit dans le milieu de l'hôtel Cervia. Survint Fidalma Staderini transie de froid et emmitouflée dans ses châles, son mari lui raconta la nouvelle et Fidalma monta chez Clorinda, la belle-mère de Bianca, pour la mettre au courant. Celle-ci le dit à son mari Revuar. Et Revuar qui justement ce soir-là avait décidé de se faire couper les cheveux, le dit à Oreste. Il n'était pas une oreille de Cornacchiaio, entre l'oreille du coiffeur et le cordonnier, qui pût se soustraire à la révélation. Gesuina qui avait appris la nouvelle à sa source, quand le garçon était venu lui apporter le paquet de braise, le dit à Madame.

— Aurora vaut bien plus ! repartit Madame.

Et il y avait un ressentiment d'amante trahie dans le ton de sa voix, ou plutôt dans ses intentions, parce que sa voix n'était plus susceptible de nuances.

Clorinda l'avait dit en présence d'Adele à Leontina, la mère de Clara. Et ce fut Adele qui, rencontrant Musetta chez le boulanger, lui dit : « Nesi donne vingt-cinq lires par jour à ta sœur. Pourquoi Aurora ne te fait-elle jamais de cadeau ?

Le soir à table devant son morceau de pain et sa portion d'épinards, Musetta dit :

— Aurora est vraiment pingre ! Qu'est-ce qu'elle en fait de vingt-cinq lires par jour ? Elle pourrait nous faire cadeau d'un pot de marmelade à moi et à Giordano.

C'est ainsi que la maison Cecchi fut mise au courant. Musetta reçut une gifle sur la bouche. Mais dans la nuit, avant le passage de la ronde qui, l'hiver, passe une heure plus tôt, Luisa dit à son mari :

— Aurora s'habitue à l'abondance, et si, un de ces jours Nesi la lâche ? Il en est bien capable.

— Ne m'y fais pas penser, dit le balayeur. C'est une malédiction que nous ne méritons pas !

Nesi souffrait dans son lit. Il ne voulait voir que le médecin qui le soignait et la domestique vieille et sourde qui lui faisait les compresses et le servait. La nouvelle ne referma pas le cercle et n'atteignit pas le chevet de Nesi. Comme il était naturel elle s'arrêta à mi-escalier. La contusion, de l'avis du médecin, n'avait que des suites normales, mais elle donnait à Nesi des élancements à vous faire « défaillir » et elle le clouait au lit.

Le garçon retourna chez Aurora le quatrième et le cinquième soir. Aurora resta à la fenêtre à attendre, tout engourdie par le froid. Elle voyait le garçon déboucher de l'ombre dans le rond du réverbère, elle refermait la fenêtre pour aller lui ouvrir. Le sixième soir elle lui dit :

— Dites à monsieur Nesi que demain matin j'irai le voir.

A ces mots le garçon rentra les épaules, comme s'il recevait une bastonnade inattendue.

— Je n'y manquerai pas.

Il fit le chemin du retour à toute allure pour porter la nouvelle. Mais avant de monter chez Nesi, il passa la tête dans l'entrée du réduit de Staderini :

— Demain fête de famille ; la belle vient faire une visite !

La via del Corno en fut informée en quelques heures. Cette fois Musetta ne rencontra pas Adèle : les Cecchi ne partagèrent pas, avec angoisse, l'attente générale d'un événement qui ferait se retourner les pierres. Nesi fit venir son fils et lui dit :

— Si tu ne m'en veux pas trop, épargne-moi ce scandale. En fait ton nom aussi est en jeu. Cours chez cette malheureuse, dis-lui que si demain matin elle se présente via del

Corno, je l'y ferai rester définitivement, mais chez ses parents, et je mettrai l'enfant en nourrice ; elle, je la considérerai comme morte.

— Ecris-lui un billet, le garçon le portera, répondit Otello.

— Quoi ? hurla le vieux. Mais cette fille est inconsciente. Il faut que tu y ailles, toi, pour la persuader.

Otello se rendit chez Aurora. Elle lui ouvrit la porte et se jeta à son cou.

— Tu vois bien que je t'ai fait revenir, lui dit-elle.

Il fallut deux semaines à Nesi pour se remettre et reprendre ses visites quotidiennes.

Le matin, Otello était ordinairement sorti quand son père se levait. Il avait déjà ouvert la boutique et balayé le seuil. On était au printemps, en avril, quand Aurora confia à Nesi qu'elle était de nouveau enceinte. Nesi lui donna deux gifles, une sur chaque joue. « Tu es une infâme ! » criait-il. « Mais cette fois, et il jurait, cette fois je le tue. »

Aurora se refusa à avorter.

— Laisse-moi plutôt, je m'en tirerai toute seule.

L'amant fut tour à tour violent et persuasif ; il usa des caresses et des gifles. Il passa des journées d'angoisse, l'âme noire dans ses vêtements noirs, dans la boutique sombre, jusqu'au jour où ce fut Aurora qui lui dit :

— J'ai réfléchi, et je pense que tu as raison.

Ça lui coûta deux cents lires ; pas la moindre peur : Aurora n'eut pas un brin de fièvre.

Maintenant, tandis que Madame lui parlait, Nesi se demandait si elle n'a pas eu connaissance de la chose, soit qu'Aurora se fût confiée à sa mère, soit que la femme qui avait donné son concours (toutes les vieilles se connaissent) en eût parlé elle-même à Madame. Mais non ! C'était pis que cela. Il faudrait une digue solide pour endiguer le chantage qui risquait de débrider le fleuve. Cinquante mille lires !

ils étaient fous ! Malheur à lui s'il cédait la première fois :
ils le pèleraient tout vif. Giulio avait sans aucun doute mis
ses intérêts et ceux de sa bande en de bonnes mains !

Nesi est retourné chez Madame le lendemain matin. Il a
pris un air contrit, s'est déclaré prêt à payer mais a demandé
une semaine pour se procurer la somme. Madame a consenti
au délai, à condition qu'il lui signe des traites ! Nesi est sûr
de les ravoir sans verser un sou dans la semaine. Toutefois,
c'est un commerçant, Nesi, il sait ce que cela signifie que
de signer des traites ! Avant de les remettre à Madame, il a
essayé encore une fois d'obtenir la prorogation sur parole.
Madame a été inflexible. Elle lui a montré la lettre au brigadier toute prête. Elle l'aurait sûrement envoyée. Ces vieilles, elles danseraient nues sur la neige, quand il s'agit de
rendre un service à la police. Mais, aussi vrai qu'il s'appelle
Nesi, il lui fera son affaire à cette vieille putain ! Il sait tenir,
aussi bien que Madame, quand il promet. Peut-être Madame
a-t-elle fait une grosse erreur, en accordant le délai, même
avec la garantie des traites. Peut-être...

# CHAPITRE V

Il est mort le beau-père de Milena. Tout le quartier en est informé et *La Nazione* a publié l'avis de décès aux frais de la famille. Milena est apparue via del Corno, en vêtements de deuil. Nanni a dit méchamment : « L'héritage ne s'est pas fait attendre ». Mais personne n'a fait chorus ; même pas Staderini.

Milena est venue voir sa mère. Elle était pâle et ses yeux de colombe paraissaient plus grands et plus clairs. Le noir faisait ressortir sa pâleur et ses cheveux blonds. Elle était belle et triste. « On dirait une sœur converse ! » a dit Fidalma, la femme du cordonnier. Corrado a lâché la jambe du cheval et s'est essuyé les mains à son tablier de cuir pour l'accueillir. « Margherita sera contente de te voir », lui a-t-il dit. Milena s'est reculée un peu, parce que le cheval s'est cabré. La bête a tourné sa tête vers Milena et a henni... C'était un cheval moreau au bât enrubanné. Elle lui a souri. Mais tout aussitôt son visage s'est refermé. Elle craint que son attitude ne soit irrévencieuse pour la mémoire de son beau-père. Elle a le sentiment de ne pas être assez affectée. Son beau-père l'aimait. Quand elle était enfant, il la caressait par-dessus le comptoir de la charcuterie et il lui disait : « Si tu restes aussi belle, je te donnerai Alfredo pour mari. » Et quand elle s'était fiancée avec Alfredo, le vieux avait dit : « Vous m'avez pris au mot ! » Il l'avait embrassée sur les joues dans la boutique pleine de clients. Milena aussi l'ai-

mait bien, mais pas autant qu'elle l'aurait voulu. « Je dois
le considérer comme mon père », s'était-elle dit avec décision. Mais au contraire elle avait continué à l'appeler « Monsieur Campolmi » et à se sentir gênée. Elle n'était pas mariée depuis deux mois qu'il lui rappelait « l'héritier ». Il lui
disait : « Toi, tu rougis encore comme une petite fille ! Mais
moi je vieillis, je n'ai pas le temps d'attendre. Dis-le à ton
mari, la nuit ! » A ces paroles elle allait se cacher à la cuisine de honte. Et maintenant, en face de la mort, elle éprouvait la même gêne, le même sentiment de respect et de
crainte, non pas une douleur véritable. C'est cela qu'elle
jugeait irrévérencieux. « J'ai un cœur de pierre », se disait-
elle. Ce soir-là, elle avait entendu Alfredo ouvrir la porte,
elle se trouvait à la cuisine, elle prenait la marmite sur le
fourneau pour la porter sur la table. Alfredo entra et dit :
« Père est mort, il y a une heure. » Milena se sentit brusquement effrayée comme quand elle était enfant et qu'elle
entendait un bruit de pas, à l'étage au-dessus ; elle crut que
la marmite allait lui échapper des mains. Alfredo l'avait
embrassée distraitement, il s'était assis, le regard fixé sur la
cheminée, une cigarette allumée à la bouche. Milena regardait son mari, elle se sentait les yeux pleins de larmes et les
mains vides comme si elle avait laissé tomber quelque chose.
Elle fut surprise de voir la marmite sur la table : la vapeur
qui s'en échappait l'épouvanta. Elle éclata en sanglots. Alfredo la prit dans ses bras. Elle pleurait, effrayée, sans image
à quoi s'accrocher dans son découragement. Quand elle fut
calmée, elle eut conscience de son sentiment réel, de son
« cœur de pierre ». La pensée de son beau-père lui inspirait
maintenant une excessive pitié, mêlée à de la crainte. Elle
s'était assise sur les genoux de son mari, il était sérieux,
triste, ses yeux avaient une lueur mélancolique ? Milena ne
sut pas trouver un mot à dire. Elle l'embrassa et appuya sa
tête sur la poitrine de son mari.

Alfredo était un homme fermé, méditatif, « brusque »,
disait Bianca. Et Margherita disait : « Il ressemble à Maciste, ce sont des types un peu ours, mais ils ont bon cœur. »

Milena savait qu'elles se trompaient toutes deux. Ce que les autres appelaient suffisance, orgueil, n'était qu'apparence. En réalité Alfredo était doux, ouvert, cordial. Margherita, Bianca, tout le monde le voyait au magasin, « veillant à ses intérêts », bien autrement que son père qui faisait crédit sans qu'on le lui demande. Alfredo avait coutume de dire : « Avec une pareille clientèle nous finirons sur la paille. » C'est pourquoi on le jugeait orgueilleux, avare, via del Corno. Mais hors de sa boutique, avec Milena, il était tout autre ; il aurait donné la dernière goutte de son sang pour voir Milena battre les mains de plaisir. « Tu es mon ange gardien. » « Et ici c'est notre paradis », lui dit-il au retour de leur voyage de noces, la portant dans ses bras pour lui faire passer le seuil. Il lui dit : « Les fenêtres donnent sur les prés. Le jardin là-dessous nous appartient, tu le sais. Le travail ne te manquera pas, entre la maison et le jardin à soigner. Le soir je te donnerai un coup de main. Oublie la via del Corno, le plus que tu peux. Ne pense pas à la boutique, ni aux affaires, ça c'est mon travail. » Il arrivait tous les soirs avec un cadeau, une surprise : un petit sac de fruits confits, une robe d'intérieur (une nouvelle, rose, avec la ceinture bleue et les épaules rembourrées, un modèle !) des fleurs presque toujours et des hors-d'œuvre et des laitages frais. Et même cette façon douce, ces chuchotements pudiques, presque enfantins qu'il trouvait dans l'intimité ! tout cela c'était le paradis pour Milena. C'était l'amour. C'était le bonheur tel qu'elle l'avait imaginé. Mais le bonheur c'est comme un cierge sur l'autel : il se consume avant que le vœu ne soit réalisé. Le bonheur de Milena dura deux mois. La mort de son père a retourné Alfredo « comme ça », a dit Milena à sa mère, faisant un geste expressif de la main. Elle cherche ensuite à le justifier. « Il a la responsabilité de la boutique. Il porte les registres à la maison et veille tard dans la nuit ; il jure tout seul. Il dit « mon père était plus mou que du beurre. Que crois-tu qu'il m'ait laissé ? Les yeux pour pleurer, il m'a laissés ! Il a fait crédit à tout le quartier. Des sous perdus ! Cent dix-huit lires aux Cecchi, soixante aux Lucatelli et ainsi de suite. »

CHRONIQUE DES PAUVRES AMANTS

Alfredo veut que Milena lui tienne compagnie à ces moments-là. Même dans le petit appartement des Cure, l'été est
étouffant. Alfredo est assis près de la table dans la cuisine,
en petit tricot et caleçon. Il laisse la fenêtre ouverte pour
profiter un peu de la fraîcheur ; les papillons de nuit tournent
autour de la lampe. Alfredo se donne des tapes sur le visage
et sur les bras pour tuer les moustiques qui l'excèdent. Milena
est bien enveloppée dans sa robe de chambre, les cheveux
retenus dans un filet bleu ciel, elle souffre du mécontentement de son mari, elle essaie de le distraire en lui offrant le
sirop de griottes qu'elle a tenu au frais tout le jour. Il lui dit :
« Reste un peu tranquille. Ce sont aussi tes intérêts, si je ne
me trompe. » Elle se tait. Dans son esprit, les pensées apparaissent et disparaissent comme les chiffres ; elles se liquéfient
comme le morceau de glace dans le verre. La voix de son
mari la surprend somnolente. « Excuse-moi si j'ai haussé la
voix, dit-il. Ce registre est un cimetière d'insolvables ! tu
devrais être contente si je prends la chose à cœur. Il y va
de notre avenir. »

Mais avant de se coucher, il faut tourner la manette du
gaz, mettre la caisse à ordures dehors. Et qui sait si la
lumière est éteinte dans la salle de bains ?

— Tu verras que tu t'y retrouveras dans tes comptes, dit-
elle.

Elle baise son mari sur la tempe.

La jeune femme a sommeil, le sommeil de ses dix-neuf
ans. Il y a le deuil récent, les insolvables et les moustiques.
Mais la chambre est aérée, portes et fenêtres sont ouvertes,
la lune illumine l'appartement : un baiser suffira à éveiller
l'épouse. L'amour est une douce chose qui tranquillise et
repose. Maintenant Milena peut se laisser aller sereinement
au sommeil, elle garde la main d'Alfredo sur sa joue, comme
fait une enfant avec sa poupée. Mais Alfredo l'éveille une
fois encore, pour voir son visage il allume la lampe sur la
table de nuit.

— Tu viendras avec moi à la boutique. Il nous faut nous
organiser. Tu tiendras la caisse. J'achèterai une machine à

calculer. Moi, je servirai au comptoir et nous économiserons
le garçon. La machine relèvera le genre de la maison. Nous
perdrons la clientèle de la via del Corno, mais nous acquer-
rons celle du corso de'Tintori et les pensions des Lungarni [1].

Milena est dans le demi-sommeil, elle dit oui. Ça lui plaît
de s'imaginer derrière la caisse. La machine fait trin-trin.
Trin-trin, tu dors. Milena ?

— Tes parents t'ont élevée dans du coton, lui dit encore
Alfredo. Personne ne supposerait que tu as grandi via del
Corno !

Il a éteint la lumière. Il ne se rend pas compte qu'elle
dort et il poursuit :

— Mais tu sais, pour en avoir vu des exemples autour de
toi, que la vie n'est pas toute rose. Vois comme on vit chez
Clara ! Vois comment a fini Aurora. Moi, je te demande
seulement de remettre la boutique sur pied. C'est aussi ton
intérêt, tu ne crois pas ? A la boutique tu seras la patronne.
Il suffira que tu t'occupes de rendre la monnaie. Ne t'en
fais pas si tu es lente au début. Tu apprendras !

— Oui, Alfredo, oui, bonne nuit.

Toi, tu dors, trin-trin, et les premières lumières embrasent
les cyprès sur les collines.

Nous sommes en juin ; l'aube surprend la via del Corno
endormie. Il manque deux vitres à la lanterne de l'hôtel. Sur
la pissotière il y a une inscription brouillée par le temps.
*Travailleurs — Votez Bastai.* C'est Maciste qui l'a inscrite
au goudron, à l'occasion des élections de 1921. Pourquoi
Carlino n'a-t-il pas mis de la chaux là-dessus ?

Maintenant le coq de Nesi a quelque raison d'être mati-
nal. Son chant se fait entendre jusqu'au poulailler de Margherita et suscite un ébouriffement de plumes. Les chats perdus sont collés à l'escalier extérieur des maisons : ils ont
l'œil braqué sur les soupiraux de la charbonnerie où les souris, la nuit, viennent passer le museau. Une chatte grise qui
a perdu sa virginité cette nuit, fait la boule sur le seuil du

1. Bords de l'Arno.

cordonnier au-dessous de l'écriteau : On effectue des travaux
sur mesure. A travers les fenêtres entrebâillées ou grandes
ouvertes des premiers, deuxièmes et troisièmes étages, on sent
les odeurs fortes de ceux que la fatigue ne lâche pas jusqu'au matin. C'est Antonio, le terrassier, qui a le sommeil
le plus lourd : son ronflement monte jusqu'au second étage de
la maison d'en face où Madame l'envie et le maudit mille
fois par nuit. Bianca a le sommeil plus agité : elle change de
position et parle à haute voix. Revuar et Nanni, par contre,
dorment sereinement avec un ronflement rythmé et sifflant,
semblable à celui du balayeur Cecchi, qui lance un véritable
coup de sifflet quand il reprend profondément son souffle. La
lumière est plus vive dans les chambres des derniers étages.
Maciste grogne et se couvre la tête avec le drap : Margherita est prompte à se lever pour fermer les persiennes. Maria
met l'aiguille sur le « silence », quitte précautionneusement
le lit : elle a déjà sur les lèvres un sourire et un bonjour pour
son locataire. Derniers étages : Nesi dort encore du sommeil
du juste ; de l'autre côté du mur, sa femme aussi est assoupie.
Ils ne savent ni l'un ni l'autre qu'Otello sort chaque nuit,
dès qu'est passée la ronde. Epoux Staderini : demain sera
un jour béni pour vos mauvaises langues ! Le potin est le
fricot du pauvre. Derniers étages : le comptable Carlo Bencini « fasciste de la première heure ».

Sa mère l'éveillera en venant lui apporter le café vers les
huit heures. Carlino est employé aux Assurances : sur son
bureau il a un poignard maculé de sang, enfermé dans un
étui. Il dort encore. Il est rouquin : il est tranquille dans son
sommeil, son visage est innocent. Il a des boutons autour du
nez et sous les yeux, cela lui donne un air jeunet. Il a vingt-
quatre ans et trois morts sur la conscience. Sa conscience est
au service de la patrie. Sa matraque est accrochée à un montant du lit. Elle est recouverte d'une gaine de peau noire,
sur le manche il a inscrit : « je m'en fous ». Si nous la sortons de son fourreau, nous verrons que la matraque est de
vieil érable en surface ; mais à l'intérieur « l'âme » est de
fer. Le cordonnier dit que la matraque et son patron « en

ont fait plus que Cacus », « ils en ont fait de toutes les couleurs », ajoute Fidalma Staderini, mais ce sont choses que
l'on se murmure sous la couverture, à voix basse. Quand Carlino passe, tout le monde lui dit bonjour et lui fait des sourires ! Nanni le salue en levant le bras. Ristori, le patron de
l'hôtel, lui fait un clin d'œil et ébauche une courbette. Seul
Maciste se permet de ne pas s'apercevoir de sa présence.
Carlino se tourne de l'autre côté : il a juré à sa mère de ne
plus faire de scandale Via del Corno.

Il vit seul avec sa mère. Il a loué une pièce à son camarade Osvaldo Liverani, placier en papiers et assimilés. Son
père avait un étalage place San Lorenzo et vendait aux enchères. La famille vint habiter via del Corno pendant la
guerre. Carlino avait alors quinze ans. C'était un garçon violent et généreux à sa façon, suivant ses sympathies. Il était
d'humeur changeante comme le mois de mars qui était le
mois de sa naissance. Il s'échappa de la maison pour rejoindre les légionnaires de d'Annunzio qui marchaient sur
Fiume. Pendant son absence son père mourut fracassé sous
les roues d'un train. Le train tamponneur coupable était socialiste ! Le tamponné aussi, mais Carlino n'en tint aucun
compte.

Le monde procède par affinités électives pour le Bien
comme pour le Mal. Carlino est « fasciste entre les fascistes » comme dans la chanson et comme les personnes de
Gœthe sont unis dans leur âme. Le Bien et le Mal se confondent dans les passions : Carlino s'est donné corps et âme
à sa passion. Le goût de l'aventure, de la violence, du sang,
est plus fort chez lui que celui des femmes, et d'être regardé
avec crainte, avec respect « comme un dompteur dans une mé-
nagerie » — ce sont ses paroles — cela l'excite et lui plaît.
En même temps il est persuadé de travailler pour la patrie.

Et puis, il vous échoit des faveurs qui ne se refusent pas.
Il y a quelques jours il a trouvé Nesi qui l'attendait sur le
trottoir de la via dei Leoni. Nesi est un usurier froussard,
mais il a aidé les camarades; il est plein d'argent et bien
vu du directoire. Il se découvrit et dit à Carlino qu'il désirait

lui parler. Carlino l'invita à monter chez lui, mais le charbonnier s'excusa.

— Que diriez-vous d'un petit cognac glacé ? Chemin faisant on parle plus librement. La via del Corno a autant d'oreilles que de fenêtres, dit-il.

— Moi, je n'ai rien à cacher à personne, répondit Carlino.

Mais il se laissait emmener et pensait déjà. « Voilà qu'il me tombe du ciel les 5.000 lires que je dois au Casino Borghesi. C'est le Bon Dieu qui m'a mis ce cochon sur mon chemin. Il va me demander de flanquer la frousse à Cecchi qui l'embête à cause d'Aurora. Il suffira que j'interpelle le balayeur et que je lui dise : « Ramasseur d'ordures ! Nesi est mon ami, laisse-le tranquille. C'est compris ? »

— On respire quand on se trouve entre camarades, dit le charbonnier.

— Vas-y, Nesi, ne tourne pas autour du pot.

Ils étaient Place della Signoria. Les derniers trams descendaient vers Calimala ; il y avait encore beaucoup de gens qui prenaient le frais autour de la fontaine Brancone. Un charretier chantait un refrain ; Olimpia qui habite à l'hôtel Cervia passa au bras d'un officier.

— Vous, monsieur le comptable, vous ne me considérez pas comme un fasciste. Pourtant, je peux dire modestement, que j'ai rendu des services moi aussi. Et dans le temps, vous êtes venu vous-même me demander le camion. Ai-je jamais dit non ?

— Si quelqu'un en doute, envoie-le-moi.

Place Vittorio, les garçons de café rangeaient les chaises. Les lumières étaient éteintes et Revuar revenait avec son panier de pralines de son petit coin sous la galerie où il s'installait tous les jours. Les rues du centre se dépeuplaient, les prostituées faisaient de l'œil, aux coins des rues, avec des airs d'affamées sans illusions. La ville s'apprêtait à se refaire dans l'ombre, en attendant que les bordels et les salles de jeu lui restituent son peuple de noctambules. Les cafés qui restaient ouverts la nuit, avaient laissé leurs tables sur les trottoirs, elles passaient la nuit blanche, comme le vice qui peuplait la ville. Deux autos de course faisaient un carrousel autour de la place, elles empestaient l'air avec leurs tuyaux d'échappement et faisaient un vacarme assourdissant. A l'angle de la via dei Tosinghi, une bande de jeunes gens mettaient en fuite des chats en tirant des coups de revolver : des rires de femmes et des cris commentaient chaque coup.

— Idiots ! dit Carlino, ils tirent avec les Flobert.

Un hurlement presque humain fit écho, c'était un chat atteint mais non tué sur le coup.

— Ils en ont au moins attrapé un, ajouta-t-il.

Et brusquement Nesi lui dit :

— Que pensez-vous, vous, de Madame ?

— Dis-moi donc ce que tu en penses, toi, voyons.

— A moi, ces vieilles sont sympathiques. Mais Madame a fichu son nez dans mes affaires, elle s'est mise du côté des Cecchi... Je pourrais m'en moquer, j'ai la conscience tranquille. Mais elle est en train de chercher à me jouer des tours, ce serait justice que ça lui retombe sur le nez. Vous comprenez, monsieur le comptable, quelques mots bien sentis suffiront.

Carlino fut sec comme les coups de revolver.

— Et pour le dérangement ?

Ils arrivèrent à se mettre d'accord et quand Carlino se retrouva seul dans son lit, après force cognacs glacés il pensa « il faut que Nesi soit désespéré pour aller s'imaginer que la vieille se laissera impressionner ».


Nesi avait demandé à Madame une semaine de réflexion pour lui faire croire qu'il avait des difficultés à ramasser la somme. Il avait lâché les traites parce que devant la fermeté de la vieille, il était bien obligé d'en passer par là. D'abord Carlino lui avait paru un atout décisif. « Les vieilles ont déjà tant de péchés sur la conscience qu'elles ne risquent pas de se mettre contre les Fascistes » ; mais elles peuvent aussi se mettre avec eux ! Maintenant cette idée lui torture

la cervelle. Carlino se vend aux enchères, pense-t-il, il sera
au plus offrant. Il a retardé son intervention de deux jours,
tant que Nesi n'est pas monté jusqu'à 5.000. Nesi a donc
cédé. Mais si la vieille offre 6.000, lui, Nesi, il est refait.
Les enchères commencent. Comment a-t-il pu se fier à Carlino ? « Tu vieillis, Nesi, tu vieillis », se dit-il en se frappant le front. Otello est dans le fond de la boutique ; il
entend son père geindre, hurler comme un chien. Un chien
qu'il ne plaint même plus.

Et Nesi pense : Le « mort » est trop récent ; il ne saurait
être question de le vendre, sans le vendre à perte.

Egisto Nesi est un chien qui a le sommeil tranquille, mais
dès qu'il ouvre les yeux, un vilebrequin lui laboure le crâme.
Ce matin Carlino a promis de monter chez Madame avant
de se rendre à son bureau. « Ils vont se mettre d'accord
contre moi. » Un tour de vilebrequin. Un autre tour : « Ils
m'écorcheront tout vif ». Un autre tour plus serré qui lui
donne un élancement à la nuque « c'est un fasciste. Un
instrument dans les mains du chef ». Il ne sait pas, Nesi, que
même un fasciste a une conscience, une conscience sur laquelle trois vies ne pèsent aucunement, une conscience où
les coups de matraque n'ont pas de résonance, mais où un
ordre trouve son écho. Comme Carlino se vantait, plaisan-
tant auprès de ses camarades de ce qu'il allait faire, un chef
lui a dit que Madame est « inviolable et sacrée ». Madame
— et Carlino qui habite en face de chez elle, ne s'en doutait pas ! — paye à la Fédération 500 lires par mois. »

« Vois plutôt l'épicier Campolmi Alfredo qui habite
de ton côté », a ajouté le commandant, « il a refusé de faire
un versement extraordinaire. Tu ne pourras pas le persuader ? Par la douceur, s'entend ! »

Et des collines, la lumière est venue effleurer la plaine.
Les prés des Cure accueillent déjà les rayons du soleil qui se
feront d'heure en heure plus ardents ; ils envahissent les maisons, luttent pour enlever au Mugnone son dernier ruisselet
entre les deux digues où paissent les troupeaux. Milena est
déjà levée. Elle fera aujourd'hui ses débuts à l'épicerie. La

caisse est à droite de l'entrée ; elle fait un demi-cercle contre
le mur. Milena aura l'air assise sous un baldaquin, entre deux
piles de boîtes de « Conserva Manfredi di Colorno » qui
portent sur l'étiquette une tomate géante.

En enlevant le lait qu'elle avait mis la veille au soir sur la
fenêtre, Milena voit le gardien des Usines Berta qui ouvre
le portail. Les cheminées fument déjà. A peu de distance de
là, il y a la fabrique de cartons où Aurora a travaillé jusqu'à
l'année dernière. Milena s'est fait une robe blanche, brodée
au col, pour s'asseoir à la caisse. Elle s'est initiée au fonc-
tionnement de la machine hier soir, Alfredo et elle sont
restés au magasin après la fermeture. Tout cela pour Milena
n'est encore qu'un jeu. Elle a préparé un livre « pour les
heures creuses » entre trois et cinq heures. Alfredo s'étend
sur le lit de camp dans l'arrière-boutique à ce moment-là. Le
travail qui l'attend la fait sourire et trépigner comme un
enfant qui va au spectacle. Milena est une créature encore
malléable, à chaque coup de pouce elle change d'expression.
Elle a traversé son enfance et son adolescence via del Corno,
avec la candeur de la pigeonne perchée sur la cage du lion.
Elle est sortie des mains de sa mère craintive et spontanée,
maintenant c'est Alfredo qui la modèle. Elle le réveille avec
le bol de café au lait bouillant et les tartines beurrées. Le
soleil est haut au-dessus des maisons de la via del Corno. Les
réveils se sont retrouvés à leur rendez-vous. Otello a ouvert
la charbonnerie. Maciste a donné à manger à son cheval. Le
cordonnier a dû chasser la chatte grise à coups de pied pour
ouvrir son réduit. Carlino a dit à sa mère que ce matin il
n'ira pas au bureau. Puis il est descendu dire à Nesi que
Madame était sous sa protection et il lui a rendu les 5.000
lires. Nesi est resté effondré dans la charbonnerie ; il s'agitait comme si le souffle lui manquait. « Des rouquins honnêtes il n'y en a qu'un : le Christ ! et encore ! même pas ! »
Il a lancé son presse-papier à la tête d'Otello qui lui demandait s'il se sentait mal.

A l'épicerie, Milena s'amusait à faire 0,00 pour s'habituer au clavier, quand Carlino est entré. Il n'y avait per-

sonne et Alfredo faisait tremper la morue sèche pour le lendemain vendredi, jour maigre et jour des régisseurs. Il s'est essuyé les mains à son tablier et a dit :

— Que dois-je vous servir, monsieur le comptable ?

Carlino parlait avec Milena, ils s'étaient connus tout enfants. En ce temps-là, quand Carlino la voyait à sa fenêtre, il faisait semblant de lui jeter des pierres. Milena s'amusait de la plaisanterie. Puis Carlino partit pour Fiume avec d'Annunzio, toute la rue en parlait. Milena était encore une enfant, son cœur palpita pour lui, comme pour le « petit héros Lombard ». Plus tard elle se mit à le fuir parce qu'il battait les gens, mais elle se rappelait cette image que lui avait suggérée la lecture de *Cuore*.

— Qu'y a-t-il pour votre service ? a répété Alfredo.

Carlino a été affable et cordial :

— Vous aussi, monsieur Campolmi, vous êtes venu prendre femme Via del Corno ! Vous nous avez enlevé le meilleur de nos anges gardiens !

Mais Alfredo n'a pas goûté le compliment :

— Que vous faut-il ?

— A vrai dire, rien, a dit Carlino brusquement sérieux. J'étais venu pour avoir un renseignement.

Une femme entra ; elle demanda un hecto de confiture et un demi de beurre.

— Voulez-vous venir par là ? monsieur le comptable, a dit Alfredo et ils se sont retirés dans l'arrière-boutique.

Milena ne voyait pas la raison de cet entretien. Puis elle pensa : « il bat les gens » et instinctivement elle quitta la caisse le cœur battant. Mais Carlino réapparut aussitôt. Alfredo venait derrière lui. Il avait dans les yeux la même ombre que la nuit de la mort de son père.

Puis ce fut le va-et-vient de clients et les époux ne purent se retrouver seuls. On eût dit que les clients s'étaient donné le mot. L'un sortait l'autre entrait. Alfredo évitait le regard de Milena. La femme de la confiture et du beurre avait murmuré à l'oreille de Milena : « Dites à votre mari d'y aller doux avec les gens comme celui-là. Ils ont le couteau tout prêt. » Vers les deux heures ils abaissèrent le rideau et se retirèrent dans l'arrière-boutique pour manger.

— Carlino est venu pour m'intimider, dit Alfredo, parce que j'ai refusé de donner encore de l'argent pour le faisceau. Ils se sont imaginés que j'étais mou comme mon père ! Je leur ai dit que s'ils avaient besoin d'argent ils n'avaient qu'à en gagner ! J'ai bien fait ?

Et Milena — Milena ! — a répondu :

— Certes ! nous, les sous nous les gagnons centime par centime !

Il suffit de quelques heures passées derrière une caisse pour qu'un ange devienne commerçant !

— Et puis ? a-t-elle demandé.

— Il a dit que nous nous reverrions. Mais nous ne sommes plus en 1921 ! maintenant on ne donne plus la raclée aux gens. Ce qu'ils veulent c'est se montrer décidés, c'est tout.

Ils mangeaient. Ils se sont embrassés par-dessus la table. Puis Alfredo s'est étendu sur le lit de camp et Milena oubliant son livre, s'est mise à faire les comptes de ce qu'elle avait encaissé dans la matinée. Elle ne sait pas encore qu'il y a la recette nette et la recette brute et elle a cru un instant que la somme entière était du bénéfice. Dès que son mari s'est levé elle lui a demandé :

— Un hecto de mortadelle, combien il nous coûte à nous ?

Mais au lieu de lui répondre il lui a dit :

— J'ai réfléchi ; il vaut mieux que je verse ce qu'ils me demandent et que je me fasse inscrire au faisceau.

# CHAPITRE VI

Portrait de femme. Le cadre a conservé sa dorure ; il renferme maintenant une vue de Pont Suspendu aux « Cascine ». C'est un petit tableau de genre. Madame l'a acheté chez le fripier qui tient étalage en permanence sur le perron du Tribunal. Le Pont Suspendu est un lieu historique : c'est là que fut tué le fasciste Giovanni Berta dont le père possède les usines des « Cure ». Après cet événement le tableau a pris de la valeur. Madame l'a accroché au mur, au-dessus de la commode, où maintenant il a fallu faire place au ventilateur qui en accomplissant un demi-tour sur son axe rafraîchit la chambre dans tous ses angles.

Madame a extraordinairement refleuri depuis un mois. Sa voix a retrouvé un son humain (Gesuina n'est plus seule à la comprendre) ; par moments il semble que ses mains se colorent comme si le sang se remettait à circuler. Ses regards mêmes sont moins intenses et s'ils faisaient penser à la mort, maintenant ils donnent l'impression d'être follement vicieux. Ces signes suffiraient déjà pour affirmer les progrès de la santé de madame. En outre la salivation est presque normale, les insomnies s'espacent, la température s'est stabilisée à 37° ; la dernière analyse du sang a eu un résultat négatif ; le médecin a dû admettre que la santé faisait des progrès « inespérés » ; mais c'est surtout le moral de la malade qui a fait un bond ; il est monté plus haut que la girouette de Palazzio Vecchio et se maintient sur le beau. D'ailleurs Madame n'a jamais douté que le beau temps allait revenir, que reviendrait la belle saison qui redonne son goût âpre à la vengeance et au plaisir sa douceur. La vengeance a nom Nesi, le plaisir, Liliana.

Madame a vu grandir Aurora; elle a surveillé sa croissance avec cet air connaisseur que Maciste réserve à ses chevaux; elle lui a prodigué piqûres, glaces et choux à la crème, sages conseils et maternelles recommandations. Et quand Aurora s'est trouvée en sa fleur, Nesi est venu la lui prendre. Il a pris la créature qu'elle avait élevée avec cette attention assidue, prévenante, tyrannique, que les autres vieilles femmes ont pour leur canari, leur petit chat, le dindon de Noël. Madame a attendu deux ans l'occasion de se venger; car elle ne conçoit pas qu'on puisse pardonner une offense; elle n'a pas l'âme résignée et docile des vieilles damès. C'est qu'elle a vécu une vie bien différente de la leur. Ce sont en général des vieilles filles devenues bigotes, des veuves de pensionnés, des grand-mères, portant le poids d'une existence souvent sans amour, pauvre en émotions, à peine réchauffée par les joies domestiques. La nature les a dotées d'âmes simples, de sentiments normaux, d'avantages ordinaires. On leur a appris ensuite à pratiquer les règles de cette morale qui assure l'équilibre du monde et brûle constamment les vaisseaux devant l'armée rebelle du vice; Madame au contraire est un Maréchal de l'armée ennemie. Sa constitution physique et morale renverse toutes les normes; en elle la simplicité devient chaos; le naturel devient simulation et la beauté touche à la perfection. Sur cette nature complexe, violente, et passionnée, les hommes attirés par la splendeur du corps, ont passé comme des clowns sur la piste : à l'écho de leurs criailleries succède le silence de mort des acrobates suspendus au trapèze. Le cœur de Madame (mais Madame a-t-elle un cœur ? se demande souvent Gesuina) a traversé la jeunesse dans l'angoisse constante du vide; il s'est éteint comme la perle sous le soleil. Quand sa beauté s'éteignit aussi — mais toutefois la passion demeurait vivace — Madame cher-

cha des consolations dans la complicité tendre et douce de
son propre sexe.

Ayant banni l'homme de sa vie parce qu'elle risquait d'en
devenir le jouet, elle a reporté ses regards sur des fillettes ;
mouvement d'offensive ? En réalité c'est le besoin de fuir
cette solitude amoureuse qui l'a poussée sur la route qu'elle
s'est imposée avec la fermeté et l'esprit de méthode qui lui
sont propres. Elle a toujours eu une très haute idée d'elle-
même et pour jouir d'un bien il faut qu'elle l'ait conquis.
C'est une lutteuse et, à sa façon, un poète. Une fleur ne lui
plaît, que si elle l'a cueillie, si elle l'a détachée de la branche d'un coup de ciseau. Elle éprouva en outre la nécessité
d'opposer au nouvel élan qu'elle feignait de sentir en son
cœur, « une virginité très authentique et réelle ». Lucide
comme une ancienne pythie, elle fit le tour de tous les hos-
pices de la ville. Elle fit son choix dans la masse des fillettes
que les bonnes sœurs lui présentèrent ; c'était une fillette de
treize ans. Gesuina, elle s'appelait ; elle avait les yeux gris
et les cheveux noirs. Elle la sortit des locaux des « Enfants
Abandonnés » pour l'enfermer entre les murs dorés de sa
maison, Via del Corno. Toute la rue chanta le bon cœur de
Madame ; les sœurs l'inscrivirent au Tableau d'Honneur des
Bienfaitrices. Et Gesuina grandit « entre ses mains », elle
devint sa sujette, « une chose sienne », peut-être la plus
chère, mais certainement la plus soumise.

Douze ans ont passé ; Gesuina est désormais « odeur
connue » comme lui dit en face Madame-la-Patronne, une
« habitude » ; ses désirs se sont portés depuis sur Aurora et
voilà que Nesi est venu la lui voler. Gesuina a reconquis pour
un temps ses anciennes faveurs. Cependant nous ne rencontre-
rons Gesuina que plus tard quand sa vie se mêlera à celle de
tout le monde ; pour l'instant elle en est séparée. Du haut de
sa fenêtre elle les méprise, comme Madame le lui a conseillé. Elle surveille les gestes et les paroles de nos gens
pour complaire à Madame, en esclave qui satisfait au ca-
price de son souverain, mais elle n'y trouve aucun plaisir. Par
contre elle suit avec étonnement et passion l'intérêt que Ma-

dame porte à Liliana ; car Madame est tombée amoureuse de Liliana.

Cela est contraire à toutes les idées, à toutes les règles qui constituent l'univers de Madame ; en outre Liliana est mariée, contaminée par conséquent « par cette peste qu'est l'homme » ; plus encore : elle est mère — et le sentiment maternel est celui que Madame méprise le plus ; malgré tout cela Madame est tombée amoureuse de la femme de Giulio. Pour quelles raisons ? à quoi bon chercher. Madame a-t-elle une âme qui se laisse interroger ? un esprit prêt à la sincérité ? En réfléchissant sur les données qu'elle nous a fournies jusqu'ici, nous pouvons toutefois affirmer ceci : elle a obéi en cette occasion et pour la première fois à une faiblesse sénile. Et peut-être a-t-elle sans le savoir mis le pied sur le bord du gouffre de la décadence. Elle se dit pour se justifier qu'elle « prouvera ainsi que son amour crée de la vie, tandis que l'amour de l'homme détruit. La même plante qui entre les mains de l'homme dépérit, entre les siennes peu à peu renaît et refleurit ».

Ainsi Madame est tentée sur le seuil de sa vieillesse hallucinée, de mettre la main à la Création. En ceci elle suit le destin du Surhomme. Mais elle est Madame et sa créature est la femme d'un prévenu : une bien misérable créature.

Liliana se rend tous les jours chez Madame avec sa petite fille. Elle l'embrasse en arrivant et en partant ; c'est Madame qui le lui a demandé. La première fois elle l'a embrassée sur la joue, une joue blanche, froide, humide sous ses lèvres. Elle s'aperçut que la poudre était épaisse et crevassée par endroits comme une croûte. Elle ne s'attendait pas à cette sensation de froid. Elle fut impressionnée et eut une pensée peu respectueuse. « Madame est peinte comme une poule », se dit-elle et elle rougit à cette pensée.

En présence de Madame, Liliana essaie de s'inventer un sentiment de reconnaissance. Mais en réalité cette présence l'emplit de crainte et le visage l'épouvante. Il semble sucer l'interlocuteur. Le regard, du fond des cavernes noires, vous enferme lentement, vous endort comme le regard de l'hypnotiseur, puis vous attire, vous attire et vous engloutit.

Devant Madame, Liliana ne se sent plus maîtresse de soi. Et plus Madame est cordiale et douce, plus Liliane perd le contrôle de ses gestes; elle fait ce que Madame veut. Elle s'assied sur le lit, l'embrasse d'une façon qui — elle le comprend, — n'a plus rien d'innocent. Quand elle se retrouve seule dans sa petite chambre au-dessus de la forge, la terreur l'envahit. La petite dort et elle, elle a pris l'habitude d'attendre que la ronde ait passé. Le plafond est bas; elle espère en vain que la fenêtre lui donnera un peu de fraîcheur, elle est mouillée de sueur, mais reste immobile de peur d'éveiller la petite, elle a pitié d'elle-même et souvent éclate en sanglots pour libérer son chagrin.

Elle pense aux maisons de son pays que la Sième coupe en deux et que le grand pont réunit. La Sième a un lit aussi grand que l'Arno, mais il est rarement plein. Dès le mois d'avril, il ressemble déjà à une rue pleine de cailloux. On voit dépasser les plus gros blocs et les grenouilles s'échappent. On les prend, on les vide, on les fait jeûner un jour, puis on les mange. Sa mère est maîtresse dans l'art de les apprêter. Son père et ses frères en raffolent... et la messe le dimanche, le cinéma, la « Grande Foire » trois fois par an... mais aussi les petits frères à surveiller et puis haricots, légumes, rien que des feuilles de betteraves. Quand son père, qui fait le livreur pour Chianti-Ruffino, tomba de la charrette et roula sous les pieds du cheval, on déclara qu'il était saoul; et on jugea qu'on lui faisait un cadeau en lui donnant la paye d'une semaine, argent qui s'en alla en voyages, car le blessé avait été hospitalisé à Florence. Liliana avait alors seize ans et elle n'était jamais « descendue » en ville. Devons-nous l'interroger ?

Son père revint guéri; revinrent aussi épinards et lentilles, lentilles et épinards. Elle était l'aînée de quatre frères que sa mère lui confiait avant de se rendre chez Chianti-Ruffino pour coller des étiquettes sur les bouteilles. Puis la mère et la fille échangèrent leurs attributions. Les étiquettes sont rou-

ges, jaunes et blanches; il y a un coq qui fait cocorico; du
matin au soir elle voit sur les étiquettes le coq qui fait cocorico. Puis c'est la maison, les frères à mettre au lit, la vaisselle, la lessive le dimanche dans la Sième et l'après-midi
les enfants qu'il faut emmener sur le Cours; toujours plus mal
habillée que les amies, impossible de se payer trois sortes
de glaces à la file. Est-ce supportable ? Sa mère l'a supporté
toute sa vie; et des centaines d'autres, des millions ont fait
comme sa mère de part et d'autre de la Sième. Liliana non.
Elle fut de celles qui ont fait vingt minutes de train pour
venir se placer comme bonne aux « Cure », ou sur le « Corso
dei Tintori »; elles sont cent, aussi, mille. En deux ans elle
s'est épanouie de façon surprenante comme une plante qu'on
croyait épuisée et qui éclate en bourgeons au printemps.
« L'épanouissement de ses dix-huit ans », dit sa patronne,
« personne ne pourra dire que nous ne la traitons pas en
égale », et elle ajouta : « Espérons qu'elle ne va pas nous
faire des embêtements, maintenant qu'elle est devenue une
belle fille et qu'elle connaît les habitudes de la maison. »
Liliana doit-elle continuer à parler ?

Elle avait traversé les flammes de la tentation sans y laisser
une plume; même pas, comme elle le disait elle-même « un
morceau de son cœur ». Elle avait refusé un ouvrier boulanger dont les intentions étaient honnêtes, pour rester libre le
plus longtemps possible. D'ailleurs il bégayait un peu : Liliana n'arrivait pas à le prendre au sérieux. Mais avec Giulio
elle fit le plongeon; ce fut une noyade. Il lui dit qu'il était
ébéniste, et autres boniments. Il ne bégayait pas lui. Et il lui
plaisait. Son instinct lui disait qu'il était l'homme à qui elle
pouvait se fier. Seulement quand elle fut enceinte et qu'il fut
question de mariage, il avoua tout : il était ennuyé oui, il
l'aimait véritablement; il recommencerait à travailler quand
il aurait fini son temps de surveillance. Mais comment peut-
on en finir avec ça ? Les cailloux de la Sième en cette saison
sont si blancs qu'on dirait du marbre; le soleil les frappe un
à un et les fait briller. La Sième n'est que scintillement; elle
brille comme les costumes des danseuses aux Folies-Bergère.

Avant d'avoir la petite, Liliana est allée quelquefois aux Variétés avec Corrado et Margherita. Giulio ne peut fréquenter les lieux publics. Une fois, pendant l'entr'acte, elle aperçut le boulanger. Marguerita avait dû s'éloigner un moment et le boulanger crut que Maciste était son mari. Il eut l'air épouvanté. C'est un souvenir qui l'amuse. Comme c'est dimanche aujourd'hui, dans son pays il y a une sonnette qui tinte sans interruption à la porte du cinéma : ça veut dire qu'il y a encore des places. Le marchand de glaces vend dans la rue et son amie qui a épousé l'administrateur de Chianti-Ruffino passe sûrement sur sa calèche pour se faire admirer par tout le monde.

Tu pleures, Liliana ? Ce sont les seules heures qui t'apportent quelque consolation. Madame t'épouvante ? « Elle m'impressionne, mais elle est bonne, elle m'aide. Et elle m'ouvre les yeux sur tant de choses. » Pourtant Giulio te dit bien de te méfier de Madame. La prison l'a changé. « Elle l'a mis par terre de nouveau », a expliqué Madame quand Liliana lui a rapporté leur dernier entretien.

Giulio est arrivé au parloir plus nerveux que jamais et d'une humeur bien étrange. « Le procès traîne, a-t-il dit. L'avocat du Maure a obtenu l'ajournement. Il croit que ça va nous servir. Mais je me rends compte maintenant que je ne peux pas m'en tirer à moins de deux ans. Que veux-tu que je te dise, Liliana ? Arrange-toi. Place-toi de nouveau. Mais la petite où la mettras-tu ? Se placer, pour gagner quatre sous ? Moi j'ai besoin de fumer ; je ne peux pas continuer à boire et à manger sur le dos de l'amie du Maure. » Il parlait en regardant le sol ; il se torturait les doigts et faisait craquer ses jointures. Il avait grossi, mais le visage était fatigué et les yeux éteints. Mauvaise graisse. « Tu comprends, Liliana ? Quand je sortirai alors, alors... Mais il faudra bien deux ans. Qu'est-ce que tu feras d'ici-là ? Qu'allons-nous faire ? En somme, moi je ne veux plus peser sur les épaules de l'amie du Maure. Elle, les sous, elle sait les gagner. Elle ne le laisse manquer de rien son homme. Elle lui apporte son linge propre toutes les semaines. »

— Moi aussi, Giulio, je te l'apporte.

— Oui, mais plein de reprises. Chaque fois c'est pire. Et puis je te dis : il y a le manger, les cigarettes. Qu'est-ce que tu veux qu'on fasse en prison si on ne fume pas ? Tu crois que ça me suffit les paquets de tabac que m'envoie Maciste ? J'en fume un paquet par jour. L'amie du Maure...

Alors Liliana lui a dit :

— Regarde-moi en face. L'amie du Maure fait le trottoir, tu le savais ?

— Pas exactement, dit-il gêné. Elle a trois ou quatre clients qui ont de l'amitié... Si tu pleures maintenant... On ne peut jamais parler.

Tu pleures encore Liliana ? Ou bien les sanglots t'ont-ils bercée comme ta petite fille qui s'est endormie avec de grosses larmes dans ses yeux ?

Avant de se séparer de sa femme, Giulio lui a demandé : « Comment va Nanni ? » « Toujours devant sa porte à califourchon sur une chaise », dit-elle, Giulio lui a recommandé à nouveau de se tenir à distance de cette « charogne ». Maintenant Liliana est persuadée que Nanni est un mouchard. Quand il la salue elle se retourne de l'autre côté. Nanni a exprimé ses craintes au brigadier. Ils ont deviné que vous me faites parler et vous savez que le milieu ne pardonne pas.

Le brigadier lui a offert une cigarette :

— Tu veux oui ou non te mettre sur le bon chemin ? J'ai présenté la demande pour la révision de ton cas avec avis favorable. Mais il faut que tu m'aides un peu !

Et aussitôt il s'est mis à le raisonner :

— S'il est vrai que ce matin-là tu as vu le sac chez Solli, comme un peu plus tard, au moment de la perquisition il n'y était plus, Giulio a dû le porter ailleurs, mais pas très loin. Nous devons reprendre les choses à partir de ce matin-là. Giulio a porté le sac Via del Corno ou aux environs. Pas à la forge, non ; Maciste ne s'occupe pas de ces sortes d'affaires. Il en a assez avec les fascistes. Pas à l'Hôtel Cervia, non. Je suis sûr de Ristori.

Ainsi le patron de l'hôtel lui aussi est bien avec la police. Nanni s'en doutait ; mais il n'aurait pas supposé que le brigadier croyait Ristori sur parole.

— Suis bien mon raisonnement, continua · le brigadier. Giulio ne peut avoir marché longtemps avec le sac sur les épaules, à neuf heures du matin. Les diverses pistes possibles ne vont pas plus loin que la Via del Corno, parce que jusqu'ici le sac n'a pas fait son apparition parmi les relations du Maure de San Frediano. Giulio a bien travaillé. Il s'est adressé à quelqu'un qui n'était pas de leur bord. A ton avis, qui vois-tu Via del Corno parmi les types honnêtes qui soit capable de courir le risque, vu l'importance de l'affaire ?

Nanni craint les représailles. Il a dit au brigadier que le milieu ne pardonne pas. Mais le brigadier n'en a fait aucun cas. Pourtant il sait ce que ça veut dire. Nanni pense déjà à réparer en envoyant Elisa chez l'amie du Maure pour l'avertir. Il s'est compromis avec le brigadier dans l'espoir de se faire enlever sa punition ou de faire écourter son temps de surveillance. Mais il ne peut aller plus loin. Si Elisa tombe malade c'est la misère encore une fois et personne ne voudra plus « travailler » avec lui. Ce ne sont pas les beaux yeux du brigadier qui le nourriront alors. Il tarde à répondre. Puis il se prépare un sourire de circonstance et dit :

— Je n'ai aucune idée, brigadier, vous devez me croire. Je n'ai aucune idée.

— Je t'en donnerai des idées, moi. La femme de Solli, comment · elle fait pour s'en tirer toute seule avec la petite ?

— Qu'est-ce que j'en sais ? Elle fait comme elles font toutes.

— Nanni, depuis combien de temps nous connaissons-nous ?

— Depuis quelques années.

— J'en arriverais à croire que l'affaire te regarde de près et que tu m'as roulé jusqu'ici.

C'est un coup qui porte. Le brigadier est capable de l'arrêter séance tenante, et de le tenir enfermé aussi longtemps que ça lui plaît. Etre dedans une fois de plus en cette sai-

son, avec les punaises et les poux qui vous dévorent, non.
Aux Murate, dans les communs, tout le monde doit savoir
déjà que Nanni moucharde. Pire que les poux, les punaises
et le diable à sept queues ! On lui cracherait au visage à la
moindre occasion, il recevrait des baquets d'eau sur la tête et
des coups de pied dans les tibias pendant la promenade. Le
directeur serait obligé de l'isoler. Les cellules des isolés sont
les cellules de rigueur. Le brigadier sait de quoi il retourne
quand il le menace de l'enfermer. Il répète sa menace sans
sous-entendus :

— Désormais tu es pris ; si tu m'écoutes tu t'en trouveras
bien.

Mais avant de reprendre le fil de son raisonnement, il a
recours à son ultime moyen de chantage :

— Ou bien tu préfères que ce soir j'arrête ta femme pour
racolage et que je la mette à l'ombre pour six mois ?

Cet argument est décisif. Un repris de justice a le sens de
l'honneur aussi développé que le bourgeois et il est tout aussi
attaché à sa femme. Certes le fait qu'en perdant sa femme
il perd son gagne-pain, contribue à renforcer son sens de
l'honneur. Le brigadier dit :

— Comme la femme de Solli ne fait pas le trottoir et
qu'elle a, paraît-il, refusé l'aide du maréchal-ferrant (les
rapports l'attestent) je me demande comment elle fait pour se
nourrir elle et nourrir l'enfant.

— Elle vit aux crochets de Madame.

— Voilà, nous y sommes. C'est déjà quelque chose. A
ton avis, pourquoi Madame s'est-elle mis cette charge sur le
dos ?

— Une façon comme une autre de payer pour ses fautes.

— Vraiment ? De toute façon, je connais assez Madame,
si elle entre dans cette affaire, ce n'est pas pour se salir les
mains.

— En somme, brigadier, qu'est-ce que vous voulez me
faire dire ? Ce que je ne sais pas ?

— Tu vas t'apercevoir que tu as oublié certaines choses
que tu sais. Donc, Liliana Solli s'est rendu compte, ou quel-

qu'un s'est rendu compte pour elle que nous la surveillons.
Elle ne sort jamais de la Via del Corno. Il faut donc que
quelqu'un se rende chez elle, Via del Corno. Il est nécessaire d'identifier ce quelqu'un. Si nous postions un agent à
l'entrée de la rue nous gâcherions tout. Par contre, toi qui as
l'habitude de rester sur le pas de ta porte toute la journée...

— J'ai compris.

— Parfait. Et en attendant, tu as dû voir monter des gens
chez la femme Solli ces jours derniers, non ?

— Personne. Elle reste du matin au soir chez Madame.
Et même depuis deux ou trois jours elle y dort.

— Tu vois, nous approchons. Madame se prête à ces rendez-vous. Elle ne se compromet pas trop et elle recevra tout
de même son bénéfice. Alors qui est venu chez Madame ces
jours-ci ?

— Personne.

— Réfléchis bien.

— Le docteur. Luisa Cecchi qui fait le ménage et les
commissions.

Le brigadier écrit : Luisa Cecchi ; pour l'instant le docteur
ne l'intéresse pas.

— Et puis ?

— Le garçon du laitier Mogherini de la Via de' Neri. Il
porte le lait deux fois par jour.

Le brigadier écrit : « Laiterie Mogherini, Italo Via de'
Neri, 35. Il connaît le coin placé sous sa juridiction mieux
que le curé de San Remigio, sa paroisse, et ce sont les mêmes quartiers. Mogherini ? Toutes les poules se mettent à
chanter un jour ou l'autre.

— Vas-y. Qui d'autre ?

— Hier au soir j'ai vu monter Rosetta. Une qui habite
l'hôtel Cervia et fait la vie.

— Bon, Rosetta. C'est une amie de ta femme. Dis-lui
qu'elle lui tire les vers du nez.

— C'est déjà fait. Rosetta était débutante quand Madame était à l'apogée de sa carrière. C'est depuis lors qu'elles
se connaissent. Maintenant Rosetta a elle aussi passé la cin-

quantaine et vous savez... les affaires... elle se trouve à fond
de cale. Elle est en retard de trois semaines pour payer sa
chambre. Ristori voulait la mettre à la porte. Entre Rosetta
et Madame il y a une vieille histoire, à cause d'un mâle, il
paraît. En tout cas elles étaient restées brouillées. Aussi Rosetta n'avait-elle jamais recours à Madame. Mais hier soir
elle était désespérée ; elle a frappé à sa porte. Madame ne
l'a même pas reçue. Elle l'a fait attendre dans l'escalier une
demi-heure, puis elle lui a envoyé Gesuina qui lui a mis
vingt lires dans la main et l'a priée au nom de Madame de
ne plus remettre les pieds dans cette maison ; un point c'est
tout.

Les collègues de Nanni diraient qu'il est en train de vider
son sac. Mais Nanni est persuadé que le brigadier est sur la
mauvaise piste. Il croit agir dans l'intérêt de Giulio et de ses
amis en poussant le brigadier dans un cul-de-sac. Il remet
de l'ordre dans ses idées et passe en revue ses derniers jours
sur le seuil de sa porte, à sa fenêtre ou devant la boutique
du cordonnier. Il se souvient d'un détail qui les a remplis de
perplexité lui et Staderini. Un éclair traverse son regard de
fouine. Il a pris la décision de se taire mais quand il ouvre
la bouche pour dire au brigadier : « Non, plus personne, vraiment » il est trop tard. Le brigadier ne l'a pas lâché du
regard un seul instant. Il a pris des notes en faisant courir le
crayon sur le papier sans regarder. Il a vu l'éclair dans les
yeux de Nanni. C'est là-dessus qu'il le cloue.

— Allons, mon brave, dis-le-moi.

— Quoi ? Il n'y a rien d'autre.

— Allons, parle.

Le ton de la voix est celui qui prélude aux « moyens plus
persuasifs ». Nanni en a une expérience déjà longue et
répétée. Il est mou de corps et d'âme. C'est un vieux cheval
que le fouet, le mors, les brancards ont désormais dompté. Il
essaie encore une fois de lever le museau, mais il ne rue pas,
il ne se cabre pas. Il fait une grimace où la rébellion se
change en vice.

— Ma parole, il n'y a rien, dit-il.

Le brigadier donne un coup de poing sur la table, lève le fouet et dit : « Je te bats comme plâtre, moi ».

Ça suffit. Nanni dit :

— Qui sait à quoi vous vous attendez. Voilà ce que c'est : dernièrement le charbonnier Nesi est monté deux ou trois fois chez Madame. Vous voyez que nous sommes sur une fausse piste ?

— Je le crois, dit le brigadier, et il sourit satisfait.

Nesi est passé sain et sauf à travers le tamis du brigadier, qui pourtant refait périodiquement ce travail de tamisage. Mais le brigadier se rappelle que, il y a de cela vingt ans (il en était lui à son premier chevron) Egisto Nesi fut condamné à six mois pour recel. Il ne les fit pas grâce à une amnistie et après dix ans de bonne conduite il obtint que la condamnation fût effacée de son casier judiciaire. Mais le brigadier a plus de mémoire que le casier judiciaire. Il sait lui — il croit savoir du moins — que quiconque a forniqué forniquera. Le brigadier est un cynique, un pessimiste : ainsi le veut le métier. Maintenant il s'est mis en tête de récupérer l'argenterie et le collier volés Via Bolognese. Est-ce le zèle qui le pousse ? Ou bien espère-t-il que c'est cette affaire qui lui vaudra finalement sa nomination au grade de maréchal ?

Le monde est beau parce que changeant. Leontina regarde ses cheveux toujours plus blancs ; elle se compare à sa fille toute jeune et florissante, Clara, et elle fait cette réflexion : « le monde est tout en escaliers ». La Via del Corno est un coin du Monde. L'histoire est une vieille histoire : c'est la grand-mère de Bruno qui meurt et quelques jours plus tard la naissance de la fille de Liliana ; quelques jours avant l'arrestation de Giulio, Bianca s'était fiancée avec Mario. Madame renaît et Nesi se dessèche. Il n'est plus qu'un squelette, le charbonnier. Le cordonnier dit qu'il est plus sombre que jamais. Son visage, déjà pâle et osseux de nature, est maintenant tout à fait jaune. On dirait qu'il a la jaunisse. Toute sa personne semble écrasée sous le poids qui pèse sur sa nuque. Ses épaules se sont affaissées et quand il parle il regarde en-dessous avec un air de suspicion et de rancune que jusqu'ici son sourire dissimulait un peu. Il se découvre continuellement des infirmités. Les maladies qu'il a eues au cours de ses cinquante ans semblent s'être donné le mot. Il a mal aux poumons à cause d'une maladie qu'il a eue étant enfant ; il remue difficilement deux doigts de la main gauche sur lesquels en 1901 il se donna sans le faire exprès un coup de marteau. Il a mal quand il urine par suite de maladies vénériennes contractées en son jeune temps. Et surtout il se ressent de l'accident de ces temps derniers. Sa jambe le tourmente à nouveau. La blessure réveille ces élancements qui « vous ôtent l'esprit ». Il boite en marchant et pour achever sa propre décadence il s'appuie sur un bâton.

« Aurora l'a mis dans la tombe », a dit méchamment le cordonnier. Mais Crezia Nesi, qui prétend connaître son mari, est tombée plus juste. Comme elle l'entendait se lamenter à travers la porte, elle lui a dit que ses maux étaient des maux imaginaires causés par le remords. Pourtant elle non plus n'a pas fait mouche. La véritable raison se trouve dans la poche intérieure de la veste. Nesi est un malade imaginaire, mais sa conscience est dans son portefeuille. Il passe des heures entières dans le fond de la charbonnerie et même il éteint la lumière pour mieux se recueillir ; il médite alors sur les faits qui lui sont arrivés ces derniers mois. Il se repent amèrement d'avoir cédé au chantage : il a ainsi fait preuve de faiblesse ; il a créé un précédent qui encouragera Madame, Giulio et ses acolytes à continuer ; ils vont lui arracher peu à peu jusqu'à sa chemise. Ils le laisseront nu comme un ver.

Il n'aura plus que ses yeux pour pleurer. Comment a-t-il pu céder tout à coup devant Madame, lui, « moi, Nesi » ? Cela le charbonnier se le demande à lui-même et il doit s'avouer que Madame l'a terrorisé, elle l'a réduit en poussière au premier regard. Le vieux Nesi, je dis bien Nesi, avec tout ce que ses cinquante ans ont entassé derrière lui de louche, de scabreux, se tient maintenant la tête à deux mains dans la charbonnerie sans lumière. Il pense à Madame : il la revoit assise au milieu du lit, dans la brume de son vêtement bleu

sombre ; il revoit ce visage, ces yeux et il éprouve à nouveau dans son corps les mêmes frissons et la terreur de l'avoir
pour ennemie. Il tremble tel un enfant qui voit en rêve le
Chat Mammon, se réveille et appelle sa mère ; mais la chambre est sombre et personne ne répond. Le Chat Mammon
rattrape Egisto Nesi dans les coins de la charbonnerie. Il
l'assiège, il le mord : à la poitrine, aux doigts, à la vessie,
et surtout il enfonce ses crocs dans le tibia jusqu'à lui faire
perdre connaissance. Il lui faut sortir de la charbonnerie pour
reprendre ses esprits. Otello l'observe avec mépris, lui semble-t-il, dans une attitude de révolte. Il menace son fils de
son bâton. Otello se tait. Il est assis sur la caisse devant la
charbonnerie. Un jour il lui dit :

— Père, décide-toi à te soigner.

Et il avait l'air de dire : « Père, décide-toi à mourir. »

Alors Nesi quitte la charbonnerie et se rend chez sa maîtresse à n'importe quelle heure du jour. Il décharge sa peur
sur Aurora ; il essaie sur elle la solidité du bâton. Il a réduit
sa pension quotidienne d'abord à quinze, puis à dix, enfin à
sept lires.

— Tu t'en tires aussi bien. Tu m'as volé dix-huit lires par
jour pendant quinze mois. J'ai fait le compte. Tu m'as volé
8.100 lires. A qui les as-tu données ? Qui est ton galant ?

Aurora se pelotonne sur elle-même ; elle se protège la tête
de ses bras. Elle a appris à se défendre en s'écrasant dans
les coins : elle offre aux coups de Nesi une partie du dos et
les reins. Elle s'est tellement accoutumée à la douleur qu'elle
ne la sent plus : il lui reste une sorte d'engourdissement à la
taille comme, a-t-elle confié à Otello, après avoir accouché.
Elle ne répond plus à ses insultes, elle ne se plaint pas.
Sous les coups elle est une chose sans voix et inanimée, un
bloc contre quoi le bâton finira par se rompre. Elle attend
que les cris de son amant mêlés aux pleurs du bébé, suscitent
des protestations dans la rue, alors Nesi se calme. « Un jour
tu me feras arrêter, dit-il. Alors tu seras contente. »

Le charbonnier sort sitôt après. Puis il revient, agressif,
violent, une, deux, trois fois dans la journée. C'est ainsi

depuis deux semaines. Aurora est contente et déroutée. Elle n'arrive pas à s'expliquer ce changement subit, mais depuis deux semaines il ne lui demande plus de faire l'amour. Elle est terrifiée aussi à l'idée de ce qu'Otello peut être amené à faire. Otello se rend toutes les nuits chez Aurora ; il arrive vers les trois heures et s'en va quand il fait jour.

# CHAPITRE VII

Dans sa tournée de verdurier ambulant, Ugo a deux quartiers préférés. Le matin de bonne heure il achète la marchandise à des grossistes du marché de Sant'Ambrogio. Il prend surtout des légumes et se dirige vers les quartiers populaires de l'Affrico et du Madonnone. L'après-midi il le consacre aux fruits et au quartier des « Cure ». Ugo est seul au monde et gagne assez pour manger, boire et se payer quelques fantaisies. Il a toujours quelques billets dans son portefeuille : sa fortune oscille entre trois et cinq mille lires. L'été est une bonne saison pour ce genre de commerce ; les fruits abondent et quand les magasins ferment, les fruits ne peuvent attendre. Passé midi, les gros commerçants sont obligés de les vendre aux marchands ambulants qui trouvent leur bénéfice en se rendant dans la périphérie.

Ugo est couvert de sueur et content de sa journée. Ce matin il s'est arrêté à l'angle de la Via Gioberti et en quelques heures il a vendu ses cent kilos de courges, d'aubergines, de haricots mange-tout et de tomates vertes. L'après-midi il a écoulé tout un chargement d'abricots et de pêches fondantes, devant les usines Berta, en vendant le kilo dix et quinze centimes de moins que les commerçants du quartier.

Aux Cure Ugo a perdu une cliente qu'il aimait bien, Milena. Maintenant elle fait ses courses Via dei Neri avant de rentrer chez elle pour préparer le repas. Alfredo reste seul au magasin pendant les deux dernières heures. Il fait les comptes; Milena a rangé soigneusement la monnaie et les billets de diverses grandeurs dans des cases différentes et Alfredo sourit de contentement; puis il abaisse le rideau de fer et va prendre le tram. Quand il arrive la soupe est prête. Ce soir en descendant du tram, Milena a rencontré Ugo qui rentrait en poussant son charreton; elle s'est aperçue qu'elle avait oublié de prendre les fruits; mais Ugo lui a cédé volontiers la moitié des abricots qu'il avait mis de côté pour Maria.

Ugo a donc traversé la ville en bras de chemise, cigarette aux lèvres. Il s'est arrêté Via San Gallo pour boire un verre de vin, puis il a fait son entrée Via del Corno en chantant l'air du Toréador. Carmen, c'est Maria Carresi; tout le monde le sait. Mais le chœur ne lui a point fait écho. Clorinda, de retour de la bénédiction, lui a jeté un regard incompréhensible; et Staderini qui a installé son établi dehors, lui a fait un clin d'œil comme pour l'avertir d'un danger. Ugo a cru d'abord que la police était venue le chercher. On a fait des perquisitions chez les autres camarades ces jours derniers et quelqu'un lui a dit que le camarade mal foutu avait été arrêté. Ugo a ralenti le pas en retenant son charreton, mais ensuite il a vu Maciste qui se lavait les mains devant la porte de la forge et il s'est avancé. Maciste l'a regardé froidement. Il est vrai qu'il n'est pas expansif de nature; tout de même c'est curieux. Ugo a eu honte de ses propres craintes; il a rangé son charreton dans le coin habituel face à l'enclume; il allait s'en aller quand Maciste lui a dit :

— Attends avant de rentrer; il faut que je te parle.

Il s'est rincé le visage et les mains, plié en deux au-dessus du seau d'eau; il s'est essuyé à la serviette qu'il portait sur l'épaule; il a vidé le seau au milieu de la rue et est rentré dans la forge :

— Ce matin il s'est passé du vilain chez les Carresi. Maria a été obligée d'aller se faire soigner à l'hôpital.

Ugo s'apprêtait à enfiler sa veste. Il en a oublié une manche.

— Pourquoi ? Beppino l'a battue ?

Maciste a perdu brusquement patience. Il a posé le seau

à terre et a croisé les bras avec cet air embarrassé de sa propre masse, qu'il a toujours, et le visage tout assombri il a répliqué :

— Tu tombes de la lune toi ? Elle ne s'est pas privée de crier ! Maintenant toute la rue sait que Maria et toi vous êtes ensemble. Maria est chez elle la tête bandée. Beppino n'est pas rentré de la journée. Comment comptes-tu t'en sortir ?

Ugo s'est assis sur une roue du charreton, tête basse, mal à l'aise. Il a dit :

— Ben, il n'y a pas de preuves. Maria n'aura pas été assez sotte pour tout avouer !

Maciste était toujours dans la même position ; en eût dit le bourreau attendant sa victime sur la plate-forme de la guillotine. Ils se sont expliqués longuement, chacun gardant la même attitude. Ugo a essayé de se justifier ; il a tout raconté depuis les rencontres matinales à la cuisine :

— Maria est un beau brin de fille. Beppino lui rend la vie impossible.

Ugo n'a rien fait d'autre que de cueillir la poire mûre. Il y a quinze jours ils se sont rencontrés dans un hôtel de la via dell'Amorino, celui-là même où Nesi emmenait Aurora.

Maciste, c'est Hercule ; il est grand et gros et il n'a que des idées élémentaires. C'est un justicier et un moraliste, un homme « d'une autre époque » comme il y en a à toutes les époques. C'est grâce à eux que le monde est toujours debout. Il a laissé Ugo raconter tout au long son histoire.

— Il vaut mieux pousser la porte, a-t-il dit ; Beppino pourrait revenir et t'apercevoir avant que tu aies pris une décision.

En réalité, il a décidé de parler à Ugo entre quatre yeux.

— Donc, comment comptes-tu régler la chose ? a-t-il répété.

Ugo est un garçon qui se fie à son propre instinct. Il suit ses impulsions, persuadé de se trouver toujours du côté de la raison. Il a dit :

— Moi, ce matin je n'y étais pas. Je peux faire celui qui ne sait rien. Du moment que Maria est seule elle pourra me dire où en sont les choses. C'est à Beppino à m'en parler,

quand il rentrera. Et s'il fait des histoires, je lui casse la
gueule et j'emmène Maria. Elle m'aime et l'idée de me
mettre en ménage ne me déplaît pas.

Maciste alors a ouvert les débats ; dans les grandes occasions, il parvient à délier un tant soit peu sa langue. Il a dit :

— Pour toi tout est simple. Et d'ailleurs la chose comme
tu la présentes, a l'air de s'arranger toute seule. Mais tu n'as
pas tenu compte de Beppino ; il est neurasthénique ; il vous
fera des embêtements et il aura raison. Tu te mets dans le
pétrin pour le plaisir de faire le fanfaron. Moi je sais que
pour toi Maria ou une autre femme, c'est pareil. Ce n'est
pas vrai ?

— En un sens oui.

— Ecoute ! Ton cynisme est passé de mode. Depuis un
certain temps, ça ne va plus. Je profite de l'occasion pour te
dire ce que je pense. Tu t'es mis à jouer ; il t'arrive même
de te saouler certains soirs. Enfin, et c'est le plus important,
toi qui avais toujours l'air de vouloir bouffer les fascistes, il
a suffi d'un peu de remue-ménage pour te faire oublier le
Parti. Avec pièces à l'appui !

Pour ce qui est du vin, des cartes, des dés, Ugo était prêt
à se défendre ; mais la dernière accusation l'a démonté. Maintenant il a l'air d'un petit garçon puni.

— On nous a dit qu'il n'y avait plus rien à faire. Toi-
même, tu t'es dépêché de mettre de côté vite vite, journaux
et opuscules. Patience ! Quand les Hardis du peuple renaî-
tront, tu peux être sûr que je serai des premiers.

— Qui t'a dit de rester les bras croisés en attendant ?

— Le mal foutu, non ?

— C'est ce que tu as compris toi. A moi, il m'a semblé
au contraire qu'il disait de travailler plus encore. Pourquoi
n'as-tu pas ramassé les cotisations des camarades du Marché ?

—. J'ai cru que ce n'était plus nécessaire, puisque le Parti
démobilisait !

Maciste a retenu le mouvement qui le portait contre Ugo
et refermé fortement les mains sur ses propres bras. Ugo avait
les yeux baissés et n'a pas vu son geste ; il a poursuivi :

— Et puis les camarades du Marché se sont un peu refroidis. Il en restait trois : Bove, Matteini et Paranzelle et ceux-là aussi s'éloignent de nous.

— C'est pourquoi apparemment, Matteini est venu me voir hier pour me porter le produit de la souscription faite en faveur du Secours Rouge ! La vérité, mon cher Ugo, c'est qu'on n'a plus confiance en toi à la cellule du Marché. Nous sommes dans une période dangereuse ; ils voient que tu n'as que le jeu et la boisson en tête et ils sont tous pères de famille.

Ugo, alors, s'est senti piqué au vif. Il a fait comme celui qui est pris sur le fait et ne trouve pas d'alibi : il crie plus fort que l'accusateur et se sert pour sa défense d'arguments empruntés. Il a éclaté brusquement :

— Vous me cassez les pieds, toi et le Parti ! Quand il y avait quelque chose de possible — et Bordiga voyait clair — vous lui avez mis des bâtons dans les roues en l'accusant d'extrémisme. Maintenant les fascistes vous tiennent. Vous avez voulu écouter ceux de Turin, c'est bien fait ! Gramsci peut être une grande intelligence, mais il est malchanceux de nature. Que veux-tu attendre de lui ?

Alors Maciste a fait glisser le couperet c'est-à-dire que d'un coup de sa puissante main il a jeté Ugo par terre.

— Lève-toi et va-t'en, lui a-t-il dit.

Puis il a rouvert la porte et a ajouté :

— Prends ta voiture et dorénavant, quand tu me vois, dispense-toi de me saluer.

Ugo s'est relevé, s'est passé la langue sur ses lèvres sanglantes et a manœuvré son charreton pour le conduire vers la sortie. Il s'est retourné sur le seuil et a dit :

— Tiens-toi sur tes gardes, Maciste, parce que d'une façon ou d'une autre tu me la payeras celle-là.

Maciste a ébauché un sourire ironique :

— J'ai un capital à ta disposition, a-t-il répliqué.

Ugo poussa son charreton jusqu'à un garage de la via Mosca. Il s'arrêta à la fontaine de la place Mentana pour laver le sang qui coulait de sa lèvre fendue. Au contact de

sa langue une des incisives fléchissait. Place Mentana il y a
le siège fasciste : on entrait et sortait sans interruption. Ugo
pensa qu'une bombe bien placée pouvait les faire tous sauter. Il serait alors retourné chez Maciste avec la preuve qu'il
était communiste dans ses actes et non seulement en paroles.
Après quoi il le tuerait d'un coup de revolver, parce qu'il
n'y a pas d'autre moyen de s'attaquer à Maciste, qu'avec
une arme. Il força un peu avec la langue et la dent tomba.
Ugo la cracha dans sa main et la mit dans son porte-monnaie. « Je la lui ferai avaler », pensa-t-il. Il passa la langue
sur l'emplacement de la dent et sentit le goût du sang. Il
avait l'impression d'avoir un vide énorme dans la bouche,
comme s'il avait perdu non pas une, mais dix dents. Il
avait la tête lourde et les idées confuses. Il entra au restaurant de la Via de' Saponai, commanda à manger pour six et
un litre. Puis un autre litre après la viande. Après le second
litre, comme il considérait le tas de pêches devant lui et le
troisième litre, il se rappela tout à coup qu'il avait laissé les
fruits de Maria sur le charreton. La jeune femme lui apparut à
travers un nuage, petite comme un bébé. Il sortit. Il avait les
jambes molles. Il avait l'impression de marcher sous terre, dans
les égouts. Les lumières lui apparaissaient comme des points
lumineux lointains, lointains. Il se dirigeait d'instinct jusqu'à
un de ces points où il s'arrêta. Il monta l'escalier et dit :

— Il y a une chambre ?

Il se retrouva sur un lit, rota et dit : « Je la lui ferai
avaler » ; mais il ne se rappelait plus quoi ni à qui. Il sombra
dans le sommeil.

Nanni qui était à sa fenêtre, dit à Staderini assis sur l'escalier de sa maison :

— Regarde Ugo ; il va dormir à l'hôtel Cervia ; il est
complètement saoul ! Je le croyais plus courageux.

Et Fidalma de sa fenêtre dit :

— Ils vous compromettent et après ils s'en lavent les mains.
Elles sont à plaindre les femmes à qui ça arrive.

Ces paroles tirèrent Fidalma de la pâte d'amande et de
sucre qu'elle travaillait :

— Le ménage Carresi a fait la paix, dit-elle en se mettant
à la fenêtre. Mon mari les a vus dans le centre, il y a une
heure ! Il me l'a raconté en mangeant. Ils étaient assis à une
table chez Pascoschi. Elle avait enlevé le pansement et mangeait une glace à la fraise.

Il y eut encore le commentaire du cordonnier puis la Via
del Corno acheva sa journée dans la touffeur malodorante de
l'été et l'attente de la ronde.

Le brigadier fit l'appel; Nanni répondit. La ronde parcourut la Via del Corno dans toute sa longueur. Le brigadier
avait le regard du metteur en scène qui prend possession du
plateau : dans quelques jours il dirigerait une représentation
extraordinaire avec des protagonistes de choix. Puis ce fut le
silence, interrompu de temps en temps par le miaulement des
chats, le bruit d'une auto passant dans la via de' Leoni, et
bercé par le ronflement d'Antonio et le tic-tac du réveil des
Cecchi, perceptible aux deux bouts de la rue. Même Madame
s'était assoupie, après avoir veillé longtemps sur le sommeil
de Liliana. Maciste seul, les yeux grands ouverts essayait de
sonder la nuit, sans bouger pour ne pas éveiller Margherita.
Il contemplait les toits et un morceau de ciel étoilé par-delà
sa fenêtre. Il reprochait à Ugo de n'avoir eu aucune réaction : il craignait de l'avoir perdu comme ami et comme camarade. Il est permis à Samson, quand il est seul, d'éprouver
du remords pour une amitié assassinée, n'est-ce pas ?

Ainsi donc, ce fut Maciste qui entendit le premier la voix
de Milena appeler « Maman ! » de la rue. Il était deux
heures de la nuit. C'est alors que le sommeil est le plus profond. Mais l'appel de l'enfant est une trompette d'ange qui
fait se lever Dieu dans son sépulcre. Gemma s'éveilla au
premier appel et elle fut aussitôt à la fenêtre, glacée d'effroi.

— Maman, ouvre-moi !

— Mon âme, qu'est-il arrivé ?

— Alfredo n'est pas rentré, maman; ouvre-moi.

Leurs voix éveillèrent toute la rue.

La nuit, en été, on ne s'y prend pas à deux fois pour sauter du lit, surtout dans des occasions comme celles-là. La plus rapide fut Clorinda, puis les Staderini, Nanni et Rosetta dans le réduit du dernier étage où Ristori l'avait confinée. En l'espace de deux minutes toutes les fenêtres furent garnies de leurs têtes.

Et d'une fenêtre à l'autre on échangeait des exclamations surprises et des conjectures, car Milena était montée chez sa mère et l'on manquait d'informations. Bianca voulait aller frapper à leur porte, mais son père la retint. Fidalma dit :

— Il faut pourtant que quelqu'un se dérange ; ce sont deux femmes seules.

Mais la situation était délicate et seule une amie très intime pouvait intervenir. Margherita par exemple. En effet Margherita appela Milena avec insistance. Milena apparut alors à la fenêtre avec sa mère. Gemma était plus qu'effrayée ; elle était épouvantée, elle tremblait, elle supposait le pire et ne savait rien faire d'autre qu'invoquer le Seigneur. Par contre Milena était calme. L'aventure était si absurde qu'elle dépassait son entendement. En même temps elle tremblait si fort qu'elle ne sentait même plus son angoisse comme lorsqu'on est seul sur un volcan ; on se réfugie quelque part et on attend la mort avec stupeur et résignation. La peur est un sentiment risible à ces moments-là. Mais quand tout est fini on s'aperçoit qu'on a les cheveux blancs.

— Milena, explique-moi, lui dit Margherita.

Mais Gemma intervint :

— Pense un peu ! Alfredo n'est pas rentré et elle est venue à pied des Cure à cette heure !

— Milena, comment ça s'est produit ?

Pour Milena la terre entière avait croulé ; sa voix était celle de quelqu'un qui a survécu seul à un désastre et pourtant elle conservait des accents d'adolescente embarrassée.

— J'ai laissé Alfredo au magasin à six heures. Je l'attendais à neuf heures comme d'habitude. Dix heures ont sonné, puis onze. Puis ç'a été minuit. Je ne savais plus que penser. Alors j'ai décidé de venir chez maman.

Après quoi ce fut le chœur qui s'empara de la situation.

— Il se sera endormi dans la boutique, suggéra Staderini.

— Il se sera étendu pour dix minutes sur le canapé et le sommeil l'aura pris, expliqua Fidalma.

Mais Milena était déjà passée à l'épicerie. Le rideau était baissé et le cadenas extérieur fermé.

— La garde de nuit a vu Alfredo qui attendait le tram Piazza Signoria, vers neuf heures, ajouta-t-elle.

— Il est bien passé six heures depuis ! s'exclama Luisa Cecchi-La Palisse, d'un ton désolé.

Maciste coupa court au concert :

— Je m'habille et je descends, Milena. Nous irons voir à l'hôpital.

Et comme Clara déclara qu'elle voulait les accompagner, Bruno eut vite fait de se joindre à la troupe, ainsi que Bianca à qui son confiseur de père ne put l'interdire devant tout le monde.

Au moment où ils allaient disparaître à l'angle de la rue, Nanni leur donna l'ultime conseil :

— Si vous ne le trouvez pas à l'hôpital, passez au poste de police.

La via del Corno resta aux fenêtres à attendre les nouvelles, sauf toutefois Ugo qui dormait toujours, le corps plein de vin et Carlino qu'Armande avait éveillé pour qu'il se rendît utile ; « lui qui en savait tant » ; mais il avait répondu à sa mère qu'il ne voulait pas se mêler de ce qui ne le regardait pas.

La terre n'engloutit personne. L'Arno même tôt ou tard rend ses noyés. Mais ce n'est pas dans l'Arno qu'ils pouvaient trouver Alfredo. Il avait une femme jeune, belle, amoureuse ; une épicerie achalandée comme peu d'épiceries, c'est-à-dire tout ce qu'on peut désirer au monde. Le tour d'horizon était vite fait : les maux de l'âme que l'Eglise ne guérit pas c'est la police qui s'en charge. Quant aux maux du corps l'hôpital y pourvoit. Comme Alfredo avait la conscience tranquille, il ne pouvait se trouver à l'hôpital. Tout cela allait de soi pour Maciste.

Le médecin de service n'eut pas besoin de consulter son registre; il les conduisit lui-même vers Alfredo. Il leur apprit qu'il ne s'agissait pas d'un accident comme ils avaient l'air de le croire. Alfredo s'était apparemment disputé avec quelqu'un : « Il a été trouvé inanimé par des passants et conduit à l'hôpital sur une ambulance, il y a à peine une heure. »

Les femmes et Bruno coururent auprès d'Alfredo, tandis que Maciste s'attardait exprès. Le médecin regarda alors le maréchal-ferrant dans les yeux et jugea qu'il pouvait lui parler :

— D'après le genre de blessure, il a été matraqué; si vous connaissez le blessé, vous pourrez me dire si je me trompe ou non.

Maciste avança la lèvre de surprise.

— Je n'avais pas entendu dire qu'il s'occupait de politique, dit-il. Puis il ajouta :

— Ils l'ont vraiment mal arrangé.

— J'ai préféré ne rien dire devant sa femme, répondit le médecin; les blessures à la tête intéressent seulement le cuir chevelu : j'ai fait des points de suture et dans huit jours il n'y paraîtra plus. Les dégâts sont à l'intérieur. Il vomit du sang, pour le moment je ne peux juger de la gravité des lésions internes. Mais il a assez bon moral. C'est déjà quelque chose !

Alfredo avait été assailli à peine descendu du tram et traîné de force sur les galets du Mugnone. Sur les trois agresseurs, un seul n'était pas tout à fait un inconnu pour lui. Non, ce n'était pas le comptable; mais il était sûr de l'avoir vu en compagnie de Carlino. Ils dévalèrent le parapet; celui-là était resté à surveiller la rue. L'un des deux autres lui demanda :

— Ainsi donc vous avez refusé de souscrire ? et au même instant il le frappa à la tête d'un coup de matraque. Alfredo s'était évanoui.

Le lendemain les détails de l'agression emplissaient la Via del Corno. Mais les regards en disaient encore plus que les paroles. Ils pesèrent lourd sur les épaules de Carlino quand il sortit ; ils le suivirent comme un personnage dont on respecte l'incognito, mais dont on craint les accès féroces. Seuls Nanni et Ristori s'aperçurent manifestement de son passage. Ils le saluèrent à leur façon habituelle, l'un en levant le bras, l'autre en clignant de l'œil. Le soir à l'église, Armanda s'assit sur un banc à côté de Gemma.

— Par la Croix, dit Armanda, mon fils n'est pour rien dans cette histoire.

Gemma lui tapota la main et murmura :

— Vous êtes une sainte femme et vous ne méritez pas d'avoir un fils comme celui-là, et ensemble elles prièrent pour la guérison d'Alfredo.

Sur le rideau de l'épicerie, on put voir un carton où l'on avait écrit à la main « Fermé pour raison de santé. Réouverture dans huit jours. Florence, 30 juillet 1925. Bellini Milena, épouse Campolmi. »

Qu'est-ce que c'est huit jours ? Souvent on passe d'une semaine à l'autre sans même s'en apercevoir. Mais Nesi qui est habitué à tenir des comptes pourrait dire que huit jours font 192 heures, qui font 11.520 minutes, qui font 691.200 secondes. Le Père Eternel pour faire le monde ne mit que 518.400 secondes. Ainsi donc il peut se passer beaucoup de choses d'un lundi à l'autre. L'état d'Alfredo s'améliore de jour en jour. A part les deux fascistes, les Nesi, Madame et ses femmes, toute la rue s'est rendue à l'hôpital pour faire visite à Alfredo et jusqu'à Armande, sans que son fils le sache. Clara emmena avec elle Adele, Palle et les autres enfants de la rue. L'apparition de Ristori causa un grand étonnement ; mais évidemment, quand on tient un hôtel il faut savoir se ménager plusieurs râteliers. Nanni obtint du brigadier la permission d'abandonner pour quelques heures son poste de surveillance. Tout au long de ces huit jours Alfredo s'entendit répéter les événements de la semaine par les intéressés eux-mêmes, chacun apportant son interprétation. Cette semaine que Staderini qualifia plus tard de fatidique, précéda de deux mois la nuit dite de l'Apocalypse, toujours suivant le cordonnier.

La semaine fatidique s'ouvrit le lundi matin avec la dispute suivie de réconciliation des époux Carresi. Elle continua dans l'après-midi avec le soufflet de Maciste à Ugo et se termina pour son premier jour avec l'agression d'Alfredo.

Le soir suivant, vers 11 heures, on entendit les deux fascistes se disputer : Carlino criait plus fort qu'Osvaldo. Mais ils fermèrent leur fenêtre et l'on ne parvint pas à surprendre le sujet de la discussion. Voilà pour le mardi. Le mercredi passa presque inaperçu. Nanni en avait contre Elisa : il éleva la voix, il leva peut-être la main. Giordano Cecchi se foula le poignet en jouant avec Gigi Lucatelli à qui sautait le plus de marches ; toutes choses ordinaires.

Le jeudi par contre il arriva ce qu'il arriva. Il arriva que Nesi descendit comme d'habitude vers les neuf heures et trouva la boutique fermée ; le garçon attendait, en bavardant avec le cordonnier.

— Otello n'a pas encore ouvert ? Il aurait dû être là à l'heure habituelle, dit le charbonnier.

— Je croyais qu'il était malade, dit le garçon.

— Mais alors il n'est pas à sa maison ? demanda le cordonnier en se haussant au-dessus de son établi, un soulier à la main.

Nesi alors se rappela qu'il habitait Via del Corno ; il agita son bâton, jeta un regard furieux et cria :

— Retournez à vos savates, vous. Bien sûr qu'il n'y est pas Otello. Je l'ai envoyé retirer un paquet à la gare.

Il prit une autre clé et ouvrit le magasin.

Une demi-heure passa. Le garçon devait faire la tournée des maisons du Corso de' Tintori et des Lungarni pour livrer à domicile ; il attendait que le patron lui donnât la liste. Mais comme le patron, assis à la table, se tenait la tête entre les mains et paraissait méditer, le garçon supposa que ce jour-là, il n'y avait pas de livraisons. Ça ne lui déplaisait pas de se reposer ; il oublia volontairement les trois quintaux de coke pour la pension Lucchesi dont Otello lui avait parlé la veille au soir.

Vint Clara qui demanda « un kilo sans pierres ». Nesi hurla du fond de l'obscurité que si dans son charbon il y avait des pierres, elle savait ce qu'il lui restait à faire.

— Il y a un autre charbonnier, là à deux pas, cria-t-il.

— C'était histoire de dire, s'excusa Clara en souriant.

— Et moi c'est histoire de faire, dit encore Nesi en criant.

Il se leva, tout échauffé, renversa le charbon que le commis était en train de peser et hurla :

— Va-t'en, petite, va-t'en ! des clients comme toi il vaut mieux les perdre !

Et comme Clara, surprise et intimidée, ne bougeait pas, il bondit sur elle et lui cria dans la figure :

— Je parle Turc ?

Elle s'enfuit en courant.

— Aujourd'hui c'est fête, poursuivit-il sur le même ton. Dehors ! On ferme !

— A la pension Lucchesi il faut porter... essaya de dire le garçon pris de scrupule.

— Ils s'en passeront ! Il y a plus de charbonneries à Florence que d'eau dans l'Arno. Suis-je, oui ou non, maître de servir qui, comme et quand ça me plaît ?

— A vos ordres, monsieur Egiste ! dit le garçon déjà sur la porte. Et il ajouta :

— Alors, on se revoit demain ?

— Demain ou après-demain ou plus tard, ou jamais peut-être. File, file !

Il abaissa le rideau de tôle, donna un tour de clé, puis rappela le garçon.

— Hé ! dis donc ! Je ne te paye pas moi, Nesi, pour que tu ailles te balader. Reste là et attend qu'Otello revienne. Si tu n'étais pas un voleur j'aurais pu te confier la boutique.

— Vous ne vous fieriez pas au Bon Dieu, dit l'employé.

— Bien sûr ! c'est que je ne suis pas encore ramolli ! répondit Nesi et il disparut en boitillant par la Via del Perlascio.

Et le garçon murmura dans son dos « pas encore, mais ça viendra ».

En tout cas il est sur le chemin, parce que de la part de Nesi, refuser les commandes, c'est comme vouloir vivre en dehors de l'eau pour un poisson : une aberration ! Et aussi bien le kilo du terrassier que le coke d'un client aussi digne de considération que la pension Lucchesi ! Ses douleurs lui ont vraiment fait perdre la raison. « Où peut bien être allé Otello ? » se demande Nesi. Depuis quelque temps il était plus silencieux qu'à l'ordinaire, on pouvait lire la révolte sur sa figure. Il a fait grève pour montrer qu'il est indispensable, hein ! En sa présence il n'ose souffler mot, alors il menace de cette façon. Il est mécontent, hein ? et de quoi ? Qui lui donne à manger ? Qui lui donne vingt lires toutes les semaines ? La faim fait sortir le loup du bois ; vous verrez que ce soir il reviendra la queue entre les jambes. Alors les bastonnades que reçoit Aurora seront des crottes en chocolat à côté de celles que lui, Nesi, infligera à son fils. Oui ou non est-il encore mineur ? oui ou non, lui, Nesi, est-il son père ? C'est la première fois que son fils lui manque de respect. Cet affront qui lui vient « de sa chair » a mis le charbonnier sens dessus dessous. « C'est moi qui l'ai fait ; je le défais. » La colère qui couve en son sein du matin au soir s'allume cent fois multipliée. Nesi va éclater s'il ne lui trouve une issue. Et puisqu'il n'a pas Otello sous la main, ce sera Aurora qui prendra. Il est furieux et lucide comme un meurtrier. En entrant il fermera la fenêtre et il s'efforcera de ne pas crier pour ne pas alerter les voisins. Il forcera Aurora à rester debout pour qu'elle reçoive mieux les coups ; mais Aurora est plus forte que lui ; elle s'aplatit comme un crapaud. Et puis maintenant elle s'enferme au verrou ! Mais elle ne l'attend pas avant onze heures. Il est à peine neuf heures et demie. Elle est peut-être sortie pour faire ses courses. C'est ce qu'il espère.

Et en effet ! Il enfonça la clé dans la serrure d'un seul coup et la porte s'ouvrit brusquement. Aurora était sortie pour les courses certainement. Il n'avait plus qu'à attendre.

Mais à attendre il sentait sa tension faiblir et la fatigue l'envahir; ses infirmités l'accablaient. Assis sur le bord du lit il fit du regard le tour de la chambre. La chambre était bien celle de toujours, mais elle avait quelque chose d'insolite. Quoi ? Il força son attention; alors il vit que sur la coiffeuse il n'y avait plus le nécessaire d'Aurora. Et au portemanteau, il n'y avait pas sa robe de chambre. Il se leva, ouvrit l'armoire : elle était vide. Il jura, il hurla comme s'il avait été frappé. L'enfant pleura. Nesi s'approcha du berceau; son regard tomba sur la commode où le biberon plein de lait retenait une feuille de papier. Avant même de lire, Nesi reconnut l'écriture d'Otello : « L'enfant ne s'éveillera pas avant onze heures, disait le papier. Il a pris le somnifère. Donne-lui le biberon, dès qu'il s'éveillera. Confie-le à Luisa; mais tu dois subvenir à l'entretien parce que c'est ton fils. Ne nous cherche pas : tu ne nous trouverais pas. » Puis un peu en dessous, comme rajouté : « Ne crois pas que nous allions nous tuer ; ça te ferait trop de plaisir. Nous reviendrons quand nous serons majeurs et que tu ne pourras plus nous faire d'ennuis. Nous sommes embêtés seulement à cause du gosse. » Et au bas de la feuille de la main d'Aurora : « Rappelle à ma mère que l'enfant prend son biberon toutes les quatre heures. On met deux cuillerées de lait en poudre pour quatre d'eau bouillie. »

La première pensée de Nesi fut pour constater qu'ils n'avaient pas signé. Puis il se retrouva assis par terre avec la feuille dans les mains, le regard perdu à compter les carreaux noirs et rouges. L'enfant s'était de nouveau endormi. Le temps passa. Nesi était immobile; il comptait les carreaux de ses pieds jusqu'au mur. Ses lèvres répétaient toutes seules : « S'ils ont pu faire cela, c'est que je ne suis plus Nesi. Je ne fais plus peur à personne. » Le cri du bébé le tira à nouveau de sa torpeur. Il se leva péniblement, en gémissant; sa jambe lui faisait plus mal que jamais. Il prit le biberon, se rappela le geste d'Aurora et déposa le biberon sur le coussin; puis il tourna le bébé sur le flanc et lui mit la tétine entre les lèvres. Il s'assit sur la chaise et attendit que l'enfant ait

fini de téter. « Je ne fais plus peur ! murmura-t-il. Donne-lui
le biberon ! On me donne des ordres ! »

Puis il prit l'enfant, l'enveloppa dans une couverture, et
partit. Il tenait l'enfant sur ses deux avant-bras et son bâton
se balançait au bout d'un doigt. Il se traînait ; il boitait ; son
visage était effrayant : pâle, jaune, presque vert et l'œil
éteint ; les épaules courbées, la tête courbée aussi.

Luisa était à la fenêtre de la cuisine, chez Madame. Elle
le vit et eut un choc au cœur. Elle n'eut qu'un cri qui l'accompagna tout le long de l'escalier, jusqu'à la rue. Elle lui
prit l'enfant des bras :

— Et Aurora ? demanda-t-elle avec angoisse.

— Elle s'est sauvée ! Elle et Otello, ils se sont sauvés !
Nesi ne fait plus peur !

Il se dirigea vers sa maison ; les gens de Borgo de' Greci
et du Perlascio, qui l'avaient vu passer, le suivaient toujours,
curieux. La Via del Corno se peupla en peu d'instants ; Staderini présidait l'assemblée : « Sa maîtresse est partie avec
son fils en lui laissant son fils sur les bras ! » Ce n'était peut-
être pas très clair mais tout le monde eut l'air de comprendre.
Le charbonnier parvint jusqu'à sa maison. Il entra dans la
chambre de sa femme et lui dit :

— Tu t'es aperçu que Nesi ne fait plus peur ? J'ai pris
froid ! Tu me veux dans ton lit ? Je ne tiens plus sur mes
pieds !

Et l'on n'était que jeudi midi.

En tout cas, nous, nous devons visiter la prison des Murate
si nous voulons savoir comment le brigadier en vint à enterrer
Nesi dans le trou qu'Aurora et Otello avaient préparé pour
lui. Et puis ça nous distraira.

La prison est une grande caisse de résonance. Le télé-
graphe y fonctionnait avant même d'être inventé. On y
échange des victuailles, des cigarettes et des billets par un
système aérien ; il ne serait pas honnête d'en porter le fonc-
tionnement à la connaissance des gens de bien. Enfin il n'est
pas prouvé que tous les gardes soient incorruptibles ; l'Etat
les paie peu ou pas du tout. C'est ainsi que Giulio put rapi-

dement faire savoir au Maure en quelles mains avait fini le sac.

Mais c'était un « mort » trop considérable, un trop grand personnage, pour qu'on restât longtemps sans nouvelles de lui. Pour comprendre la ligne de conduite qu'adopta plus tard le Maure, il faut savoir que les voleurs (l'auteur les connaît bien pour avoir été des leurs) sont des gens ordinaires, ingénus et crédules comme notre Clara. J'entends, les voleurs qui ont leur fiche à la police comme délinquants habituels ; ceux dont l'horizon s'étend du vol des poules à l'usage du pied de porc. Ce sont d'honnêtes travailleurs qui se sont tout simplement trompés de route et de métier quand il a été question de gagner le pain de tous les jours. Du reste, le camarade mal foutu vous apprendra qu'ils appartiennent au lumpen-protélariat, c'est-à-dire au prolétariat des va nu-pieds, traîtres à la classe ouvrière, ennemis de la classe ouvrière, autant que le capitalisme ou presque ; conformément à cette loi que les extrêmes se touchent. Les pickpockets, les escrocs, ceux qui volent avec dextérité, cette petite filouterie, dite la resquille, qu'on ne peut s'empêcher d'admirer parfois en la déplorant, sont les ouvriers spécialisés de la classe misérable ; mais eux-mêmes sont à la merci d'un quelconque brigadier, plus encore que de leurs victimes. Avec les rats d'hôtel, on commence à monter vers la petite bourgeoisie pour arriver enfin au « voleur international recherché par la police des deux continents ». Mais nous sortons de notre cadre, l'imagination nous égare. Il faut au contraire redescendre au fond du puits pour retrouver Giulio.

Et pour retrouver le Maure. Pour lui le coup de la Via Bolognese a représenté l'affaire la plus profitable — et de loin — de sa carrière pourtant longue d'escroc. Aussi a-t-il perdu la tête au moment de l'accomplir, au point de laisser sa carte de visite sur les lieux du délit et de ne trouver d'autre allié que Giulio. En outre, dans sa précipitation il a laissé le collier et l'écrin dans le sac alors qu'il aurait pu les cacher en lieu sûr. Allez imaginer après ça que le Maure puisse résister au désir de se renseigner sur le sort du cadavre. Les enfants, on le sait, se croient plus rusés que le renard. De même le Maure qui sans informer Giulio de ses desseins, a ordonné à sa petite amie d'aller trouver Nesi et de lui tenir ce raisonnement : « Les objets valent en bloc plus de 300.000 lires. Je me contente de 100.000 immédiatement et on n'en parle plus. » (La petite sait qu'elle doit demander 100.000 et qu'elle peut descendre jusqu'à 50.000.) « Ou bien alors qu'il rende le tout. Tu mets le sac sur un charreton, tu le recouvres de charbon et tu le déposes là où je te dirai : un endroit qui est libre maintenant et qui est sûr. »

Et la petite ayant reçu la becquée, au Parloir, s'apprête à faire ce dont elle a été chargée ; elle croit savoir qu'on ne la suit pas. Elle se rend Via del Corno, jeudi à dix heures et trouve la charbonnerie fermée. Le garçon lui conseille de repasser dans l'après-midi. Mais si le Maure avait expédié un avion à Giulio il aurait su que, Via del Corno, il y a Nanni qui moucharde à la police. Et que par conséquent il est dangereux que la petite se fasse voir en compagnie de Nesi.

(Donc Giulio n'a pas encore fait son rapport à la communauté des voleurs, c'est-à-dire au Milieu, sur le double jeu de Nanni ; il n'en a encore parlé à personne ; il préfère régler l'affaire personnellement quand il sortira de cette galère, quand même il devrait pour cela y rentrer.)

Et l'amie du Maure, innocente, a fini par monter dire bonjour à Elisa. Dès que le brigadier a vu Nanni il a lu sur son visage qu'il savait quelque chose qu'il ne voulait pas dire. Toutefois il a dû cette fois recourir « aux moyens plus persuasifs » pour apprendre la nouvelle.

Dans l'après-midi du lendemain, vendredi, Nesi a été tiré de son lit où après tant d'années il se réchauffait de nouveau à la chaleur de sa femme et sous le soleil d'août on lui passa les menottes. Nous verrons comment. Nous pouvons dire dès maintenant que le brigadier ne lui avait pas encore effleuré le pouls qu'il avouait où était caché le sac, intact, intact.

Les escadrilles se sont rendues trop tard dans la cellule de Giulio et elles sont revenues trop tard, trop tard ! Le briga-

dier a voulu avoir une victoire complète ; il a arrêté aussi la
petite. Maintenant ils sont quatre dedans à avoir besoin de
nourriture et de cigarettes : Giulio, Cadorna, le Maure et son
amie. C'est pourquoi le Maure a transmis à Giulio un ulti-
matum : « Ta femme doit se décider à travailler et sans se
ménager. » Giulio lui a répondu qu'il l'obligerait « sous
peine de renvoi ». Ce que le Maure entend par travailler,
nous croyons le savoir.

Et Nesi, receleur, est allé à l'encontre de son destin.

Les policiers sont des gens de chez nous ; comme n'importe quel citoyen qui travaille pour manger, ils vont à pied.
Tout au plus, si l'arrêté est quelqu'un de bien et s'il le demande, un parent est-il autorisé à louer une voiture. Mais ce
n'est pas le cas pour Nesi qui n'a même pas un chien pour
le consoler. Sa femme déjà secouée par une première émotion, s'est évanouie dans le lit. Elle n'a eu que le temps de
s'exclamer « Honte sur honte ! », après quoi ses sens l'ont
abandonnée. Et la servante, vieille et sourde, s'est enfermée
dans la cuisine pour en référer au Seigneur. Vieille, sourde
et irrévérente parce que le Seigneur qui est dans le ciel, sur
la terre et en tous lieux, est certainement aussi Via del Corno
et voit de ses propres yeux ce qui est arrivé. N'est-ce pas lui
d'ailleurs qui a tout préparé ? C'est ce qu'a décrété Clorinda,
accoudée à sa fenêtre comme à une première loge. « Dieu
ne paye pas seulement le samedi ! » Derrière ses paroles il y
a du ressentiment : combien a-t-elle trouvé de pierres noires
dans ses demi-kilos de charbon ? La voilà mesquinement, naï-
vement, satisfaite. La joie qui inonde le cœur de Madame
est d'une autre sorte, plus profonde et réfléchie. Maintenant
Gesuina se tient ouvertement à la fenêtre ; au-dessus il y a
Maria Carresi avec son Fox entre les bras et au-dessous Semira, la petite Piccarda et Bruno qui a son jour de liberté. La
Via del Corno peut afficher « complet ». En bas, des deux
côtés de la scène, c'est-à-dire du portail, se presse la masse
des hommes et des enfants que les mères réclament en vain.
Mais Dieu sait ce qu'il fait ; il s'est préoccupé d'éloigner

Luisa en lui suggérant de se rendre à la maison de Borgo
Pinti pour prendre le lait et le linge du petit.

La brise qui souffle sur les bords de l'Arno n'arrive pas
jusqu'à notre rue. Le soleil se fixe comme un insecte dans le
moindre interstice. Il brûle comme le fer à repasser que Fi-
delma a oublié sur le fourneau. La réverbération blesse les
yeux. Les gens mettent les mains en visière pour ne rien perdre de la cérémonie.

Et voici que s'ouvre la porte et apparaît Nesi, suivi du
brigadier et de deux agents. Nesi a le visage blanc comme
« le prologue de Paillasse », dira Staderini. Pour le reste il
est noir. Privé de son bâton il avance courbé et empêtré
comme si on avait attaché des quintaux à ses menottes. Les
agents le soutiennent. Le brigadier les précède, on dirait
César revenant de Grande-Bretagne.

C'est à ces moments-là qu'on éprouve ses amitiés. Or les
spectateurs se taisent. Leurs regards sont indifférents. On croi-
rait que Nesi est un inconnu Via del Corno. Est-il possible
que depuis trente ans qu'il y habite, il n'ait pas jeté la semence d'une bonne action qui lui permette de recueillir maintenant une parole de solidarité, un salut, un mot d'espoir ?
Pourtant personne ne sait encore pourquoi il a été arrêté.
Nanni se garde bien de renseigner la rue. Pourtant Nesi a
déjà mordu la poussière, peu de temps auparavant. Plutôt que
César, le brigadier est Maramaldo. Devons-nous conclure que
personne n'a pitié du pauvre Ferruci ? Seul Ristori, du seuil
de l'hôtel, lève la main et invite le charbonnier à reprendre
courage. « Il faut garder bon moral, autrement tu es fichu ! »
lui dit-il. Toutefois il a réservé au brigadier son large sourire
complice.

Le prisonnier ne voit que de la brume. Il a froid comme
en janvier dans la charbonnerie ; il ne sent même plus ses
douleurs à la jambe ; seulement le froid, le froid qui lui enserre le front comme une couronne de glace. Et lentement le
froid descend dans la nuque, lui entoure le cou. A la montée
de la Via dei Conti, le cœur a cédé.

Gigi Lucatelli qui suivait la triste procession avec les

autres curieux, est réapparu brusquement Via del Corno. « Il lui a pris mal ! On est allé chercher la Croix d'Or ! » et il est reparti en courant. Maintenant il ne reste Via del Corno que ceux qui ne peuvent se tenir debout.

La Croix d'Or aussi va tout bonnement à pied. Arrive le brancard monté sur roues, poussé par des militaires en uniforme azur. Le caporal fait coin-coin avec la corne à main. Fendant la foule, ils chargent Nesi sur le brancard ; il est raide comme une statue, avec un œil ouvert et l'autre fermé. Il a le souffle court d'un agonisant. Les militaires abaissent la capote du brancard puis la relèvent un peu de chaque côté pour laisser passer l'air ; ils empoignent enfin les bras de la litière et s'éloignent au pas militaire. Le chef d'escouade marche devant avec la trompe. Le plus jeune des agents, qui peut se permettre cette fatigue supplémentaire, ferme la marche. Les plus curieux les suivent — et les enfants aussi, bien sûr, pour qui c'est une fête non comprise dans le programme. Mais nous sommes en août ; les soldats sont entraînés, eux ; courir est leur métier. Chemin faisant leur escorte s'éclaircit ; l'agent est des premiers à renoncer. Quand la Croix d'Or passe le portail de l'hôpital et qu'on procède au transbordement, il ne reste de la Via del Corno que Giordano Cecchi pour assister Nesi qui rend le dernier soupir. Au chef d'escouade qui lui demande s'il connaît cet homme, il répond après un moment d'hésitation et avec ses grands yeux de gosse : « C'est mon parent. »

Le brigadier a pris le tram pour venir à l'hôpital. Mais le charbonnier est déjà recouvert de son drap. Et le brigadier qui était sûr de le faire parler laisse échapper un juron. Puis il dit : « Une fois de plus la vieille a le dessus. Même la mort se met de son côté. »

# CHAPITRE VIII

— Tout le monde parle, parle; mais la première à avoir compris quelque chose c'est moi! dit Clara. Quand il m'a refusé le charbon, Nesi semblait Lucifer en personne!

— Donne-moi un baiser! dit Bruno.

— Tu ne penses qu'à ça!

— Nous n'avons que ces instants à notre disposition. Depuis que nous sommes fiancés officiellement, nous sommes moins seuls qu'auparavant. Il y a toujours ta mère ou Adèle au milieu!

— C'est de ta faute! Tu mourais, soi-disant, si mon père ne donnait pas son consentement!

— Ah! tu fais des progrès!

— Quoi ?

— Donne-moi un baiser!

— Dis-moi, demanda Bianca, maintenant que tu as vu Milena, elle te plaît ?

— Elle est différente de ce que j'avais imaginé; elle n'a pas l'air d'être de Florence, et encore moins de la Via del Corno! répondit Mario.

— Je ne te comprends pas. Evidemment elle n'est pas de Florence. Elle est née à Milan; mais elle habite Florence depuis le berceau. Son père était agent des contributions et il a eu son changement pour Florence. Puis il est mort à la guerre. Ainsi elle te plaît ?

— Jalouse ?

— Penses-tu !

— Ne fais pas l'enfant ! Tu m'as emmené de force à l'hôpital pour que je connaisse Alfredo et Milena. Maintenant tu me demandes si Milena me plaît. J'aurais dû dire que non, parce qu'elle louche et qu'elle boite ? Bon : elle louche, elle boite et elle a de la barbe. Tu es contente ?

— Milena est mon amie.

— Ça va, écoute...

— Pourquoi te mets-tu en colère ? tu ne veux pas m'embrasser ?


— Tu as entendu dire que Bianca s'est trouvé un amoureux ? Milena m'a dit que c'est un beau garçon.

— Qu'est-ce qu'il fait ? demanda Bruno.

— Il travaille dans une typographie du Pino. Et puis...

— Bref, tu me parles toujours des autres. Tu n'en as pas assez d'entendre toute la journée répéter les mêmes choses d'une fenêtre à l'autre ?

— Tu es toujours nerveux quand tu es avec moi !

— Je voudrais seulement que nous parlions un peu plus de nous deux. Alors nous nous marions en décembre ou au printemps ?

— Il me semblait que c'était entendu pour avril.

— Ça va ; on peut encore reculer si tu veux !

— Mais pourquoi es-tu ainsi ?

— Parce que je t'aime !

— Et moi tu crois que je ne t'aime pas ?


Et Bianca dit :

— J'avais quelque chose à te dire, mais maintenant, je ne veux plus...

— Y aura-t-il un soir où tu n'auras pas quelque chose à me dire, que tu ne veux pas dire et que tu meurs d'envie de dire ? Amour !

— C'est justement ce soir !

— Bête ! J'ai voulu te faire un compliment !

— Oui, comme on fait à une petite fille qui met encore le doigt dans la bouche ?

— Tu n'es jamais allée au théâtre Alfieri voir Gastigamatti ?

— Non, mais j'y vais maintenant, au revoir !

— Viens ici et ne boude plus !

— Tu ne me prends jamais au sérieux ! Qu'arrive-t-il à Gastigamatti ?

— Pour ça, je te le dirai une autre fois. Mais voyons ce que tu voulais me dire.

— J'ai pensé que tu es seul au monde et que personne ne s'occupe de toi. Non, stupide ! nous avons le temps de penser au mariage !... Ecoute-moi, plutôt ! Je t'ai parlé de Margherita, la femme du maréchal-ferrant. Eh bien, elle a une petite pièce vide sur l'escalier, où elle met les pommes de terre et les autres provisions qu'on lui envoie de la campagne. Elle peut la débarrasser sans se gêner. La pièce est petite mais jolie; on peut la meubler avec rien. Tu t'y trouverais bien ! Tu économiserais le loyer parce que Margherita te logerait pour rien. Et comme je vais souvent chez eux, le soir je pourrais te laver et te repasser ton linge... Margherita est en train de convaincre son mari. Corrado est une bonne pâte d'homme !

— Cette fois, le baiser, tu l'as ! Mais Corrado, qui c'est ? Celui que vous appelez Maciste ? Quand je pense que je vais avoir un Maciste comme patron à la maison, il me vient des frissons !


— Tu crois qu'Otello et Aurora reviendront ? dit Clara.

— S'ils ne reviennent pas la police se chargera de les retrouver. A moins que... Quels fous !

— Mon Dieu ! Ils ne se seront pas tués ! Cette nuit je me suis réveillée en pensant à Aurora. Je n'arrive pas à comprendre comment nous avons pu être amies ! Il me semble que c'est déjà une femme d'un certain âge. Pourtant elle n'a que trois ans de plus que moi. Comment fait-elle pour rester loin de son enfant ?

— Cette fille, Aurora, c'était une de tes amies, n'est-ce pas ? dit Mario.

— Bien sûr ! Mais ne va pas en penser du mal comme ceux qui écrivent dans les journaux, répondit Bianca. En réalité c'est une femme qui a eu le courage d'abandonner tout, même son enfant, pour son amour.

— Ne t'excite pas ! tu sais que ça te donne la fièvre.

— Pense, dans deux heures je saurai si Maciste a accepté ! Ce serait beau de pouvoir se parler de la fenêtre !

Et l'on en vint au samedi 4 août. Il faisait encore nuit et le cocorico du coq Nesi éclata triomphant comme un coup de trompette. Puis l'aube fit les terrasses roses. Le Palazzio Vecchi sonna six heures. Le premier tram apparut Via dei Leoni pour se rendre à la tête de ligne de Grassina ou de l'Antella. L'aiguille des minutes rencontra la résistance et le réveil d'Osvaldo sonna. Mais ce matin-là il fut couvert par un bruit de voix. Le balayeur Cecchi, Maria, le terrassier Antonio et les autres, n'eurent pas besoin de leur réveil pour ouvrir les yeux. Les deux fascistes avaient eu soin de faire sortir du lit même ceux qui ne se lèvent jamais avant huit heures ; ils se disputaient. Ils avaient laissé leur fenêtre ouverte cette fois et leurs paroles arrivaient aux fenêtres voisines dans toute leur netteté.

— Toujours de nouveaux numéros ! dit Staderini les yeux encore collés.

— La Via del Corno est devenue un théâtre, ajouta Clorinda.

Nanni leur jeta un regard sévère parce qu'en parlant ils couvraient les voix d'Osvaldo et de Carlino. Cependant ils restaient sur leur soif : les deux fascistes s'insultaient à tour de rôle, s'excitaient, semblaient prêts à en venir aux mains, mais ne donnaient pas de détails et les curieux, nus ou en chemise et cous tendus, ne pouvaient pénétrer le sens de la querelle. Carlino paraissait le plus agressif des deux. Osvaldo avait un ton fâché mais soumis presque. On en pouvait conclure que les torts étaient de son côté.

— Tu tires au flanc ! tu es un lâche ! tu es un dégoûtant !
hurlait Carlino.

— Modère tes expressions. Toi, tu es orgueilleux, injuste ;
tu es un illuminé, répondait Osvaldo.

— Calmez-vous, mes garçons ! Vous trouvez que le moment est bien choisi pour crier ? intervenait Armanda.

Elle parlait du corridor. Les deux amis devaient s'être enfermés à clé dans la pièce. C'est de là que provenaient les
voix.

— Laisse-nous tranquilles, maman, répondit Carlino ; retourne à tes prières !

Et s'adressant à nouveau à Osvaldo :

— Tu as compris, canaille ! Pourquoi t'es-tu inscrit au
Faisceau alors ? Pour faire ton effet avec l'insigne à la boutonnière ?

— Je crois servir la Révolution mieux que toi, cria Osvaldo.

(« Maintenant nous pouvons commencer à nous orienter ! »
s'exclama Clorinda. Mais son mari, le confiseur, dit : « Re-
tire-toi de la fenêtre ; on entend aussi bien de couché. »)

Osvaldo continua :

— En ce moment notre devoir consiste à donner un exemple d'ordre et de discipline.

— Ce sont les lâches qui pensent comme toi, répliqua
Carlino. En 1921 tu avais des scrupules de conscience ; en
1922 tu t'es débrouillé pour avoir le typhus et maintenant tu
refuses la discipline. Tu es une canaille, un dégoûtant, un
lâche !

— Et toi, tu es un illuminé, un fou, ainsi que tous ceux qui
pensent comme toi. Vous ne tenez même pas compte de *Ses*
paroles.

— Ah ! tu n'as pas de pudeur ! N'invoque pas le nom du
Dieu pour rien !

(« Et souviens-toi d'honorer les Saints », marmonna Antonio, assis sur le bord de son lit et enfilant ses savates de
travail.)

— Donc à t'entendre il n'y aurait plus qu'à se retirer. Ah !

la belle vie ! la belle vie, hein ? Mais, crénom ! dans quel
monde vis-tu ?

— Dès que le seconde vague passera... moi...

— Tu ne vois pas que tu te trahis toi-même ? Fumier !
Nous y sommes dans la seconde vague. C'est celle-là la seconde !

— Pour l'amour de Dieu, mes enfants ! suppliait Armanda,
en frappant à la porte.

— Apparemment tu attends un télégramme de Rome :
« La prochaine vague commence tel jour, à telle heure. » Tu
as peur. Tu es un traître !

— Et toi un assassin !

— Qu'est-ce que je suis ?

Alors deux gifles, deux pétards interrompirent les voix puis
on entendit deux bruits de bagarre, de chaises renversées et
les cris d'Armanda.

(« Vas-y », laissa échapper Nanni, mais sitôt après par
prudence il se retira de la fenêtre.)

Les supplications d'Armanda finirent par avoir quelque
effet. On entendit seulement Carlino dire : « On en reparlera
ce soir à la Fédération. » Puis les voix redevinrent normales
et ne dépassèrent plus la limite des murs.

Osvaldo, placier en papiers et assimilés, formait avec Liliana et Margherita, le trio des provinciaux de la via del
Corno ou comme disait Staderini, sans ironie, « des villa-
geois qui avaient acquis le droit de cité ».

Son pays était Vicchio dans le Mugello où la terre remue
souvent, où les paysans traversent le Cours sur leur char à
bœufs, où les manœuvres et les étudiants prennent le train de
5 h. 37 pour arriver de bonne heure à la ville. Osvaldo était
né en 1900 ; il avait été appelé sous les drapeaux dans les
derniers mois de la guerre : « La classe 1899 a arrêté les
Allemands ; la classe 1900 les chassera. Ce sont des gamins
en culottes courtes et sans poil au menton qui décideront du
destin de la patrie ! » Mais les Allemands n'attendirent pas
le renfort des Gavroches pour lever les bras. Osvaldo et ses

congénères montèrent dans des wagons puis dans des charrettes, mais quand ils arrivèrent sur le front l'armistice était déjà signé. Le soldat de la classe 1900, parti comme Libérateur de la patrie, revint Huissier de la Victoire. Dans chaque cantonnement, dépôt, chambrée où se trouvait une recrue de 1900, les vétérans s'en donnaient à cœur joie. La recrue de 1900 était un garçon qui souffrait d'une atroce désillusion, sur laquelle pleuvaient les moqueries, les lits en portefeuille, les gamelles d'eau et les coups de godasses. C'était un jeune homme de dix-huit ans qui savait avoir perdu une « occasion unique dans sa vie ».

Osvaldo fut gardé sous les armes jusqu'à février 1922. Il fut d'abord affecté à la garde des prisonniers, puis il fut envoyé en garnison dans les pays libérés, enfin il fut employé aux corvées normales d'une caserne turinaise. La désillusion se changea en amertume. Il voulait se racheter d'une faute non commise. Rouge de honte, humilié de ne point s'être acquis de gloire, il se mêla aux vétérans quand le nombre des anciens combattants, en grande partie démobilisés, n'était pas suffisant pour les manifestations patriotiques qu'on organisait en réponse aux manifestations des « sans-patrie ». Un jour, excité et content il tira en l'air et donna des coups de crosse aux traîtres. C'était un officier de vingt ans qui le commandait, un de la classe 1899 ! avec deux médailles d'argent et trois blessures.

Sa vocation se décida un après-midi de septembre, en 1920. Nombreux sont les chemins de la Grâce et comme ceux du Péché ils n'ont pas de fin. Les manifestants qui avaient été d'abord dispersés revinrent à la charge. Osvaldo se trouva face à face avec un jeune homme qui portait un costume noir et un canotier. — Un méridional ? — qui réussit à lui faire plier les bras et à saisir son fusil. Dans ses efforts pour arracher le fusil il perdit son canotier. Osvaldo fit levier de toutes ses forces et réussit à libérer l'arme par le haut. L'homme jeta un cri et s'affaissa sur les genoux. Osvaldo l'avait blessé avec la baïonnette adaptée au fusil, sans le vouloir. Il crut l'avoir tué et sur le moment fut glacé

d'épouvante. Mais l'homme se releva aussitôt ; sa main dé-
gouttait de sang. C'était la droite. Le sang coulait sur le pavé.
Osvaldo pensa : « Il lui faut un mouchoir », mais il était sur
la défensive et il resta immobile, l'arme pointée contre l'inconnu. Déjà ses compagnons d'armes avaient dispersé les
sans-patrie et venaient vers eux. L'inconnu ramassa son canotier et dit : « Charogne ! comment je fais pour travailler demain ? » Il le disait à lui-même plutôt qu'à Osvaldo. Mais à
Osvaldo, il lui cria : « Espèce de vendu ! » Il avait comme
un accent familier. Osvaldo faillit abaisser son fusil et demander : « Tu es Toscan ? » mais l'autre, tout à coup lui
cracha au visage et s'enfuit. Osvaldo atteint entre la narine
et la lèvre, furieux, offensé dans sa dignité, reprit le fusil,
visa l'inconnu qui fuyait. Il tira trois fois — et pour la première fois sur « une cible humaine ». Mais c'était une recrue
de 1900 qui tirait et les balles s'abattirent sur un moineau.
L'officier fit dévier le quatrième coup vers le ciel. C'était
peut-être le bon. Osvaldo fut mis aux arrêts de rigueur. L'officier lui communiqua la punition et ajouta :

— Comme officier j'ai dû faire un rapport parce que l'ordre
était de ne pas tirer ; comme civil et comme Italien, je me
déclare solidaire, et je regrette que tu l'aies manqué !

La prison est un lieu de méditation où chacun se débrouille
avec ses propres pensées. Rien comme une cellule de rigueur
pour vous permettre d'arriver enfin à des conclusions. Celui
qui ne pense rien et n'a pas de conclusions originales à pro-
poser, emprunte à autrui. Les journaux sont là pour mettre
de l'ordre dans nos esprits confus. Quinze jours de rigueur et
trente d'arrêt ordinaire, ça fait un mois et demi : assez pour
permettre à Osvaldo de découvrir sa vérité. « Demain comment je fais pour travailler ? Je me déclare solidaire ! Espèce
de vendu ! (le maréchal m'en a dit de bien pires !) Je regrette
que tu l'aies manqué ! (en ce moment j'aurais la vie d'un
homme sur la conscience. On faisait la guerre aux Allemands. Maintenant, tuer un Allemand, c'est un crime ; un
Allemand c'est aussi un civil, un bourgeois). Les bourgeois
sont tous des traîtres. *Déserteurs. Lâcheurs. Drapeau rouge.*

(Il m'a craché au visage parce que je porte l'uniforme ! C'est donc vrai ce qu'écrivent les journaux ! Pourquoi pensait-il que j'avais fait la guerre ?) *Le sang versé pour la Patrie. La terre baignée de notre sang. Le sang de nos frères morts crie vengeance.* « *Oui, nous nous vengerons sur les communistes.* » C'était un communiste ? (S'il était communiste, j'ai bien fait. C'est dommage que je l'aie manqué !)

En juillet 1922 il fut démobilisé et revint au pays chez son beau-frère et sa sœur ; il y retrouva ses neveux et son père, tombé en enfance. Son beau-frère avait fait la guerre dans la territoriale. Il était donc resté à Florence. Il s'était associé avec un de ses parents de Prato qui avait une fabrique d'étoffe ; il fournit l'armée et « amassa quelques économies ». Maintenant il avait une motocyclette ; il avait acheté les murs de cette maison. Le soir même du retour d'Osvaldo, son beau-frère lui tapa sur l'épaule et lui dit :

— Allons, va t'inscrire. Il ferait beau voir qu'un homme de ma famille n'appartienne pas au Faisceau.

— C'était ce que je comptais faire, dit Osvaldo.

— Ici, poursuivit le beau-frère, nous avons déjà désinfecté la région. Mais tu trouveras l'occasion de faire voir ce que tu vaux.

L'occasion « d'or », se présenta le mois d'après. Mais Osvaldo était au lit avec 40° de fièvre.

— C'est bel et bien le typhus, dit le médecin, un camarade. C'est dommage, tu manques l'expédition de Riconi !

— Ç'aurait été ma première action fasciste.

Dans son délire, bien qu'il sentît la mort proche, il suivait les conversations. « Et nous ferons ça avec toutes les cérémonies requises. Il s'agit de nous ménager un coin absolument sain. Ils nous donneront quelques éléments des groupes de Borgo et de Pontassieve, et peut-être même de Florence. » Osvaldo les entendit partir ; puis revenir, chanter, tirer sur les chats et sur les conduites d'eau. Il pleura comme un enfant qui entend passer le Carnaval et qu'on a condamné à rester au lit.

Le typhus dure quarante jours quand il est bénin. Il dura

soixante jours. Osvaldo était maigre, émacié « comme le petit arbre devant la maison », dit la sœur. Mais octobre était fini. Ces deux mois de lit lui avaient coûté 10 kilos de chair, tous ses cheveux et la deuxième chance de sa vie. « J'ai perdu la guerre, j'ai manqué la révolution. Que veux-tu que la vie m'apporte d'autre ? » Il écoutait bouche bée ce que disaient son beau-frère, le médecin et les autres camarades de retour de la Marche sur Rome. « Tu arrives toujours après la bataille », lui dit son beau-frère. Osvaldo aurait voulu être cent pieds sous terre. Si du moins le typhus l'avait emporté ! il n'osait se montrer dans les rues du pays, et malgré les attentions de sa sœur il n'arrivait pas à se remettre. Il se traînait la plupart du temps à la maison ; il discutait de football ; c'était sa passion. On dit dans le pays qu'Osvaldo souffrait d'un épuisement nerveux dû à la maladie, prétendaient les uns, à une déception amoureuse, disaient les autres. Il s'en trouva même pour dire « il éclate de santé. Tant que son beau-frère l'entretient... »

Une année passa et l'on arriva à l'anniversaire de l'exploit de Riconi qui avait ramené « la paix la plus absolue dans la région ». Les camarades décidèrent de fêter l'anniversaire par un banquet. On vint de Pontassieve, de Borgo et de Florence dans les vieux uniformes. Le beau-frère faisait les honneurs de la maison. C'étaient tous des gens gais, bons mangeurs, prompts à rire ; la jeunesse de la révolution ! Et presque tous portaient des insignes et des décorations de guerre. Vezio, le beau-frère, avait voulu qu'Osvaldo participât à la fête. « Oui ou non étais-tu avec nous de cœur ce soir-là ? » Osvaldo s'y rendit en tremblant de joie. Il était le seul à avoir des vêtements civils (il avait mis dessous la chemise noire). Cette particularité le mettait mal à l'aise ; elle soulignait sa qualité d'intrus et l'humiliait.

Le repas fut servi à l'hôtel « Giotto con Allogio » : bonne chère, bon vin, liqueurs, chants et anecdotes ; vive celui-ci ! à bas celui-là ! Et « quand Il nous déliera les mains une autre fois !... »

Les tables avaient été disposées en fer à cheval. Osvaldo

occupait la dernière place, à l'extrémité de gauche. Il y avait vingt-deux invités. Le maréchal des carabiniers, première autorité du pays et par ailleurs sympathisant fasciste, occupait la place d'honneur.

— Si tu es fasciste crie « A bas le roi ! » lui dit un rouquin assis à côté d'Osvaldo.

Le maréchal répliqua en lui donnant l'ordre de se retirer. Mais l'autre, déjà excité par le vin, montra le poing, frappa sur la table et déclara que le roi ne durerait qu'autant qu'il lui plaisait à Lui. « A la seconde vague de nettoyage, il ferait la culbute « avec tous ses royaux successeurs ! »

Heureusement les raviolis sauvèrent la situation. Toutefois le maréchal se pencha vers son voisin, un garçon de trente ans, aux yeux noirs et brillants (un visage de loup et d'intellectuel tout à la fois, pensa Osvaldo) à la suite de quoi on vit le jeune homme se retourner vers l'agité rouquin :

— N'essaie pas de faire l'intéressant, Bencini. L'incident est clos, maréchal, ajouta-t-il.

Bencini obéit, rentra son poignard et dit :

— Comme tu voudras, Pisan ! Mais au fond de toi, tu es de mon avis ?

Le Pisan sortit son revolver, visa le fil à quoi était suspendu le papier attrape-mouches, dans l'angle de la salle et tira. L'attrape-mouches tomba. Le Pisan remit le revolver dans sa gaine, se retourna vers Bencini et dit :

— Compris ? Alors apprends à la fermer !

Puis il retrouva son indifférence. Au milieu de l'excitation générale, il avait ou il se composait l'attitude d'un bourgeois invité chez des paysans. Il mangeait lentement et n'arrêtait pas de fumer ; entre chaque bouchée il tirait une bouffée.

Osvaldo ne pouvait s'empêcher de le regarder. C'était donc là le Pisan ? Le commandant de l'escouade qui s'était couverte de gloire à la veille de la Révolution ? Le Pisan ! Un nom légendaire ! Au début du repas, Vezio lui avait amené Osvaldo :

— Tu permets Pisan ? C'est mon beau-frère ! Un des

nôtres. Il a embroché un gréviste sur sa baïonnette. Il est
resté tout le temps sous les armes. Tu sais la classe 1900 ?
Il meurt d'envie de se rendre utile. Tu devrais songer à
lui !

Le Pisan avait serré la main d'Osvaldo et lui avait dit :

— Bravo ! L'occasion ne manquera pas !

Il avait souri, montrant des dents blanches, serrées. Il avait
un air réservé et sérieux. Son regard exprimait une intelligence têtue et volontaire.

Après les raviolis arrosés de Chianti-Ruffino, l'entrecôte
garnie d'épinards, toujours accompagnée de Chianti et escor-
tée de souvenirs glorieux, on en arriva aux poulets frits et on
passa de Riconi à mille autres expéditions glorieuses. Puis,
en attendant le poisson à la mayonnaise, le Pisan ordonna une
minute de silence en l'honneur des morts qu'on n'avait pas
célébrés ouvertement. Le silence fut interrompu par un vent
que le camarade Amadori, dit moustachu, ne put retenir. Il
s'excusa et en laissa échapper un autre. Amadori était un
homme déjà âgé, avec des moustaches grises, les lèvres min-
ces, un visage long, émacié, « décidé », jugea Osvaldo qui
admirait les rubans bleus de ses médailles. Les figues, prises
sur l'arbre et les panses recueillirent des suffrages excessifs :
on parlait femmes. Et un convive bas sur pattes, au visage
congestionné et à la bouche en tire-lire, déclama les strophes
du *Sculacciabuchi di San Rocco* [1].

L'assistance était maintenant fort excitée. Osvaldo et Pisano seuls gardaient de la tenue. Le Pisan riait aux saillies
les plus salées, mais sans ouvrir la bouche lui-même ; il était
avare de paroles, et de même il mangeait et buvait avec mesure. Les autres, le corps abandonné sur leur siège ou plié
en deux par le rire se donnaient de cordiales poignées de
main, se lançaient des boulettes de pain d'un bout de la table
à l'autre. Le médecin, qui avait l'estomac malade, vomissait
dans un coin. Osvaldo était distrait par le moindre incident

1. Titre de l'ouvrage de l'avocat célèbre Rosati. C'est un procès
parodique en vers extrêmement licencieux.

et ne parvenait pas à fixer son esprit. Son voisin lui donnait des coups de coude :

— Tu as le vin triste ? Comment s'y prend-on avec les femmes dans le pays ?

Les autres l'appelaient Carlino. Au lieu de répondre Osvaldo lui demanda :

— Tu as été blessé en te battant pour la cause ?

— Deux fois, répondit Carlino ; une à la cuisse, une à la poitrine, comme Jésus-Christ.

Mais déjà il pensait à autre chose :

— Nous voulons la fille du propriétaire ! cria-t-il quand le patron arriva avec les liqueurs.

Tout le monde fit chorus. Le patron s'excusa en disant que sa fille était allée à la foire de Dicomano.

— Tu l'as envoyée exprès parce que nous devions venir ! cria Carlino. Tu es un saboteur ! un élément subversif !

Mais le Pisan intervint de nouveau et Carlino se calma. Osvaldo regardait toujours les rubans bleus du Pisan et les deux couronnes qui témoignaient de ses mérites de guerre. Il regardait aussi ses yeux noirs et son air digne.

Après les liqueurs, vint le champagne, puis le café et la tarte suivant un ordre un peu irrationnel. Vezio se leva pour lire le discours que lui avait préparé Osvaldo. (« Toi, tu es allé au lycée et tu as plus d'idées que moi », avait-il dit.) Ses propres mots faisaient souffrir Osvaldo : « révolution », « idéal », toutes ses phrases ânonnées par Vezio, lui parurent sacrilèges en un pareil endroit et peu en rapport avec le passé des personnes présentes. Il s'agissait bien de rubans, de décorations et de couronnes ! Le Pisan répondit en peu de mots, mais des mots « pareils à des coups de cravache », pensa Osvaldo : « Quand on a tout donné, on n'a pas encore assez donné », dit-il entre autre. Après les discours, les chansons de l'escouade.

Un peu avant la fin, le curé de la paroisse vint honorer de sa visite « la belle compagnie ». Le Pisan le voulut près de lui. Le prêtre s'excusa de ne pouvoir rester que quelques instants ; mais il n'avait pas voulu passer pour un malhonnête,

puisque Vezio l'avait invité. Il accepta une goutte d'anisette.
Il était mal à l'aise ; il n'était pas très rassuré. Carlino marmonna quelques paroles inintelligibles, mais Osvaldo qui était
son voisin de table, le vit prendre une carafe, en vider le
contenu par-dessus ses épaules, et uriner dedans ; après quoi
il se leva en brandissant la carafe et demanda la parole ; il
désirait porter un toast en l'honneur du prêtre. Le Pisan le
foudroya du regard : « Bencini, fais tes excuses à monsieur
le curé ! » Il y eut un silence ; on était entre le tragique et le
burlesque. Carlino se dirigea en titubant vers le curé qui pro-
testait inutilement ; puis il s'agenouilla et fit mine de lui baiser la main. Le prêtre retira sa main, mais Carlino réussit à
la prendre et au lieu de la baiser, y promena sa langue pleine
de salive. Le prêtre se libéra avec dégoût et dit : « Ce n'est
qu'un enfantillage ! Dieu vous bénisse ! » et il se leva, décidé à partir. Dès qu'il eut disparu, la salle s'emplit de
criailleries. Le Pisan même adoucit son regard d'une lueur
de gaîté. Le maréchal dit :

— Ce sont des plaisanteries dangereuses ! mais on sentait
qu'il parlait davantage par devoir que par conviction.

— Ce sont des plaisanteries pour prêtres, dit Amadori, et
il fut couvert d'applaudissements.

Pendant tout le repas, Osvaldo fut balancé entre des sentiments fort divers. La joie des convives, violente comme une
querelle ; leur nostalgie colorée de sang, leur plaisir même,
enfantin, et leurs habitudes d'ivrognes, tout cela faisait un
monde d'audaces et de libertés dont il était exclu et non
certes par dégoût ou par un sentiment de désapprobation,
mais par incapacité personnelle, par aridité, par insuffisance.
Je ne serai jamais un révolutionnaire ! Je ne saurai jamais
jouir de la vie ! Peut-être parce que je ne suis pas en règle
avec ma conscience », pensait-il.

Puis il avait trouvé cette place de représentant et comme
il valait mieux qu'il habitât la ville, Vezio avait demandé à
Carlino de lui louer une chambre chez lui.

Osvaldo habitait donc depuis deux ans chez Carlino. Il

s'était mis à son travail avec d'autant plus d'ardeur qu'il voulait se libérer de son beau-frère. Sa vie était réglée par ses
occupations : heures de train, conversations, cahier d'échantillons et bulletins de commande, sommeil et petites aventures. Il se passionnait pour son travail qui l'introduisait dans
un monde où rien ne lui était interdit : il avait ses secrets, ses
astuces, ses succès et ses défaites. Il mettait l'univers sous
son bras avec la pochette d'échantillons. Il répétait les noms
des articles dont il disposait avec un plaisir d'amoureux. Papier de boucher, jaune et rugueux pour les bouchers, bien
sûr, et pour les boulangers ; papier parcheminé, résistant,
transparent et comme huilé, dont se sert le charcutier pour la
conserve, les salaisons, les laitages qu'il enveloppe ensuite
une seconde fois dans un papier plus épais couleur ivoire,
les rouleaux de papier hygiénique, marque « Etoile » numéro 1, 2, 3..., jusqu'à 6, différents de grain, de largeur,
de nuance. (Marron, blanc et nuances intermédiaires.) Il
aimait le calcul du poids, simple à la fois et compliqué, les
indications des divers formats que les détaillants exigent pour
le kilo, les 7 hectos, le demi, le quart, l'hecto et même le
demi-hecto s'il veut arracher la commande de l'herboriste
Pasci di Borgo à Buggiano. Le matin, à peine levé, Osvaldo
affrontait tout cela avec l'assurance d'Oreste savonnant les
joues de ses régisseurs. Il naviguait savamment sur la mer peu
sûre des payements qui s'échelonnent sur 30, 60, 90, 120
jours, des traites ordinaires et protestables, des stationnements
libres et des magasins, entre les écueils des reste-dû sur lesquels la maison retient 30 % à Osvaldo, quand le client est
insolvable. C'est un pourcentage élevé, mais en compensa-
tion Osvaldo touche une bonne provision sur les affaires heureusement conclues, S. E. & O., sauf erreurs et omissions,
comme il est écrit au bas des factures.

Semblable à Colomb il a touché terre sans accident, dé-
couvrant de nouveaux clients et les chargeant de marchandises avec l'audace d'un homme jeune et aussi d'un homme
qui porte le petit insigne qui de jour en jour gagne du pres-
tige en province. L'insigne a la forme d'un œuf — l'œuf

de Colomb ! — rayé verticalement de blanc, de rouge et de vert ; au milieu le faisceau. Carlino a donc frappé dans le mille. Cependant Osvaldo ne fait rien pour rappeler à ses clients qu'il est fasciste. Il porte l'insigne parce que c'est son devoir ; mais les commandes il les doit à ses mérites de représentant, à la qualité de la marchandise, aussi et à ses prix qui lui permettent de soutenir la concurrence.

Le travail est toute sa vie et celle-ci va vers sa conclusion normale ; Osvaldo est fiancé avec la fille d'un boulanger de Montale Agliana. Sa fiancée lui a confessé qu'elle avait été séduite, dans sa jeunesse. Elle lui a dit avec les larmes aux yeux qu'elle l'aimait trop pour lui cacher cela ; qu'il la quitte s'il voulait, mais elle se tuerait sûrement. Il lui avait répondu en l'embrassant que leur amour était plus fort que le passé et que cette confession la lui rendait encore plus chère, si possible.

Il a donc le cœur absolument en paix et quand passera la deuxième vague, il sera prêt cette fois. Mais la semaine dernière, Carlino l'a réveillé en pleine nuit pour lui dire qu'il y avait un passage à tabac en perspective : un suspect avait refusé de souscrire pour le Faisceau. Il s'agissait d'Alfredo. Carlino ajouta qu'il ne pouvait participer personnellement à l'affaire parce qu'il avait juré à sa mère de ne plus se compromettre Via del Corno. Osvaldo essaya de se défiler : « Campolmi est un de mes clients », dit-il, et il pensait : « Ça, c'est un acte de violence ; ce n'est pas une expédition. » Mais il accepta pour finir, parce que, étant donné ses antécédents, on pouvait penser qu'il était un lâche.

Toutefois il eut une crise de conscience qui l'accompagna dans tous ses déplacements, le samedi, le dimanche et le lundi. Le lundi il s'attarda si longtemps chez sa fiancée qu'il arriva juste à la gare pour voir s'éloigner le dernier train ; le prétexte parut plausible.

Mais ce matin Carlino est entré dans la chambre et lui a dit :

— Ce soir il s'agit de faire entendre raison à un gars de Ricorboli. Il vaut mieux que tu ne partes pas ; comme ça tu ne manqueras pas le train. Cette fois-ci j'en serai aussi.

— La Fédération n'autorise pas les agressions, a répondu Osvaldo. Assez de violences ! C'est avec la loi maintenant que nous devons agir.

C'est alors qu'a éclaté la dispute.

Maintenant Osvaldo passe une serviette sur son visage où les poings de Carlino ont laissé des marques. Puis il range ses affaires dans sa valise devant Armanda qui le regarde faire, navrée.

— Je suis désolé pour vous, lui dit-il. Vous étiez comme une mère pour moi. D'ailleurs, si vous voulez bien, je viendrai vous voir. Je trouverai une chambre meublée quelque part et pour cette nuit j'irai à l'Hôtel Cervia.

Une demi-heure plus tard, Osvaldo sortait de la maison avec la valise, le sac des échantillons, ses deux chapeaux emboîtés sur la tête et sur le bras son pardessus et son imperméable. Ristori lui donna la chambre voisine de celle de Ugo. Osvaldo s'y enferma, s'assit à la table, dévissa son stylo et sur le dos d'un vieux carnet de commandes, il écrivit le brouillon du rapport qu'il voulait envoyer au chef ; il nota tous les détails de l'incident et exprima au mieux les idées qu'il avait déjà exprimées à Carlino de vive voix. Il sortirait ensuite pour aller taper le rapport à la machine dans un bureau de la maison qui l'employait. Aujourd'hui il ne travaillerait pas ; c'était une journée perdue.

Cette pensée acheva de l'attrister.

# CHAPITRE IX

Le lendemain était un dimanche. La semaine fatidique allait s'achever. Le dimanche les réveils sont en vacances. Les rues se nettoient aussi le dimanche, mais dans les petites choses, Cecchi a de la chance ; son jour de repos coïncide avec le jour du Seigneur. Seul le réveil des époux Carresi se fait entendre mais à une heure tardive pour notre rue. Beppino doit se trouver à huit heures au restaurant. D'ailleurs si nous voulions tenir un compte exact de tous les réveils qui sonnent entre sept et huit heures pendant la semaine, il faudrait noter celui de Maciste et celui de Bianca qui ne veut pas déranger sa belle-mère tous les matins, bien que Clorinda soit debout au troisième cocorico du coq Nesi. (Quand on a sa mère au contraire on peut se passer de sonnerie ; Carlino et Bruno ne sont jamais en retard.)

Le dimanche donc les réveils se reposent ; en se couchant la veille, les habitants de la rue ont pris soin de les mettre sur l'*arrêt* ; les rues restent longtemps désertes et le soleil s'y est déjà installé quand les femmes apparaissent sur le pas des portes et aux fenêtres. Les premières à se montrer sont Clorinda et Armanda qui se rendent à la messe de sept heures. Aujourd'hui Luisa ne se trouve pas avec elles. Elle doit s'occuper du petit. C'est Fidalma qui va faire le ménage à sa place provisoirement chez Madame. Puis on voit Maria Carresi balayer ses escaliers, puis Clara, mais un peu plus tard. Enfin les autres femmes sortent pour aller faire leur marché.

Mais déjà Staderini montre son nez à son observatoire. Il échange deux mots avec Nanni. Maciste met un instant son torse nu à la fenêtre comme pour faire comprendre à son cheval qu'il va descendre. Gemma non plus n'est pas allée à la messe ce matin ! Elle a promis à son gendre un gâteau de sa spécialité. Elle y travaille fiévreusement parce que Milena la presse.

Il est neuf heures quand Maciste étrille son cheval. Giordano et Gigi sautent de marches en marches et Semira coiffe devant la fenêtre la petite Piccarda à qui elle a lavé les cheveux. Musetta et Adele se rencontrent chez le charbonnier de la via Mosca et font route ensemble pour revenir.

— La nuit le petit dort tout d'une traite, dit la petite sœur d'Aurora. Et pour se donner de l'importance elle s'exclame :

— Il est beau comme l'Enfant Jésus !

— Descends-le dans la rue, dit Adele qui a déjà une taille fine bien marquée.

Et Musetta qui a la langue bien pendue et qui souffre d'être plus petite qu'Adele bien qu'elle n'ait qu'un an de moins, ne perd pas l'occasion de montrer qu'elle a plus de jugeote :

— Tu crois que c'est un jouet ?

— Un peu d'air ne peut pas lui faire de mal !

— A partir d'aujourd'hui nous le conduirons aux Jardins. Que veux-tu, il en a l'habitude, Aurora y allait tous les jours avec lui !

— Elle ne vous a même pas écrit une ligne ! elle a été très méchante !

— C'est qu'elle n'a pas pu ! Tu veux me faire enrager, mauvaise langue ! dit Musetta, puis elle ajoute :

— Combien tu paries que ce matin nous avons une lettre ?

Il y a un bon Dieu pour les enfants ; d'ailleurs la Via del Corno prie beaucoup le Seigneur ces jours-ci. C'est pourquoi apparemment vers les dix heures moins le quart Musetta gagne son pari. Le facteur Mostritti qui habite le quartier et à des connaissances dans la rue, débouche de la Via dei Leoni. Il sait qu'il a de quoi mettre la Via del Corno sens

dessus-dessous dans sa sacoche. Nanni, à cheval sur sa chaise,
lui dit bonjour et l'interroge.

— Les lettres que j'ai là-dedans valent leur pesant d'or !
répond-il.

— Aurora a écrit ? demande Staderini en se penchant à
sa fenêtre.

— Quoi ? s'écrie Luisa du fond de sa cuisine.

Et comme le sang maternel, ce n'est pas de l'eau, même
la veuve de Nesi s'est traînée à sa fenêtre. C'est la première
fois depuis un an qu'elle voit la rue. Elle est faible et le
soleil lui fait tourner la tête. Elle s'accroche aux persiennes
et demande sans honte :

— Rien de Nesi ?

— Oui ! Votre fils aussi a écrit ; faites descendre le panier ! Et il y a une lettre pour Madame ! s'écrie le facteur
pour que Gesuina écarte le store derrière lequel elle se cache.

Luisa est descendue en courant avec le petit aux bras et
ses enfants à sa suite ; puis vient le mari en serrant la ficelle
qui lui sert de ceinture. Elle, elle pleure et rit sans parvenir
à ouvrir l'enveloppe. Staderini venu en un clin d'œil de son
dernier étage, l'ouvre pour elle.

— D'où écrit-elle ? demande Luisa tout excitée.

— De Pise ! dit le cordonnier, et il donne lecture de la
lettre publiquement.

« Chère maman. Je n'ai pas la force de tenir la plume
quand je pense à la peine que je vous ai faite, à toi et à
papa, et au mauvais exemple que je donne à Musetta. Mais
quand je pourrai vous expliquer l'histoire tout au long, je suis
sûre que vous comprendrez. » Puis venaient les recommandations pour l'enfant, puis : « Je ferai ce que voudra Otello
parce que je l'aime et que je suis décidée à le suivre jusqu'au bout du monde... Gardez la lettre pour vous. Ne don-
nez pas cette satisfaction à la Via del Corno. »

— Eh ! chère Aurora, trop tard, nous nous sommes pris la
permission.

Mais Cecchi père lui prit la lettre des mains et fit rentrer
toute sa famille.

Au même moment, auréolée de soleil, la veuve de Nesi
dit :

— Luisa ! Voulez-vous être assez gentille pour monter jusque chez moi ? Vous aussi, monsieur Cecchi, s'il vous plaît.

Et voici ce que disait la lettre d'Otello à sa mère : « Chère
petite mère, je sais que je t'ai donné un coup dont tu aurais
pu ne pas te relever ; encore maintenant je ne trouve pas mes
mots ; je ne dis pas cela pour me faire pardonner mais pour
essayer de me justifier un tant soit peu. Non, Aurora ne m'a
pas aveuglé comme tu le crois ; c'est elle au contraire qui
m'a ouvert les yeux et je l'ai obligée à fuir. J'ai appris la
mort de papa par les journaux... Chère maman, si tu as lu
jusque-là c'est que tu ne m'as pas chassé de ton cœur... Je
reviendrai quand tu le voudras. Mais ne me demande pas
d'abandonner Aurora... Mets un avis dans les journaux ; si
tu me dis de revenir, c'est que tu m'as pardonné... En attendant aide Luisa à s'occuper du petit. C'est un Nesi et il est
innocent... Je te prie de ne pas prendre de décisions préma-
turées au sujet du magasin. »

Les deux mères se jetèrent dans les bras l'une de l'autre.
Le terrassier tenait Nesi III dans les siens. La veuve le regarda et ce fut comme si elle voyait sur ce visage de nourrisson celui de son mari et celui de son fils la conjurant de ne
pas maudire l'enfant. Elle s'assit sur le lit les yeux pleins de
larmes et peu à peu il lui vint la certitude que cet enfant était
son petit-fils, un Nesi, non un bâtard ; elle devait l'accueillir.
« C'est mon petit-fils », se répéta-t-elle, et son regard se
ralluma. Il lui venait aussi une étrange douceur, comme un
sentiment de vengeance satisfaite : « Tu m'as trahie, Egisto !
mais mon fils m'a vengée ! » Puis elle s'effraya d'avoir inju-
rié un mort, elle éclata en sanglots, se soulagea et se calma.
Quand elle releva la tête sa détermination était bien arrêtée ;
nul doute, nulle épreuve ne pouvaient plus l'ébranler. Immédiatement elle retrouva l'usage de ses jambes, (elle n'avait
plus de raisons de continuer cette comédie), elle se montra
cordiale, expansive, affectueuse. Elle ne manqua pas de dire
aux Cecchi qui la regardaient stupides : « Entre grands-pa-

rents on ne fait pas de cérémonies ! » et elle souligna soigneusement ses paroles pour qu'ils aient le temps de comprendre d'eux-mêmes.

— Que dites-vous ? Vous le saviez ? s'exclama Luisa.

— Je l'ai toujours su, répondit la veuve, mais que vou-
liez-vous que je fasse. Il les aurait tués tous les deux, et
même tous les trois.

Ce disant elle prit un morceau de papier, y jeta quelques
lignes et envoya le terrassier faire mettre l'annonce.

Dans la rue Cecchi fut assailli de questions et comme il
ne répondait pas — c'est mal élevé d'être curieux ! — Staderini lui arracha le papier des mains et lut à haute voix :
« Otello, reviens ! je vous pardonne à tous deux ! »

« Voilà qui est fait », dit Madame qui avait entendu. Puis
elle demanda à Gesuina de lui relire la lettre que lui avait
écrite Aurora, et Gesuina lut : « Chère Madame adorée,
tout se serait passé comme prévu s'il n'était pas arrivé l'accident imprévu. Maintenant qu'il est mort ce ne serait pas
bien de dire tant mieux. Otello surtout est très secoué, bien
qu'il ne veuille pas le montrer... Nous nous demandons comment nous aurions fait si vous ne nous aviez pas aidés, chère
Madame... Nous sommes allés à l'adresse que vous nous
aviez donnée et votre amie nous a accueillis comme ses enfants. Vous savez que votre amie vous ressemble ? Mais elle
n'est pas aussi belle que vous. Elle n'a pas vos yeux ni vos
mains. Nous dépensons le moins possible et sur l'argent que
vous nous avez fait envoyer par Gesuina, nous n'avons dépensé jusqu'ici que 110 lires, en comptant les billets du
train... Maintenant nous attendons de voir comment tournent
les choses. J'écris à ma mère que nous partons, mais nous
restons ici. »

Puis il y avait un post-scriptum et ce post-scriptum disait :
« C'est vous, madame, l'ange gardien de la Via del Corno
et non pas nous ! »

## SECONDE PARTIE

## CHAPITRE X

Les prostituées font le trottoir. Elles pèsent de tout leur poids sur leurs talons ; elles sont fatiguées et mécontentes, même quand la soirée a été bonne et le client généreux, parce que demain il n'en sera certainement pas ainsi. Elles ont le pas lourd et traînant des chevaux normands qui charrient plusieurs tonnes. Leur maréchal-ferrant est Staderini. Plutôt qu'aux sandales de Giordano Cecchi, aux escarpins blancs de Margherita ou aux bottes en cuir de vache que le terrassier Antonio met pour travailler, le cordonnier donne la préférence aux chaussures des prostituées qui n'ont qu'une paire de souliers et ne peuvent s'offrir le luxe de rester chez elles, quand la nuit vient. Souvent elles s'assoient sur la chaise basse, devant l'établi et le pied nu, jambes croisées elles attendent que Staderini ait achevé la réparation. Elles parlent fort honnêtement ; elles disent qu'un été aussi étouffant, il ne s'en était jamais vu de mémoire d'homme, que les pêches sont hors de prix ; elles disent que l'après-guerre n'a pas été finalement ce paradis auquel on s'attendait, que le cœur des chrétiens s'est endurci, que les cigarettes coûtent les yeux de la tête. Staderini les écoute avec intérêt, les clous serrés entre les lèvres et soulier entre les genoux. « Pourtant, votre commerce ne connaît pas de crises ! » dit-il en clignant de l'œil. Il sait qu'il peut se permettre cette familiarité. Mais les prostituées ne goûtent pas le compliment; il leur faut la nuit pour se reconnaître pour ce qu'elles sont.

Elles habitent à l'hôtel Cervia où elles tiennent aussi boutique, si l'on peut dire et tout cela dans une chambre de six mètres sur trois, garnie d'un lit à une place et demie; les draps sont changés une fois tous les quinze jours. L'hôtel est à l'angle de la Via del Leone; sa lanterne reste allumée tard dans la nuit. Une plante grasse sur un piédestal au bas de l'escalier, dans l'entrée deux chromos de Aïda, le tapis rouge jusqu'au palier du premier, tel est le décor. Plus haut les escaliers deviennent étroits et les paliers ne sont plus que des recoins obscurs. Après le troisième étage, on grimpe à un petit escalier en colimaçon qui conduit à la terrasse et à la soupente où habite maintenant Rosette. Il y a vingt crochets au tableau du concierge mais il n'y a pas vingt clés; mises à part les pièces réservées au propriétaire et au service, l'hôtel contient douze chambres à trois lires par nuit; c'est ce que payent Osvaldo et Ugo. La chambre numéro 5 qui a une armoire à glace et un miroir au mur est plus chère. Quand la lanterne est éteinte, Ristori est alerté à chaque client par une sonnerie qui se met en branle chaque fois que la porte s'ouvre et ne s'arrête que la porte refermée. Le vacarme fait sortir Ristori du réduit du rez-de-chaussée qui constitue la Direction, comme il est écrit sur la porte vitrée. Il lance un coup d'œil et se terre à nouveau, sans même dire bonsoir. En cette saison il est toujours en bras de chemise et il agite un éventail de carton offert à Olympe par la pâtisserie Viola qu'elle fréquente. Olympe à son tour l'a offert à Ristori.

Olympe et ses collègues payent deux lires par jour pour la chambre et versent en outre à Ristori une demi-lire par ami amené chez elles. (Elles font elles-mêmes leur chambre; Ristori a pris Fidalma Staderini à demi-journée pour le ménage des autres chambres, de la *Direction,* de l'entrée et des escaliers.)

Ristori va sur ses quarante ans; il est à moitié chauve; il a l'œil bovin et il prend du ventre. Il reste assis une bonne partie de la journée à la table de la *Direction*, tournant le dos au portrait de Pie IX ; il tient près de lui une bouteille enveloppée dans un linge mouillé. Il lit les nouvelles policières et met à jour le registre des entrées et sorties, registre plus soigné et plus en ordre que celui où le régisseur de Calenzano marque le doit et avoir des fermages.

Le régisseur et ses amis montent l'escalier du Cervia tous les vendredis. Une fois que le cheval est ferré, la barbe rasée et l'estomac rempli comme il se doit, une fois les affaires conclues, c'est une chose qui s'impose ; après quoi on remonte sur la charrette et l'on rentre au pays.

Le vendredi donc les prostituées travaillent à la lumière du soleil ; elles s'amènent à une certaine heure Piazza Signoria, Orsanmichele ou aux Logge des Porcellino où les régisseurs et les courtiers font leurs tractations. Elles ont les yeux coupants comme des lames et s'emparent de leur homme comme la Vengeance de l'épée. Ce sont la plupart du temps des épées dûment éprouvées, car le paysan est un animal qui aime ses habitudes et ne pose son pied qu'en terrain sûr. C'est aussi un timide, il craint un peu la prostituée comme une complice qui chercherait à le faire chanter. C'est ce qui explique que Rosetta ait encore des amants le vendredi.

Les prostituées traînent leur homme derrière elle par un manège combiné de l'œil, des épaules et du fondement. Le fermier les suit, les yeux éblouis et le visage congestionné plus qu'il n'est permis. S'il rencontre un ami, il est le premier à le saluer et il s'offre à l'accompagner pour ne pas éveiller ses soupçons. Les prostituées connaissent ça ! aussi surveillent-elles leur homme du coin de l'œil de peur de le perdre en route. Elles prennent des chemins de traverse pour les mettre à l'aise. Via del Corno, se déroule le dernier acte de la comédie : la fille a déjà enfilé l'entrée de l'hôtel et cachée derrière la porte elle épie les mouvements du régisseur. Elle le voit regarder çà et là, s'arrêter au coin, emboucher la rue, s'arrêter encore, retourner sur ses pas, lorgner vers l'orient et l'occident et enfin filer le long des murs et atteindre l'entrée en souplesse autant qu'il lui est permis. Les jours de marché (le mardi aussi est jour de marché mais le trafic est moindre) Ristori peut mettre jusqu'à dix barres à côté du nom de ses locataires, ce qui signifie autant de demi-lires à toucher.

Les régisseurs se sentent en sécurité chez Ristori ; ils le savent muet comme une tombe et par ailleurs intéressé à les accueillir. Souvent ils s'arrêtent à la Direction et parlent affaire. Ristori en effet a d'autres rentrées que les revenus de l'hôtel ; nous saurons bientôt lesquelles.

Ristori n'a que cinq clients permanents : quatre filles qui font le trottoir et Oreste le coiffeur. Oreste fait partie de la maison désormais ; il paye une lire par jour et si un soir il trouve sa chambre occupée, il ne dit rien ; il va dormir sur le lit de camp qu'il a au magasin. Des quatre femmes Rosetta est la plus âgée. Puis vient sa cousine Donata, dite Chicca, ou Chicona pour les amis, grande et grosse comme la femme-canon, et qui le vendredi fait fureur ; la modenaise Olimpia qui fréquente les cafés du centre et regarde les régisseurs avec une certaine suffisance ; Ada, une fille de vingt-trois ans, noire de cheveux et d'humeur, éteinte, huileuse, exclue de la profession parce qu'elle est atteinte de syphilis héréditaire. Mais la faim fait sortir le loup du bois et si Ristori la loge c'est que son mal n'est pas contagieux. Il ne risquerait pas pour elle l'amitié des régisseurs qui lui vendent l'huile et la farine qu'il revend ensuite avec bénéfice aux « maîtresses[1] » de Via Altafonte et de Via dell' Amorino.

Les autres ont leur domicile propre et louent les chambres à l'heure, mais elles n'échappent pas à la loi des demi-lires. Les « fixes » et les « occasionnelles » suivant la définition de Ristori lui-même, sont reconnaissantes à monsieur Gaetano de sa protection. Il est l'ami du brigadier. Quand elles sont prises dans les rafles de la brigade des Mœurs, son intervention suffit à les faire libérer, avant même qu'elles soient arrivées à la prison de Santa Verdiana. Ristori est leur agent des contributions, un des piliers de la Société moderne.

---

1. En français dans le texte.

Et pour le même motif qui les oblige à la reconnaissance, elles le craignent et le méprisent.

Seule Rosetta se sent en confiance dans notre rue. Il y a désormais vingt ans qu'elle y fait l'amour ; elle ne peut pas ne pas y avoir quelques relations. Ses amies mènent des vies de taupe, le vendredi excepté. Elles ne sortent qu'à la nuit tombante et sont trop anxieuses de perdre leur journée pour s'amuser à regarder la rue. Leurs rapports sociaux se limitent au cordonnier. En tout cas elles ne peuvent pas dire que la Via del Corno les juge et les condamne. A l'occasion elles reçoivent un bonjour courtois et un regard de solidarité. Les pauvres et les travailleurs ont appris à leurs dépens qu'il y a beaucoup de façons de se crever pour vivre ; la leur n'est que la plus ingrate et la plus humiliante. Clorinda elle-même qui est la plus bigote des bigotes, ne trouve rien à redire : les prostituées la dérangent moins que les coups de marteau de Maciste et de Staderini. Et elles ne peuvent pas être d'un mauvais exemple pour nos filles : les parents de la Via del Corno savent que le meilleur moyen de les faire pécher avant l'heure, c'est de leur dépeindre le péché sous des couleurs sombres et de l'interdire avec trop d'insistance. « Elles font comme elles voient faire à la maison », dit Antonio à sa femme quand Clara devint jeune fille, « si nous nous comportons bien, les enfants ne peuvent que nous imiter ; à moins qu'ils aient le vice dans le sang, auquel cas les coups ni les conseils n'y feront rien ».

Elisa aussi est une « occasionnelle » de l'hôtel. Nanni, assis à califourchon sur sa chaise surveille ses entrées et sorties avec le cynisme et la satisfaction d'un associé. Il est désormais complètement coulé, Via del Corno ; il est exclu de la chaîne de sentiments amicaux, rivaux ou solidaires qui s'accroche d'une fenêtre à l'autre. Personne ne lui donnerait la main pour le tirer du pétrin. C'est un chat errant qui fouille du museau les tas d'immondices. Mais pour Elisa chacun a toujours prête « une assiettée de bon visage ». On ne s'explique pas comment elle reste attachée à cet homme qui n'est pas son mari, qui l'exploite, qui a quinze ans de plus qu'elle et qui la maltraite. Mais Elisa ne fait de confidences à personne. Un jour que Semira l'ayant rencontrée à la laiterie Mogherini s'était avisée de la plaindre — car elle avait un œil noir et le cou meurtri — Elisa, fâchée, l'avait renvoyée à ses torchons. Les régisseurs l'appellent entre eux « Nichons de Fer » et Ristori s'est fait un devoir de répandre le surnom dans la rue : il l'a confié à Staderini.

Elisa mérite son nom de guerre, lourd comme l'esprit de ceux qui l'ont trouvé. Elle a vingt-cinq ans, un corps élancé, les cheveux coupés à la garçonne et la frange, et les yeux de l'emploi, grands, verts et tristes. Elle se moule dans une blouse blanche qui semble étroite et une jupe noire qui s'arrête au-dessus du genou et laisse voir des jambes dignes du reste. Elle est fraîche et rose et toute cette beauté est à vendre pour dix, sept, cinq lires. A l'hôtel Cervia, dans le lit elle tient ses promesses. Pourtant ce corps d'apparence robuste est intérieurement ruiné, ébranlé jour après jour par un martellement incessant comme l'asphalte par une perforatrice. Son cœur danse la gigue du matin au soir et il n'y a plus de potions, plus de calmants qui sachent l'apaiser. Le médecin du dispensaire lui a dit que seul un séjour prolongé, tranquille dans une maison de repos à la montagne pourrait améliorer son état. Une montagne surmontée d'une croix énorme portant l'inscription : I.N.R.I. ? Ristori est content de la compter au nombre des occasionnelles. Il lui prodigue les compliments : « le jour où tu déserteras mon hôtel, je n'aurai plus qu'à fermer », lui dit-il, et comme il la sait friande de dattes, il en dépose fréquemment un paquet sur le marbre de la table de nuit.

Toutefois elle ne conduit pas toujours ses clients au Cervia. Il y a des hommes qui ne peuvent se permettre d'en gravir l'escalier derrière ses jupes. Nesi qui avait des rapports suivis avec elle avant de faire d'Aurora sa maîtresse, Nesi, exigeant et généreux, ne le pouvait pas ; et non plus Ugo, vigoureux à lui faire sauter le cœur ; ni Ovaldo, bien élevé et gentil « comme un monsieur ». Ugo, Osvaldo, le vieux Nesi ne pouvaient monter l'escalier derrière elle : il y a des choses qu'il n'est pas permis de mettre sous les yeux de la via del Corno. Alors Elisa conduit ses clients à l'hôtel de la via dell'Amorino, « éloigné de chez nous ». Elle met Nanni au courant quand elle arrive, parce que, malheur si elle lui cache quelque chose ! il a des yeux qui lisent sur son visage comme le brigadier sur le visage de Nanni. Mais il y a une chose que Nanni n'est pas arrivé à savoir : son rendez-vous avec Bruno l'hiver passé, à l'hôtel dell'Amorino.

Elisa certes n'est pas du bois dont on fait les saints. Elle est avide d'argent et la mélancolie trouble de ses yeux vient de la haine qu'elle a vouée au monde entier, où elle n'a connu que des gifles, la faim et les bouches des hommes qui lui ôtent le souffle. Ses amants peuvent lire dans ses yeux la sensualité et la langueur. Il y a en outre quelque chose d'obscur, de trouble peut-être qui la lie à Nanni. Pourtant l'heure passée avec Bruno fait éclater un nœud en elle, une tendresse inconnue, un besoin de larmes et de caresses et « l'étau se resserre alors un peu plus sur son cœur ».

Elle ne s'était jamais aperçue que Bruno la désirât. Un soir de janvier, comme elle faisait le trottoir Via dei Pucci, glacée et triste, elle le vit brusquement devant elle avec son ciré et sa casquette de cheminot.

— Ecoutez, Elisa, si je ne vais pas avec vous je deviens fou, lui dit-il tout d'un trait ; je rêve de vous la nuit et j'ai l'impression que je n'aime plus Clara.

Ils étaient devant une pharmacie. Bruno baissait la tête et regardait ses souliers. Elle fit son métier comme d'habitude. C'était un client. Elle lui releva la tête en lui mettant le doigt sous le menton et lui dit :

— Est-ce que tu as quinze lires, douze pour moi et trois pour la chambre ?

— J'ai même plus mais je ne peux pas aller à l'hôtel Cervia. Toute la rue me verrait.

— Je t'emmène ailleurs ; allons.

Dans la chambre il se mit nu.

— Tu n'as pas froid ? demanda-t-elle. Je me sens de glace !

— Moi, au contraire, je suis comme devant une chaudière, comme en plein mois d'août !

Ça existe les clients sentimentaux qui veulent les prostituées comme des épouses et des mères, mais ce ne sont jamais des jeunes gens. Les jeunes gens conquièrent les bordels à la baïonnette. A dix-huit ans ils ne regardent même pas avec qui ils couchent ; ils échangent Rosetta contre une vieille putain, Olimpia contre une artiste de music-hall, Elisa contre la belle épouse d'un ouvrier. Les clients romantiques ont quarante ans ; vieillis avant l'âge, ils ont quelque chose de rance et ils embrassent sur la bouche ; ils sont écœurants et reposants. Bruno, lui, avait une chaleur à lui, un goût à lui dans la chair et son grain de beauté sur la joue. Il lui disait qu'il l'avait désirée — il portait encore des culottes courtes, — la première fois qu'elle était apparue Via del Corno, sept ans plus tôt. Ces paroles s'adressaient bien à elle et non pas à la femme que chacun porte en soi et à qui on s'adresse à travers la femme qu'on paye. Et du cœur d'Elisa il dit : « On dirait un train express ». Au moment de partir il parla de Clara :

— Ne crois pas que je n'aime plus Clara, dit-il ; mais toi tu m'étais restée dans la gorge, comme une boule de pain. Il faut boire pour la faire glisser. Maintenant j'ai l'impression de t'avoir digérée.

— Tu es jeune, répondit-elle, mais déjà suffisamment égoïste.

— Pardonne-moi. J'ai eu une expression malheureuse. Mais pourtant, c'est bien comme ça que je te sentais.

Il l'embrassa encore et lui compta l'argent dans la main en client avare et méfiant.

— Quand nous reverrons-nous ? demanda-t-elle un peu par habitude peut-être, mais avec une espérance nouvelle.

— Jamais, je pense. Je n'ai pas l'habitude de ces sortes de rendez-vous.

— Ah ! s'exclama-t-elle.

Puis elle pensa que Clara était déjà sa maîtresse et elle rit :

— Les anges gardiens ! Parlons-en de leur innocence !

— Stupide ! s'écriait-il en serrant les dents.

Il enfilait son ciré ; Elisa lui mit les bras autour du cou, l'embrassa sur la bouche et lui dit :

— Il faut m'excuser ; je suis une putain !

Il essaya alors de sourire et murmura :

— Tu ne t'es même pas aperçue que c'était la première fois.

Depuis ce jour-là c'était elle qui désirait Bruno. Huit mois avaient passé ; il ne l'avait plus honorée d'un regard ; il se disait qu'en décembre il épouserait Clara.

C'était donc le mois d'août, et il venait de se passer ce que nous savons à la suite de quoi le Cervia abritait deux nouveaux personnages : Osvaldo et Ugo. Un soir Ristori leur dit :

— Je vois que vous vous entendez très bien maintenant bien que vos idées ne concordent pas parfaitement.

Ce sont de ces phrases qui gèlent l'atmosphère. Nul doute que Ristori ne l'eût lancée exprès pour voir la réaction, bien que nous ne sachions pas encore quel pouvait être son intérêt. Toutefois il faisait trop chaud et l'on avait trop bu et trop mangé pour que cette phrase pût avoir son effet.

— Le tabac, Bacchus et Venus nous unissent ! dit Osvaldo.

Ils étaient dans la chambre de Ugo qui avait offert la « ribotte ». Olimpia se partageait entre les deux. Mais comme ils étaient tous les deux excités et que Ugo revendiquait Olimpia pour lui seul, Osvaldo s'écria :

— Patron, une femme pour moi ! Les copains m'ont joué un mauvais tour. Ouste ! Une femme !

Ristori suggéra Chicconi.

— Non ! dit Osvaldo ; on dirait un dirigeable. Je la veux légère, légère comme… comme du papier de soie.

— Alors Ada ; c'est elle qu'il te faut.

— Refuse-la vieux ! Elle fait pitié ; si je la vois je me mets à pleurer, intervint Ugo.

Mais déjà Osvaldo s'écriait :

— Je veux Nichons de Fer ! Je m'en fous que la Via del Corno le sache !

C'est ainsi qu'Elisa s'adjoignit au groupe.

« Les hirondelles sont rentrées au nid ». C'est une phrase de Staderini.

A neuf heures du soir, alors que les lumières s'éteignaient sur les terrasses et que la Via del Corno s'enlisait dans l'ombre comme un puits condamné, une voiture a fait son entrée à la lumière de l'unique réverbère allumé à l'angle du Perlascio, cahotant sur les pavés mal joints. Le cocher a fait claquer son fouet pour éloigner Gigi Lucatelli et Giordano Cecchi qui jouaient.

Maciste a rangé contre le mur le side-car qu'il venait d'acheter et que contemplaient le cordonnier, Nanni et Beppe Carresi. La voiture s'est arrêtée devant le numéro 1 et il en est sorti Otello et Aurora. Elle portait une robe blanche serrée à la taille par une ceinture rouge. Otello avait un brassard de crêpe au bras gauche. Ils ont descendu deux valises légères et donné une lire de pourboire au cocher. Giordano s'est précipité au cou de sa sœur; Otello lui a dit d'appeler son père et sa mère et de monter tous à la maison Nesi.

— Il faut avoir le toupet d'Aurora pour revenir Via del Corno! essaya de dire Clorinda.

Mais Fidalma lui ferma la bouche :

— C'est ça la charité que vous enseigne notre Seigneur ? Faites plutôt attention de ne pas laisser brûler vos pralines!

L'antique sagesse toutefois a parlé par la bouche de la mère de Bruno :

— Les morts sont bien morts et les vivants se consolent, a dit Semira sans l'ombre d'un reproche.

Les Cecchi sont descendus de la maison Nesi tard dans la nuit. Otello les accompagnait; il a collé un avis sur le rideau de la charbonnerie. « Fermé pour cause de deuil. Réouverture le 6 septembre. »

Les femmes encore assises en demi-cercle devant leur porte l'ont vainement invité à s'asseoir. Il se rendait en hâte à l'appartement de Borgo Pinto pour prendre le linge d'Aurora.

Staderini l'escorta deux minutes. Mais Otello lui dit qu'il était pressé.

— Nous ne manquerons pas d'occasions pour nous voir, a-t-il ajouté. En tout cas je vous avertis que pour moi le passé est mort et enterré.

Luisa a été plus loquace. Musetta avait beau tirer sur sa jupe et Cecci la rappeler à l'ordre, Luisa informa la Via del Corno que « ouvert le livret de la caisse d'épargne » on s'était aperçu que Nesi ne laissait aucun argent liquide, mais seulement des actions de l'Emprunt Remboursable : peu de chose ! La charbonnerie et les camions étaient leur unique richesse. Otello continuerait l'affaire et pour diminuer les frais Aurora vivrait avec l'enfant chez sa belle-mère.

Mais la nouvelle qui a vraiment empêché la via del Corno de dormir cette nuit-là, a échappé à Luisa malgré elle ; déjà depuis plusieurs jours — depuis qu'elle avait compris, — la langue lui démangeait ; elle ne voyait pas l'heure où elle pourrait faire la révélation. Maintenant enfin toute la rue savait que l'enfant n'est pas le fils du vieux Nesi et que le vieux Nesi a été « refait ». Toutefois Otello et Aurora n'ont pas été interrogés. C'est la veuve Nesi qui a communiqué à Luisa sa propre certitude.

Ce fait a rendu à la mémoire de Nesi la considération que la Via del Corno lui avait retiré ces derniers temps. Maintenant monte de notre rue jusqu'au cimetière de Trespiano et à la tombe du charbonnier cette pitié qui accompagne les honnêtes gens dans leur fosse. Les femmes se sont mises « bouche à oreille » ; si Luisa a cru ainsi réhabiliter sa fille, elle s'est trompé ; elle a obtenu l'effet contraire ; Aurora a perdu son auréole de fille malheureuse ; Otello lui-même apparaît moins inoffensif. A l'assemblée qui se tient chaque soir, Clorinda a proposé de boycotter la charbonnerie, pour un bout de temps au moins. Le charbonnier de la Via Mosca est quelqu'un de bien et jusqu'ici personne n'a trouvé de pierres dans le charbon. Les femmes ont répondu que le sujet méritait réflexion.

La ronde est passée. Otello et Aurora sont sortis sans faire crier la porte ; ils ont traversé la rue sur la pointe des pieds pour aller saluer Madame. (Aurora, affolée, avait écrit à Madame en l'informant de la situation. Madame lui avait envoyé Gesuina avec ses instructions et 1.000 lires. Otello s'était aussitôt laissé persuader de fuir « pour reconnaître un fait accompli ».)

Madame les a reçus dans la chambre où rien n'a changé. Le ventilateur tourne plus lentement parce que c'est la nuit ; il fait un ronronnement de gros bourdon quand les voix s'arrêtent. Chose inattendue : il y a un vase de fleurs sur la commode. Madame déteste les fleurs parce qu'elles lui suggèrent l'idée de la mort ; mais comme Liliana en raffole Madame s'est mise à voir dans les fleurs une image de la vie.

Liliana est assise à la tête de son lit. Elle a une robe de chambre rose et les cheveux dénoués sur les épaules. Gesuina ne s'est pas montrée ; elle s'occupe de la petite fille de Liliana dans la chambre qui est à côté de la cuisine. Madame a gardé un moment la main d'Aurora dans la sienne ; elle lui a caressé le bras et lui a souhaité beaucoup de bonheur ; elle l'a invitée à revenir la voir. Puis elle a eu une crise de toux. Liliana s'est approchée avec un calmant et l'a suppliée de ne pas se fatiguer. Otello se tenait debout au pied du lit et essayait de détacher son regard du visage de Madame dont les yeux couraient sur lui comme un insecte. Quand Liliana s'est penchée au-dessus de Madame, sa robe de chambre a bâillé et Otello a aperçu un sein dur, parfait. Il a eu un mouvement de haine et il a pensé aux seins d'Aurora déjà un peu fatigués et frippés aux bouts. Ce ne fut qu'un éclair aussitôt éteint. Mais il a illuminé aussi les noires cavernes de Madame. Elle lui a adressé la parole, mais bien qu'elle ait retrouvé sa voix, ce n'est qu'un crissement de cigale parmi un fracas de rochers et Otello n'a pas compris.

— Madame te demande ce que tu comptes faire, a traduit Aurora.

Otello s'est mis à torturer le bouton de la chemise à la Robespierre qu'il porte sous sa veste d'été. Il était mal à l'aise, troublé.

— Rouvrir la charbonnerie après-demain, dit-il. Je ne sais pas encore si je vendrai les camions pour me procurer de l'argent liquide. Mais je serai obligé d'en vendre au moins un.

Il a regretté immédiatement de s'être laissé aller à des confidences. Madame va-t-elle continuer à lui dicter la conduite à suivre ? Il sort à peine de l'assujettissement où avait su le maintenir son père ; il ne voudrait pas se livrer trop à Madame dont il pense qu'il faut se méfier. Il n'avait pas vu Madame depuis cinq ans et il lui semble faire de nouveau sa connaissance. Elle lui est apparue comme une Sibylle annonciatrice de deuils et de tragédies. « On dirait une sorcière », telle a été sa première impression en pénétrant dans la chambre. Jusqu'ici d'ailleurs les événements ont justifié cette mauvaise impression. Otello se sent coupable de la mort de son père ; le remords est d'autant plus vif qu'il cherche à l'étouffer. Et maintenant il voit clairement la complicité de Madame. C'est un complice dont le regard importune, dont le visage apparaît suspect et répugnant. Otello conclut donc de façon douteuse :

— Puis je verrai si je continue les transports ou non.

Mais la tigresse sourit et montre les dents. Otello certes entend clairement ce qu'elle lui dit cette fois :

— Marche droit, attention ! Moi, je tiens à Aurora comme à la prunelle de mes yeux. Je saurai la défendre si tu la rends malheureuse.

Puis elle ajoute :

— Et l'enfant ? Aurora m'écrit que tu ne peux pas le souffrir.

Aurora veut intervenir, rouge et confuse ; mais Madame la fait taire d'un geste.

— Je voulais vous conseiller de le mettre en nourrice. Il y a une famille de paysans de Galluzzo qui pour moi se jetteraient au feu. Ils traiteraient l'enfant comme leur propre fils. Liliana doit leur confier son bébé. Comme dans la maison il y a deux brus qui viennent à peine d'accoucher, vous pouvez leur donner aussi le vôtre.

Elle se tait et interroge Otello du regard. Aurora dit :

— Votre proposition vient au-devant de nos désirs. Nous avions pensé justement...

Mais Otello tranche de façon inattendue :

— Nous n'avons pas encore pris de décision. Ma mère s'est attachée à l'enfant. Je crois qu'il sera difficile de le lui arracher.

Il y eut une longue pause embarrassée que le bruit du ventilateur souligna encore. Puis on songea à se dire au revoir. Liliana accompagna les hôtes jusqu'à la porte. En passant devant elle, Otello perçut son parfum de violette.

En un mois Madame a opéré un miracle sur la personne de Liliana. Nul besoin de recourir aux replâtrages et à la peinture pour cela ; une retouche savante et un nouveau cadre suffirent. Il a suffi de sortir Liliana de ses hardes, de sa robe jaune effrangée et décolorée sous les aisselles, et de lui faire endosser une chemisette blanche et une jupe fantaisie à sa taille, pour que son corps encore jeune reprenne santé et beauté. Il a suffi de libérer ses cheveux de leur fouillis d'épingles, de les assouplir par un bon shampooing pour donner à sa coiffure un air « fin de siècle » et à son visage une expression triste et enfantine à la fois. C'est ainsi qu'elle est apparue Via del Corno en équilibre sur ses hauts talons auxquels elle n'est pas encore accoutumée, avec un air provocant sans le vouloir.

— Dernier cri ! s'est exclamé le cordonnier en regardant ses souliers.

Et Nanni qui n'a qu'une idée — et combien suspecte ! — a dit :

— Elle gagnerait 20 lires sans remuer le petit doigt !

Cependant Liliana n'a pas obéi aux injonctions de Giulio et d'ailleurs Madame n'a pas « retapé » Liliana, comme dit Rosetta, pour l'aider à faire le trottoir.

Au retour de sa dernière visite à la prison, Liliana avait éclaté en sanglots ; elle voulait se tuer, disait-elle. Plutôt que de finir comme Elisa elle se jetterait dans l'Arno avec l'enfant !

Madame la fit asseoir au bord du lit, la caressa et lui murmura à l'oreille :

—Tu es plus enfant que ta fille ! Comme si je n'étais pas là moi !

Ces paroles redonnèrent à Liliana l'espoir et mirent en fuite sa terreur. Elle se calma mais ne se retira point ; il lui plaisait de se sentir dans les bras de Madame, d'effleurer de la joue le satin de sa veste et de suivre sa respiration difficile. Elle lui dit doucement, selon son cœur :

— Il ne me reste que vous, Madame. Je suis à vous !

Et elle se sentait sienne. Pauvre chose abandonnée, terrifiée, insecte qui a trouvé abri auprès du grand platane séculaire. De temps en temps un sanglot encore la secouait mais déjà elle pouvait sourire. Madame la caressait toujours et avec les caresses venaient le repos, la détente et presque une invitation au sommeil. Liliana la regarda bien en face et la trouva différente : non plus macabre ni effrayante, mais très accessible et maternelle. Elle l'embrassa sur la joue ; elle se pressa plus étroitement sur son cœur pour lui témoigner sa reconnaissance.

Le soir était tombé ; la chambre aux murs rouges et or était sombre et aérée. Gesuina se tenait debout au pied du lit, immobile, troublée. Madame lui ordonna de s'occuper de l'enfant parce que Liliana était fatiguée et avait besoin de repos.

Cette nuit-là Madame fit coucher Liliana avec elle.

—Tu es agitée, lui dit-elle, et puis je veux te parler et je ne veux pas te faire rester debout trop tard. Gesuina dormira auprès de ta fille.

Pour la première fois Liliana se trouvait dans un lit moelleux et frais. Une lampe à peine voilée était restée allumée sur la table de nuit. Liliana regarda le plafond ! Il était haut et aidait, semblait-il, à respirer. Elle dit :

— Ça me fait un effet étrange de me trouver dans votre lit, Madame ! J'ai l'impression que j'y suis venue en fraude et qu'il me faudra le quitter d'un moment à l'autre.

— Je ne te renverrai jamais, dit Madame.

Madame était restée assise soutenue par les oreillers. La lumière la prenait de biais et projetait son profil sur le mur.

— Avec cette lumière, vous ressemblez à sainte Anne sur l'autel.

— Réchauffe-moi de tout ton corps, reprit Madame. Je suis gelée comme en janvier. Je ne t'impressionne pas ?

— Il me semble que je suis redevenue enfant. Souvent papa partait avec la charrette la nuit et maman me voulait dans son lit pour que je la réchauffe.

— Moi, je veux être une amie non une mère... Pourquoi souris-tu ?

— Vous faites comme Giulio ; vous dites toujours je veux. Vous savez ce que je répondais à Giulio ? L'herbe « je veux » ne se trouve même pas au Paradis ! Mais pour vous maintenant j'irais la chercher au bout du monde.

Madame lui caressait les cheveux.

— Je te donnerais de l'argent pour Giulio et il croira que tu travailles comme il te l'a demandé.

Mais Liliana protesta ; elle voulait au contraire dire à Giulio toute la vérité.

— Il me pousse à mal faire parce que le Maure et les autres le persécutent ; mais il m'aime au fond et si je me conduisais mal il me mépriserait à son retour. Au contraire s'il apprend que c'est Madame qui m'aide...

— Il croira que je le fais pour te conduire sur la même route et pour pouvoir t'exploiter à mon gré. Les hommes sont tous pareils !

Liliana redevint triste ; elle se rappela les appréciations de Giulio sur Madame.

— Vous êtes une sainte, Madame, et une devineresse aussi. » La semaine fatidique approchait. Ugo chantait sur la scène de la Via del Corno :

*Yeux noirs et lèvres de corail...*

— Ferme la fenêtre, dit Madame. Il m'ennuie.

Liliana obéit et retourna au lit. Madame lui demanda :

— Ça te plaisait de l'écouter ?

— Si je fais attention, je l'entends aussi bien, même avec la fenêtre fermée ; Ugo a une belle voix.

— Moi aussi j'avais une belle voix, dit Madame. Un jour j'ai chanté à une réception. J'avais ton âge. J'aimais les chansons napolitaines, celles qui sont gaies. *Pizziche 'e vase,* tu connais ?

— Comment était-ce ?

— Je voudrais pouvoir te la chanter.

— Et les paroles ?

— Oh ! sans la musique, elles n'auraient pas de sens. J'en savais aussi une autre, une romantique : *Palomella.*

Et ce fut le miracle ! comme d'un vieux Gramophone cassé, remonté on ne sait comment, la vieille chanson sortit de la poitrine de Madame. La voix sans timbre, éraillée, haleta :

> *Hirondelle saute et vole*
> *Dans les bras de mon amie Nenna*
> *Cours lui dire*
> *Que je meurs...*

Un accès de toux arrêta le disque. Madame se renversa sur les oreillers plus pâle encore et la sueur couvrit son front de pierreries. Toutefois elle trouva la force de tranquilliser Liliana. Non, elle ne voulait pas de Gesuina ! Après beaucoup de temps, force calmants et gargarismes, Madame retrouva le calme. Alors elle dit :

— Comme tu es jeune ! Tu es une vraie paysanne !

— Pourquoi ?

— C'est un compliment que je te fais. Malgré ce que tu as enduré, tu es restée comme une fleur. Laisse-toi caresser. Viens près de moi. Tu es si pleine de vie que si je te serre très fort contre moi, la mort ne viendra pas me prendre...

Liliana était bouleversée, atterrée par l'assaut ; elle se trouva désarmée dans sa peur ; elle se cacha le visage dans

ses mains et se mit à sangloter. Mais après cet instant d'égarement Madame retrouva ses caresses persuasives, ses intona-
tions douces et insinuantes, sa maîtrise de femme perverse.
Liliana se laissa bercer comme une petite fille apeurée qui
trouve enfin le sommeil.

# CHAPITRE XI

Après la phrase sur les hirondelles Staderini a conclu :

— Les Anges gardiens reviennent les uns après les autres ; on voit bien que la Via del Corno est le Paradis !

— Ou l'enfer, lui a répondu sa femme Fidalma. Pauvre Milena !

Sur le rideau de la Via dei Neri, le premier avis a été remplacé par un second : « Fermé pour inventaire ; réouverture le 15 ; nouvelle gérance. »

La situation d'Alfredo s'est aggravée. Les coups ont causé des lésions pulmonaires. Il a fallu faire un pneumothorax double et hospitaliser Alfredo au sanatorium de Carregi, en attendant qu'il puisse aller en haute montagne. Ils ont dû louer l'épicerie pour faire face aux dépenses. Alfredo en aura au moins pour un an, c'est sûr ! Il occupe une chambre payante et Milena peut rester auprès de lui jusqu'à une heure avancée de la soirée. Elle est revenue habiter chez sa mère, mais elle garde l'appartement des Cure pour le jour où Alfredo sera guéri et où « tout recommencera ».

— Ça n'a duré qu'un mois ! a dit Alfredo ; puis il a souri et il a ajouté :

— Comment faisait-elle, la caisse ?

— Trin-trin, Alfredo, elle faisait trin-trin !

— Tâche de voir comment ils s'y prennent. Je ne voudrais pas qu'ils mécontentent la clientèle... C'est une épicerie qui est bien partie. Ils ont changé les conserves de place ?

— Oui. Ils ont changé l'enseigne aussi et enlevé le baquet de morue sèche que tu mettais devant la porte.

— Tu vois bien qu'ils ne savent pas y faire. Ils vont abîmer le local !

Le soir de la réouverture Milena passa et repassa devant l'épicerie, en prenant le trottoir opposé. Elle vit son gérant Biagiotti assis à sa place, à la caisse ; il enfonçait les touches et la caisse faisait trin-trin. « Quelle injustice ! » dit-elle à haute voix. Désormais elle était une Milena bien différente de l'ancienne. Les contrariétés l'avaient rendue amère mais avaient fait naître en elle une volonté ferme. Le coiffeur Oreste qui se tenait sur le seuil de sa boutique, l'arrêta pour lui demander des nouvelles et lui aussi, comme tout un chacun, lui dit qu' « il n'avait pas mérité cela ce garçon ! »

Ce soir-là avant de monter chez sa mère Milena alla trouver Margherita. Elle referma la porte derrière elle et éclata en sanglots.

— Il faut que je me soulage. Ne me dites rien !

Margherita respecta son chagrin ; elle alla à la cuisine, prit dans la marmite une tasse de bouillon et le mit à tiédir sur la fenêtre, puis elle revint vers Milena, la tasse à la main :

— Pense à ta santé ; il ne faut pas être abattue, si tu veux qu'Alfredo reprenne courage.

Elle fut interrompue par Mario qui revenait de son travail et frappait pour avoir de l'eau. Maciste avait accédé aux prières de sa femme et quand il connut Mario il alla plus loin encore :

— Maintenant que tu y es, prends-le en pension, puisqu'il est seul au monde et bonsoir.

Donc Mario entra, vit Milena et s'excusa : il ne voulait pas déranger.

— Assez de cérémonies, lui dit Margherita. Nous sommes tous de la maison.

Alors il posa son broc et s'assit en face de Milena. Il lui demanda des nouvelles d'Alfredo et lui dit :

— Vous êtes abattue. Levez la tête au contraire ! Si l'on

plie le dos aux premiers coups durs, on finit par se résigner. Allons un sourire ! Courage ! Dites la vérité. Vous ne vous sentez pas déjà mieux ?

— Le remède serait un peu trop simple, dit-elle. Vous êtes heureux, vous ; on voit que vous êtes amoureux ! Dépêchez-vous : je suis sûre que Bianca vous attend.

Mais quand il fut parti elle se rappela ses paroles et sourit comme il venait de l'inviter à le faire.

La Via del Corno avait adopté Mario comme l'un des siens. Le patronage de Maciste était un laissez-passer que personne ne discutait. Margherita avait trouvé pour plaider la cause de Bianca une énergie et un entêtement insoupçonnés : « C'est la première fois que je te demande une faveur en cinq ans de mariage. » Maciste qui n'avait pourtant pas envie de servir d'entremetteur à deux morveux, finit par dire qu'il prenait en considération le fait que Mario était seul au monde. Un matin de moindre presse, il avait ôté son tablier de cuir et s'était rendu Via dei Pepi pour se renseigner. Il se rappela alors qu'il avait un camarade typographe qui pourrait lui donner des détails précis. Et les renseignements furent les suivants : « garçon très droit. C'est faire une bonne action que de l'aider ; tu pourrais même mettre un peu d'ordre dans ses idées. C'est un devoir que d'ouvrir les yeux à ces garçons tant qu'ils ont des yeux pour voir ». Maciste rentra chez lui et dit à Margherita :

— Fais-le venir.

Puis il descendit dans la rue pour préparer la Via del Corno. Il dit à Staderini qu'il allait prendre chez lui un garçon orphelin, le fils d'un vieil ami. Maciste n'est pas loquace ; il ne dit que ce qu'il fallait dire pour que la nouvelle passant de bouche en bouche soit convenablement transformée. Quand Luisa la transmit à Madame elle était devenue à peu près ceci : « Comme Margherita adore les enfants et ne peut pas en avoir, Maciste va adopter un enfant trouvé. »

Aussi quand Mario fit son entrée Via dei Leoni avec son paquet de hardes sous le bras, les gens ne furent pas peu surpris. La veuve Nesi, désormais libre de donner cours à sa

méchanceté, dit que Maciste avait voulu ainsi avoir à douze
ans de distance le même geste que Madame accueillant Gesuina dans des conditions à peu près semblables.

— Le maréchal-ferrant veut devenir le personnage le plus
important de la rue. Pour commencer il s'est acheté un side-
car. Maintenant il s'adonne aux bonnes œuvres !

Et Nanni qui est incapable de sortir de son horizon a
soufflé dans l'oreille de Staderini :

— Regarde Maciste qui a installé le loup dans la ber-
gerie !

Malgré les conseils de Maria et de Margherita, Mario ne
resta pas sur son « quant à soi » ; il se comporta Via del
Corno comme dans un salon. Il arrêtait tout le monde, tendait la main et se présentait :

— Parigi Mario, très heureux ! A qui ai-je l'honneur ? Je
suis le locataire du maréchal-ferrant.

Ses manières dégagées lui gagnèrent les sympathies de la
rue. Madame même fut bien impressionnée d'après les des-
criptions qu'on lui en fit.

— C'est un bon petit coq, dit-elle ; nous verrons bientôt
quelle poule couvera !

— Cher Parigi ! lui dit Carlino. Tu es inscrit au Faisceau ?

— Pour l'instant, non.

— Viens me voir à la Fédération. J'y suis entre six et
sept heures.

Mario l'avait pris pour Beppino Carresi. Il raconta l'incident à Maciste. C'est avec ses futurs beaux-parents toutefois
qu'il se montra le plus effronté.

— Parigi Mario... Je ne vous demande pas qui vous êtes
parce que, Madame Clorinda tout le monde la connaît. J'ai
entendu le curé de San Remigio chanter vos louanges l'autre
soir à la sacristie !

— Vous fréquentez donc l'église ?

— Dès que j'ai une minute j'y cours !

— Pourquoi ne vous êtes-vous pas fait prêtre ? demanda
la bigote Clorinda.

— Voilà que vous devenez indiscrète. Ce sont des choses qui ne se disent qu'en confession.

Et à Revuar :

— Monsieur Quagliotti, mes respects... Que de fois ne vous ai-je pas acheté des croquants au Jardin quand j'étais enfant. Vous vous rappelez ?

— Non, je ne vous remets pas ; mais vous avez grandi depuis !

— Et vos croquants ! ils n'étaient guère sucrés ! Il est vrai que pour les enfants il n'y a jamais assez de sucre !

— En quelle année était-ce environ ?

— Eh bien ! je venais au Jardin... mettons en 19 ou 20.

— Bien sûr ! c'était tout de suite après la guerre et le sucre était hors de prix ! Essayez-les maintenant !

— Pas de discussion ! et dites-moi tu. Considérez que je suis votre fils ou bien votre gendre tout simplement. Je plaisantais !

En deux jours Mario devint familier à la Via del Corno plus que le fut jamais Gesuina qui y habite depuis dix ans, mais qui est sequestrée dans les appartements de Madame. Bianca en était à la fois contente et préoccupée.

— Tu n'as pas compris à qui tu as affaire. Sauf Milena et Margherita, ce sont tous des gens qui n'attendent que l'occasion pour te casser du sucre sur le dos. Il suffit que tu fasses un faux pas pour qu'ils te sautent dessus comme des loups.

— Sauf Margherita et Milena, as-tu dit ? Et sauf Maciste aussi bien entendu.

— Naturellement, Maciste est hors de question.

— Et Bruno et Clara, non ?

— Hum !

— Oui ou non ?

— Oui, mais c'est tout.

— Ajoutons encore la famille de Bruno et de Clara ?

— Le père de Clara dit un mot et deux jurons.

— Maintenant tu parles comme ta marâtre. A-t-il d'autres défauts qui le mettent au ban de l'humanité ? Peut-être ne

travaille-t-il pas ? n'est-il pas tout à sa famille ? Et les enfants, doit-on en parler ?

— Musetta Cecchi est une cancanière.

— Et toi en ce moment qu'est-ce que tu es ?

Elle se troubla un instant, accueillit le reproche et dit :

— Mettons à part encore les enfants. Où veux-tu en
venir ?

— De Luisa et de son mari le terrassier, qu'as-tu à me
dire ? et de la mère de Milena ?

— Luisa aussi a la langue trop longue.

— Je l'ai dit : comme la tienne.

— Tu veux vraiment que je me fâche ?

— Je veux seulement remettre tes idées en place. Si tu
méprises les gens au milieu de qui tu vis, comment veux-tu
faire ? Je ne te dis pas : aime ton prochain comme toi-même ;
cela je le laisse à Clorinda. Je te dis : essaie de comprendre les
personnes avec qui tu vis, sinon tu vivras comme dans un désert.

— Ainsi tu prétends comprendre la Via del Corno mieux
que moi qui y suis née ! Bientôt tu soutiendras que Madame,
Nanni, Elisa, et toutes ses collègues de l'hôtel sont des gens
bien.

— Il faut considérer chaque cas.

— Je comprends maintenant quelle langue tu parles. Maciste t'a déjà fait la leçon.

Il la sentit irritée et lui dit :

— Tu sais qu'avec ces histoires-là, nous avons déjà perdu
une demi-heure de « cip-cip » ?

Dans leur vocabulaire d'amoureux le cip-cip était les mots
doux et les baisers échangés sous le regard protecteur de la
Mère et l'Enfant dans la chapelle de la via dell'Acqua.

— Il est déjà tard. Il faut que je m'en aille, dit-il.

Et comme elle paraissait étonnée il ajouta :

— Demain je t'expliquerai. Maintenant je dois partir.

Clara et Bianca se retrouvèrent chez Margherita où il y
avait aussi Milena. Elles étaient l'une et l'autre d'humeur
maussade et se plaignirent à leurs amies de la « fuite » de
leurs amoureux. Mais la réponse leur fut donnée par Giordano

Cecchi et Gigi Lucatelli suivis de leurs sœurs Musetta et
Adele, elles-mêmes suivies de la petite Piccarda et de Pal-
lino. Ils couraient d'un bout à l'autre de la rue, portant haut les
lanternes allumées, avec des débordements de joie enfantine.

— Stupides que nous sommes ! s'exclama Clara. Demain
c'est la fête de la Madone. Bruno et Mario sont certainement allés préparer la « Scampanata[1] ».

Giordani, Adele et compagnie n'avaient pas eu la patience
d'attendre un jour de plus pour illuminer la rue avec leurs lanternes. Ils ne savaient pas qu'ils respectaient ainsi l'antique
coutume. Le 6 septembre, autrefois, les paysans descendaient
de leurs montagnes pour venir vendre aux Florentins leurs
toiles et leurs champignons. Ils venaient sous le pieux prétexte de se rendre à l'autel de la « Très Sainte Annonciation » dont l'image miraculeuse apparaît maintenant à travers
le voile de soie dont les moines l'ont revêtue. Les marchands
campaient dans le cloître de l'église ; ils y passaient la nuit
et y faisaient leur besoin, souillant les murs fort irrévéren-
cieusement, faisant alterner les prières et les rots, les rots et
les dévotions. Toutes choses qui, avec le temps finirent par
porter au cœur des citadins, y compris les rats d'église et les
prêtres eux-mêmes qui devaient se mettre ensuite à nettoyer
le cloître à grand renfort de lessive et de savons, à enlever
papiers gras, ordures et excréments, à laver les murs à la
brosse en usant « l'huile du coude » dont ils sont plus avares
que d'huile sainte. Les garçons du quartier réunis en troupes
s'étaient faits les interprètes de ce mécontentement et flam-
beaux en mains, criant, sifflant, gesticulant, venaient « sonner les cloches » aux marchands-pèlerins dans le cloître.
Ils les poursuivaient de hurlements affreux, les « astico-
taient » avec toutes sortes d'objets pointus, laissaient leurs
mains s'égarer sur quelque sein, ou quelque fesse encore soli-
des et, munis de fil et d'aiguilles, cousaient les vêtements des

1. *Note de la tr.* : Voir la définition que l'auteur donne lui-même
plus loin de ce mot.

vieux ménages ensemble en ayant soin de mélanger les couples. Ils vengeaient à leur façon le Temple de l'injure qui lui était faite. Le tournoi durait jusqu'au jour, et tant que les gamins le jugeaient bon et le trouvaient amusant. Puis, avant de se rendre au travail, en cette aube du jour de la Madone, ils allaient en troupes aux Rione mettre la dernière main aux lanternes qui, le soir, illumineraient Florence et empesteraient de suif chaque quartier et chaque maison.

Cette tradition avait été instaurée le 7 septembre 1673, quand les Viennois, libérés des Turcs, avaient décidé de remercier la madone par des chœurs et des illuminations. Elle avait traversé les Alpes et les Appennins avec les Viennois devenus à leur tour les envahisseurs; le siège fut levé; on donna, avec la guerre de 14-18, aux Viennois, aux Allemands et à toute leur race, une dernière leçon, mais les Florentins gardèrent l'héritage de la fête antique, rappel d'une domination qui, si elle fut implacable, dut être aussi de quelque façon, joyeuse. Les Anciens crurent y retrouver un rappel des illuminations du temps de la Renaissance; les galions de plaisance de Laurent le Magnifique sillonnaient alors l'Arno, chargés de luths et de violes, de dames et de sires; Le Poliziano, à la proue, improvisait des vers que la postérité a perdus. L'usage est resté de fêter la Madone une fois l'an et ce jour-là chaque fenêtre a son lampion, dans les quartiers riches et les faubourgs, que la maison soit un palais ou une bicoque. Ce sont d'antiques lampes du Trecento, des globes ou des petits verres où la mèche est portée par un sucre naviguant sur une couche d'huile, des torches qui crépitent au vent sur les arcades du Palazzio Vecchio : il n'y a pas une tour, pas un palais dont les fenêtres ne soient éclairées. La Coupole pullule de feux-follets que le vent éteint et rallume. Sur le fleuve barques et bateaux, périssoires et canots sont chargées de joyeuses compagnies et le miroir de l'eau redouble les lumières. Les mandolines et les pippolesi [1]

---

1. *Note de la tr.*: Espèce de tambours métalliques et par extension ensemble musical de fortune.

accompagnent leur promenade lente et rieuse ; et dans les rues se répandent « les lanternes [1] » auxquelles le temps a rendu un nom plus chrétien et donné des formes diverses et fantaisistes.

La « lanterne » est, selon Policarpo Pettrocchi, « une boîte de papier contenant une mèche allumée et portée à l'extrémité d'un bâton ou d'une canne ». Mais il faut être des compilateurs de lexiques pour remiser ce mot à la page des « locutions archaïques, d'un usage incorrect, des provincialismes, des mots étrangers... etc. » et ne pas avoir de sang dans les veines, être fermé à la beauté et au miracle pour traiter la lanterne avec une si froide politesse. Une boîte en papier ! Et l'on pourrait en écrire à son sujet plus long que la *Divine Comédie,* dirait Staderini pour qui cette œuvre reste l'exemple type de l'abondance littéraire. Lanternes, modelées en forme de gondole, de barque, de cuirassé ! semblable à une mongolfière en miniature avec la nacelle et tout, à une ferme, à un château ! pareille à un animal, à un insecte vivant, à un grillon, à un crocodile qui ouvre ses mâchoires ; à un chat qui dort ! belles et mûres comme un fruit, une orange, une figue, une banane, une pastèque, un melon dont on mangerait ! enrubannées, aériennes et dansantes avec une traîne pareille à la queue d'un cerf-volant, à l'étole du pape, aux renards des femmes entretenues ! comiques et spirituelles, horribles et carnavalesques, aux formes les plus curieuses que l'imagination d'un génie bon enfant peut suggérer aux artisans du Canto alla Briga et du Pignone, toutes munies d'une chandelle dont l'éclat est savamment calculé !

Vous flânez à travers les rues, Via Tornabuoni ou Via del Corno, dans le centre ou les faubourgs et vous voyez, suspendues à des cannes très haut au-dessus des têtes, des vases de nuit lumineux, des chapeaux de prêtre, des tuyaux de poêle diplomatiques, des vespasiennes pour liliputiens, des trophées de fruits, des pieds de salade et pour créer tout cela il n'a

1. *Note de la tr.* : Pierucolone ; le nom plus « chrétien » est rificolone.

fallu qu'un peu de papier vélin, de la peinture à deux centimes, quelques bandes de carton pour l'armature, une goutte de colle et un bout de bougie — et aussi l'imagination joyeuse d'un peuple familier des arts depuis des siècles et dont est sortie une armée de maîtres. A dire vrai il ne connaît guère, de tout cet art, le peuple, que les statues de l'ottocento, debout dans les niches qui surmontent les Arcades des Offices. Mais si vous n'avez pas peur de mettre les pieds dans les bordels, vous verrez que pour les belles isolées, les débauchés du Canto ai Quattro Leoni et de Cestello ont fabriqué des sexes gigantesques, des vulves démesurées, des testicules énormes ; ils ont imaginé des accouplements monstrueux et traduit la réalité lubrique de l'endroit en images. On tourne un interrupteur et elles surgissent de l'ombre, fantastiques, lumineuses, vivantes, troublantes ; les instincts naturels touchent ici à la fable, au fantastique obscène ; les perversités y prennent une couleur macabre ; ineffable.

Les lanternes vont et viennent infatigables à travers les rues et les places, au milieu des chants, des cris, du fracas des outils frappés contre des boîtes de conserves au son des mandolines et des guitares. De temps en temps, un balancement trop énergique ou une mèche trop tôt consumée provoquent un petit incendie : la lanterne flambe brusquement et la brigade, parodiant les prières des morts, hurle et psalmodie.

> *Taine ; taine ; taine,*
> *Oh, la belle lanterne*
> *La mienne a des rubans*
> *Et la tienne des poux !*

dit la strophe la plus sage, celle-là même que les enfants de la Via del Corno chantent sans répit depuis hier soir.

Notre rue aussi a sorti toutes ses lumières. Chaque fenêtre a ses petits verres, ses lanternes et si la plus pauvre est celle de Milena qui n'a accroché qu'une seule lanterne en accordéon, autant pour ne pas offenser, par son abstention, la Via del Corno, que pour rappeler par sa discrétion même, ses déboires, la plus belle est la fenêtre de Madame. Ses fenêtres font leur effet, connu certes, mais toujours étonnant. Chaque année Gesuina sort la mèche de son tiroir, contrôle les clous de l'appui et des persiennes, partage la chandelle en morceaux, en met un dans chaque lanterne qu'elle fixe quand la nuit vient. Les enfants — et même les grandes personnes — regardent, le nez en l'air. Le spectacle est impressionnant ; il a cette beauté qui plaît à Madame. (Si elle avait été peintre, elle aurait composé ses toiles dans une seule tonalité.) Gesuina allume aux trois fenêtres les trente lanternes, diversement placées, diversement illuminées, de formes et de grandeurs variées. D'en bas, on dirait qu'une étoile s'est détachée du ciel pour s'arrêter à mi-hauteur avec son sillage blanc et bleu. Applaudissements répétés, vœux et cris montent vers Madame et accueillent Gesuina quand elle pose la dernière lanterne. Gesuina se retire, mais les applaudissements et les cris la rappellent ; elle réapparaît alors pour dire : Madame rend ses compliments à « toute la tribu ». Les chansons reprennent et les processions. Staderini refait son commentaire de l'année précédente.

— J'ai circulé un peu partout, mais on baisse ! L'année dernière encore on se défendait, mais cette année !...

Et il a ajouté :

— J'ai poussé jusqu'à San Frediano. Vous ne le croiriez pas, je n'ai aperçu que deux défilés !

Et voici maintenant un aspect de la fête que nous ne connaissons pas encore et qui explique la hâte de Bruno et de Mario : quelque chose qui leur tenait plus à cœur que leur promenade nocturne en compagnie de leur fiancée. La « scampanata » se fait à la fin de la fête quand déjà la foule revient des Lungarni ou descend des terrasses où elle a assisté aux feux d'artifice offerts par la commune ; elle est le rappel plus ou moins exact des farces que la jeunesse jouait aux pèlerins dans le cloître de l'Annonciation. « Les vieux boucs, les filles grosses et les époux cochons servent de cibles », comme nous l'apprend Staderini. C'est le théâtre de Machiavel joué en plein air, avec autant de figurants que les meneurs de jeu peuvent en ramasser chemin faisant. Les victimes, mises au pilori, ouvrent la colonne sous les espèces de poupées de paille et d'étoupe, enfilées à des perches; elles oscillent au-dessus des têtes des braillards moqueurs qui se rendent sous les fenêtres des personnes qui ont servi de modèles et là, avec des criailleries de toutes sortes et des couplets irrévé-rencieux exécutent la « scampanata ».

Il y a trois fêtes à Florence — outre le dernier mardi de carnaval — à l'occasion desquelles on n'est pas très regar-dant pour ses invités; le besoin de se divertir est tel que seule la haine la plus féroce peut conduire à refuser une invitation ou à ne pas participer à la mêlée. Ce sont la démolition du Char le Samedi-Saint, la fête du grillon aux Cascine qui tombe le jour de l'Ascension et le soir de la Madone avec ses défilés de lanternes et ses « scampanata ». Il n'est donc pas étonnant, bien que l'initiative en revienne à Nanni, que personne ne lui ait refusé son aide. Il était pourtant le moins autorisé pour organiser la « scampanata » à un mari trompé; mais il est vrai qu'il avait plus de temps que quiconque pour la préparer. D'ailleurs c'était une façon de prendre les de-vants et d'échapper à une « scampanata » possible. Ce fut donc lui qui lança le mot d'ordre : « Cette année la scampa-nata doit tomber sur Beppi Carresi. » Tout le monde a dit oui. Maciste lui-même a donné son accord.

La scampanata est une farce sans arrière-pensée, un dé-bordement carnavalesque hors saison, mais bien de la même tradition que le carnaval et les victimes après un moment de colère très légitime, oublient tout ressentiment et se bornent à dire que les « scampanateurs sont mal tombés », qu'ils auraient mieux fait de « charrier » un tel ou un tel. Pendant la guerre on eût autre chose à penser. En 1919 la scampa-nata tomba sur les époux Carresi; en 20 sur le ménage qui habitait là où habite maintenant Maciste; en 21 sur Ristori tombé amoureux d'une de ses pensionnaires morte depuis de la péritonite; en 22 sur le père de Bruno qui vivait encore et qu'on accusait d'avoir des relations avec sa belle-sœur; par la suite on découvrit le mal-fondé de l'accusation et on lui fit des excuses. En 1923, faute de mieux on en revint aux Staderini ; c'est Fidalma elle-même qui en fut cause : « Qui choisira-t-on cette année », dit-elle. « Mon mari et moi nous l'avons déjà reçue la scampanata ; je voudrais bien voir qu'ils recommencent ! Comme si nous n'avions pas le droit de dépenser nos derniers sous tant qu'il y en a ! J'ai 55 ans, mais je ne changerais avec une fillette ! » A cette occasion Nanni fabriqua des couplets de son cru :

*Fleur de verveine,*
*Avec ses sous Fildalma a acheté*
*Poudre de cantharide, tabac à priser et images obscènes.*

*Rose de mai*
*Notre cordonnier, vieux ramolli,*
*N'a pas quitté sa chaufferette.*

*Grillon desséché*
*Fidalma, vieille culasse,*
*A mis le verrou à son trou !*

La scampanata de 1924 fut consacrée à Nesi et poursuivit Aurora jusqu'à son appartement de Borgo Pinti. Et telle est l'innocence des enfants, que Giordano et Musetta à qui les parents avaient ordonné de rester à l'écart, se retrouvèrent sous les fenêtres de la sœur avec les braillards. Et cette année, c'est le tour de Maria et Beppi Carresi et par ricochet Ugo qui, comme nous le savons, habite à la chambre numéro 12 de l'hôtel Cervia.

Bruno, Mario, Nanni, Staderini, Eugenio qui ce soir reste en ville et dormira dans la forge, le garçon qu'Otello a repris à la charbonnerie et Otello lui-même qui saute sur l'occasion pour renouer avec la rue ont fabriqué les trois poupées. Quartier général : la boutique du barbier, Via dei Leoni. En ces occasions, Oreste se sent à son affaire. Il a prêté une veste blanche hors d'usage qui fera la tunique du cuistot ; Otello a donné de vieilles défroques. Pour habiller le mannequin de Maria, Oreste a obtenu d'Olimpia une blouse et une jupe. Les fantoches ont été bourrés avec du foin donné par Maciste que s'est défait de son cheval et de son cabriolet depuis qu'il a le side-car. Staderini met les pièces magistralement; avec des morceaux de toile cousus ensemble et remplis de foin il a fait les trois têtes; son alène lui a servi d'aiguille. Quant à Nanni il a découvert trop tard sa vocation de peintre; à ses trois visages il ne manque que la parole. Les cheveux coupés à la garçonne ont été reproduits au noir de fumée et la coupe a obtenu les félicitations d'Oreste qui se risque depuis peu dans la coiffure pour dames.

Maria et Beppino rentrent bras dessus bras dessous du spectacle de feux d'artifice qu'ils ont pu admirer du Ponte alle Grazie. Ils ne savent pas que Giordano Cecchi est chargé de les épier. Toutefois Beppino a flairé la chose et les réponses qu'on lui a faites quand il a proposé de redonner la scampanata à Aurora, ne l'ont certes pas rassuré. « Par respect pour la mémoire du vieux Nesi », lui a-t-on dit, « nous ne pouvons pas. Cette année la Via del Corno se passera de Scampanata. » Mais la Via del Corno qui refuse la Scampanata c'est le cheval qui refuse l'avoine, Beppino le sait bien; et bien qu'il juge ne la point mériter, il soupçonne qu'elle lui échoira. Aussi a-t-il traîné avant de rentrer; il a offert à sa femme une tranche de pastèque; il l'a emmenée jusqu'à la Piazza degli Zuavi sous prétexte qu'il y a là des pastèques de tout premier ordre. Il ne lui a pas fait part de ses craintes toutefois. Mais elle a les mêmes appréhensions et elle se sait coupable. Son seul espoir est qu'Ugo pour sauver son honneur ait réussi à empêcher la scampanata. Mais Ugo n'a pas de ces scrupules.

— Je vous en prie, faites-moi beau comme je le suis! a-t-il dit à Oreste et il a poursuivi son chemin. Il ne fréquente plus la Via del Corno; il n'y revient que tard pour s'enfermer dans sa chambre.

Un peu après onze heures, Giordano Cecchi est arrivé en courant au quartier général:

— Ils arrivent chez eux à la minute! a-t-il proclamé, et il

est reparti comme un éclair pour donner le signal du départ à la bande des gosses rassemblés, armes en main, piazza San Remigio. Ils ont des marmites sans fond, des bidons de pétrole vides, des boîtes de conserves récupérées dans les ordures le tout enfilé à une ficelle et passé autour du coup comme des tambours ; ils tapent dessus avec des pierres et des morceaux de fer ; ils ont des trompettes et des sifflets de terre cuite et entre dents et lèvres la capacité d'émettre des sifflements magistraux. Le peloton rejoint la boutique du coiffeur au pas des tirailleurs. Nanni a ouvert la porte et prend la direction des opérations :

— Nous sommes prêts ? dit-il.

Il donne le signal et apparaissent les trois poupées hissées sur des perches. Bruno porte « Beppino », Oreste « Ugo » et « Maria » est confiée à Eugenio. Staderini donne de la trompette comme chaque année en pareille circonstance. Otello et Mario allument les torches et escortent les poupées. Cependant Gigi Lucatelli débouche de Via Vinegia avec la troupe porte-lanternes composée surtout de filles : Adele, Musetta et Piccarda au premier rang et toute la marmaille du voisinage.

Après avoir formé le cortège, Nanni le dirige vers le centre de la ville, comme il se doit, pour laisser jaillir l'enthousiasme, exciter les esprits et ramasser le plus de monde possible. Les poupées font leur promenade et la troupe les présente à la foule.

— C'est un cuistot cocu, sa femme et l'amant marchand des quatre-saisons. Ils habitent Via del Corno. Allons, mettez-vous derrière !

— Voilà Maria, Beppino et Ugo qui ont fait honneur au nom de notre rue. Venez Via del Corno pour la scampanata !

— C'est le roi de la côtelette, pané et frit par les soins de sa femme ! Hardi !

Les enfants font un bruit d'enfer sur leurs instruments ; la trompette couvre par instants leur fracas avec le refrain déchirant : « Nous sommes riches et pauvres » ; les torches laissent des sillages de fumée.

Quand le cortège pénètre Via del Corno, les lanternes se sont multipliées. La tête de la colonne avec les poupées est déjà sous les fenêtres des Carresi et la queue n'a pas encore tourné le coin de la Via dei Leoni. Notre rue est bondée : les curieux et les fêtards entraînés par le courant, manifestent avec l'enthousiasme des initiés. Alors la trompette de Staderini réclame le silence ; Nanni entonne ses ritournelles :

> *Fleur qui point ne dure*
> *Bouillon de tripes et d'os à moelle*
> *Tu t'es donnée, Maria, à la verdure.*

> *Pêcher, petit pêcher,*
> *Le cuistot sentant une odeur de brûlé*
> *A calmé tes ardeurs avec du vinaigre.*

Chaque tiercet est accueilli par des hurlements d'approbation, des coups de sifflet diaboliques, des plaisanteries et le rataplan de l'orchestre de Giordano. Les lanternes se balancent sur les têtes, et les poupées, agitées avec art, miment l'histoire : Maria se jette dans les bras de Ugo-la-Verdure ; ils s'embrassent sans retenue. Beppino d'abord fait semblant de ne rien voir, puis il fonce tête baissée dans le ventre de sa femme. Mais au rappel de la trompette-savetière le silence se rétablit et le chanteur revient à ses couplets.

> *Fleur de muguet*
> *Le verdurier a rentré sa voiture*
> *Il ronge maintenant ses trognons dans son lit.*

> *Râpières et pas d'or*
> *Ugo est retourné à ses vieilles amours*
> *Avec les poires blettes du Ristori.*

Parmi lesquelles poires il fallait compter de toute évidence Elisa. Enivré par le tumulte comme sa trompette, Staderini ne manqua de le lui faire remarquer : « Oh Nanni, il me semble que tu te marches sur les pieds », mais l'art, c'est l'art ! « Quels vers ! Sonne, j'en ai encore ! » répondit Nanni.

Les fenêtres étaient toutes garnies, comme les loges du théâtre Verdi ex-Pagliano à une représentation populaire de la *Traviata*. Dépossédés de leur rue par les nouveaux venus, les Cornacchiai s'étaient mis aux fenêtres pour suivre le spectacle et se crier leurs impressions dans les moments de moindre fracas. Pour la troisième fois la trompette réclama le silence :

> *Figues du pays*
> *Maria, pour ta réputation automnale*
> *Restent les parties conjugales.*

> *Mûres et framboises*
> *Si tu ne veux plus, cuistot, qu'elle s'échappe*
> *Nourris-la de coups de bâton.*

Les fenêtres des Carresi restaient sombres et l'on devinait l'angoisse des deux époux retranchés dans l'obscurité de leur maison. Le chien même était muet. Mais les plaisanteries les plus courtes sont les meilleures. C'est Maciste qui donna le signal de fin, émergeant de la foule d'une tête et dominant le tintamarre de sa seule voix :

— Nanni, n'exagère pas !

Le terrassier Antonio mit ses mains en porte-voix et répéta le signal.

— Maintenant finissez ! allons Nanni, chantez l'au revoir.

> *Raisins et spaghetti*
> *De nouveau, époux et amants*
> *Maria et Beppino se donnent le bras.*

> *Air de luth*
> *Je prends congé et vous salue*
> *Sans rancune ; le passé est passé.*

Alors s'alluma la lampe des époux et ils apparurent à leur fenêtre. Le cuistot avait la main sur l'épaule de sa femme.

— Sans rancune, cria-t-il, d'une voix un peu amère.

Maria au contraire prit un ton très assuré, presque joyeux :

— Sans rancune ! Mais vous vous êtes trompés de porte ! lança-t-elle.

De la fenêtre de l'hôtel d'où il avait suivi le spectacle en compagnie d'Olimpia, Ugo s'exclama :

— Celle-là, elle mettrait en cause le Père Eternel !

Déjà la foule se dispersait et le cortège initial se reformait pour aller brûler les poupées place San Remigio sur le bûcher, comme le veut la tradition, quand on entendit la voix de Gesuina :

— Arrêtez tous ! Madame veut voir les poupées ; elle se met à la fenêtre !

Ce fut une surprise générale et si grande que le silence régna brusquement sur la rue. Madame quittait son lit ; Madame était à sa fenêtre, Madame voulait voir les poupées ! mais un mort qui ressuscite, l'âne qui vole, le pape sorti du Vatican n'eussent pas étonné, intimidé, transporté davantage nos Cornacchiai ; et le mort ressuscita, l'âne vola, le pape sortit : escorté de Liliana et de Gesuina, Madame apparut. Un applaudissement digne de l'événement l'accueillit. Les personnes étrangères à la via del Corno furent instruites en peu de mots et s'associèrent à sa jubilation. La lumière stellaire de ses lampions et lanternes éclairait Madame de bas en haut et lui donnait un air spectral, macabre et surhumain, un air d'apparition diabolique, un air de divinité. Les enfants qui la voyaient pour la première fois furent apeurés et subjugués. Sauf Piccarda qui venait de lire Pinocchio et s'écria :

— On dirait la Fille aux cheveux d'azur !

— Approchez-vous avec les poupées ! cria Gesuina.

Elle fut obéie. Alors on vit Madame porter des jumelles à ses yeux, approuver de la tête, et faire un signe de bénédiction en guise de remerciement ; on la vit échanger quelques mots avec ses servantes, d'approbation apparemment.

Staderini hurla :

— Qu'en dit Madame ? Ils sont ressemblants ou non ?

Madame fit deux fois oui de la tête, répéta son geste d'absolution et disparut avec ses fidèles. Personne n'entendit le coq Nesi lancer son cocorico. Comme il était fort tard et que la ronde n'allait pas tarder à passer, Nanni ne se rendit pas au bûcher. Peu après en effet arriva le brigadier. Il trouva la rue encore fourmillante de monde sur le pas des portes et des fenêtres.

La lanterne de Milena, laissée à l'abandon, prit feu, brûla un court instant et s'éteignit ; sa carcasse se balança dans le vide.

— Pauvre Milena, dit Fidalma, elle est malchanceuse même dans les petites choses !

Il y eut des manquants à la scampanata : les locataires de l'hôtel Cervia qui travaillent à ces heures-là (sauf Olimpia occupée par Ugo) et les deux fascistes Carlino et Osvaldo. Osvaldo était à l'intérieur en compagnie d'Elisa. Carlino, lui, est de plus en plus attiré par le tapis vert du Casino Borghesi où il peut fréquenter l'aristocratie. « Il s'en moque » de l'aristocratie, bien sûr ! mais à leur contact on « s'élève et s'affine ». Ce sont ses paroles. Carlino, revenant du Casino à l'aube a croisé Elisa qui sortait de l'hôtel. La Via del Corno était déserte ; les lanternes étaient éteintes ; le sol était encombré de papiers et d'ordures plus encore que de coutume.

Elisa avait les cheveux en désordre et l'œil irrité. Carlino s'apprêtait à la saluer, mais elle mit un doigt sur ses lèvres pour l'arrêter. Nanni pouvait l'entendre et elle n'avait pas envie de rentrer : elle voulait prendre un peu l'air et boire quelque chose de chaud. Sa veste blanche n'était pas entièrement boutonnée ; elle se baissa pour attacher la bride de ses souliers.

— Il faut les bercer comme des enfants ! Impossible de les faire dormir ! ils sont pires que des chiens de ferme ! dit-elle entre ses dents.

Elle se releva, acheva de s'arranger tant bien que mal et comme Carlino la regardait faire en souriant d'un air ironique, elle lui dit à voix basse :

— Tout ça c'est de votre faute !

— Ah ! celle-là, elle est bonne ! Je ne sais même pas le nom de ta grand'mère.

Il avait le ton qui convient à un monsieur qui sort à l'instant de chez les bourgeois et tombe sur une putain. Peu importe qu'elle l'ait plus d'une fois amusé; raison de plus au contraire.

— Qu'est-ce que vous avez fait de ce pauvre Osvaldo ! Il est pitoyable, laissa échapper Elisa.

— Ah ! dit Carlino, je t'accompagne.

Ils tournèrent au coin de la Via dei Leoni.

— A vrai dire, j'avais l'intention de marcher un peu toute seule; je n'ai pas envie de parler.

Le temps était clair. Le Palazzo Vecchio sonna six heures. Le premier soleil frappait le Portail des Folies-Bergère. Un tram passa. La porte entr'ouverte de la boulangerie Chiarugi exhalait une bonne odeur chaude. L'air était frais, sec, bon à respirer. Le fleuve était vert, tranquille, et les barques des sablonniers dormaient, renversées sur la grève. Sur les collines aux couleurs ravivées, les cloches des couvents s'interpellaient.

— Oublions les choses sordides ! vous ne sentez pas cette paix !

— Il y a longtemps que tu t'es découverte poète ? répondit-il.

Elisa s'était assise sur la berge de l'Arno, les épaules au soleil tiède du matin. Elle respirait avidement l'air et laissait pendre ses bras, abandonnée. Carlino s'assit près d'elle :

— Tiens, fume, dit-il.

Ainsi donc ce serait un jour comme les autres; elle avait un homme auprès d'elle qui, s'il ne voulait pas faire l'amour, exigeait cependant qu'on lui fît la conversation et la cigarette était l'habituel poison. Elle redevint donc ce qu'elle

était, une putain aguichante, avide d'argent, à la langue leste
— peut-être bien malade du cœur aussi.

— Donc cette nuit tu as été avec Osvaldo ?

— Toutes les nuits, depuis bientôt un mois.

— Il s'en est donné à cœur joie !

— Il a touché les provisions de ces derniers trois mois.

— Il te confie donc ses affaires ?

— Il me confie tout.

— Par exemple ?

— Qu'il a une fiancée à Monte Agliana ; il paraît que la
petite le trahit.

— Pourquoi ne rompt-il pas ?

— Parce que c'est un faible ! Vous le savez bien ! Ce
que vous lui avez fait, vous et vos camarades, le travaille
plus que n'importe quoi d'autre.

— Ah ! dit-il en se mordant la langue ; il raconte les histoires du parti à quelqu'un comme toi ?

— Oh ! à moi, les paroles me rentrent par une oreille et
me sortent par l'autre.

— Tu as raison.

Il bondit sur ses pieds et dit :

— Tu veux prendre quelque chose ? Je te l'offre bien
volontiers.

— J'aimerais une limonade chaude, dit-elle.

Le soleil avait dépassé les quais ; il se répandait maintenant sur les échafaudages de la Bibliothèque en construction.
Il commençait à brûler. Les sablonniers naviguaient sur
l'Arno. Un pêcheur apparut sur la berge. Les balayeurs arro-
saient les rues : les trams ouvriers arrivaient bondés, avec un
bruit de ferraille, de Grassina et de l'Antella. A la laiterie
Mogherini le garçon couvrait le carreau de sciure.

— Tu n'as pas honte de te montrer avec moi dans le
coin ? Ce soir toute la Via del Corno le saura.

Mais il ne releva pas sa question.

— Si ça te dit, tu peux manger quelque chose, sans
façons.

Il commanda pour lui une tasse de chocolat, des petits

pains et du beurre. Le chocolat était épais et fumait. Les coquilles de beurre portaient en impression le cachet et le nom du fabricant. Carlino les prenait avec la pointe du couteau et les étalait sur le pain croustillant. Il mangeait avec l'avidité d'un jeune homme de santé robuste qui a passé la nuit blanche. Comme la laiterie n'avait pas de marmelade il envoya le garçon en acheter à l'épicerie Biagiotti, anciennement Campolmi; l'idée ne l'effleura même pas que cet « anciennement » était son œuvre. Elisa s'était rendue aux toilettes; elle en revint coiffée, repoudrée et boutonnée. Elle sourit; ses dents étaient belles et sur le visage elle avait cette mélancolie qui lui remplaçait la distinction. Elle but la limonade puis commanda une tasse de lait. Elle prit la moitié d'un petit pain, le beurra et le trempa dans la tasse. Des ronds de beurre doré nageaient à la surface. Elisa se pencha, avança les lèvres et aspira. Ce geste spontané excita Carlino; son regard s'attarda sur elle, sur son sein libre sous la blouse, sur ses bras couverts d'un très léger duvet qui appelait la caresse; il y fit courir ses doigts; Elisa leva les yeux sur lui et trouva aussitôt le ton de circonstance. Il lui demanda alors en souriant :

— Tu tiens toujours ce que tu promets ?

Inutile de traverser la ville pour se rendre Via dell'Amorino. Il y avait Via dei Neri même une vieille qui « hébergeait les gens distingués ».

— Plus distingués que moi ! dit-il. Je sors du casino Borghesi !

La chambre donnait sur la rue. Les persiennes laissaient filtrer les langues de lumière et les ombres des passants, des voitures, des bicyclettes se mouvaient sur le plafond, comme en un jeu de miroirs. On entendit tonner le canon de Bellosguardo; il était midi. Carlino s'habilla. Il voulait se trouver au bureau assez tôt pour faire acte de présence.

— Et toi que fais-tu ? lui demanda-t-il.

— Je ne me sens pas la force de me lever. Je veux dormir encore un peu.

Tout en ajustant ses supports-chaussettes, il lui demanda :

— Tu ne crois pas que tu devrais t'occuper un peu de ton cœur ? Une vraie machine à vapeur !

Il acheva de se vêtir et déposa l'argent sur la table de nuit ; avant qu'il ne s'en allât elle lui dit encore :

— N'embête pas Osvaldo pour ce que j'ai dit sans le vouloir.

— Ça, c'est mon affaire, dit-il ; au revoir beauté ! et il sortit.

Restée seule, elle ne contint plus son malaise et ses étouffements. Il lui semblait que son cœur n'était plus entier, mais brisé en mille éclats qui chacun battait pour son propre compte. Elle sombra dans le sommeil épuisée. Elle rêva qu'elle était assiégée par une troupe de rats qui débouchaient sans arrêt par quelque fente, de son propre corps, au niveau du cœur. Ils se répandaient sur elle en criant tandis que Bruno, debout, la regardait. Elle se souleva sur son oreiller pour surmonter l'attaque ; jamais elle n'eut aussi peur de mourir. Puis lentement la crise s'apaisa. Elle avait déjà son idée.

Via del Corno elle vit Nanni qui s'entretenait avec Staderini.

— Le comptable a pris tout son temps ! dit le cordonnier en la regardant.

Elle répliqua par une vulgarité.

— Il n'y a rien de mal ! dit alors Nanni. Fidalma vous a vus ce matin sur les quais.

— On se lève tôt Via del Corno quand il s'agit de contrôler les faits et gestes d'autrui.

Il était quatre heures. Elle dit à Nanni qu'elle avait un rendez-vous à cinq heures. Elle mangea quelques cuillerées de soupe que son amant avait laissées au chaud pour elle. Puis elle repassa sa veste, blanchit ses chaussures, se repoudra avec soin, se coiffa et sortit. Elle prit un tram et descendit devant le dépôt ferroviaire de Porta a Prato. Au même instant la grille s'ouvrit ; les ouvriers sortirent. Elle était oppressée et serrait les poings. Enfin Bruno apparut avec sa bicyclette ; il était des derniers. Elle se sentit perdue ; elle comprit toutefois que Bruno l'avait vue ; elle fit mine de s'approcher mais il lui fit signe discrètement de s'éloigner au contraire et qu'il la suivrait. Elle se dirigea vers les rues désertes, derrière le Politeama. Bruno se trouva tout à coup auprès d'elle.

— Tu 'te permets de venir me chercher à la sortie ? Que me veux-tu ? lui demanda-t-il.

Il resta à bicyclette, en jouant du guidon pour se mettre à son pas. Elle s'arrêta.

— Marche ! lui ordonna-t-il. Je ne veux pas que mes camarades nous voient ensemble. Tourne vers le quai. Je t'attends à l'entrée des Cascine.

Elle le retrouva appuyé au cadre de la bicyclette ; il fumait. Il lui parut merveilleusement beau dans sa combinaison foncée, boutonnée sous le menton, tachée d'huile et de cambouis. Elle se sentait humble devant lui. Ils marchèrent un moment entre les prés et les allées cavalières. Sur la route passaient des ouvriers à bicyclette, des autos et des calèches de touristes.

— Que me veux-tu ? demanda-t-il encore.

Elle le regarda en face et dit :

— Maintenant c'est moi qui ai soif !

Bruno ne lui répondit pas; il tourna la bicyclette, bondit sur la selle et força sur les pédales. Elle hurla « Bruno ! ». C'était un cri désespéré. Il mit pied à terre. Elle le rejoignit.

— Pourquoi me traites-tu ainsi. Je ne t'ai fait aucun mal.

Le soleil descendait derrière les Cascine, là où l'Arno accueille dans son lit les eaux du Mugnone parmi les jardins et les cannaies. Le soir tombait sur les prés, les chênes, les peupliers et les jardins du Parc. Une cigale insomnieuse chanta puis les étoiles saluèrent la nouvelle nuit.

— Pourquoi n'as-tu pas voulu venir à l'hôtel de la dernière fois ?

— C'est trop près de la gare.

— Ce n'était pas plus loin alors.

— Alors j'étais fou.

— Il y a huit mois !

— Fais comme s'il y avait un siècle.

— Ne sois pas nerveux.

— Il est tard. Lève-toi.

— On est si bien sur l'herbe.

— Il commence à faire humide. Tu prendras mal et puis il faut que je m'en aille.

— Tu dis : je m'en vais, je m'en vais, et tu es toujours là.

— Pourquoi es-tu venue me chercher ? Tu le vois maintenant que pour moi tu ne comptes pas. Dans deux mois je me marie.

— Justement ! soupira-t-elle.

— Pourquoi ne changes-tu pas de vie ?

— Quand on a touché le fond comme moi, il n'y a plus moyen de remonter. Et puis j'ai des palpitations, ajouta-t-elle en riant.

— Comme le cœur te manque !

— Je ne le sens même pas... Trouve-moi trois brins d'herbe que je fasse un vœu.

Et elle fit le vœu que Bruno se souvînt quelque jour d'elle.

# CHAPITRE XII

L'arrivée de Mario a rendu à la Via del Corno cette note joyeuse et chantante que lui conférait il y a un mois encore Ugo et sans laquelle la rue ressemble à ses habitants et n'est plus qu'un lieu de sombre misère. Aussi les Cornacchiai ont-ils rivalisé d'empressement pour inviter Mario à leurs repas dominicaux. Mario n'avait jamais aussi bien mangé. Il ne parle jamais de lui ni de sa vie qui ne fut certainement pas toute rose, pour jeune qu'il soit. Margherita lui sert les mêmes portions qu'à Maciste qui, on le sait, a un faible pour la bonne chère. Dans les autres maisons non plus, Mario n'a pas eu à se plaindre. Dans notre rue on fait gras une fois par semaine, le dimanche, et quand on a un invité; on fait alors un peu d'extra. Chez le terrassier Antonio ce furent les gnocchi aux pommes de terre appelés « ratons » que Leontina réussit mille fois mieux que ses boutonnières. Les Carresi donnèrent pour commencer des lasagnes farcis au vert, œuvre de Beppino qui avait justement son jour de liberté et voulait montrer qu'il connaissait le métier. Chez Bruno, sa mère Semira présenta à Mario une pâtée de tortellini, et ce pour s'en tenir aux premiers plats. Mais le repas le plus drôle fut celui des Quagliotti.

L'invitation partit de Clorinda. Revuar donna son approbation. Bianca se montra réticente et ennuyée pour augmenter encore l'enthousiasme de sa marâtre. « Des garçons comme

le petit typographe devraient te servir d'exemple », dit-elle,
« travailleur, joyeux et craignant Dieu ! » Mario fit le signe
de la croix avant de s'attaquer au plat de nouilles. Puis il
s'appesantit sur l'ascétisme de saint François et il y mit une
telle insistance que Revuar fut un instant au bord de la méfiance ; mais Mario attaqua en maître le problème de la
supériorité des biscottes Digerini Marinai comparées aux biscottes piémontaises ; des biscottes piémontaises au chocolat
Talmone, et du chocolat aux pralines, le passage est aisé.
Pour ce qui est des pralines, Revuar fit le point. Oui il se
rappelait maintenant Mario enfant, son client des Jardins et
la grand'mère qui l'accompagnait. Aidé de Mario (qui d'ailleurs n'avait jamais connu cette grand'mère !) Revuar se rappela même qu'elle portait lunettes, voilette et qu'elle arbo-
rait l'été une ombrelle violette.

— Il me semble la voir comme si c'était hier ! déclara
Revuar.

Bianca ne pouvait se retenir de rire. Elle feignit un malaise et se retira dans sa chambre d'où elle put suivre le dialogue :

— Il faut l'excuser, disait la marâtre, elle est de santé
délicate.

— Il lui faut des piqûres, dit Mario.

— On lui en fait, mais le résultat est maigre.

— Intraveineuses, alors ; intraveineuses, répliqua-t-il.

Depuis plusieurs soirs déjà Mario l'engageait à se faire
faire des piqûres intraveineuses, mais Bianca était hésitante ;
elle craignait d'avoir mal. De l'entendre répéter d'un air
inspiré « intraveineuses » lui parut si comique que le rire lui
échappa. Clorinda, Revuar et Mario se précipitèrent dans la
chambre ; plus elle cherchait à se maîtriser, et plus elle
riait. Mario lui faisait signe en vain de se calmer.

— C'est une crise de nerfs, dit-il. La jeune fille a besoin
de repos et, aujouta-t-il, de piqûres intraveineuses !

Ces paroles achevèrent Bianca ; elle se jeta en travers du
lit d'un mouvement si désordonné que sa jupe se souleva, dé-
couvrant ses cuisses et ses culottes bleues. Clorinda confuse et

désolée se précipita pour réparer le désordre. Revuar invita
Mario à se retirer. Clorinda les rejoignit peu après ; elle les
informa que Bianca allait mieux et s'était endormie.

— Elle nous donne tellement de soucis, cette enfant, si
vous saviez ! soupira-t-elle.

— Elle n'a rien de grave je pense, dit Mario.

Et avec componction presque sévère, il ajouta :

— Il se peut qu'elle ne soit qu'amoureuse.

On entendit Bianca éclater de rire à nouveau et bégayer :

— Assez, Mario, tu me feras mourir !

Heureusement Mario fut seul à saisir et il jugea que la
comédie avait assez duré.


Ce dimanche-ci Mario est l'hôte des Nesi. Otello s'est
vite émancipé après la mort de son père. Il est devenu un
garçon franc d'allure, sociable et en un rien de temps il a
reconquis la sympathie de la rue. Les femmes n'ont pas boy-
cotté la charbonnerie ; Clorinda elle-même est retournée chez
lui. Le fait qu'il a régularisé sa situation avec Aurora y est
pour beaucoup ; le mariage a eu lieu sans pompes ni invita-
tions ; ils n'ont fait que monter et redescendre l'escalier de
la mairie avec les témoins, pris parmi les sans-travail qui se
tiennent exprès dans la cour du Palazzio Vecchio. Mais l'enfant, il ne l'a pas encore reconnu. En tout cas il est bien
décidé, à ce que dit Staderini, à considérer le passé comme
mort et enterré. Il essaie de chasser le remords qui l'inquiète
encore par tous les moyens. Il a acheté un gramophone à
cornet et un jeu de disques. Après le repas il écoute les
chansons avec Aurora ou bien ils poussent la table et font
quelques tours de danse. L'enfant a été mis en nourrice chez
les fermiers que connaît Madame et qui élèvent aussi la fille
de Liliana. Le soir il sort souvent avec Mario et Bruno ; ils
vont faire une partie de billard. C'est Mario qui a combiné
ces sorties. Mais il se méfie d'Aurora. Ses attentions pour
Otello ont quelque chose d'excessif ; il n'y croit pas trop.
Elle lui paraît calculatrice. Aurora ne lui plaît pas non plus
physiquement. C'est déjà une femme mûre, un peu fanée ;

il ne peut comprendre qu'Otello ait perdu la tête à cause d'elle. Il ne rend responsable qu'Aurora de tout ce qui s'est passé. Aussi n'est-ce que pour ne pas déplaire à Otello qu'il a accepté l'invitation aujourd'hui. Mais comme c'est un garçon sans détours, il joue parfaitement la comédie quand il ne s'agit que de faire « marcher » Clorinda, mais il n'arrive pas à cacher ses sentiments quand ses convictions intimes sont en jeu. Il est gentil avec Aurora, mais froid. Il n'a pas son entrain accoutumé, il ne répond que par oui ou par non et ne favorise guère la conversation.

— Vous n'êtes pas à la hauteur de votre réputation aujourd'hui, lui dit Aurora, peut-être êtes-vous préoccupé ; affaires de cœur ?

— Non, dit-il. On vous a sans doute mal renseignée, répond-il si sèchement qu'Otello le regarde abasourdi.

Aurora ne marque pas le coup ; elle reprend seulement avec désinvolture :

— C'est sûrement de ma faute. Je ne suis pas très bonne maîtresse de maison, il faut m'excuser, vous êtes la première personne que je reçois.

Pour ne pas se montrer mal élevé, Mario alors fait un effort :

— Aujourd'hui nous allons chez Alfredo. Il y aura Bruno, Clara et Bianca. Maciste et Margherita arriveront en side-car. Pourquoi ne viendriez-vous pas aussi ?

Ils ont accepté avec enthousiasme.

A la fin du repas, Aurora a froncé joliment le nez et s'est retournée vers Mario en minaudant :

— Mais nous ne voudrions pas vous déranger, Otello et moi. J'imagine que vous avez combiné un programme entre fiancés : un peu de cip-cip à l'aller et au retour ?

Mario a rougi. Ainsi donc Bianca a confié à Aurora jusqu'à leurs petites inventions d'amoureux ? Son antipathie pour Aurora augmente encore. Mais chose plus grave, son estime pour Bianca vacille et avec l'estime l'amour peut-être.

Grâce au sentiment de solidarité qu'inspirent les amou-

reux, Clorinda et son mari sont les seuls à ne pas savoir
qu'entre Mario et Bianca il y a au moins des affinités électives. Ainsi l'ont-ils laissée partir avec ses amis sans hésitation. Maciste est déjà dans la rue, donnant un dernier coup
d'œil au side-car. Il est serré dans sa veste de cuir et il a
mis le casque fermé sous le menton et les lunettes noires.

— Tu ressembles à un scaphandrier ! lui a dit Palle Lucatelli, le plus morveux des Cornacchiai.

— Tu ressembles à Brilli Peri le jour du circuit de Monza !
a ajouté Gigi, son frère.

Margherita est descendue ; elle s'est installée dans le car.
Maciste a enfourché sa motocyclette, a poussé du pied pour
faire partir le moteur ; puis le buste droit il a tourné les manettes. Le side-car est parti dans un fracas qui a ébranlé les
vitres jusqu'aux seconds étages. Il a disparu dans la fumée
du tuyau d'échappement et les enfants lui ont fait escorte en
courant jusqu'à la Via dei Leoni. Margherita agitait sa main
en guise d'adieu et criait :

— Dépêchez-vous ! Nous nous retrouvons là-haut !

La petite bande était déjà dans la rue. La Via del Corno
digérait le repas dominical dans la somnolence de l'après-
midi. Les trois couples s'éloignèrent après un dernier adieu
collectif.

— Prenez Milena avec vous en revenant ! leur cria Gemma.

Ils prirent le tram Piazza del Duomo. C'était un vieil
omnibus, ouvert, protégé par de simples balustrades et garni
de strapontins. Les jeunes filles s'assirent ; Aurora se mit au
milieu. Elle paraissait et elle était, la sœur aînée. Elle portait une chemisette havane et une jupe de coupe hardie.
Clara était la plus petite, peut-être la plus sage, en tout cas
la plus innocente. Elle avait sacrifié ses tresses mais n'était
pas allée jusqu'à la garçonne. Son épaisse chevelure retombait sur ses épaules. Son visage naturellement coloré était
lisse comme un fruit. De même qu'Aurora paraissait et était
la plus expérimentée, la plus avertie et Clara, la plus enfant,
Bianca paraissait la plus inquiète et la plus agitée. Son visage,

aux traits un peu gros mais noyés de langueur, trahissait une
nature tourmentée. Les cheveux aux reflets roux et séparés
sur le côté par une raie lui retombaient fréquemment sur le
visage et elle avait un mouvement las pour les écarter. Les
trois anges gardiens se rendaient auprès de leur quatrième
Frère, malheureusement frappé dans son Amour. Leurs trois
Amours fumaient sur la plate-forme et parlaient de choses
dont ils n'auraient peut-être pas parlé devant elles, tandis
qu'elles discutaient des modes d'automne et des plus récentes
chansons.

— Mesdemoiselles, debout sur vos petits pieds ! dit Mario. Nous sommes arrivés. Ils trouvèrent Alfredo allongé sur
une chaise longue et Milena et Margherita auprès de lui. Maciste jouait avec ses lunettes et son casque. Milena était
calme et joyeuse comme il ne lui arrivait plus de l'être depuis longtemps. Elle apprit aussitôt à ses amis qu'Alfredo
pouvait déjà recevoir « 350 » d'air; quel progrès. Elle per-
mit à son mari de tirer une bouffée à la cigarette d'Otello à
condition « qu'il n'avale pas la fumée ». Ils parlèrent de
choses et d'autres. Brusquement Margherita s'aperçut que
Bianca claquait des dents. Milena lui tâta le pouls et lui fit
mettre le thermomètre. Elle avait 38°5. Bianca avoua alors
qu'elle ne tenait plus sur ses pieds. Maciste offrit de la rac-
compagner avec le side-car; Mario s'installa sur le porte-
bagages.

Quand les deux hommes furent de retour au sanatorium,
Bruno et Otello étaient déjà partis avec leur épouse et fiancée. Maciste et Margha devaient se rendre comme chaque
dimanche chez des parents; ils prirent congé; puis ce fut le
tour de Mario et Milena resta seule à tenir compagnie à son
mari; mais au bout d'une heure il l'engagea à partir.

— Tu moisis ici dedans, toute la journée ! ce n'est pas
bon pour toi !

— Ronchon ! a-t-elle répondu.

Elle a ramassé les couverts vides, les a mis dans son sac
et a recommandé à son mari de ne faire qu'un somme jusqu'au lendemain matin neuf heures, à son arrivée.

Et elle est partie. Elle se sentait lasse de trop de repos ;
elle avait besoin de marcher, de respirer ; l'atmosphère du
sanatorium l'oppressait. A voir tous ces malades elle finissait
par se sentir malade. La joie d'Alfredo lui redonnait courage ; mais cependant, le soir, une fois passée la grille du
sanatorium, elle regardait la longue route déserte, aérée, et
elle s'y engageait avec la joie de se sentir saine. Elle balançait son sac comme une écolière son cartable et donnait des
coups de pied dans les cailloux. Il lui arrivait de s'aventurer
dans les champs et de cueillir des coquelicots dont elle ornait
son corsage ; et même si la route était bien déserte, elle chantait. C'est ainsi que ce soir-là lui vint aux lèvres une chanson :

> *Mimosa !*
> *Que de tristesse dans ton sourire !*
> *Tu avais un chalet parmi les roses...*

C'était un tango à la mode et Milena se retrouvait dans
les paroles. Un tram passa et elle se dit « je prendrai le
suivant ». Un autre et un autre. Elle arriva ainsi au bas de
la vallée où la route est sombre et déserte :

> *Mais le vent l'a détruite, ta maison !*

— Milena ! s'entendit-elle appeler.
C'était Mario qui fut aussitôt près d'elle, tout joyeux.
— Qu'est-ce que vous faites là ? demanda-t-elle.
— Je tombe du ciel ! Pour un ange gardien vous me re-
connaissez bien mal ! Je n'ai pas l'air d'un chérubin ?
— Vous avez plutôt l'air d'un brigand qui sort du ma-
quis. Où étiez-vous ?
— Dans le pré. Peut-être dormais-je. En tout cas je fai-
sais de mauvais rêves quand votre voix m'a réveillé.
Et c'était la vérité.
— Pourquoi n'avez-vous pas rejoint vos amis au cinéma ?
— J'avais besoin de rester seul.

— Allons, allons ! Demain Bianca n'aura plus rien !

— Je le sais ; ce n'est pas pour cela.

Puis il a ajouté :

— Vous tenez vraiment à prendre le prochain tram ?

— Nous pouvons faire encore quelques pas, dit-elle.

Au bout de cent mètres il disait déjà :

— Peut-être est-ce parce que je n'ai jamais eu, même enfant, que personnes indifférentes autour de moi ; j'ai toujours été obligé de ravaler mes pensées. Maintenant elles font une montagne ; je ne peux plus les supporter. Ce que je reproche à Bianca, c'est justement de me rendre impossible toute confidence. Vous comprenez ce que je veux dire ?

— Je comprends seulement qu'en ce moment vous êtes sincère. D'habitude on ne sait jamais si vous plaisantez ou non.

Et quand ils atteignirent le Jardin de Villa Stibbert, il en était à lui dire :

— Et vous, confieriez-vous à une amie vos secrets d'épouse ?

— Si vous avez l'intention de me dire du mal de Bianca, je ne vous écouterai plus.

— Au contraire, je voudrais que vous m'aidiez à la connaître.

Il lui avait pris le bras sans y penser. Sans y penser, elle avait pris son sac de l'autre main pour s'appuyer plus commodément à son bras. Ils avaient quitté la route et allaient au hasard dans la campagne, guidés seulement par les lumières de la ville dont ils cherchaient à se rapprocher.

— Vous avez pris une piètre conseillère. Moi-même je sors à peine du rêve qui m'isolait depuis le jour de ma naissance. Ma mère se fait un titre de gloire de m'avoir élevée dans le coton. Et moi je m'aperçois que le coton avait bridé tous mes sentiments et mon cœur même peut-être. Le malheur d'Alfredo m'a fait sortir brusquement de ma coquille ; c'est comme si je voyais le monde pour la première fois. Je savais que le mal existait, qu'il y avait les bons et les mauvais ; mais les bons étaient restés les magiciens et les fées de mon enfance, les mauvais, des croque-mitaines et des dragons. Toutes les personnes que je rencontrais, je supposais qu'elles pensaient comme moi...

Des sacs de ciment, des tas de briques, des charpentes et des outils alignés : on construisait là une maison.

— Asseyons-nous, dit-il.

— Maintenant, continua Milena, c'est le contraire ; je vois des croque-mitaines partout ; et en moi pour commencer. Je n'entoure pas Alfredo de suffisamment d'attentions, je ne souffre pas assez de ses souffrances...

— Et moi qui vous fatiguais avec mes rêveries !

Il emplissait sa main de ciment et le laissait couler, poing fermé comme pour mesurer le temps.

— Vous voyez donc qu'en ce moment je ne peux vous être d'aucun secours. Je suis convaincue, absolument, que Bianca est la meilleure gosse qui soit. Mais qui peut lire à l'intérieur de nous-mêmes ? Comment peut-on dire de quelqu'un : j'en réponds, si on ne peut répondre de soi ?

Elle avait mis son sac sur ses genoux et regardait devant elle.

— C'est pourquoi, ajouta-t-elle, il faut résoudre ces petites difficultés avec le sourire. S'il est vrai comme vous me l'avez dit que Bianca a confié un de vos secrets à Aurora, il n'y a probablement pas là de quoi fouetter un chat ! Elle a fait ça comme on fait entre amies. Tenez : le jour où Alfredo s'est déclaré, je n'aurais pas pu m'endormir, si je n'étais allée le dire à Bianca justement ; je me suis levée du lit !

Elle eut un léger sourire pour dire encore :

— D'ailleurs, voyez ; vous mourez d'envie de me le dire ce secret et nous ne nous connaissons que depuis quelques mois !

— Alors il faut que je vous le dise ! s'écria-t-il en frappant des mains pour secouer le ciment. — Alfredo et vous, vous avez certainement des mots à vous que vous vous murmurez quand vous êtes seuls avec votre amour et c'est le seul bien qu'on ne puisse vous ôter ?

— Buci-buci, par exemple.

— Voilà, dit-il, et il ajouta un peu troublé : nous, nous disons cip-cip. Bianca a tout gâché en le disant à Aurora !

Milena rit franchement et lui posa maternellement la main sur le bras.

— Vous savez que vous êtes un garçon bizarre ? Je vous croyais gai, insouciant... Je vous découvre romantique et sentimental comme personne ! Et, vous voulez que je vous dise ? Bianca vous va comme un gant ! Vous êtes pareils. Vous serez heureux si la chance vous aide !

Puis elle se leva ; il se faisait tard ; il fallait retrouver la route pour prendre le tram et rentrer au plus vite. Comme il restait tête basse et avait repris le jeu de la clepsydre, elle lui tendit la main pour l'inviter à se lever.

C'est ainsi que Mario achevait de se former. Outre la conversation de Milena, il y avait celle de Maciste ; elle avait lieu le plus souvent en side-car.

L'engin de Maciste était une motocyclette Harley-Davidson, 750, transformée en side-car par l'adjonction du car ; elle avait trois vitesses comme une Fiat ; elle faisait du 50 avant l'adjonction du car. Maintenant encore, sur la ligne droite des Due Strade, Maciste approchait de 45. Il freinait aux premiers cris de Margherita. Le maréchal ferrant reportait sur sa machine les attentions qu'il avait eues jusqu'ici pour son cheval. Chaque soir, après l'avoir dépouillée du ciré protecteur, il la graissait, l'astiquait, l'auscultait, démontait bougies et pistons, mettait le moteur en marche, réglait la lubrification et contrôlait les pneus. Il trouvait toujours quelque chose qui nécessitât une visite au mécanicien de la Via dei Rustici lequel constatait immanquablement que tout allait bien.

— Ce n'est pas une machine, disait-il, c'est une horloge !

Maria qui a toujours appelé un chat un chat, accusait Maciste d'aller chez le mécanicien pour se faire faire des compliments « plus vain de sa machine que les enfants de leur couronne le jour de la confirmation ». D'ailleurs Maciste ne cachait pas sa faiblesse. Il rêvait d'une moto depuis qu'il

était enfant; maintenant il avait trente-deux ans et une moto.
Le cheval lui avait été offert par son beau-père en cadeau
de noces. Mais on aime les chevaux tous les jours et on ne
les désire plus le dimanche. La moto « est un cheval d'a-
cier », pensait-il, mais il n'osait pas le dire. Enfin elle lui
plaisait et voilà tout ! Il aimait la façon dont le moteur était
agencé, ce mécanisme simple et compliqué à la fois qu'on
pouvait monter et démonter pendant des heures sans s'apercevoir que le temps fuit. Il aimait passer en seconde et sentir le vent sur sa figure comme s'il avait enfoncé une vitre.
Il aimait à se trouver sur les allées en un éclair. « Il y a une
minute j'étais encore à la forge », redécouvrait-il chaque fois
avec l'émerveillement d'un enfant. Pourtant il connaissait
bien le mécanisme et pouvait s'expliquer le miracle ! Mais
non, il s'étonnait avec tendresse ! Il se hasardait parfois à
quelque prouesse et Mario y mettait du sien. Certains soirs
ils partaient en vrombrissant, filaient vers les allées « à plein
gaz » et prenaient les tournants à la corde sans ralentir;
Mario pesait de toute sa force hors du car pour rétablir la
balance et Maciste se penchait sur le guidon jusqu'à toucher
le phare du front. C'était une prouesse dont ils étaient fiers
et qui avait déjà coûté à Maciste deux contraventions pour
excès de vitesse. Mais ils ne racontaient pas leurs exploits à
Margherita. Ils étaient amis désormais et prudemment, sans
en avoir l'air, Maciste aidait le garçon à y voir clair. Il avait
recours pour ce faire à la plus juste mais aussi la plus efficace
des méthodes. Il laissait le jeune homme se contredire lui-
même et arriver au doute; il n'intervenait que pour le maintenir dans le sujet. Il ralentissait, relevait ses lunettes sur son
front et laissait tomber un mot :

— Ainsi donc tu es allé voir Carlino à la Fédération ? lui
dit-il un jour.

— Non, et je n'irai pas; sa figure ne me revient pas, en-
chaîna aussitôt Mario.

— Mais c'est un des fascistes des plus acharnés !

— Justement. C'est un scélérat. L'idée c'est autre chose !

— Voyons l'idée !

— C'est la Révolution que vous, Rouges, n'avez pas été capables de faire.

— Et qui nous en a empêchés ? Ce ne sont pas les fascistes par hasard ?

— Vous avez eu peur des gardes royales et des carabiniers. Tu ne peux nier que les fascistes vous aient battu sur votre terrain révolutionnaire !

— Mais les fascistes n'étaient-ils pas du côté des carabiniers et des gardes royales ? N'a-t-Il pas fait l'amour avec le roi ?

— Le roi est un homme de paille. Pour l'instant on s'en sert pour maintenir l'ordre. Pense au beau tapage qu'on aurait eu après le crime Matteoti !

— Et qui l'a tué Matteoti ?

— Tu me réponds en posant des questions ! Oui ou non le facisme a-t-il rétabli l'ordre ?

— Et moi je te demande : qui l'avait troublé l'ordre ? Et puis ce Faisceau est-il seulement l'ordre ou bien est-il aussi la Révolution ? Et l'ordre n'est-ce pas l'affaire de la police ?

— La révolution est encore en marche. Messieurs les patrons s'en apercevront !

— Qui devrait la faire cette révolution ?

— Le peuple, nous, les ouvriers.

— Combien y a-t-il d'ouvriers inscrits au Faisceau dans l'imprimerie où tu travailles, par rapport à l'ensemble ?

Mario se fit brusquement sérieux à cette révélation inattendue. Et avec le désappointement de quelqu'un qui trouve sous son nez un objet qu'il a longtemps cherché, il répondit :

— 10 sur 180... Mais sur ces 10 il y en a 3 ou 4 à qui on peut se fier !

Et Maciste enfonça encore le fer dans la plaie :

— Et à qui appartient l'imprimerie ?

— A un type qui la dirige avec ses trois fils et sa belle-sœur...

Et déjà, allant au-devant de Maciste, il ajouta :

— Fascistes tous les cinq !

Alors Maciste retira le fer, donna à Mario une tape affectueuse et lui dit :

— Allons fiston ! Nous faisons une virée ?

Comme le side-car repartait, Mario cria, la bouche pleine
de vent :

— C'est une conversation qu'il faudra reprendre !

— L'occasion ne manquera pas ! cria Maciste, en souriant à travers le masque des lunettes noires et du casque, à
ce visage levé vers lui.

# CHAPITRE XIII

Ugo a retiré sa confiance à la Via del Corno. On dirait qu'il en veut non seulement à Maciste mais à la rue tout entière. Il rentre à l'hôtel à la nuit tombée et s'enfuit le matin comme un voleur. Si quelqu'un le rencontre et le salue, il répond en portant deux doigts à son béret neuf. Maintenant il met une cravate et souvent une fleur à l'oreille. Le soir il est presque toujours un peu gris. En tout cas les affaires vont bien. Il a même pris un garçon à qui il confie une voiture de fruits et légumes et qu'il envoie dans les quartiers qu'il ne prospecte pas lui-même. « J'ai ouvert une succursale », a-t-il dit à Olimpia. Il dédommage le garçon avec dix lires par jour. Il en tire lui-même plus du double. C'est ce qu'il donne à Olimpia chaque soir. « La succursale je l'ai ouverte pour toi. Je te verserai tout ce que la seconde charrette me rapporte si tu te consacres à moi tous les soirs à partir de dix heures. » Olimpia a dit : « Essayons », puis elle s'est aperçue que le marché lui convenait. Ugo se dit qu'il a une maîtresse qui ne lui coûte pas un sou, sinon l' « amortissement d'un capital ».

Il en veut encore beaucoup à Maciste. Il attend que la balle rebondisse et lui permette de riposter. Quelle balle ? Il n'en sait rien. En tout cas au compte de Maciste s'est ajouté le prix de la dent fausse qu'Ugo a dû faire placer. Il a coupé les ponts avec les camarades, persuadé qu'il est, qu'en ce moment il n'y a plus lieu de s'intéresser à la politique. On verra plus tard quand l'horizon se sera éclairci. Il a aussi renoncé à faire sauter le siège du Faisceau; il n'a pas encore renoncé à l'idée que les fascistes méritent la bombe; mais il pense déjà que s'ils ressemblent à Osvaldo, il y a moyen de s'entendre.

Tous les soirs après minuit, Osvaldo et Elisa montent chez Ugo, au numéro 12. Olimpia fait les honneurs de la pièce. Ils se distraient une bonne heure en tenant des propos salés, en jouant au « Sept-et-demi » avec modération, tout en buvant du vin et du café. Ugo et Osvaldo se partagent les frais. Ristori les rejoint après l'heure de fermeture quand la lanterne est éteinte et prend part aux dernières parties de cartes. Quelquefois ils invitent Rosetta ; ils l'obligent à se mettre nue et à danser le charleston. Rosetta a les seins plus bas que le nombril, des jambes pleines de varices et elle est vite fatiguée mais elle les amuse assez pour mériter un verre et cinq lires. Il y a quelque temps, ils ont organisé une « partie noire » offerte par Ugo sur la proposition d'Olimpia. Ada et Chiccona en furent également et Ristori y traîna Oreste. Ada et Chiccona arrachèrent les applaudissements de l'assistance en exhibant le pourquoi de leur intimité. Rosetta avait loué un tutu au vestiaire du théâtre de la Via Pergola; cela faisait un bébé macabre et grotesque. Olimpia portait un voile, souvenir d'une époque qu'elle appelait « l'époque des maisons d'amour [1] ». Elisa resta carrément nue et aussi pudique pourtant que dans un froc; il fut reconnu qu'elle était la plus belle.

Le lendemain Oreste ne manqua pas de rapporter à Staderini les détails de la soirée auxquels se superposa la version d'Elisa. C'est ainsi qu'on apprit qu'à un moment donné Rosetta avait joué au nourrisson; Chiccona l'avait prise sur ses genoux pour l'allaiter; — qu'Ada, excitée par le vin, avait assailli Ugo de morsures et de baisers; repoussée, elle était tombée en convulsions et Oreste « pris de pitié » s'était sacrifié; que Ristori, plutôt froid d'ordinaire avec ses loca-

---

1. En français dans le texte.

taires, s'était retiré dans un coin avec Chiccona ; que Rosetta,
le tutu tout taché de vin, était restée seule à méditer sur le
sort de la vieillesse, jouet des jeunes gens.

Mais jusqu'ici, on restait dans les limites d'une partie de
rigolades. Le cordonnier, le coiffeur et le prévenu n'auraient
eu qu'un champ restreint pour leurs spéculations si au milieu
de la fête Osvaldo n'avait fait une crise et ne s'était laissé
aller à des confessions. Osvaldo ne supporte pas le vin ; au
second verre il est déjà ivre. A un moment donné il avait
appuyé sa tête sur le ventre d'Elisa et s'était mis à se lamenter sur ses malheurs. Il avoua que sa fiancée le trahissait.
Ugo qui a le vin gai décida que dans ce cas Osvaldo méritait la « scampanata ». Rosetta et Chiccona se mirent une
bougie allumée au derrière et servirent de lanternes. Osvaldo
fut placé au milieu de la pièce à genoux et la compagnie
dansa le rigodon autour de lui, le tournant en dérision et le
plaignant tout à tour. Osvaldo approuvait de la tête comme
un baudet, éclatait en sanglots et répétait : « C'est ce qu'il
me faut ! » Ensuite Chiccona urina sur sa tête. Les autres
femmes, déchaînées, s'apprêtaient à en faire autant quand
Ristori intervint. Ugo lui-même jugea que la plaisanterie dépassait les bornes. Osvaldo se roulait par terre et gémissait :
« c'est ce qu'il me faut », réclamant les insultes. Ugo lui mit
la tête sous le robinet du lavabo ; Oreste lui frictionna le
crâne avec une serviette et on le pria de considérer que l'incident était clos. Osvaldo, abasourdi, protesta qu'il n'avait
pas mal pris la chose. « Chiccona au moins, ajouta-t-il, a
fait ça gentiment ; mes camarades, eux, l'ont fait par mépris. »
Mais Ristori qui n'aime pas les scandales quand ils dépas-
sent la porte de l'hôtel, détourna l'attention et Osvaldo ne
put continuer ses confessions. D'ailleurs il était si pâle et
tremblait si fort qu'il fallut le coucher. Les autres allèrent
continuer la fête dans la chambre aux miroirs. Elisa resta
avec Osvaldo suivant leurs accords.

Mais la phrase d'Osvaldo n'a pas été perdue pour tout le
monde. Le prévenu, le coiffeur et le cordonnier se souf-
flent à l'oreille leurs suppositions :

— Ils se déchirent entre eux !
— Il y a du nouveau à l'horizon !
Et Staderini qui n'a pas de conviction politique a dit :
— Qu'on les laisse mijoter dans leur jus.

Le cerveau et le cœur d'Osvaldo sont environnés de flammes. Chaque matin il se réveille quand Elisa, avec précautions, se lève ; mais il feint de continuer à dormir. Il entr'ouvre la paupière ; il la voit s'habiller, s'asseoir pour enfiler ses bas, prendre ses souliers à la main et sortir sur la pointe des pieds. Elisa est belle et docile ; il éprouve à l'avoir auprès de lui un sentiment de plénitude, de confiance. Dans les moments les plus beaux son cœur bat précipitamment et cela aussi plaît à Osvaldo. Tout lui plaît chez Elisa : il voudrait la rappeler, il voudrait se lever avant elle, la laisser au lit et même la border. C'est à une paix conjugale qu'il aspire. Ça ne lui coûterait que quelques lires. Mais c'est justement pourquoi il ne la retient pas. Et puis il se rend compte après coup, que chacun de ses gestes est faux. Quand elle ne se sent pas épiée, elle a une expression effrayante, faite de fatigue et de dégoût, un ricanement qui la défigure. Osvaldo en éprouve de la pitié et du remords. Pourtant il se glisse à la place qu'elle vient de quitter dans le lit, et couve la tiédeur et l'odeur de son corps de femme dont l'oreiller est imprégné. Se retrouver seul avec ses propres pensées l'épouvante. Aussi, en ce temps d'arrêt que marque l'aube, en attendant la sonnerie du réveil, il se précipite sur les traces d'Elisa pour y trouver réconfort et complicité. Et ses pensées il les exprime, il les chuchote comme si elle était encore là, à l'écouter, à lui dire oui et non, comme elle a coutume de faire. Osvaldo craint ses propres pensées parce qu'il craint les personnes qu'elles lui rappellent.

Il y a une semaine il trouva à l'hôtel une carte de la Fédération. Il était prié de se présenter à 9 heures et demie. Il eut à peine le temps de se laver la figure ; il ne lui restait pas dix minutes pour manger. Il fut reçu par le camarade Utrilli, de la Commission de Discipline, un homme de quarante ans, chauve, avec un air de fouine qui le faisait ressembler à Nanni de façon étonnante. Dans la pièce il y avait Carlino et le camarade Amadori, dit Moustachu, un des héros de Riconi ; il y avait aussi son beau-frère Vezio. Seul Utrilli avait la chemise noire. Ils l'accueillirent avec des sourires et des poignées de main. D'abord Osvaldo pensa qu'on l'avait fait venir pour le réconcilier avec Carlino. Pourtant Vezio lui parut inquiet. Il lui murmura aussitôt : « Ils ont voulu que j'y sois. Je t'ai cherché tout l'après-midi pour t'avertir. » On eût dit qu'il voulait prévenir une mauvaise nouvelle et s'excuser en même temps. Utrilli le fit taire en frappant sur la table avec la douille d'obus qui lui servait de presse-papier.

— Ici personne n'a de secret, dit-il. Assieds-toi, Liverani !

Osvaldo s'assit en face de lui, entre Amadori et Vezio. Carlino resta debout à côté d'Utrillo. Osvaldo pensa : « Maintenant ils vont me tuer », sans s'expliquer le pourquoi de cette supposition. Il était prêt à mourir avec la sérénité de l'innocence.

Il vit qu'Utrilli lui tendait une lettre.

— Tu reconnais cette lettre ?

Osvaldo prit la lettre et du coup il ne douta plus qu'il allait mourir. Utrilli ne lui laissa même pas le temps de répondre :

— Tu la reconnais oui ou non ? répéta-t-il sur un ton de menace et de mépris.

— Oui, dit Osvaldo.

— Evidemment ! Relis-la, s'il te plaît.

— Je la connais. C'est moi qui l'ai écrite !

— Ainsi c'est toi qui l'as écrite ! Ainsi tu Lui as écrit pour Lui apprendre qu'à Florence nous sommes une bande de brutes qui ruinons la Révolution ?

— Pas cela exactement, murmura Osvaldo avec effort.

— A peu de chose près ! et tu es toujours du même avis ?

Vezio prévint sa réponse. Il lui mit la main sur l'épaule

et pesa de façon significative pour lui faire comprendre qu'il voulait l'aider.

— Allons, Osvaldo ! Reconnais que tu t'es trompé. Tu as eu un moment d'égarement dont tu t'es immédiatement repenti.

Dès lors Osvaldo eut le sentiment de s'immoler à l'Idée que ses adeptes trahissaient en se solidarisant dans le crime. Car une chose était certaine : la lettre n'était pas arrivée jusqu'à Lui. Quelqu'un l'avait interceptée. La corruption avait donc atteint Ses plus proches collaborateurs.

— Nous avons voulu que ton beau-frère soit présent d'abord parce que c'est lui qui a présenté ta demande d'admission au Faisceau ; ensuite parce que c'est un vrai fasciste et comme parent il pourra témoigner de la régularité de ce jugement.

Osvaldo essaya de parler.

— Attends un moment. D'abord je dois te notifier l'accusation. Le...

Et il sortit une lettre d'un carnet rose.

— Le 4 août dernier, tu as envoyé un rapport à la Fédération contre le camarade Bencini Carlo l'accusant d'être factieux et violent. Jugé le 14 août suivant tu as été reconnu coupable de calomnie et — chose grave — envers un camarade de la première heure, qui n'avait que le tort de te reprocher énergiquement ton absentéisme et ton indifférence révolutionnaire. En considération de ton passé, honnête sinon brillant, les mesures prises à ton égard se limitèrent à six mois de suspension. Mais, non content de cela, le 25 août tu as osé t'adresser à Lui et Lui envoyer une lettre de deux pages que je crois inutile de te résumer. Maintenant nous te demandons : camarade Liverani Osvaldo, quelle punition juges-tu mériter ?

Osvaldo regarda tout autour de lui : il vit des visages durs, ennemis. Il vit Carlino réprimer un sourire de haine, Amadori manifestement ennuyé et impatient d'en arriver « à la conclusion », Utrilli les mains ouvertes sur la table en signe de contentement, Vezio honteux, fuyant son regard et allumant une cigarette pour se donner une contenance. Plus certain que jamais de mourir il s'affermit dans sa résignation et résolut de mourir du moins en beauté. Il dit d'une voix ferme :

— Cette lettre m'a été dictée par ma conscience. Aujourd'hui je suis incompris mais je suis sûr qu'un jour Il m'écoutera.

Ils ne le laissèrent pas finir. Amadori le frappa d'abord d'un revers de main.

Vezio se leva, alla vers la porte et dit avant de sortir :

— Rappelez-vous du moins que c'est un garçon laborieux !
et il ferma la porte derrière lui.

Mais la mort est une femme à qui on ne donne pas de rendez-vous. Quand on l'attend, elle prend le large. Vint le moment où Osvaldo put se regarder dans les glaces du café des Colonnine ; il n'avait pas une marque sur le visage ; il était seulement tout rouge, étourdi et courbatu comme après une longue course. Les tempes lui battaient, il avait la tête en feu ; ses vêtements étaient mouillés et sentait l'urine. Il se rappelait que Carlino en le congédiant avec un dernier coup de pied lui avait dit :

— Ça, c'est une caresse ! Attends le reste, prochainement !

Utrilli avait rouvert la porte pour lui crier :

— Pour l'instant, attends-toi à l'expulsion !

Et maintenant c'était là sa terreur : l'expulsion, la mort civile ! l'impossibilité de participer à la « seconde vague » qui semblait proche et « décisive ». « Une vie mutilée », pensa-t-il. Pour comble, il avait des raisons de penser que sa fiancée continuait à voir son ancien séducteur. Aussi se proposait-il de ne plus se faire voir à Montale Agliana.

La sécheresse de cette année a brûlé le grain sur sa tige. Les paysans demandent aux curés d'honorer sainte Marguerite de cérémonies propitiatoires. Les régisseurs, amis de Ristori, consultent avec stupeur le calendrier prophétique qui promettait la pluie pour la première lune de septembre ; pour une fois, la vieille barbe boscane s'est trompé. Le baromètre

Sbisa, placé Piazza della Signoria, indique un temps sec et
une température de 36 degrés. Et nous sommes au 30 septembre ! Le journal *La Nazione* a interviewé le Père Alfani,
oracle de la ville en fait de météorologie. Le révérend père
Scolope a déclaré qu'on n'avait pas vu un pareil phénomène
depuis 1895. Même le numéro que les calculs de la Loterie
réservent à la pluie est en retard de 103 semaines sur la
Roue de Florence [1]. Staderini le joue premier sortant, depuis
sept semaines ; ça suffit pour que le cordonnier doute de la
sagesse qui gouverne le soleil et les étoiles.

Mais si le père éternel s'est pris des vacances, les gérants
n'ont pas manqué de se présenter à l'échéance du trimestre.
Ils tiennent les comptes des propriétaires. A chaque fin de
saison ils font leur apparition. Normalement les locataires
devraient se rendre dans leurs bureaux pour payer les loyers,
mais les Cornacchiai font la sourde oreille. Les gérants arrivent avec leurs quittances déjà acquittées ; ils disent que c'est
la dernière fois qu'ils se dérangent ; au prochain trimestre, le
jour qui suivra l'échéance, ils signifieront aux locataires leur
congé. En réalité les gérants savent que les maisons de la
Via del Corno ne sont pas faciles à louer. Mais il faut qu'ils
le prennent de haut s'ils veulent arrêter le flot des réclama-
tions sur la fosse d'aisances qui fuit, sur les plafonds qui perdent leur dernier reste de plâtre, sur les conduits percés et
rouillés.

Personne n'est propriétaire des murs où il habite Via del
Corno, si ce n'est Madame. Le côté droit est la propriété
de Budini et Gattai, le côté gauche appartient au comte
Bastogli dont le gérant est un homme gros qui laisse pendre
à sa lèvre un demi-cigare toujours éteint. Maciste lui offre à
boire pour le payer de son dérangement. Quant au gérant de
Budini et Gattai, malade du foie naturellement, il dit pour sa
propre défense : « Tous, tant que vous êtes, vous nous don-
nez moins de 1.000 lires par an ! Nous vous hébergeons à

---

1. Les Florentins ont un nombre pour tous les phénomènes de la
vie. Ils utilisent ces nombres pour les jeux dont il est question dans ce
roman.

meilleur prix que le Dortoir Public. » L'important pour les
gérants c'est d'encaisser le loyer de façon à pouvoir revenir
trois mois plus tard. Ils savent que chacun a mis de côté jour
après jour, des billets d'une lire ou de deux lires pour avoir
la somme nécessaire le jour de l'échéance. L'argent est conservé sous le marbre des commodes, hors de la portée des
rats dont il n'y a ni chats ni pièges qui puissent venir à bout.
Les rats font zin-zan dans toute la rue ; la nuit ils tiennent
conseil, comme s'il n'y avait pas assez de la chaleur et des
soucis !

L'insomnie des jeunes est la plus agitée. Mario se tourne
et se retourne dans ses draps ; il pense à Bianca, à Milena,
aux discours de Maciste et il lui semble qu'il est tout seul
sur une barque en pleine mer. Pour l'instant d'ailleurs il tient
les rames en main et il navigue tant bien que mal. Bianca a
une pleurite. Dans son délire elle a de sombres présages ;
elle est la proie de ce fatalisme que Mario lui reproche, elle
se voit déjà sur un lit d'hôpital, « plus laide qu'une vieille »
et elle pense que Mario va la lâcher.

A l'étage au-dessus, il y a la chambre de Milena. Elle se
couche dans le lit de son adolescence ; elle entend le souffle
de sa mère qui dort dans la pièce voisine ; elle laisse allumé
très tard. Elle voudrait dormir mais n'y parvient pas. Elle
accuse la chaleur, le rat qui rôde dans l'armoire, le fox des
Carresi qui s'est mis à aboyer qui sait pourquoi ! et puis le
coq Nesi, les mouches, les moustiques attirés par la lumière.
La rue est déserte, les mauvaises odeurs fermentent ; la ronde
est déjà passée et il semble que toute la ville par delà la
via del Corno soit déserte aussi. Elle a un geste brusque
pour remonter sa combinaison qui lui découvrait un sein,
comme si Mario, dont la fenêtre s'ouvre presque vis-à-vis,
allait se mettre à la fenêtre et la surprendre dévêtue ; car c'est
la fenêtre de Mario qu'elle regarde sans y penser.

Dans la chambre du jeune ménage Nesi, Aurora a secoué
Otello qui se lamentait dans son sommeil.

— A quoi rêvais-tu ? a-t-elle demandé.

Il a répondu sans réfléchir :

— Il me semblait voir Liliana au bras de mon père; je leur jetais des pierres. On rêve des choses absurdes !

Il s'est immédiatement rendormi.

Et si les autres dorment, cela veut dire qu'ils ont le cœur content. Mais pour ceux qui sont rongés par l'insomnie comme par un rat, ce qu'il faut c'est une demi-pastille de véronal. On ne peut s'en procurer sans ordonnance, mais Elisa a des accointances parmi les commis de la pharmacie Bizzari. Elle peut donc dormir auprès de Nanni d'un sommeil agité mais profond.

Quand Osvaldo est rentré à l'hôtel, le patron lui a dit qu'Elisa « s'excusait mais que ce soir elle ne se sentait pas bien ». Osvaldo a dû affronter la nuit et ses terreurs. La réflexion l'a aidé. Il a pris finalement une décision. « Possible », s'est-il dit, « que tous les camarades de la Fédération aient tort et moi raison ? Moi, l'involontaire déserteur, moi qui ai manqué la guerre et la marche sur Rome ? Et si je persiste sur cette voie, je risque de manquer encore la seconde vague ! la décisive ! celle que plus d'un disent imminente ! » Osvaldo a donc pris une plume et du papier et il a écrit à Utrilli une lettre où il disait qu'il prouverait par des faits son repentir « n'importe comment, n'importe où, contre n'importe qui ». Il s'apprêtait à écrire une seconde lettre, à sa fiancée, et de congé cette fois, quand le vent a fait battre les persiennes. Tombait du ciel sur la terre la première pluie d'automne. La via del Corno a été traversée d'éclairs, secouée de coups de tonnerre, délivrée de l'oppressante chaleur de l'été. Les ruisseaux de pluie ont lavé les façades, les devants de fenêtres, les portes. Ils ont inondé la rue, défait les tas d'ordures, arraché l'écriteau du cordonnier, noyé à moitié la charbonnerie, forcé les chats à se réfugier sur le pas des portes et dans les cours. Le coq Nesi s'est retiré dans sa cage, les poules de Margherita ont battu des ailes épouvantées. Maintenant le fox des Carresi hurle désespérément. Les femmes ont vite fait de rentrer le linge étendu. Mais le marchand de pralines, le balayeur et le terrassier qui travaillent dehors, se sont mis à lancer des imprécations dans leur lit, en changeant de position. Car nos gens sont ainsi faits que maintenant ils pensent : « trop aimable saint Antoine ! » et qu'ils voient déjà l'hiver à leur porte avec sa séquelle de froid et de maladies !

Seuls Giordano Cecchi et Gigi Lucatelli n'ont pas entendu l'orage. A peine levés ils feront des cuirassés avec du papier journal grâce auxquels ils pourront doubler le Cap Maciste sur la route Port Staderini, baie Nesi.

# CHAPITRE XIV

A l'aube la tempête sa calma, le soleil resplendit, puis ce fut la nuit de nouveau et de nouveau l'ouragan. Pluie, vent, éclairs jusqu'au matin suivant. Le troisième jour, le temps tourna au beau, le soir apporta une fraîcheur automnale et la nuit, un ciel étoilé et la nouvelle lune. Ce fut la nuit de l'Apocalypse.

Les gens ne traînaient plus dans les rues. Les Cornacchiai se rendaient les uns chez les autres et recommençaient à l'intérieur des murs les réunions qu'ils avaient tenues sur le seuil des portes en été. C'était encore un peu tôt pour s'asseoir autour d'une table et commencer les loteries hivernales. Les fenêtres fermées n'étaient illuminées qu'autant que le permettaient les finances de la famille. Mario avait persuadé Maciste d'organiser des parties avec Bruno et Otello. Ils jouaient à « conchè », le domino des humbles, chez le maréchal ferrant. Maciste se montrait étrangement loquace et faisait honneur à l'alkermès distillé par Margherita. Il jouait avec un peu de paternelle condescendance car ses camarades étaient des jeunes gens, mais en même temps il se piquait au jeu. L'enjeu était d'un centime par point. Margherita restait dans sa chambre avec Clara et Aurora.

Et Maciste dit, à ses amis : « Cet hiver je mettrai un brasero au milieu de la pièce ; nous serons comme des rois. Nous laisserons la loterie aux femmes et aux enfants et aux vieilles barbes comme Staderini ! » Il rit, frappa la table de sa large main. Ils jouaient depuis une heure et Maciste avait gagné quelques lires ; il invita Mario à s'associer avec lui.

Bruno dit en battant les cartes : « Ecoutez le cordonnier comme il tape sur les semelles ! ce soir il tient à se faire remarquer ! » « Il travaille pour moi », dit Maciste. « Il me finit les sandales que je mets quand je fais de la moto. Ce n'était pas pressé mais j'ai compris qu'il n'avait pas l'argent du loyer. »

Ce fut le tour de Mario de servir ; on fit encore trois tours et Maciste eut le temps de commencer à perdre ; ce fut alors que Staderini frappa à la porte. Il entra avec Revuar qui tenait la corbeille de pralines sous son bras.

— Vous ne savez pas vous ! Dans le centre c'est la révolution ! Monsieur Quagliotti en revient tout juste ! dit le cordonnier.

Revuar était pâle comme la serviette qui couvrait les pralines. Il ôta son béret, se passa une main sur le front, posa sa corbeille dans un coin, but une gorgée d'alkermès et s'assit.

— Quelle course ! dit-il en essayant de reprendre son souffle. — On est là à travailler honnêtement et il s'en faut d'un cheveu qu'on attrape un coup de revolver !

— Calme-toi et mets un peu d'ordre dans ce que tu racontes, conseilla Maciste.

Le marchand de douceurs dit :

— Je suis arrivé comme d'habitude vers les neuf heures aux Portiques. Je me suis aperçu qu'il y avait moins d'allées et venues que d'habitude. Les gens avaient l'air pressé comme le matin. J'ai mis la corbeille sur le trépied, mais on aurait dit que j'étais invisible. Alors j'ai compris qu'il s'était passé quelque chose.

— Viens au fait, vite ! dit Staderini.

— J'ai repris ma corbeille et me suis approché du kiosque. Le marchand de journaux était en train de fermer. Tu quittes le travail bien tôt ce soir ! lui ai-je dit et lui il m'a répondu : Tu ne t'es pas aperçu du vent qu'il fait ? Où ça ? lui ai-je demandé, et lui : Ouvre donc les yeux !

— Il y avait que les fascistes... interrompit Staderini qui brûlait d'annoncer la nouvelle.

— Vous y étiez ? lui dit sèchement Maciste. Non ? Alors laissez le dire.

— Mais il est tellement long ! protesta Staderini.

Revuar était à bout, épuisé comme l'estafette de Marathon. Mais il était le confiseur Revuar, habitué à sucrer et présenter sa marchandise. Il se sentit vexé :

— Si tu ne te tais pas, dit-il à Staderini, tu me fais perdre le fil !

Il se versa encore un doigt de liqueur, et reprit :

— Ainsi donc le marchand de journaux me mit au courant des choses. Un couple d'heures plus tôt, c'est-à-dire vers les sept heures, un groupe de fascistes était venu enlever un suspect qui habite Via dell'Oriento. On pense que c'est quelqu'un qui vient de rentrer de France. On ne sait pas bien comment les choses se sont passées. Le résultat est que le suspect n'a pas été pris et un fasciste y a laissé sa peau.

L'assistance écoutait Revuar comme un oracle ; les yeux s'écarquillèrent, les sourcils se froncèrent, suivant le personnage. Les trois femmes avaient quitté la chambre et se tenaient debout. Margherita porta ses mains à son cœur et s'écria :

— Que va-t-il arriver, mon Dieu ?

Maciste la pria de se taire et se leva pour la faire asseoir. Debout, les bras croisés, les sourcils froncés, il écouta la suite. Le confiseur reprit donc mais à voix basse et après s'être assuré que portes et fenêtres étaient bien closes ; car il était de plus en plus inquiet.

— Il semble que la vérité soit la suivante : le suspect voyant monter les fascistes a éteint la lumière de l'escalier et les fascistes se trouvant brusquement dans le noir et se croyant pris dans une embuscade, se sont mis à tirer. Tire que tu tires, ils se sont tirés dessus. Il faut dire que l'escalier était étroit. Quand ils se sont aperçus de l'erreur, ils avaient déjà un mort et trois ou quatre blessés. Mais il y en a qui disent que c'est le suspect qui a tiré le premier et qu'il a le mort sur la conscience, et d'autres qui disent qu'il n'y avait pas qu'un suspect, mais plusieurs suspects armés d'une mitrailleuse !

— Et puis ?

— De ou des suspects, en tout cas, plus trace ! Cependant la nouvelle s'était répandue dans toute la ville comme l'éclair. C'est curieux que personne ne l'ai apportée jusqu'ici ! Des bandes de fascistes ont commencé à patrouiller dans le centre et à attaquer. Il semble, je dis il semble, que les fascistes aient tué toute la famille du suspect...

— Ne vous laissez pas aller à votre imagination, dit Maciste. Dites ce que vous avez vu de vos propres yeux.

— Je ne peux vous dire que ce que mes oreilles ont entendu parce que, pour ce qui est de voir, je n'ai pas vu grand'chose ! Quand le marchand de journaux eut fini son histoire, je me suis dit : pour l'instant ici c'est calme ; pourquoi est-ce que je fermerais boutique ? Dès que j'aperçois du remous, je plie bagage et je m'en vais... Et brusquement on entendit chanter *Giovinezza* dans la Via Strozzi et tirer comme en 1921 ! Tout de suite après, un camion, plein de fascistes qui criaient et tiraient, a débouché sur la place... Moi je n'ai pas pris le temps de les regarder, j'ai saisi ma marchandise au vol et je suis venu ici d'un seul bond en tournant du côté du magasin de fourrures... même que j'ai oublié le trépied !

Clara eut un rire bref ; elle imaginait Revuar courant sous une rafale de balles.

— Mais ils tiraient sur les gens ? demanda Bruno.

— Evidemment ! Sur qui croyez-vous ? Sur le monument ? Margherita s'agitait sur sa chaise.

— Que voulez-vous qu'il nous arrive ? Nos hommes sont tous là ! lui dit Aurora pour la rassurer.

Ils étaient tous là, oui, et ils se regardaient. Staderini aurait bien voulu se répandre en commentaires ; il en avait gros sur la langue mais le silence des autres l'impressionnait. Il vit Maciste se passer les mains sur les bras, et la langue sur les lèvres comme s'il avait soif. Revuar dit qu'il ne voulait pas déranger davantage et qu'il tenait, en une soirée comme celle-là, à se trouver près des femmes, chez lui. Le cordonnier le suivit après avoir empoché l'argent des chaussures que Maciste ne manqua pas de lui remettre. Mario referma la porte et proposa de se rendre dans le centre pour voir ce qu'il en était. Margherita s'agrippa au bras de Maciste et le supplia de ne pas sortir; sa voix déjà était angoissée et désespérée.

— Je crois qu'il vaut mieux que je ne bouge pas, dit Maciste. Allez faire un tour, vous; passez au journal, tâchez d'en savoir plus long et revenez immédiatement.

Bruno et Otello accompagnèrent les femmes jusqu'à leur porte, les tranquillisèrent d'un baiser puis se dirigèrent avec Mario vers la Piazza della Signoria. Maciste persuada sa femme de se coucher.

Enfin seul il put rassembler ses idées et prendre une décision. C'est ce qu'il voulait. D'après les discours de Revuar il avait identifié la maison de la Via dell'Oriento et le « suspect ». Il n'avait retenu une exclamation qu'à grand'peine. Il s'assit à sa table et se mit à compter machinalement les cartes une à une. Il se posait trois questions : Tribaudo a-t-il réussi à s'échapper ? Se trouve-t-il en lieu sûr ? A-t-il tout emporté ? Maciste se trouvait douze heures plus tôt dans cette maison, il avait parlé avec le « suspect ». Il y avait réunion et Tribaudo avait dit en commençant : « Je crains d'avoir été suivi à la sortie de la gare. En vous convoquant, je vous compromets; mais je n'avais pas d'autre moyen et ce que nous avons à nous dire est important, n'est-ce pas ? »

Il s'agissait de jeter également à Florence les bases d'une organisation clandestine qui continue à fonctionner dans le cas où le parti serait contraint à l'illégalité; éventualité qui s'avérait de plus en plus imminente comme le faisaient prévoir les lois d'exception votées par le Parlement, leur application, et les violences réactionnaires qui avaient suivi l'effervescence provoquée par le meurtre de Matteotti dans les rangs fascistes eux-mêmes.

Tribaudo avait dit : « Nous sommes novices dans ce genre de travail, ou presque. J'espère que l'expérience des camarades russes qui ont lutté dans la clandestinité pendant des années et des années nous servira.

C'était un homme de cinquante ans « un ouvrier métallurgique ». Il avait les tempes dégarnies et les cheveux gris ; il portait une alliance à la main gauche, mais si terne qu'on se demandait si elle était en or. En parlant il se donnait souvent des coups de pouce sur le nez à la façon des boxeurs « un tic comme un autre », s'était dit Maciste. Tribaudo n'arrivait pas de France, mais dans la nouvelle il y avait quelque chose de vrai. Il y était allé souvent et pour l'heure il arrivait de Turin. Lors de cette récente réunion il avait donc dit : « Je vous ai convoqué, vous cinq, parce que parmi les camarades les moins voyants, vous êtes les plus conscients et les plus décidés. C'est ce qui apparaît à travers vos biographies, n'est-ce pas. Vous formerez le « Fédéral » clandestin de la province. Avant d'entrer dans la discussion, si l'un d'entre vous ne se sent pas à même d'assumer cette responsabilité qu'il le dise ! Le moment, je le répète, est grave ; les risques sont très nombreux. Il est donc compréhensible que des raisons de famille ou autres puissent entrer en jeu. C'est compréhensible ! répéta-t-il, et Maciste vit qu'il lui manquait une molaire. Il avait une voix calme mais persuasive et profonde qui entraînait. Les cinq camarades dirent oui les uns après les autres, et le fondeur des usines Berta ajouta : « On ne peut pas se détacher du Parti. Le parti c'est comme la chaufferette l'hiver ! » C'était un homme âgé. A la fonderie on l'appelait le poète.

Maciste se surprit à faire des châteaux avec les cartes. « C'est sûrement Tribaudo », se dit-il.

... Ensuite ils étaient passés à la discussion : ils avaient fixé les attributions, la nouvelle formule d'incorporation, l'organisation du secours Rouge « toujours dans le cas où... », avait dit l'un des camarades. Tribaudo avait tout noté : les noms, les sièges, les attributions, en langage chiffré. Il avait voulu avoir les noms des camarades sur qui on pouvait compter en cas d'intervention armée. Quand tout fut terminé, le fondeur avait demandé à Maciste : « Tu as oublié ce marchand de légumes, Ugo ; quel était son autre nom ? » « Celui-là est perdu », avait riposté Maciste. Alors Tribaudo était intervenu : « Un camarade n'est jamais perdu sauf s'il a trahi. Le moment est difficile et les faiblesses compréhensibles. Nous devons agir par persuasion... » Maciste ne l'avait pas laissé finir. « D'accord ; mais celui-là est perdu ; c'est quelqu'un qui l'aimait qui te le dit. Maintenant il tourne autour des fascistes ! » « Alors garde-t'en plus que des fascistes eux-mêmes, n'est-ce pas ? ». Tribaudo disait souvent : n'est-ce pas ? et c'était comme s'il disait : « C'est à vous à me renseigner », et ce « n'est-ce pas ? » qui était une façon de parler, une habitude contractée autrefois en France, paraissait un geste d'humilité, un baiser fraternel.

« Aura-t-il réussi à se réfugier en lieu sûr ? » se demanda Maciste, et de ses grosses mains habituées au marteau et à l'enclume il posa une troisième carte sur les deux premières, en guise de toit. Il n'arrivait jamais au second étage mais dans ses réflexions il était arrivé à un certain résultat. Il avait décidé de se rendre chez le fondeur, dès que les jeunes gens seraient de retour. Le château de cartes croula de nouveau. Il entendit des pas pressés dans l'escalier. Il pensa que c'était Mario ; il se leva pour aller à sa rencontre. Il ouvrit et se trouva face à Ugo. Il était nu-tête, ses cheveux étaient en désordre, il respirait difficilement.

— Il faut que je te parle, dit-il.

Connaissant les habitudes de la maison il se dirigea vers la commode, se versa de l'alkermès et but d'un trait.

— Qu'est-ce que tu me racontes de beau ? lui demanda durement Maciste.

Ugo repoussa sa mèche d'un revers de main, s'approcha et dit :

— Regarde-moi en face ! Je me suis trompé et je te fais mes excuses. Tu veux m'aider ou tu préfères que je m'en tire seul ?

Tout d'abord Maciste crut qu'Ugo avait volé et que l'objet était dans l'escalier. Désormais il le croyait capable de tout. Mais un camarade n'est jamais perdu; il suffisait de regarder celui-ci en face, comme il l'avait demandé lui-même; il suffisait d'entendre le son de sa voix; elle avait un ton sincère, celui qu'elle avait eu, en d'autres temps.

— Pourquoi ? Que t'arrive-t-il ? demanda Maciste, et comme Margherita, alarmée, appelait, il alla la rassurer. « C'est Ugo qui vient faire la paix », lui dit-il. Il revint et pria Ugo de s'asseoir.

— Il faut bien s'entendre et tout de suite, poursuivit Ugo. Si tu continues à te méfier de moi, il vaut mieux que je m'en aille.

Maciste le regarda encore puis il dit :

— Le passé est passé, et il lui tendit la main. Toutefois il faut que tu t'expliques.

— C'est bien mon avis ! dit Ugo.

Ensemble ils se levèrent et d'un seul mouvement ils se mirent la main sur l'épaule et s'embrassèrent par-dessus la table. Puis Ugo dit :

— Tu sais ce qu'il est arrivé ce soir ? Bien, Tu sais aussi que je m'étais mis à boire et à fréquenter cet Osvaldo. Il m'avait même confié qu'il avait été expulsé du parti pour des histoires à eux. Bien. Ce soir je l'ai attendu comme tous les soirs. Il s'amène, lui, en chemise noire et le couteau à la ceinture. Il était déjà à moitié saoul et s'excusa de ne pouvoir rester. Je lui ai demandé où il allait ainsi harnaché ; j'avais un peu bu moi aussi. Maintenant comme tu vois ça m'a passé.

Il parlait avec précipitation, comme pour arriver rapidement à une conclusion de grand intérêt.

— Alors il m'a dit : « C'est la seconde vague. Ce soir nous réglons leur compte à une armée de suspects. Nous vengerons Anfossi mille fois pour une. » Anfossi ce doit être cet homme de main qui est mort Via dell'Oriento. Puis il m'a dit : « Si tu veux te refaire une virginité viens avec nous ; je te présente au Pisan ! » Je te l'ai dit : j'étais presque saoul ; mais certes j'ai vu brusquement clair ! Je lui ai sauté

dessus et j'ai eu de la veine parce que je l'ai endormi avec
une paire de taloches. Olimpia m'a aidé à l'étendre sur le
lit et à lui lier les mains et les pieds avec des serviettes. Puis
je l'ai réveillé avec de l'eau fraîche et le menaçant avec son
propre revolver je l'ai prié de dire tout ce qu'il savait.

Chacune de ses paroles aiguisait le regard de Maciste qui
cependant restait immobile une main dans l'autre et les coudes sur la table. Mais ses coudes s'appuyaient si fort qu'il
lâcha son siège sans s'en apercevoir et, debout, la voix étran-
glée d'angoisse, il dit :

— Et alors ?

— Au Faisceau ils ont constitué un tribunal révolutionnaire qui a émis des jugements en vertu desquels un certain
nombre d'antifascistes doivent disparaître dans la nuit. Osvaldo était par hasard présent quand on établissait la liste et
il se rappela certains noms. Je les lui ai fait cracher. J'ai
appris ainsi qu'ils se diviseront en quatre groupes et qu'ils
tomberont chez les gens inopinément !

Maciste était tout à fait debout :

— Chez qui ?

— J'ai marqué les noms sur cette feuille, mais je ne connais aucune adresse.

Osvaldo ne se les rappelait pas ; c'est sûr sinon il me les
aurait dites...

Il donna à comprendre à Maciste pourquoi il les aurait
dites ; puis il précisa qu'Osvaldo était toujours pieds et mains
liés sur son lit « avec une serviette dans la bouche » et
qu'Elisa montait la garde. Maciste parcourait la liste ; il y
avait cinq noms dont deux lui étaient connus.

— L'un est le député Bastai ; nous avons fait une manifestation sous ses fenêtres ; tu te rappelles ?

Et il ajouta aussitôt :

— Il faut arriver avant les fascistes ! Prenons le side-car.

Margherita n'eut pas le temps de quitter son lit. Il lui dit
au revoir du seuil ; il la pria de rester calme ; Mario allait
revenir et lui-même ne resterait pas absent plus d'une demi-
heure.

Au vrombissement du side-car, fit écho immédiatement le
bruit des fenêtres; elles s'ouvrirent d'un coup. Par l'organe
du cordonnier-gazetier toute la Via del Corno fut informée
de ce qui se passait en ville. Mais un cordon sanitaire avait
été tiré autour d'Armanda, la mère de Carlino. Elle était
déjà au lit et disait ses prières. Le bruit des conversations
qui s'échangeaient de fenêtre à fenêtre l'en tira; elle se pencha elle aussi et demanda :

— Qu'est-ce que c'est ?

Par-ci par-là on lui répondit sur un ton faussement léger
qui trahissait la pitié :

— Rien du tout; ne vous inquiétez pas.

— De quoi devrais-je m'inquiéter ?

— De rien justement ! dit Leontina.

Mais tout d'un coup on entendit la voix innocente et
cruelle de Giordano Cecchi :

— On a tué un fasciste; ce ne serait pas Carlino par
hasard ?

Son terrassier de père lui ferma la bouche d'un revers de
main. Clorinda s'écria qu'à cette heure-ci les enfants devraient être couchés. Mais Armanda avait entendu; elle resta
d'abord un moment saisie, puis on la vit se retirer de la fenêtre; on entendit la porte se fermer et Armanda apparut :

— Je vais au Faisceau me renseigner, dit-elle.

Et comme pour secouer l'hostilité qu'elle sentait peser sur
ses épaules, elle ajouta :

— C'est mon fils !

Arrivée au niveau de l'hôtel elle rencontra les trois amis
de Maciste qui revenaient. Mario la rassura. Il avait vu Carlino « justement quelques minutes plus tôt » sur une voiture,
place du Dôme.

Mais tout de même l'automne c'est l'automne et à rester
aux fenêtres, on prend froid et après que Mario et Margherita se furent rendus chez Milena pour se trouver entre amis
en l'absence de Maciste, Staderini resta seul à regarder la
rue. Il fut donc seul à voir Osvaldo sortir de l'hôtel en courant et disparaître par la Via dei Leoni.

— Il portait la tenue fasciste, dit Staderini aux Cornacchiai, déjà tous à nouveau penchés à leur belvédère. C'est
alors que commença pour la Via del Corno, la nuit de la Passion.

C'était la course affolée d'un fasciste de la classe 1900,
qui a manqué la guerre et la Révolution et qui a peur d'arriver en retard aussi pour la Seconde Vague. En outre son
cœur était plein de fiel pour la violence subie. Il est effrayant
le visage du lâche visité par l'audace ! C'était la course du
Désespoir et de la Haine vers la Vengeance, la Tuerie !
Resté seul avec Olimpia qui tenait le revolver braqué sur
lui, Osvaldo avait retrouvé son énergie ; il se remémorait l'interrogatoire et les renseignements que Ugo lui avait extor-
qués, et pensa brusquement qu'il avait rendez-vous. Utrilli
lui avait dit : « Comme tu vois l'occasion ne s'est pas fait
attendre ; il s'agit que tu fasses tes preuves cette nuit, Liverani ! Et le Pisano qu'Osvaldo n'avait pas revu depuis le
banquet, avait levé les yeux sur lui : « Je me souviens de
toi », dit-il. « J'ai su que tu avais des péchés à te faire pardonner. Tu viendras dans mon groupe. » Et lui, il était là,
lié, gardé par une prostituée ! Quelle absurdité !
Avec une astuce décuplée par le désespoir il était parvenu
à desserrer les liens et à se libérer ; il avait alors bondi sur
Olimpia et l'avait mise hors d'état d'agir.
Dans sa course il heurta un passant, renversa un signal de
rue barrée, tomba sur des pavés disjoints, se releva ; il cou-
rait comme le Mal qui en un jour parcourt la terre ; il arriva
au siège quelques minutes avant l'appel. Le Pisan rassembla
les huit hommes de son groupe. Osvaldo se trouva dans le
rang entre Carlino et Amadori. Le Pisan commanda le garde
à vous, puis il conduisit le groupe au Sacrario.
C'était une salle souterraine, aux murs blanchis à la chaux,
dépourvue de meubles, mais portant une inscription sur le
mur du fond. Au milieu un trépied de fer chromé portait une
lampe votive. Le Pisan s'en approcha et, tourné vers ses
camarades rangés, il renouvela le serment de l'escouade à la

face de Dieu, de Lui, au nom des tués. Il répéta : « Je le jure ! » Il était au garde à vous ; la tête haute, rigide, le visage inspiré, il était en cet instant l'archange à l'épée levée et ses paroles avaient une résonance mystique. Il dégaina aussi son poignard qui réfléchit la flamme de la lampe votive et des reflets jouèrent sur le blanc froid de l'acier. Les huit hommes répétèrent ensemble son geste et son cri. En s'effleurant, les poignards tintèrent ; on eût dit que les murs faisaient écho aux voix.

Sur la place une auto découverte les attendait. Le Pisan s'assit près du chauffeur ; Carlino se jucha sur le marchepied de droite, Osvaldo sur celui de gauche ; les autres prirent place à l'intérieur. Le Pisan dit :

— Commençons par le plus gros !

Et tourné vers le chauffeur il donna ses ordres :

— Via della Robbia. Ralentis en entrant dans la rue.

La voiture partit. Osvaldo se tenait au pare-brise d'une main. L'auto prit brusquement de la vitesse. Le vent frappait Osvaldo au visage et l'exaltait. Son cœur se réglait sur le moteur : « Ça c'est la Révolution ! » pensait-il. Il avait imaginé les expéditions avec accompagnement de chants et de cris ; les hurlements des blessés même y devenaient des chants de joie, les coups de revolver, des pétards paysans ; les fascistes étaient des garnements à la tête chaude et au cœur content ; et leur tête de mort sur la chemise noire à la place du cœur n'était qu'un porte-bonheur. Cette course rapide et silencieuse, la nuit, le long des quais déserts où les phares pâlissaient sous la lune le fit penser au contraire au cimetière de son pays. Il y avait là quelque chose de macabre, c'était un voyage vers la mort, vers une aube de terreur. Il ne pensait pas à la réalité qui l'attendait au bout ; il essayait d'apaiser son tumulte, en se persuadant qu'il « accomplissait sa première expédition », qu'il en était à son baptême de fasciste enfin ! Toutefois il ne renonçait pas aux fastes du carrousel qui viendrait couronner l'exploit. En attendant il regardait à l'intérieur de la voiture et ne voyait que des visages blanchis par la lumière lunaire, pâlis par le vent, cigarettes fébrilement fumées, et yeux de chat perçant la nuit. Sur les poitrines noires se détachaient les cibles des médailles ! La voiture tourna aux allées de ceinture, s'immergea dans l'obscurité épaisse des platanes jaunissants. Les feuilles qui jonchaient le pavé, se soulevaient sous les roues et les frappaient comme des pierres. L'exaltation qui avait soulevé Osvaldo au Sacrario tombait peu à peu et la terreur s'installait ; l'image du voyage au pays de la mort triomphait. Osvaldo se rappelait le cimetière du village, son allée d'arbres, semblable à celle-ci, où il avait attendu un soir son amie amoureuse. Elle tardait et il était seul sur l'allée, dans les ténèbres ; seuls brillaient quelques rares lumignons sur les tombes et par delà la grille, des feux follets apparaissaient et disparaissaient. Ce soir-là, il avait eu peur : il avait fui, se croyant suivi ; il sentait une grosse main dans son dos prête à l'étreindre. Et voilà que le même sentiment renaissait en lui. Il tâta de sa main libre son revolver, puis son poignard pour retrouver son assurance ; la main qui tenait le pare-brise était glacée par le vent et l'effort ; Osvaldo se jeta contre le capot de crainte de tomber ; c'était la peur déjà.

— Halte ! dit le Pisan ; va maintenant à pas d'homme. Allume les phares.

Il suivait les numéros au-dessus des portes.

— 26, dit-il. C'est là !


Le side-car est la comète qui annonce le déluge aux hommes de bonne volonté. Un saint Georges de deux mètres, tête nue, lèvres serrées et les yeux fixés sur l'horizon le conduit. C'est un centaure mythologique en salopette. Les rares passants s'effacent contre les murs. Un agent qui rentrait chez lui juge qu'il doit à son uniforme de se poster au milieu de la rue les bras ouverts. Le side-car l'évite de justesse. Après la porte La Croce la rue n'est plus pavée ; la chaussée, coupée de grandes flaques n'est qu'une traînée de boue. Dans sa course le side-car dépasse des charrettes chargées de bombones, de sacs de foin, traînées par des chevaux somnolents et conduits par un charretier qui s'endort sur son siège.

Les bêtes font un écart. Le charretier se réveille couvert de
fange. L'engin court sa gymkana à travers les secousses; les
soubresauts; c'est miracle s'il ne capote. Ugo manœuvre
comme l'argonaute surpris par la tempête. La trépidation, la
couse folle l'empêchent de lier deux idées. Il a le cerveau
secoué comme ses membres et dans sa tête, l'image d'Osvaldo bâillonné, se balance comme un masque suspendu à
un fil. Maciste empoigne les manettes avec la force et la dextérité qu'il met à manier le fer rougi pris entre les tenailles.
Ses poignets vibrent sur le guidon; sa tension d'esprit se lit
toute sur ses lèvres serrées entre les dents. Il puise dans le
drame une plus grande sérénité, une lucidité nouvelle, des
images précises, des idées et des décisions précises aussi. Le
side-car a déjà accompli sa première mission, à la maison du
camarade fondeur, qui à son tour est parti à bicyclette pour
répandre la nouvelle dans les quartiers.

Maintenant Maciste lutte de vitesse avec son ennemi. C'est
comme si, de l'autre côté de la route, un side-car verni de
noir et portant un crâne en guise de phare, lui contestait sa
victoire. Le poteau est devant cette petite maison, face à
l'Affrico où le 1er mai 1920 Maciste déployait un drapeau
rouge en l'honneur du camarade député. Il y avait foule ce
jour-là et les drapeaux étaient nombreux; mais le sien les
dépassait tous et il se flattait de l'agiter au rythme de l'*Internationale,* chantée par la foule. Le camarade député avait
paru à la fenêtre; c'était un homme pâle aux cheveux épais,
noirs et gris, un « travailleur intellectuel » si petit qu'on
aurait pu le prendre au bras comme ses deux enfants, garçon
et fille, que la mère présenta à la foule. Il avait fait signe
qu'il voulait parler; ses mains étaient petites, enfantines « des
mains d'accoucheuse », dit une femme près de Maciste.
Ç'avait été la dernière fête des travailleurs célébrée en toute
liberté, à la lumière du jour. Le souvenir du premier baiser
de Margherita y restait lié pour Maciste : elle l'avait embrassé le jour précédent sur la route principale, en dehors du
pays.

Et tout cela était contenu dans la lutte contre le side-car

fantôme. Il noyait en elle la déception et presque la rancune suscitées par le député quand il se déclara contre Gramsci et l'Ordre Nouveau, lors du congrès de Livourne; c'est de là que naquit le parti Communiste. Le député était resté socialiste, parmi ceux qui faisaient « un pas en avant, deux pas en arrière », ceux que Maciste appelait « les écrevisses rouges » et que les capitalistes croquent pour se mettre en appétit. Mais ce soir l'image devenait une tragique réalité.

Le side-car s'engagea dans une allée bordée de frênes rabougris. Le torrent coulait derrière une haute haie. Les collines défilaient à portée du regard. La lumière lunaire accentuait le relief du paysage et rendait le silence qui enveloppait les rares villas, plus épais. On pouvait voir, haut en-dessus du groupe de maisons peu distantes, l'horloge du clocher de Coverciano. Le moteur avait maintenant un rythme normal. On entendait les chiens aboyer.

— Nous sommes arrivés ? demanda Ugo.

Maciste ne répondit pas. La nuit changeait la mesure des lieux et il n'arrivait pas à se reconnaître.

— Tu ne t'orientes pas ? demanda encore Ugo.

— C'était devant un petit escalier qui descendait vers l'Affrico. J'ai l'impression qu'on a construit de nouvelles maisons depuis.

Il suivait du regard le bord du torrent. Quand ils furent arrivés à un espace désert Maciste accéléra.

— Les fascistes pourraient arriver d'un moment à l'autre, dit Ugo et nous, pauvres idiots, nous n'avons pas d'armes ! Dans ma hâte j'ai laissé jusqu'à mon revolver à Olimpia ! Si au moins le député pouvait nous prêter un revolver !

Maciste ne l'entendit pas ou fit mine de ne pas entendre. Il freina près d'une villa isolée en bordure d'un pré. Deux chiens de terre cuite étaient couchés au sommet des piliers de chaque côté de la grille.

— Nous y voilà ! dit Maciste; je reconnais les chiens.

— Il y a de la lumière, dit Ugo; c'est donc qu'ils sont levés.

Maciste manœuvra pour arrêter la machine devant la villa.

Au même moment la lumière s'éteignit. Ils mirent pied à terre. Il n'y avait pas de poignée extérieure sur la porte; et le bouton de la sonnerie était sur la face intérieure de l'un des deux piliers. Maciste appuya sur le bouton et entendit la sonnerie résonner dans la maison. On aurait pu toucher du doigt le silence sous la lune. Ils sonnèrent plusieurs fois sans obtenir de réponse.

— Pourtant quelqu'un vient à peine d'éteindre la lumière, dit Ugo.

Ils appelèrent le député par son nom :

— Nous sommes des amis ! crièrent-ils, des camarades !

Maciste frappa sur la grille du plat de la main, Ugo à coups de pied, tant et si bien qu'une fenêtre finit par s'ouvrir au rez-de-chaussée et qu'une femme parut.

— Le député est chez lui ? demanda Maciste sans attendre d'être interrogé.

— Quel député ? demanda la femme.

— Le député Bastai. Il n'habite plus là ?

— Il y a deux ans qu'il n'y habite plus, répondit-elle en tenant la fenêtre entre-bâillée. Il a déménagé.

— Où habite-t-il maintenant ?

Mais la femme dit : « Bonne nuit » et referma la fenêtre.

Il fallut force cris, force coups de poing et de pieds pour que la fenêtre se rouvrît.

La lumière se ralluma. Cette fois ce fut un homme qui se montra.

— Si vous restez là une minute de plus, je téléphone à la police, dit-il.

Puis il ajouta intentionnellement :

— Ou au Faisceau directement ! et il se retira.

Mais déjà Maciste avait sauté le mur. Il alla frapper aux vitres. L'homme le regardait de l'intérieur. C'était un homme âgé, chauve et un peu obèse. Sa gorge flasque apparaissait à l'échancrure du pyjama. Il cria à travers les vitres :

— Ça c'est une violation de domicile.

Et il sortit un revolver de sa boîte :

— Si tu fais un geste, je tire, malfaiteur !

La femme se tenait derrière lui. Maciste arrêta Ugo qui apparaissait en haut du mur et lui ordonna de rester en sentinelle sur la route.

— Ne le prenez pas ainsi, dit Maciste. Il nous faut l'adresse du député Bastai. Il est en danger de mort !

L'homme s'était dirigé vers une table ; cette pièce devait être son bureau. Il décrocha le téléphone sans cesser de menacer Maciste de son revolver. Il hurla :

— Je vais vous arranger, moi !

Maciste était hercule enchaîné ; la colère lui gonflait la poitrine. Retenir sa force lui coûtait plus que de soulever des quintaux : il éprouvait la même tension dans ses nerfs. Cependant il trouva encore un ton persuasif pour dire :

— Pourquoi ne me croyez-vous pas ? J'ai l'air de quelqu'un à qui on ne puisse se fier ?

Il avait ses deux mains ouvertes contre les vitres.

— Exactement ! répondit l'autre en demandant la communication.

Au même instant Ugo s'écria :

— Corrado, une voiture est entrée dans le chemin. Qu'est-ce que nous faisons ?

Alors comme une mine qui saute trop tard, inutile, la rage de Maciste explosa ; son poing s'abattit contre la croisée ; les vitres s'effritèrent comme si elles étaient de sable ; l'homme laissa tomber le revolver ; la femme poussa un cri et s'évanouit. Maciste s'en revint, grimpa sur le mur, bondit, enfourcha sa machine et appuya sur le démarreur. Désormais la voiture n'était plus très loin ; elle allait droit à son but qui n'était pas cette villa.


— Cette nuit, qui dort est sage, a dit Staderini.

La Via del Corno est tout ouïe. Si les fenêtres sont fermées, les yeux ont déserté le sommeil ; les oreilles sont à l'aguet de la moindre rumeur venant de la rue. Après le départ du side-car et la course affolée d'Osvaldo, Olimpia a quitté elle aussi la rue. Elle est partie avec sa valise de prostituée pour échapper à la vengeance d'Osvaldo et Ristori, comme toujours en ces cas-là, pour « ne savoir ni quoi ni qu'est-ce » a mis le verrou.

Confier un secret à Fidalma, c'est le confier à Polichinelle ou à Stenterello. Elle n'est pas méchante, certes. Tout le monde sait que Stenterello a une âme noble et généreuse unie à une langue longue comme le nez de Polichinelle. La femme du cordonnier n'a pu résister au désir de monter un étage et de frapper à la porte de Milena. Et Margherita a achevé en sa présence le récit de la visite de Ugo. Elle dit ce qu'elle a entendu de sa chambre.

— Je ne vous dérange pas davantage ! dit Fidalma.

Et elle est partie immédiatement porter la nouvelle à Madame en se risquant dans la rue dont les pierres « me parurent de feu. Mais, malgré l'heure, j'ai pensé qu'une nouvelle de ce genre vous serait agréable ». Madame la remercia et dit à Gesuina de lui verser un doigt de lacryma-christi ; puis elle lui donna congé et lui tendit la main, politesse qui fut plus agréable à Fidalma que le bon vin. A l'étage en-dessous, Fidalma vit Bruno et les Carresi qui la guettaient. Elle ne se fit pas prier pour les renseigner. Et les « toutes dernières nouvelles » coururent de porte en fenêtre.

Oreilles à l'écoute et noirs présages, donc, dans notre rue, quand Palazzio Vecchio sonna une heure. La tramontane se leva brusquement et fit vibrer les fenêtres des Cecchi, rafistolées avec du carton. Tout à coup Margherita se rappela une parole de Ugo : « Ils iront même chercher celui qui est à l'hôpital ! »

Peu après Milena sortit avec Mario et Fidalma déjà sur l'escalier, apprit que « à ce qu'on croit, Alfredo est sur la liste ; Milena a voulu courir à l'hôpital ! Une folie ! Mario l'accompagne. Ils prendront un taxi ; mais où le trouveront-ils en une nuit pareille ! »

Et son mari le cordonnier, recroquevillé dans une vieille veste de soldat a fermé pour la ennième fois la porte et a dit :

— Cette nuit, c'est la nuit de l'Apocalypse !

Le side-car vole avec son centaure enragé d'impatience.
Son fracas réveille les dormeurs, bouleverse les poulaillers et
les enclos du faubourg, excite les chiens de garde, alarme les
passants attardés qui disparaissent dans le nuage laissé par le
tuyau d'échappement. Ugo s'est assis à l'arrière de la moto
pour permettre une plus grande vitesse. Ils ont ainsi grande
chance de capoter aux tournants, mais il s'agit de faire vite,
vite ! La ville s'est endormie sous la protection de la lune.
Les hommes se rassemblent dans la tiédeur du foyer que le
premier froid de l'automne fait apprécier. Les prés imbibés
d'eau à cause des pluies récentes et de la gelée blanche,
sont des plates-formes gluantes, de vastes marais. Mais il faut
les traverser de part en part pour gagner du temps. Un régiment a planté ses tentes sur le Champ de Mars ; la sentinelle lance un « Qui va là ? » et tire en l'air, puis par-dessus
la tête de nos hommes, pour les arrêter. Maciste met son
front au niveau du guidon ; Ugo s'aplatit contre lui ; les balles
sifflent à leurs oreilles. Le side-car, conduit à l'aveuglette,
s'envase dans un bourbier profond ; Maciste l'en sort dans un
sursaut de rage et une gerbe d'eau inonde les deux camarades. Mais enfin ils ne sont plus à portée des balles : la dernière se perd dans le remous du bourbier avec un jet d'eau.
La moto débouche sur une route longue et toute droite ; l'asphalte est blanc sous la lune. Elle se dirige vers les Cure.
Le gardien qui a son tour de nuit aux Usines Berta est devant sa guérite, en armes. Ils le croisent au vol. Voici la
maison de Milena et d'Alfredo ; et voici le carrefour où Ugo
vend ses légumes. Aurora a travaillé un temps dans cette
fabrique de papier. Allons ! encore plus vite ! c'est la vie
que nous portons ! Voici de nouveau un torrent, maigre, dans
un décor de hautes cheminées et de collines ; au flanc des collines, des villas et des cyprès ; c'est le Mugnone ; sur ses
levées herbeuses les hommes se jouent maintenant des farces
mortelles ; c'est là que fut assailli Alfredo.

Cette fois Maciste sait où il va : une villa au commencement de la montée, un jardin avec un palmier au centre.
Quand il travaillait à domicile, Maciste venait là ferrer

« Communard ». Le nom du cheval était l'unique hommage
que le propriétaire rendît à ses principes d'égalité. Mais ce
n'est pas le moment de lui en faire grief. Nous ne sommes
pas les estafettes de la mort; hommes, mettez vos cœurs
libéraux en lieu sûr !

Quelqu'un reçoit Maciste à la grille. C'est un serviteur en
vareuse rayée. Il écoute et va transmettre le message. Il revient en compagnie de son maître qui porte un pardessus
d'hiver et a une toux de vieux malade. Il apaise son chien
en le prenant par le collier et regarde Maciste qu'il reconnaît aussitôt. Il l'invite à entrer mais le temps presse. Le
vieillard comprend vite l'affaire; il a d'ailleurs de Maciste
une opinion bien arrêtée; la peur lui ôte ses dernières hésitations; il remonte donc chercher de l'argent et un portrait qui
lui est cher, ainsi que des objets de valeur et redescend; son
serviteur lui ouvre le portillon du car; il n'a même pas le
temps de lui faire les dernières recommandations. Maciste le
conduit à une gare secondaire (il serait imprudent d'aller à la
gare principale) et lui demande chemin faisant s'il connaît la
nouvelle adresse du député Bastai; il la connaît ainsi que
celle de la troisième personne dont il rectifie même le nom
que Ugo vient de prononcer. En les quittant il répète : « Député Bastai, Via Robbia. 26; saluez-le de ma part. Bonne
chance, jeunes gens ! »

Il faut faire plus vite que jamais. Que les 10 chevaux du
moteur deviennent autant de pur sang lancés sur la dernière
piste !

La via dei della Robbia est une rue tranquille et propre.
A l'entrée des maisons sont suspendus des rideaux de filet
brodés de pois blancs; les pois forment le mot « salut ». Pas
de tas d'ordures ni de crottin, pas de mauvaises odeurs, pas
d'hôtels louches, de prévenus que les policiers ont à l'œil.
Une ample provision de ciel entre les deux rangées de maisons, des jardins qui en cette saison embaument de magno-
lias; la rue parfumée sous la lune. Les fenêtres ont des stores,
des rideaux de jonc, des persiennes assorties à la couleur

des façades. Chaque intérieur est une île de sentiments, d'intérêts bien administrés; un château où chaque soir on retire le pont-levis. Les bourgeois qui y habitent ne sont pas gens curieux comme nos Cornacchiai; ils n'ont ni élans ni impatience. Aux témoignages oraux ils préfèrent le compte rendu du journal; là on parle du lendemain. Ils sont fatigués sans le savoir des fatigues de leurs aïeux qui firent l'histoire : ils ont confié à d'autres la défense des positions conquises. Leurs appartements reflètent l'ordre, l'hygiène, les bonnes manières, la crainte de Dieu, le respect de la loi et aussi l'égoïsme, la lâcheté, l'esclavage moral que tout cela coûte aujourd'hui. Ce sont des conditions que la Via del Corno refuse, mais la Via della Robbia y trouve son équilibre et son bonheur. Aussi n'a-t-on pas relevé un store, n'a-t-on pas ouvert une porte à l'arrivée des fascistes; pas une seule lumière ne s'est allumée quand les quatre coups de revolver ont éclaté chez le député Bastai, quand les femmes se sont mises à hurler ; les enfants à pleurer. Ils ont le sommeil lourd Via Robbia; peut-être aussi la terreur a-t-elle paralysé jusqu'aux animaux domestiques ? Les fascistes sont redescendus tranquillement. Ils ont lancé : « A nous ! » avant de remonter en voiture et sont partis en chantant  :

> *Aux armes, aux armes!*
> *Aux armes! nous sommes fascistes!*
> *Nous lutterons jusqu'à la mort!*

Leur chant s'est évanoui au loin. Les lampes à arc vibrent au vent qui s'est brusquement levé; dans les jardins les arbres bruissent, la lune se réfléchit sur les stores. Cependant les fenêtres restent closes, les lumières éteintes, et les portes verrouillées. Seule la maison du député est illuminée comme pour une fête; plus de cris, mais des sanglots désespérés; veillée funèbre. La rue est redevenue silencieuse et déserte ; les coups de revolver, les hurlements, le chant de guerre ont laissé comme une traînée, une présence. Y fait irruption dans une embardée hardie, le side-car.

Les coups de revolver et les cris ont résonné sur les murs et les pavés, comme un tam-tam primitif et la cloche guerrière a propagé l'alarme. Dans le silence de la nuit, le sifflet des trains s'entend à grande distance; ainsi des chansons et des coups de feu qui ont résonné dans chaque rue, y portant la terreur. C'est l'antique faction dominante qui répète ses massacres, avec la complicité de la lune — et du chef de la Police. Cette nuit la Police est consignée : la ronde est rentrée de sa tournée d'inspection en signalant un tel et un tel dans son rapport. Pendant ce temps les Bandes Noires ont accompli leur massacre.

Mais la cité connaît bien son histoire dont chaque pierre chaque cloche conserve le souvenir. Le Prieur de San Lorenzo, Don Fratto, a ouvert la porte de la sacristie et allumé une lampe sur le seuil pour le cas où un fuyard y chercherait asile. Les gens du peuple aménagent leurs greniers, ouvrent leurs caves, installent un lit de fortune, dans une cachette sous un toit. Les fascistes s'annoncent par des salves crépitantes, des cris et leur appel : « A nous ! » Si Via Robbia les serrures ont grincé pour proclamer la neutralité, dans les quartiers de Rifredi et du Pignone, l'arrivée du camarade fondeur a mis en mouvement hommes et femmes, toute une population qui veille maintenant la gorge serrée sur le salut de ceux qu'ils ont cachés, partage leur angoisse, fait le guet et récite le Rosaire. Et les riches ne sont pas tous pour les bandes noires. Il y en a, dans les belles maisons de la Via Maggio et des Lungarni à qui leurs rentes n'ont pas enlevé le bon sens : là un entre-croisement d'appels téléphoniques communiquent l'alarme, offrent l'hospitalité.

Personne dans les rues; les cafés ont fermé; toute lumière est éteinte. Les autos des fascistes traversent un désert de pierre et de lune. La Mort est avec eux. Chacun d'eux en porte l'image sur son cœur : un crâne brodé sur la chemise noire. La mort les accompagne de maison en maison, dans chacun de leurs gestes et chacune de leurs pensées. Elle glace les cœurs, elle obsède les esprits. En sa présence les fascistes deviennent audacieux et méfiants; elle les trouble et les exalte. Elle leur pèse aussi. Ils réclament sa complicité mais craignent sa puissance. Ils avancent sur leurs autos comme sur des vaisseaux de corsaires pourchassés par la tempête. Ils sentent qu'une sourde hostilité les poursuit et que pour eux chaque maison, chaque affiche, chaque proéminence a des yeux ennemis. Après les premières attaques qui l'ont eue par surprise, la ville s'est barricadée dans ses pierres. Les fascistes n'ont trouvé que maisons inhabitées, lits encore chauds mais vides; en eux grandit la folie homicide, le besoin de tuer pour se sentir vivants, pour échapper aux pièges. Ils sont pris à leur propre jeu de la mort. Ils chantent pour se sentir solidaires, ils s'excitent l'un l'autre ; les voitures accélèrent brusquement, font des bonds peureux. A chaque carrefour ils craignent une embuscade; ils tirent par rafales sur les supposés agresseurs; les vitrines s'écroulent, les réverbères volent en éclat sur leur passage. Ils tirent au hasard sur les magasins, sur les kiosques, sur les portails où ils ont cru voir bouger une ombre. Pas un chat perdu, une enseigne branlante qui n'ait sa balle : morts, transpercés. Ils se sont partagé la ville au départ; maintenant dans chaque quartier résonne l'écho de leur frénésie.

Le prieur de San Lorenzo est agenouillé devant le crucifix.

Il est de taille moyenne; ses cheveux lui font une couronne blanche au-dessus des yeux petits et clairs. Il est atterré. Ils sent dans ses os un froid mortel, un « avertissement ». L'épouvante le paralyse; il a le sentiment d'être seul à comprendre la cause de ce massacre. C'est un héros d'un autre temps, d'un autre monde, un héros désarmé. Au milieu de sa prière, il a entendu un chant, le vrombissement d'un moteur qui se rapproche. La sacristie est en plein dans l'ombre; la lampe allumée brille comme un phare. Tout à coup un jeune homme et une jeune fille entrent en courant. Le jeune homme ferme la porte et s'y appuie épuisé. La voiture traverse rapidement la place et s'éloigne.

— Tu as eu peur, Milena ?

— Un peu. On aurait dit qu'ils nous venaient dessus.

— Pas sur nous, non. Mais s'ils nous avaient vus ils ne nous auraient pas laissés repartir.

— Et Alfredo ? reprend Milena.

— Tranquillise-toi. Ce n'est pas à Alfredo qu'ils en veulent cette nuit.

Après le meurtre du député Bastai sur qui le Pisan a déchargé des balles mortelles et Carlino le coup de grâce, la bande du Pisan elle aussi a manqué toutes ses attaques. Ils ont trouvé les maisons désertes et portant les signes d'une fuite précipitée. Ils ont ouvert les portes à coup de revolver, mis sens dessus dessous les armoires et les soupentes, mis le feu aux tentures qu'un courant d'air faisait bouger ; ils ont fouillé les maisons voisines : inutilement. A la villa des Cure le domestique en veste rayée s'est jeté à leurs genoux en protestant de son innocence. Mais il a une âme d'esclave ; il a suffi de le tourmenter un peu pour qu'il cède. Son patron d'ailleurs n'est-il pas hors danger ? il avoue donc qu' « un homme grand et fort et un autre, de sature moyenne sont venus avertir Monsieur et l'ont emmené sur un side-car ». Où ? Aussi vrai qu'il tient à la vie, il ne le sait pas. Au même instant deux coups de revolver ont fait taire le chien loup que les phalangistes restés à la grille étaient fatigués de tenir en respect.

L'auto maintenant court plus vite. Devant elle il y a un side-car qui a une heure, une demi-heure, dix minutes d'avance. La Mort appuie sur l'accélérateur. Ils brûlent d'une fureur qui éclate en salves et en cris à travers la ville secouée par le vent et battue par la lune.

> *Tant qu'il nous reste du sang dans les veines !*
> *Allons contre les lâches et les traîtres*
> *Que, un à un, nous abattrons !*

Ils savent que quelqu'un a trahi. Amadori, d'humeur gaie d'habitude, a dit d'une voix forte et tremblante : « Celui-là nous le ferons cuire dans la poix ! » « Il faudra lui manger le

cœur », a dit Malevolti, dont les dents ont grincé comme
des crocs. Le Pisan a acquiescé en gardant le silence. Mais
ils ne savent pas que le traître est parmi eux. Il s'agrippe au
pare-brise avec des mains de naufragé. Il a l'immobilité et
l'expression harassée des Cariatides. Cette nuit Osvaldo a
éprouvé plus de haine et de désespoir qu'un homme n'en
peut supporter. Maintenant il est paralysé dans son cœur et
son esprit. C'est un somnambule qui agit sans le savoir...
C'était sa première expédition; il devait y gagner ses galons!
Quand la voiture s'était arrêtée devant la maison du député,
le Pisan lui avait ordonné de rester en sentinelle au portail
avec le chauffeur et deux autres camarades; il ne pouvait
même pas allumer une cigarette avec ses doigts gelés. La
lampe du guet éclairait les yeux ironiques d'Amadori qui le
regardait faire. Amadori avait dit : « La prochaine fois c'est
notre tour. Tu crains le dépucelage, Liverani ? » Ensuite ce
furent des hurlements de femmes, des sanglots d'enfants et
des coups de revolver, humains eux aussi.

Puis la course sans issue avait continué à travers la ville;
puis le serviteur avait parlé et Osvaldo avait compris qu'Ugo
avait renseigné Maciste, qu'ils précédaient la brigade sur le
side-car et que lui-même avait trahi. « A peine de retour au
siège j'avouerai », s'est-il dit. Puis il est tombé dans l'in-
conscience qui succède à un choc.

Et l'auto court parallèlement au Marché couvert où le
side-car n'est pas encore arrivé peut-être.


Toi, tu es Maciste, le Justicier populaire qui a nom Hercule, l'ange de l'Annonciation; tu es communiste, un responsable du Parti ; le maréchal-ferrant Corrado qui serres entre
tes genoux comme dans un piège la croupe du cheval le plus
fougueux. Mais tu es un homme en chair et en os avec des
yeux, un nez, trente-deux dents, et une danseuse tatouée sur
ton bras. Ta poitrine est large, couverte d'une forêt de poils
mais sous la forêt il y a ton cœur. Le parti te reprochera
d'avoir agi selon ton cœur; mais si tu n'avais pas ce cœur tu
ne serais pas du Parti. Tu n'as peut-être jamais lu une ligne

du *Capital* ; rien qu'à le voir ce livre on s'endort ! Tu as été Hardi du Peuple à cause de la théorie de la plus-value ou parce que ton cœur était blessé ? Ce marin de Kronstadt qui te ressemblait croyait, imagine-toi ! que Marx était l'un des douze apôtres ! Maintenant tu es un des dirigeants de l'Organisation clandestine et tu n'as pas le droit d'écouter ton cœur ni de risquer ta vie pour un franc-maçon que les fascistes ont peut-être déjà atteint. D'ailleurs, c'est un capitaliste, ennemi des fascistes par hasard et ennemi de la classe ouvrière pour des raisons très précises. Après tout tu es content de ce qu'ils font. Pourtant tu accélères pour aller au-devant de ton destin. Ugo est prophète ; il cherche à te dissuader. Mais tu lui réponds que s'il a peur il peut descendre et retourner chez lui.

— Nous avons perdu trop de temps ; cette fois nous tombons sur eux, par le Christ ! dit Ugo.

Et il ajoute :

— Encore s'il n'y avait pas eu l'interruption de ta course chez le frère du député !

Ugo n'est pas de ton avis, tu vois ?

Via Robbia tu as trouvé ce désert de lune, tu es monté chez le député guidé par les lamentations et tu as assisté à une « Descente de croix ». La femme et les enfants caressaient le cadavre, encore stupides de terreur ; à ton entrée ils ont cru que les fascistes revenaient pour les tuer tous. Ta stature a achevé de les effrayer. Tu as dit :

— Je suis un camarade !

La femme et les enfants avaient étendu l'être cher sur son lit ; il avait les yeux ouverts, le regard vitreux, horrible à voir. Tu lui fermas les yeux. De larges taches de sang lui couvraient la poitrine. Une de ses mains, pâles, enfantines que tu te rappelais, était fracassée et retournée. Ainsi ramassé dans la mort il paraissait encore plus petit, un enfant avec une épaisse toison grise. Tu le regardais et tes yeux se voilèrent de larmes. La famille reconnut en toi un ami. Tu ne pouvais les abandonner. En partant les fascistes avaient même coupé les fils téléphoniques. Tu allas frapper à la porte des

voisins; personne ne te répondit. Alors la femme te demanda
si tu pouvais aller avertir son beau-frère. C'est là que ton
cœur céda encore. Tu laissas Ugo en sentinelle et tu courus
sur ton side-car chez le frère du député; il habitait loin! un
vol dans la nuit! Tu fus obligé de prendre un chemin plus
long pour ne pas croiser une auto de fascistes que son tumulte
signalait. Quand tu te remis en route avec Ugo, un temps
précieux s'était écoulé. Le vent était plus fort et des nuages
couvraient la lune. Il était plus de deux heures.

— En conscience, nous avons fait plus que notre devoir!
répéta Ugo.

— Si tu as peur tu peux retourner chez toi. Franc-maçon
ou pas c'est un homme!

Ce cœur qui ne connaît pas les textes de Engels et n'écoute
pas la raison justement quand il devrait l'écouter!


La rencontre se produisit dans la rue parallèle au Marché
Couvert. Il n'était pas nécessaire qu'on avertît l'avocat franc-
maçon : il était à Rome occupé à régler des affaires de four-
nitures ministérielles. Le Pisan et ses camarades perquisi-
tionnèrent la maison, et redescendirent déçus et furieux. Ils
s'apprêtaient à retourner au siège. Osvaldo était égaré et
impassible; il avouerait tout. Il ne chercherait pas à s'excuser; peut-être ne dirait-il même pas qu'Ugo lui avait arraché
les renseignements par la violence.

Tout à coup le vrombissement d'un moteur! Le Pisan
arrêta le chauffeur qui allait mettre en marche :

— Attends; voyons qui c'est!

La rue était courte, une de ces rues qui ont peu de maisons. Maciste fut contraint de ralentir pour y entrer. Il se
trouva devant l'automobile.

— Ce sont eux! je les connais, moi! s'écria Osvaldo.

Maciste comprit tout de suite. La moto se cabra, tourna
sur elle-même, se renversa sur le côté et redémarra. Amadori
avait tiré le premier; un coup perdu. Déjà le side-car gagnait une grande rue et disparaissait; l'auto se mit à sa pour-
suite à feu continu. L'auto gagnait rapidement du terrain; les

hommes tiraient debout. Aux tournants le side-car regagnait quelques mètres. Osvaldo tirait maintenant furieusement. Il hurlait le nom des deux fugitifs, miraculeusement juché sur le marchepied.

Le Pisan était le plus calme. Il attendait pour tirer que la distance diminuât et que les dos des hommes pussent servir de cibles. Le side-car cherchait à gagner le dédale des ruelles au bord du marché. Mais l'auto se rapprochait toujours ; les deux amis n'échangeaient pas un mot ; la mort prochaine les unissait plus fortement qu'un lien vivant ; Maciste comprit qu'ils étaient perdus s'il s'obstinait dans ces ruelles ; il ne lui restait qu'une chance : l'hôpital, tout proche, avec ces corridors, ses nombreuses salles où l'on pouvait aisément se perdre. Le docteur qui avait soigné Alfredo était un ami, peut-être un camarade ! Mais il fallait d'abord traverser la place San Lorenzo, champ ouvert, blanc de lune. Il cria à Ugo :

— Accroche-toi à moi !

Et il lança la moto sur la place.

C'était le moment que le Pisan attendait. Il avait la main ferme, l'œil précis. Ce dos recourbé à cent mètres, en plein sous le feu de la lune faisait une de ces cibles mobiles qu'il excellait à atteindre.

Le side-car vacilla puis se renversa sur les marches de l'église. Le conducteur avait été frappé à la nuque. L'autre homme se releva et s'enfuit. Il décampa au loin. L'auto s'arrêta devant le side-car. Osvaldo descendit d'un bond et se pencha sur Maciste. Il entrevit dans un nuage son visage râlant. Il se sentait ivre, halluciné ; il piétina le corps. Les autres excités par tant de fureur l'imitèrent ; ils retournèrent le cadavre à coups de pied. Carlino n'avait pas bougé ; il regardait Maciste et battait des paupières comme devant une apparition. Il se sentit brusquement responsable de quelque chose qu'il n'avait pas prévu. Il fut le seul, avec le Pisan à ne pas s'acharner sur Maciste ; ils remontèrent dans la voiture et regardèrent en spectateurs la folie des autres ; mais contre cette folie, toutefois, ni Carlino, ni le Pisan ne cher-

chèrent à intervenir, peut-être dans la crainte de l'exaspérer
encore. Le Pisan avait allumé une cigarette en se protégeant
du vent avec les mains. Osvaldo s'écria :

— Et l'autre, Ugo ?

Il se précipita vers l'angle de la rue où Ugo avait disparu.
Mais au carrefour une rafale de vent plus violente le prit de
front et il s'arrêta, bloqué comme par un choc. Il tira plusieurs
coups sur l'ombre immobile des maisons et sur le fantôme
pétrifié de la rue où avait disparu Ugo. Puis il retourna sur
la place où ses camarades soulevaient le side-car. Amadori
tira dans le réservoir ; Malevolti alluma une allumette, deux,
trois allumettes car le vent dévorait les petites flammes. Enfin
l'essence flamba, les flammes léchèrent le side-car et en
firent une torche livrée au vent.

Aux pieds de l'église, devant la place que la lumière nocturne agrandissait démesurément, ces quelques hommes gesti-
culaient autour du feu de joie ; entre ce groupe, l'abside et
le ciel, gisait Maciste couché sur les marches, les bras en
croix, les mains ouvertes, la nuque clouée entre deux marches.
Ses yeux regardaient un ciel qui n'était plus pour lui. Amadori hurla :

— Jetons-le aux flammes, le communiste !

Alors le Pisan bondit, jeta coléreusement sa cigarette et
rappela ses camarades à l'ordre.

Ils firent brusquement silence, déconcertés par la violence
du rappel que chacun interpréta comme l'annonce d'une nouvelle attaque. Ils remontèrent en voiture avec empressement ;
mais à leurs questions précipitées le Pisan ne répondit que
par un regard circulaire et le plus froid silence.

— En route ! dit-il ensuite au chauffeur.

Le side-car brûlait encore. Le crépitement des flammes
était la seule présence vivante sur la place ; le vent se levait
par bourrasques et la lune apparaissait et disparaissait derrière les nuages. Mario et Milena se hasardèrent hors de la
sacristie. Maciste eut deux amis pour le veiller pendant les
premières heures de son long sommeil.

# CHAPITRE XV

Cette nuit aussi la ronde est passée et elle a trouvé la Via del Corno derrière ses vitres; visages immobiles et regards inquiets fouillaient l'obscurité de la rue. Le brigadier a répondu au salut de Nanni et lui a fait une recommandation qui, en réalité, s'adressait à tous : « Il ne fait pas bon rester debout en cette saison ! On prend froid ! Rentre si tu tiens à ta santé ! » Mais ses paroles n'ont pas eu d'écho. Personne n'a parlé du retard de Maciste et d'Ugo qu'on regarde comme un sombre présage. Dès que le pas des policiers s'est perdu derrière la Via del Perlascio, Margherita a éclaté en sanglots. Elle est toujours chez Gemma avec Fidalma et le cordonnier qui sont restés pour lui tenir compagnie. Tout à coup Bruno est sorti de chez lui et immédiatement la fenêtre d'en face s'est ouverte. Son futur beau-père lui a demandé quelle lubie le prenait et Clara surgissant par derrière s'est écriée : « Bruno, tu es fou ? » Bruno les a tranquillisés : « Je vais auprès de Margherita. Vous n'entendez pas comme elle se désespère ? Mario et Milena sont allés au sanatorium. » Puis le silence est revenu; les oreilles en sont pleines. Elles guettent le bruit du side-car qui ne saurait revenir; mais personne ne le sait encore. Les cœurs sont serrés, les nerfs tendus; les pressentiments et l'angoisse éloignent le sommeil, glacent les mains, dessèchent les lèvres. Seuls Nanni et Otello se sont endormis. Les autres sont tous debout, soit par sympathie soit par curiosité.

Mais qui pourrait n'être que curieux en une nuit pareille ? La veuve Nesi peut-être, pour qui la vie ne compte qu'autant qu'elle distrait. Pourtant l'émotion précipite le souffle de la vieille femme. Il n'y a que Madame pour être indifférente et brûler de curiosité. Cette nuit, Gesuina a dû rester à son observatoire, derrière les persiennes. Liliana s'excite dans le lit et Madame l'apaise, remonte les couvertures sous son menton et de ses pieds enveloppés de flanelle emprisonne les pieds de la jeune femme. Les chats miaulent comme si de rien n'était et l'eau clapote sur la faïence de la vespasienne. Le cocorico du coq s'est élevé solennellement. Et l'une après l'autre sonnent les heures au Palazzio Vecchio tandis que le tourment de l'attente s'accroît. Enfin les premières lumières ont effleuré les toits dans l'aube brumeuse d'octobre. Liliana a fini par céder au sommeil. Quant à Gesuina, comme elle claquait des dents de froid Madame lui a dit : « Va te reposer, petite sotte. Je frapperai au mur quand il y aura du nouveau. » La jeune fille a gagné sa chambre et s'est couchée.

Les heures passées à la fenêtre l'ont glacée. Maintenant pelotonnée dans son lit, les mains entre les cuisses, la tête sous les couvertures, elle essaie de retrouver un peu de chaleur ; mais elle sent son cœur flotter et son cerveau dur comme un morceau de glace ; une pierre pèse sur ses tempes. Elle se sent malade comme en été quand elle boit à trop longs traits une boisson glacée. Mais alors c'est l'affaire d'une seconde et le sang se remet à circuler dans son corps joyeux. Cette nuit le malaise ne passe pas, la pierre va lui briser les tempes ; tous ses membres tressaillent d'un frisson intérieur ; elle a eu tort de ne pas prendre une veste de laine dans l'armoire et de ne pas mettre une écharpe comme elle fait l'hiver quand elle passe la nuit à soigner Madame pendant ses rechutes.

Ce malaise la rend misérable ; autant que cette pierre dans sa tête, lui pèse la pensée constante de ces derniers mois, le sentiment, durci à force, que pour elle il n'y a pas d'issue. Les révoltes qu'elle a méditées sont irréalisables, absurdes. Elle est et elle reste l'esclave de Madame. Liliana l'a remplacée dans le cœur de Madame et maintenant elle, Ge-

suina, elle est redevenue ce qu'elle était avant que Madame
ne la prenne chez elle avec l'intention de la traiter en égale
et ne la tire de son orphelinat. Douze ans de passés, pour
rien ! Madame s'est servie d'elle, elle l'a exploitée dans tous
ses sentiments ; elle lui a donné sa propre façon de sentir puis
s'est fatiguée d'elle, sûre désormais de la dominer comme
une complice qui ne peut trahir.

Il a fallu que l'attachement de Madame pour Liliana se
révélât durable pour que Gesuina songeât à se libérer des
troubles de la jalousie et à échapper, petit à petit, à l'emprise intellectuelle de Madame ; elle se retrouve seule comme
dans son petit lit de l'hospice il y a douze ans. Seule avec
son cœur et ses propres réflexions, un avenir bouché ; pas une
porte amie où frapper, pas une épaule où s'appuyer ! Si bien
que le mot lui venait enfin : exploitée ! elle avait été exploitée ! pensée sacrilège qui ébranlait pour la première fois sa
madone. Madame lui a fait du mal. Elle a d'abord éclaté
de jalousie à voir Madame refaire pour une femme déjà
mère, les mêmes gestes, les mêmes cajoleries, répéter peut-
être les mêmes paroles et certainement les mêmes caresses.
Puis petit à petit, à mesure que le sentiment du bonheur perdu
s'est accru avec la colère et la déception, Gesuina a commencé à voir, comme si réellement un rideau de nuage se
déchirait. Madame a perdu son halo de vénérabilité ; elle est
devenue une vieille autoritaire et malade comme tant d'autres. Ses yeux n'ont plus ce pouvoir de la faire trembler et
de l'attirer tout ensemble, qui l'a subjuguée dès le premier
instant ; maintenant qu'elle la connaît intimement Madame lui
apparaît repoussante ; et elle la juge. Elle a le sentiment que
s'ouvre devant elle la porte de la prison où elle a passé son
adolescence, où sa jeunesse a fleuri, à l'écart, auprès du lit
de la Grande Malade ou à la fenêtre, n'ayant que la Via
del Corno pour tout horizon. Sa nature profonde réapparaît ;
l' « éducation » donnée par Madame, ce mur derrière lequel
elle l'avait enfermée, ce mur de sentiments hostiles à l'égard
du monde, croule pan par pan et la rend à elle-même, libre.
Mais Gesuina ne se décide pas à passer le seuil de cette

liberté. Elle retrouve la même impuissance à se décider
d'elle-même qui à treize ans l'angoissait déjà. Elle regarde
Liliana, pourtant expérimentée, épouse, mère, plonger dans
la même mer de persuasion, avec pitié mais aussi avec joie et
certes elle ne ferait pas un geste pour l'en tirer. Gesuina
garde un peu de ce besoin de vengeance que Madame lui a
communiqué; c'est un pan de mur qui résiste. Ainsi elle est
loin d'être entièrement libérée. Elle s'en aperçoit bien maintenant. Plusieurs fois, dans le courant de la nuit elle a décidé
de quitter la fenêtre, de dire qu'elle en avait assez; le sort
de Maciste et de Ugo était la dernière chose qui pouvait
l'intéresser. Mais elle sentait sur ses épaules le regard de
Madame, elle entendait sa voix enrouée et pénétrante qui la
dominait toujours; elle n'a pu enfreindre ses ordres, passer
outre. Ç'eût été son premier geste de rébellion. Elle aurait
dû dire : « Je suis à bout; je m'en vais » au lieu de qué-
mander le repos et de s'excuser « Je suis fatiguée; j'ai
froid! » Sa lâcheté maintenant la tourmente. Aurait-elle
jamais la force de réaliser son projet, d'abandonner Madame ? de s'en aller ? Mais où ? Ailleurs c'est la nuit d'un
monde inconnu où les femmes isolées et pauvres comme elle
finissent sur le trottoir, ou entretenues ou bonnes à tout faire;
où les hommes sont violents, sales, profiteurs. C'est ce que
lui a enseigné Madame et la via del Corno confirme cet
enseignement pour ce qu'elle en connaît du moins. En tout
cas « Madame lui a fait du mal ». Elle aussi, elle l'a exploitée comme les hommes exploitent les femmes. A vingt-cinq
ans Gesuina ne voit pas d'autre vie possible, que sa vie
obscure de bête, une bête qui n'abandonne pas son maître ni
l'étable, malgré les mauvais traitements et trompe sa fatigue
et son désespoir dans le ronron quotidien.

Et maintenant la Gesuina-au-collier se rappelle qu'elle a
oublié le dernier devoir de la journée; elle n'a pas sorti la
caisse à ordures. Pour épuisée qu'elle soit elle ne peut négliger ce devoir. Si demain Madame s'en aperçoit, elle la
grondera. Madame se rappelle toujours tout. Elle sait tout ce

qui se passe dehors et chez elle ; elle a une oreille d'aveugle et une perspicacité de sorcière. Gesuina craint le mors. Elle sort de sa couverture doucement, parce que Madame doit dormir et son sommeil est précieux. Bien que malade de froid elle reste pieds nus ; elle jette sa jupe sur ses épaules en guise de châle, va à la cuisine, traverse sans bruit le corridor, ouvre la porte après avoir ôté le cadenas qui grince un peu et la fait sursauter, pose la boîte devant la porte sur le palier, sans heurter le sol et en se relevant elle voit devant elle le corps d'un homme renversé.

C'est Ugo ; elle retient à grand'peine un cri ; elle ne veut surtout pas que Madame se lève. En tombant, il a eu la présence d'esprit de protéger sa tête de son avant-bras replié. Une large tache de sang couvre son dos de l'épaule gauche jusqu'aux reins. Elle s'est figée sur la veste claire. Il montre la moitié d'un visage pâle et un front moite et glacé. L'œil à demi fermé est éteint. La respiration est rauque ; il remue les lèvres grimaçantes sur les dents serrées. Gesuina l'appelle à voix basse. Il ne répond pas. Elle essaie de le prendre par la taille mais le corps inanimé est lourd. Elle le prend alors aux aisselles et le traîne à l'intérieur le long du corridor. Elle ne pense qu'à ne pas faire de bruit. En refermant la porte elle s'aperçoit qu'elle a la main pleine de sang. Ugo pousse un gémissement. Elle le traîne dans sa propre chambre et essaie de le hisser sur le lit en passant le bras de Ugo autour de son cou.

Sur le seuil apparaît Madame ; spectrale dans son long vêtement bleu ; les garnitures de geai brillent sur le ruban noir qui enserre son cou ; le regard flamboie au fond des orbites noires et sur le visage de plâtre. Aussi calme que Gesuina est bouleversée Madame soulève les jambes de Ugo et à toutes deux, elles l'étendent sur le lit. Toujours impassible et l'œil fixe Madame dit :

— Prends la teinture d'iode, l'alcool, le coton, la gaze ; allons vite ! et apporte-moi des ciseaux.

Avec une énergie inattendue et l'économie de mouvements

qui lui est propre, elle met Ugo sur le ventre, enlève la veste, taille dans la chemise parce que, comme elle s'y attendait elle est collée par le sang, et isole la plaie.

— Espérons qu'il ne reviendra pas à lui avant que j'aie fini. Mets ta main sur sa bouche en attendant et s'il te mord, résiste. Il ne faut pas qu'on nous entende.

Puis elle ajoute :

— Ils l'ont atteint à l'épaule mais de biais ; c'est une bagatelle.

Gesuina pose sa main sur sa bouche, mais sans appuyer. Il gémit doucement ; il se mord les lèvres quand Madame pose le coton mouillé sur la plaie puis respire profondément comme soulagé. Gesuina reçoit son souffle dans sa main qui s'en trouve tout à coup réchauffée tandis qu'il y puise un peu de fraîcheur.

— Il a soif, dit la jeune fille. Je peux lui donner un peu d'eau ?

Madame s'assied sur une chaise au chevet du lit et dit :

— Voilà qui est fait ! Mais quoi de l'eau ! Va chercher la bouteille de cognac.

Quand Ugo ouvre les yeux, il voit Gesuina aux pieds du lit. Elle a mis une robe de chambre rose qui brille sous la lampe ; il ne la reconnaît pas.

— Maciste ! où est-il ? demande Ugo en se soulevant sur les bras.

Un murmure rauque le fait se retourner vers la gauche. C'est Madame qui répond :

— C'est à toi de nous le dire.

Alors il reprend tout à fait connaissance. Il se cache le visage entre les mains et se laisse retomber sur le dos en sanglotant. La blessure lui arrache un gémissement ; il se remet sur le côté et pleure alors sans retenue en suffoquant comme un gosse : douleur enfantine et tendre de l'homme à genoux.

— C'est bien qu'il se soulage ; laisse-le faire ! dit Madame.

Mais Gesuina s'est approchée et lui essuie le visage avec son mouchoir. Le coq chante. Le Palazzio Vecchio sonne six heures et peu après Mario et Milena reviennent, « hébétés d'épouvante », comme dira Staderini. Les cris de Margherita déchirent la rue. Les allées et venues, quelques paroles rares, les lamentations parviennent jusqu'à Ugo.

— Comme personne ne t'a vu entrer, dit Madame, il faut rester là sans bouger et sans parler. Pendant ce temps nous tâcherons de savoir où en sont les choses. Toutefois tu dois me dire ce qui s'est passé.

Les dernières paroles de Maciste avaient été celles-ci :
— Saute, Ugo, file !

Puis le side-car avait chaviré ; Ugo s'était trouvé miraculeusement debout. On continuait à tirer dans son dos. Au moment de prendre le tournant il s'était senti frappé à l'épaule « comme d'un coup de pierre » au sommet du bras. La secousse le poussa en avant au lieu de l'arrêter. Il courut le long de la Via dei'Generi. Plus personne ne le poursuivait. Il vit un portail ouvert ; il entra et referma le portail derrière lui. Il resta dans l'entrée une demi-heure. On continuait à tirer au loin dans sa direction ; puis plus rien. Son sang coulait. Il n'eut pas l'idée de se rendre à l'hôpital, tout proche. D'ailleurs il faisait jour ; il ne pouvait traverser les rues sans se faire voir. Et Maciste ? Ugo avait bien deux ou trois maisons amies mais elles étaient trop éloignées. Il était un loup qui a perdu sa tanière. Et Maciste ? et Maciste... Sa tanière était Via del Corno ; mais là où aller ? Il se remit en route, en rasant les murs. A chaque pas, sa tête et ses jambes se faisaient plus lourdes. L'omoplate atteinte pesait comme du plomb. Bientôt il ne fut plus capable de fixer son esprit. Il marchait en aveugle et son instinct le guidait là où il avait vécu pendant des années, chez Maria Carresi. Et Maciste ?... Personne ne le vit, loup blessé, tourner l'angle du Perlascio et enfiler la porte numéro 1 ; avant d'arriver au troisième il s'évanouit.

Maintenant il voulait s'en aller. Mais Madame le retint par le bras.

— Les bons comptes font les bons amis, dit-elle.

« Son refrain », pensa Gesuina, et elle se mit à trembler car Madame devait machiner quelque chose ; si elle ne prévoyait pas un profit quelconque, elle ne remuerait pas le petit doigt. Gesuina elle-même ne croyait plus à sa bonté. Un Ange de Bonté ! dit-on... Puis Madame se fit encore plus persuasive, ce qui augmenta encore les soupçons de Gesuina.

— Sache ceci et fais en ton profit : pour moi rouges et noirs se valent ; les gouvernements changent mais les percepteurs sont toujours les mêmes ! Pour l'instant tu ne dois pas sortir parce que tu me compromettrais moi aussi. D'ailleurs en principe je ne sais pas que tu es là. C'est Gesuina qui t'a fait entrer et te garde sans que je le sache ! La vérité du reste ! Moi je ne peux bouger de mon lit. Nous sommes d'accord ? Après nous verrons.

Elle se leva et avant de s'en aller elle dit encore :

— N'en doute pas ! Un jour ou l'autre je te présenterai la note à toi aussi.

Puis elle fit signe à Gesuina de la suivre.

Un communiste est un homme comme les autres ; il a des hauts et des bas, des audaces et des hésitations, tant de litres de sang dans les veines, cinq sens et une intelligence plus ou moins développée. Gramsci dit très justement « que le Parti est l'avant-garde consciente du Prolétariat » et que le devoir du militant est, en conséquence, d'y voir plus clair que les autres en toute circonstance. Mais tout va fort bien tant qu'on peut échanger idées et projets ; quand on est seul avec ses impulsions et sa propre conscience, fort de ses haines, seulement, et de ses amours, il est facile de sortir de la « ligne du Parti ». Le Parti en Italie a quatre ans. On ne peut demander à ses hommes plus qu'ils ne peuvent donner et s'ils font des excès d'enthousiasme, ne les appelez pas extrémistes. Tout le monde n'a pas la force de freiner ses sentiments et de se conduire selon la raison. Et s'ils adoucissent leur peine dans la présence attentive d'une femme, c'est qu'ils sont faits de chair et d'os et qu'ils ont eu peur. Ils se sont présentés au premier appel pour combattre l'injustice et on a pu les voir en première ligne, à l'avant-garde; ils ont mordu la poussière mille fois et se sont retrouvés debout. Si Gramsci n'est pas là pour vous le dire, vous pouvez demander au Palazzio Vecchio, à un pas de là, combien de fois la cloche guerrière a battu le rappel de la population de la vieille cité. La Via del Corno existait avant Dante et elle doit son nom à tout autre chose que ce que vous supposez. Elle le tient d'un sire qui possédait toutes ses maisons. Les bandes des Ciompi, disent les chroniques, sortirent de ces ruelles entre le Palazzio Vecchio et l'Amphithéâtre où les Médicis mettaient leur gloire et leurs délices à ressusciter l'antiquité en élevant des lions à qui ils offraient des chevaux et des chiens en guise de chrétiens. Les chrétiens, ils les utilisaient pour tisser la soie. Pensez-vous qu'il y ait quelque chose de changé ? Et il est permis d'avoir un instant d'égarement quand les armes du chef de police dégouttent encore du sang des nôtres et que le plus cher de nos camarades est resté les bras en croix sous l'abside de San Lorenzo.

Ugo était un homme vaincu qui pleurait et non seulement à cause de sa blessure et non seulement à cause de Maciste; il pleurait de désespoir, d'angoisse, d'impuissance. Toutes les portes s'étaient refermées autour de lui. Sur son corps affaibli par l'hémorragie et l'émotion, sur ses nerfs secoués, sur sa peau, s'inscrivaient les premiers signes de la peur ; il n'avait plus que des pensées de loup aux abois ; l'obscurité favorisait ses phantasmes.

En s'en allant Gesuina avait éteint la lumière, et Ugo s'était machinalement déshabillé et recouché sans prendre garde à sa blessure. L'obscurité lui paraissait maintenant celle de l'éternité et préluder à sa propre mort. S'il évoquait ses camarades, ils lui semblaient très loin de lui, peut-être hostiles. Ils l'avaient considéré comme « perdu » après sa dispute avec Maciste et ils avaient su qu'ils flirtaient avec Osvaldo, un fasciste. Maciste lui avait raconté tout cela sur le side-car; il lui avait même rapporté le jugement de Tribaudo sur lui et son propre témoignage; il s'en excusa par un geste affectueux de la main.

— Que veux-tu c'est ton comportement qui m'avait rendu soupçonneux. Il y avait des faits, tu comprends ?

Maintenant Maciste était mort et pour les vivants ces faits étaient toujours là.

L'ombre l'envahissait complètement; ses yeux s'étaient fermés et son esprit s'évanouissait; il crut sentir la présence de deux hommes de part et d'autre de son lit, des fascistes qui le frappaient pour le punir d'avoir arraché ses secrets à Osvaldo. Un poignard s'enfonçait sous l'épaule et la lui arrachait tandis que ses camarades assistaient sans rien dire au supplice. Il y avait le visage dur, livide, du camarade mal foutu, le visage sillonné de rides du fondeur dont le regard ordinairement étonné étincelait de haine ; ils l'accusaient d'avoir tendu un traquenard à Maciste, de l'avoir mis sur le chemin des fascistes pour le faire prendre.

Dans son délire, il ne savait même plus si ce n'était pas vrai; c'était lui qui était venu chercher Maciste; il était donc responsable de sa mort. Voilà sur quoi les camarades venaient lui demander des comptes et il ne pouvait pas se justifier parce que le seul témoin, Maciste, était mort ! C'était là sa terreur, sans cesse grandissante; elle le torturait et aggravait ses souffrances physiques. Il y avait aussi la peur d'Osvaldo et de Carlino qui sûrement le recherchaient et le tueraient avant même qu'il ait pu s'expliquer avec ses camarades ! Car, à recevoir la mort, d'un côté du lit ou de l'autre, il préférait la recevoir du côté où se tenaient ses camarades; la mort donnée par une main amie est plus douce.

Ugo se disposait au sacrifice; mais il avait pitié de lui-même; il se sentait encore bien vivant; les larmes qui lui mouillaient les lèvres, la main qui étreignait l'oreiller étaient une réalité dont il ne pouvait se déprendre. Apparurent alors sur l'écran de la mémoire les images de sa vie passée, de son bonheur perdu. Il se voyait poussant sa voiture, plaisanter avec les femmes qui se pressaient autour du lit, se laisser aller à des privautés avec les plus jeunes et se reprendre auprès des plus âgées. Il se voyait boire à la taverne du Marché et jouer aux cartes avec des amis habiles au jeu et

excités; il retrouvait la saveur du vin et du grand air. Il se
rappelait son premier rendez-vous avec Maria, leur retour in-
sensé ; ils avaient marché bras dessus bras dessous presque
jusqu'à la via del Corno ! puis il l'avait laissée aller seule et
en arrivant à son tour dans la rue il avait rencontré Maciste
sur son side-car avec Mario; Mario lui avait fait un clin
d'œil et Maciste avait secoué la tête.

Voilà que l'apparition de Maciste le faisait retomber dans
son délire ; il écrasa son visage sur l'oreiller pour ne plus voir,
mais au contraire le défilé des images s'accéléra. Il vit l'hôtel
et Olimpia, Osvaldo saoul et Chicconna qui l'humiliait et
lui, Ugo, qui se complaisait au spectacle, buvait comme tout
un chacun et n'avait qu'une idée en tête : faire payer à Maciste son coup de poing. Mais n'avait-il pas réalisé son désir,
n'avait-il pas fait payer Maciste ? Oui, il avait poussé Maciste sur le chemin où l'attendait la mort. Que pouvait-il penser d'autre ? Il ne pouvait rien penser d'autre !

Enfin il trouva la force de s'asseoir sur le lit et du même
coup il secoua le cauchemar. Il ouvrit les yeux. Des raies de
lumière blanche filtraient à travers les volets, s'écrasaient sur
les murs jaunâtres, et gagnaient la tête du lit puis le plafond.
Les objets reprenaient leurs dimensions. Sur le miroir, dans
l'ombre, jouait un léger reflet : le soleil atteignait maintenant
les façades. La rue était extraordinairement silencieuse. Il
sentit la sueur lui couvrir le front, la nuque, le cou et couler
jusqu'à la pliure des coudes. Le pansement l'empêchait de
bouger. Dès qu'il se déplaçait il irritait sa blessure. Ses terreurs s'étaient évanouies mais il était incapable de penser.
Son esprit était paralysé comme le bras blessé. Il lui restait
de son cauchemar une crainte indéterminée; il s'alarmait au
moindre bruit; il se sentait environné de menaces, assiégé,
traqué; une ombre veillait à ses côtés, son ombre, peut-être,
prête à l'attaque. Où qu'il aille, maintenant ou plus tard,
quoi qu'il fasse cette ombre aurait le dessus. Toutefois la
lumière du jour le distrayait, séchait ses pleurs.

Il descendit du lit malgré ses souffrances, et alla ouvrir les

volets intérieurs. Il regarda la rue à travers les vitres et les
persiennes. Il ne pouvait apercevoir qu'un coin à l'angle du
Perlascio, et en face les fenêtres de Carlino; sa mère Armanda surveillait la rue avec inquiétude. Elle avait un visage
de cire; elle se serrait dans ses châles et une mèche blanche
retombait sur sa tempe; c'était l'image même du désespoir.

Enfin quelqu'un passa; c'était Cecchi qui se rendait à son
travail, puis Antonio se montra; il avait ses bottes de cuir et
une bêche neuve qui étincelait au soleil sur son épaule. Ensuite Otello ouvrit la charbonnerie et resta sur le seuil à
regarder vers la fenêtre de Margherita. Peu après Leontina
sortit avec le sac à provisions. En passant devant Otello elle
porta la main à son front et secoua la tête. Otello leva les
bras en signe d'assentiment, alluma une cigarette et s'assit
sur l'escabeau devant la porte. Clara se montra enfin comme
pour s'assurer que sa mère s'était éloignée puis elle se retira
à l'intérieur de l'appartement. Ugo était collé aux vitres; il
y rafraîchissait son front. Comme on n'entendait plus les sanglots de Margherita, il supposa qu'elle était partie à la
recherche de Maciste avec Mario. Mais où ?

En cet instant Armanda s'écria: « Carlino! » et referma
sa fenêtre dans un geste affolé. Carlino s'encadra dans l'espace ouvert entre les persiennes. Ugo suivait chacun de ses
gestes et se sentait frémir et défaillir à la fois. Des bouffées
de chaleur lui montaient au visage et tout son corps se raidis-
sait de froid. Il ne pouvait dire qu'il l'avait vu parmi les fascistes qui le poursuivaient mais pourtant il avait « senti » que
Carlino était là. Il en était aussi sûr que de l'ombre intan-
gible et pourtant présente qui pesait à ses épaules, plus que
jamais agressive.

Carlino cherchait les clés dans ses poches mais avant qu'il
ait eu le temps de les sortir, la porte s'ouvrit et Clara lui
tomba dessus. Elle avait dû descendre l'escalier en courant
pour aller chez Bianca en l'absence de sa mère. Elle jeta un
cri: « Maman! » et s'enfuit. Elle parcourut la Via del Corno
dans tous les sens comme une hirondelle affolée; elle hésitait
entre la porte de son amie et celle de son fiancé à qui elle

pensa naturellement dans sa terreur. Elle monta en courant
l'escalier qui conduisait chez Bruno. Son cri avait attiré les
Cornacchiai aux fenêtres.

— Oh! Jésus, protégez-nous! s'écria à son tour Clorinda
à ce spectacle.

Alors Carlino se planta sur son seuil et à haute voix, d'un
ton irrité et sec il dit :

— Calmez un peu vos nerfs, parce que si quelqu'un cherche à qui parler, il trouvera savate à son pied !

Je ne sais si l'on juge les hommes dans ces circonstances,
mais Staderini fut seul à élever la voix, une voix conformiste
il est vrai, mais fort sage, car Staderini avait compris qu'il
préviendrait ainsi un geste malheureux de Bruno, ou une réflexion de femme; les esprits étaient fort excités.

Staderini se mit donc à sa fenêtre sous le toit au numéro 3
et dit d'une voix humble mais décidée :

— N'en doutez pas, monsieur le comptable. nous savons
nous tenir ! mais vous devez vous rendre compte vous-mêmes
de la situation ! Peut-être ne savez-vous pas que cette nuit il
est arrivé un malheur...

Carlino parut surpris à l'apparition de Staderini. Ugo le vit
faire sauter son trousseau de clefs et réfléchir. Carlino dit enfin :

— Je ne sais rien du tout ! j'arrive de Livourne. En tout
cas espérons, brave homme, que toute la rue est de ton avis !

Et il referma la porte; sa mère venait au-devant de lui sur
le palier.

— Au lit, vite ! dit Gesuina derrière son dos.

Ugo se retourna en sursautant; la jeune fille avait une tasse
de café à la main; elle souriait d'un air las.

— Vous avez eu peur ? dit-elle.

— J'ai les nerfs ébranlés, vous comprenez !

Il s'assit au bord du lit pour boire; elle resta debout, une
petite cuillère dans une main et la soucoupe dans l'autre. Elle
regardait ses cheveux noirs en désordre, emmêlés de poussière, de brillantine et de sueur, sa nuque bronzée et en dessous de biais elle apercevait ce thorax d'homme emprisonné

dans les bandages jusqu'à la ceinture où s'annonçait le creux
du ventre. Il avait posé une main sur sa cuisse ; c'était une
main grande où finissaient les poils qui couvraient l'avant-
bras. A mesure qu'on remontait vers les doigts les poils
s'éclaircissaient ; il y en avait à peine une trace sur les doigts
entre les jointures. Le pouce en était absolument dépourvu ;
il paraissait isolé du reste de la main. Ugo l'agitait distraitement. « Il faut qu'il soit désarticulé pour remuer comme ça,
ce doigt ! » pensa-t-elle.

— Etendez-vous, répéta-t-elle ; Madame a dit que vous
aviez besoin de repos.

Il fit un effort pour parler ; on eût dit qu'il se tirait d'un
puits.

— Il faut, au contraire, que j'étudie le moyen de m'en
aller sans être vu !

— Avant ce soir en tout cas, ce n'est même pas la peine
d'y penser.

Et elle ajouta :

— Vous n'avez pas froid ?

Elle s'aperçut seulement alors qu'il était à moitié nu,
comme si elle ne l'avait pas contemplé jusqu'à cette minute !
Elle détourna son regard.

— Il faut pourtant que je parle à quelqu'un avant que les
fascistes ne me relancent, mais je comprends que jusqu'à ce
soir il n'y a rien à faire.

De nouveau il était abattu, fatigué, plein de désirs contra-
dictoires et stériles. Il regarda la jeune fille qui le bordait, et
ce fut lui qui franchit en se soulevant la distance qui les séparait, qui séparait leurs angoisses diverses ; ils puiseraient dans
cet échange un peu de force.

— Gesuina, dit-il, restez près de moi. Si vous me laissez
seul je deviens fou et ce soir j'aurai besoin de toute ma
force.

Mais elle fit semblant de ne pas remarquer l'élan de confiance que ces paroles contenaient ; elle dit seulement :

— Madame m'a demandé si les pansements tenaient.

Il fit un faux mouvement et la douleur lui arracha un juron.

— Chut ! fit-elle ; ne parlez pas fort ; même Liliana doit
ignorer que vous êtes là.

Il se mit sur le côté et s'endormit immédiatement.

Pendant ce temps Maciste avait été déposé dans la sacristie de San Lorenzo et transporté ensuite à la chambre mor-
tuaire adjacente à l'hôpital. Le convoi funèbre fut interdit
pour des raisons d'ordre public. Le député Bastai et la troisième victime de cette nuit mémorable firent l'objet des
mêmes mesures de prudence et l'accès de la chambre mor-
tuaire fut interdit au public pour les mêmes raisons. Les seuls
époux y purent pénétrer ; Mario et Milena toutefois purent
entrer avec Margherita parce qu'ils l'accompagnaient ; mais
quand les Cornacchiai, chez qui l'amitié fut plus forte que
la crainte, se présentèrent, des agents en civil les repoussèrent
courtoisement. Bruno et le coiffeur Oreste usèrent de subter-
fuges ; ils se firent passer pour les cousins de la victime ; la
ruse réussit une fois ; mais quand un troisième cousin se présenta, l'agent envoya chercher Mario pour le faire témoigner ; c'était le camarade fondeur qui venait en son nom et
au nom du Parti.

Et Maciste fut mis en bière ; il portait son ciré. Margherita
se sépara de son mari avec un courage inattendu, mais le
visage défait.

La ville était encore sous le coup du cauchemar ; les rues
étaient à peu près désertes. La presse reflétait un sentiment
de stupeur et de malaise : les événements étaient rapportés
en quelques lignes dans la rubrique nécrologique. Les bandes
noires manifestaient dans les rues et interpellaient quiconque
leur paraissait hostile, pour noyer leur déception sans doute
et revendiquer la responsabilité des événements. On soignait
quelque dix personnes au Prompt Secours. Le siège d'un
journal dont les colonnes continuaient à exhaler « des odeurs
peu catholiques » brûla ; un magasin d'étoffe, un magasin de
machines à écrire, une pâtisserie, une orfèvrerie, plusieurs
études d'avocat antifascistes, furent mises à sac. Le soir, il y
avait une tension dans la ville qui laissait présager une nou-

velle nuit de malheurs. Les lumières s'éteignirent avant l'heure
et en même temps tombèrent les rideaux des boutiques. Les
employés des tramways reçurent l'ordre de rentrer aux dépôts
plus tôt que d'habitude. Les passants avaient tous l'air traqué ; on eût dit qu'ils sortaient d'une embuscade et s'atten-
daient à voir s'abattre sur eux les bandes noires, pourtant,
quand on alluma les réverbères et que la lune apparut, les
attaques se diluèrent dans l'ombre, s'espacèrent, hésitèrent.
Dès le petit matin les édifices publics furent gardés par des
piquets de soldats et des patrouilles de carabiniers parcouru-
rent la ville. La nouvelle que la ville était en état de siège
se répandit du centre vers la périphérie ; on parla de couvre-
feu après minuit.

Margherita et Mario revinrent du cimetière avec le dernier
tram. La Via del Corno était déserte ; derrière les fenêtres
éclairées se profilaient des ombres. Ristori était sur le seuil
de l'hôtel. Quand il les vit, il se détourna l'air embarrassé
et fit mine de rentrer. Devant la porte du numéro 4 il y avait
un policier, dans l'escalier un commissaire et deux carabiniers en armes. Le commissaire se montra déférent ; il dit que
la maison était gardée, par mesure de protection, pour la
sécurité des locataires et il pria Margherita de bien vouloir
lui accorder un entretien quand elle aurait pris du repos. Il
s'empressa d'ajouter qu'il était en tout cas à sa disposition,
qu'il prenait part à sa douleur, « que la justice suivrait son
cours ». Il y avait également deux patrouilles de carabiniers
aux deux extrémités de la rue, là où l'obscurité était la plus
épaisse. Elles étaient commandées par un maréchal qui avait
fait stationner le corps de garde dans la petite pièce du rez-
de-chaussée, à l'hôtel ; il s'était assis lui-même à la table de
Ristori au-dessous du portrait de Pie IX ; il avait à côté de lui
le brigadier spécialiste du quartier, celui des rondes. La ville
n'était pas en état de siège, mais la Via del Corno l'était.
Les Cornacchiai épiaient de leurs fenêtres craintivement et
ils ne savaient que penser. Ils se perdaient en conjonctures,
enfermés chez eux comme des prisonniers dans leur cellule.

Bien qu'accablée, Margherita pensa à ses poules en en-

trant. Elles pépiaient; toute la journée elles étaient restées
sans nourriture dans leur cage.

Ugo dormait encore; il ronflait dans son sommeil. Sa barbe
avait poussé; sur la peau à peine granuleuse de la nuit précédente, apparaissait maintenant une couche compacte de poils
durs et noirs qui montait jusqu'aux pommettes. Gesuina le
secoua légèrement comme si elle craignait une réaction violente; il manifesta son mécontentement dans son sommeil par
un grognement, mais elle ne s'en effraya pas trop, elle fut
plutôt dégoûtée. En tout cas, il cessa de ronfler. Elle resta
dès lors une demi-heure devant lui, indécise. Il était toujours couché sur le côté valide depuis le matin. Madame
avait recommandé à Gesuina de le laisser dormir; le sommeil
lui faisait du bien. Le souffle de Ugo se fit imperceptible.
Elle se pencha sur lui et regarda son visage, sa barbe héris-
sée, ce quelque chose de sale partout. Elle le regardait pourtant. Son visage s'était recomposé dans le sommeil et comme
pacifié; c'était un convalescent qui dormait. Elle voyait un
homme dormir pour la première fois; pour la première fois
elle avait sous ses propres yeux un visage d'homme au repos.
Celui-là lui apparut, comme il était: une créature humaine,
mais sale, velue, rude au toucher; pourtant Madame le lui
avait confié, elle devait exécuter ses ordres; à vrai dire
même, c'était elle, Gesuina, qui cette fois avait pris l'initiative; Madame avait dû s'incliner devant le fait accompli.
Ugo était son secret à elle, son aventure, et Madame avait
été contrainte de s'en mêler. En cette circonstance Madame
dépendait de Gesuina et non vice versa. En traînant Ugo
dans sa chambre elle avait obéi à un bon mouvement; c'était
sa première bonne action; elle n'avait aucune arrière-pensée
et cette bonne action elle voulait la mener jusqu'au bout même
si la présence de Ugo la gênait, même si elle le trouvait sale
et repoussant.

Son souffle était à présent imperceptible; elle se pencha
un peu plus et vit qu'il avait les lèvres sèches et coupées de
mille petites crevasses. Elle prit un peu de gaze qu'elle

humecta et l'appliqua sur ses lèvres comme elle faisait pour Madame. Ugo se réveilla ; il ouvrit les yeux et resta un moment immobile pour essayer de reconnaître les lieux. Il la vit courbée au-dessus de lui avec le verre dans une main et la gaze dans l'autre et lui sourit.

— Bonjour ! dit-il.

— Bonsoir plutôt ! dit-elle en lui rendant son sourire.

Il se releva brusquement et regarda les fenêtres ; elles étaient fermées.

— Pourquoi m'avez-vous laissé dormir, stupide ! s'écria-t-il en descendant du lit.

Il enfila ses pantalons et alla ouvrir un des volets intérieurs ; à travers les lames des persiennes, il vit un bout de rue désert, illuminé par le réverbère.

— Quelle heure est-il ? demande-t-il et il jura.

Comme elle le regardait de son air sérieux et même fâché il insista :

— Eh ! je vous parle !

Elle s'affaira dans la commode et dit sans se retourner :

— N'oubliez pas que vous êtes l'hôte de cette maison et que l'on vous a demandé de ne pas vous faire entendre. D'ailleurs c'est de votre intérêt ; la rue est pleine de policiers, si vous voulez le savoir. Ils attendent évidemment quelqu'un.

Il eut un coup au cœur en entendant ces mots. Il se mit à tourner comme un lion en cage, s'assit devant la table de toilette, se regarda dans le miroir, se passa le dos de la main sous le menton, prit un peigne et tambourina sur le marbre, le remit dans la brosse à cheveux et dit enfin avec angoisse comme à soi-même :

— Et maintenant ?

Elle cependant défaisait le lit, battait le matelas, s'occupait ; elle dit :

— Madame va venir refaire le pansement. Le dîner est prêt. Vous voulez manger d'abord ?

Il était de nouveau en proie à son cauchemar et son cauchemar était accru par la présence de la police. C'était lui qu'on attendait ! Quand il sut qu'un maréchal était de garde

à l'hôtel sa crainte devint une certitude. Il n'était plus homme
à croire en la police; il savait que les fascistes étaient de
connivence avec elle. Quand Gesuina lui eut rapporté les
événements de la journée il se persuada que la police ne
recherchait pas les assassins de Maciste, mais le recherchait,
lui, unique témoin de l'assassinat, pour l'enfermer et l'empêcher de parler, pour s'en débarrasser peut-être.

Mais de même qu'au milieu des ténèbres les plus épaisses
de l'ouragan, un éclair illumine le paysage et console malgré
la terreur qu'il inspire, de même l'esprit d'Ugo où les rai-
sonnements s'entrecoupaient pêle-mêle, s'illumina tout à coup :
Si la police le recherchait, c'était donc qu'il n'avait pas
trahi Maciste ! Il était innocent, sauvé aux yeux de ses camarades. Peut-être ses camarades étaient-ils en peine pour lui.
Peut-être étaient-ils en train de se compromettre pour le chercher et l'aider ? Il était sauvé !

A cette idée Ugo retrouva sa présence d'esprit, et se retrouva lui-même avec ses qualités et ses défauts, ses vingt-
huit ans passés à lutter pour la vie, à aimer la vie, avec sa
générosité, son habileté, sa témérité. Il décida avant tout de
renseigner ses camarades sur sa situation. Comment faire ?
Gesuina débarrassait la table du vase à fleur, mettait la nappe
et préparait la table pour le repas. Pourrait-il se servir d'elle ?
Mais il était chez Madame et de Madame il se défiait; elle
l'avait accueilli malgré elle et si elle ne le chassait pas,
c'était, comme elle le lui avait dit, pour ne pas s'attirer d'ennuis. S'il lui demandait une complicité directe elle la lui
refuserait. Et s'il insistait peut-être le dénoncerait-elle tout
simplement ! Il eut l'idée de monter chez Maria Carresi; il
était sûr d'en obtenir ce qu'il voulait, mais il y avait Beppino
et sur la complaisance de Beppino il ne se faisait pas d'illusions. Il pensa à descendre chez Bruno, mais il ne le pouvait
sans se faire voir de sa mère et de la petite Piccarda, l'une
et l'autre bien incapables pour diverses raisons de résister au
plaisir d'aller susurrer aux oreilles des Cornacchiai qu'Ugo
était caché chez elles. Il ne restait donc que Gesuina —
laquelle d'ailleurs « pensait avec le cerveau de Madame ».

Il la regarda d'un œil différent. Elle était encore jeune bien qu'elle essayât de masquer sa jeunesse par une coiffure sévère et un manque absolu d'apprêts ; et ses yeux avaient une lueur vive ; elle avait quelques instants plus tôt relevé sa grossièreté par une attitude qui révélait un caractère. Son corps, noyé dans l'ample robe de chambre, prenait une gaucherie toute féminine, une grâce de femme jeune et à peine éclose. Ugo pensa qu'elle se trouvait dans la maison de Madame depuis son tout jeune âge et qu'elle sortait rarement ; elle se sacrifiait à la vieille avec le dévouement d'une converse « dans l'espoir de l'héritage peut-être », disait Nanni. Il se rappela que Staderini avait dit un jour : « Maintenant, Madame est obligé de penser pour elle ; mais si un jour ou l'autre la fille découvre l'odeur du mâle tu verras que sa dévotion baissera et elle commencera à penser avec sa propre tête. » « Ou avec celle du mâle ! » avait ajouté Nanni.

Gesuina l'invita à s'asseoir à table.

— Madame viendra plus tard, dit Gesuina. Liliana ne peut pas s'endormir et Madame ne veut pas qu'elle soit mêlée à tout ça.

Il se leva et s'approcha en balançant sa veste sur ses épaules.

— Il faut m'excuser, dit-il, je sais bien que vous n'êtes pas sotte.

Comme elle le servait avec un air qui maintenait les distances, il fit l'enfant, prit des airs innocents, la regarda par en-dessous et fit la moue.

— Vous boudez encore ? demanda-t-il, si bien qu'il lui arracha un sourire.

— Ne soyez pas ridicule, dit-elle. Vous n'avez plus peur tout à coup ? Mais qu'êtes-vous donc ? Un fou ou un inconscient ?

— Je suis un blessé entre les mains de son infirmière !

— Alors l'infirmière vous ordonne de manger et de retourner au lit.

Et au milieu du drame, il se noua entre eux une complicité d'enfants joueurs. Gesuina sortit et rentra plusieurs fois, débarrassa et remit le vase sur la table. Il avait trouvé un gros mégot dans sa poche et il fumait, couché sur le côté. Mais la blessure redevint douloureuse, elle battait sur l'épaule « comme un cœur ». Gesuina dit que Liliana ne s'était pas encore endormie et que Madame lui avait demandé par gestes de changer elle-même le pansement. Cela les rapprocha encore ; quelque chose de confus et d'heureux se glissait en Gesuina à mesure qu'elle se sentait davantage en confiance et Ugo en prenait vanité : « Je suis en train de la mettre de mon côté », se dit-il. Il ne savait pas de quel poids pèserait cette pensée dans sa vie !

Puis ce fut tout à fait la nuit. Les patrouilles firent résonner leurs pas à nouveau aux deux extrémités de la rue.

— Nous avons vécu porte à porte et nous nous sommes vus bien rarement ! dit-il. Vous êtes de Florence ?

— Presque, répondit-elle.

Elle était assise près du lit ; elle n'avait plus froid, comme la nuit précédente, bien qu'elle portât la même robe de chambre rose. Il est vrai qu'elle avait sur les genoux la bouillote d'eau chaude...

— Je suis de Scandicci.

Il était sur le bord du lit, tendu vers elle.

— Les alentours. Qu'est-ce qu'il y a ? Une demi-heure de tram ?

— Même pas ; vingt minutes !

— J'ai un ami de Scandacci ; un certain Baldotti. Vous le connaissez ?

— Il y a treize ans que je n'y suis plus. Je connaissais un Baldotti qui était charretier.

— Alors c'est lui. Un type grand avec des cheveux noirs !

— Celui dont je parle était déjà chauve. Mais attendez, c'est peut-être son fils. Les douze ans sont passés pour lui aussi ! Il s'appelle Romeo ?

Il mentit :

— Oui ! oui ! Romeo !

Et il mentit encore : ·

— Le père est mort. Maintenant Romeo est propriétaire de la charrette et du cheval. Il se la coule douce !

— Romeo ! dit-elle, et elle sourit des lèvres et des yeux et dans son sourire il y avait la tristesse et la douceur d'un tendre souvenir.

— Il s'est marié ? demanda-t-elle presque sans vouloir.

Et Ugo mentit encore :

— Deux fils, des jumeaux, je crois !... Mais peut-être suis-je indiscret, ajouta-t-il.

— N'allez pas imaginer des choses... Nous avons grandi ensemble. Puis j'ai perdu mes parents en l'espace d'un mois, et comme je n'avais pas de famille, la Commune m'a mise à l'hospice. J'ai perdu Scandicci de vue ; j'avais treize ans. Je ne suis plus retournée là-bas depuis.

Elle se rappela brusquement qu'elle était son infirmière et que Madame lui avait laissé des prescriptions.

— Dormez, maintenant, dit-elle. Vous voulez que j'éteigne la lumière ou que je mette un journal autour de la lampe seulement ? Si vous avez besoin de quelque chose, je reste là.

— Et quand irez-vous dormir ?

— Madame m'a ordonné de vous veiller, dit-elle avec un air mi-sérieux, mi-rieur. Mais si vous dormez, il est probable que je fermerai les yeux moi aussi !

— Allez au lit, dit-il, et préparez-vous à me dire oui demain matin si je vous demande un service.

— Je peux dire oui tout de suite, dit-elle, et elle ajouta spontanément :

— Mais pour ce qui est d'aller au lit, comment voulez-vous que je fasse puisque vous êtes dans le mien.

Il eut l'air tellement mortifié qu'elle le rassura aussitôt :

— Madame en a décidé ainsi ! Si vous restez ici demain nous sortirons un lit de sangle qui est dans la soupente.

Il jugea que l'occasion était bonne pour sonder le terrain :

— Madame a décidé ! Vous avez bien une opinion j'imagine !

Mais la jeune fille lui répondit simplement :

— Certes ! mon opinion coïncide avec celle de Madame.

— Toutes les opinions de Madame coïncident-elles avec
les vôtres ?

Et le terrain céda : la jeune fille dit toujours avec la même
gentillesse amicale :

— Depuis quelque temps, les choses ont un peu changé.

— Pourquoi ?

Et il pointa dans le mille :

— Peut-être ne partagez-vous pas l'attachement de Madame pour Liliana.

Gesuina rougit brusquement comme si ses pensées les plus
secrètes étaient mises à jour. Mais elle sut se dominer ; elle
dit d'un ton sec, cassant, mais trop vite :

— Vous avez envie de parler et il vous faut dormir au
contraire.

Elle se leva, éteignit la lumière et ajouta encore :

— Liliana est une malheureuse et mériterait bien davantage encore. Quant à Madame, c'est une sainte !

Alors il comprit que le terrain cédait, mais qu'il y avait
encore de la résistance sur un certain point et qu'il ne fallait
pas y toucher.

La chambre fut précipitée dans la nuit puis des fils de lune
s'immiscèrent entre les fenêtres des volets, de plus en plus
brillants à mesure que les yeux s'habituaient à l'obscurité.
Le réveil de Gesuina faisait tic tac dans le tiroir de la commode où l'avait rangé la jeune fille et ce bruit dans le silence
semblait venir de loin, compagnon gentil et un peu mystérieux. Le temps passa ; ils s'étaient tus tous les deux et réflé-
chissaient chacun pour soi. Un miaulement, un bruit de pas
pesant à l'étage au-dessus ; Beppino peut-être, le piétinement
régulier des patrouilles, voix amorties, indéchiffrables, lointaines du corps de garde, là-bas à l'hôtel... Puis les sanglots
de Margherita, peut-être, et les heures sonnant dans le silence
et encore cet épais silence. Il parut à Ugo et Gesuina que
la vie était suspendue dans l'attente du premier cocorico qui
romprait l'enchantement. Chacun suivait ses propres pensées
mais tour à tour ils se regardaient dans l'ombre et involontairement chacun se laissait bercer par le souffle de l'autre. Brus-

quement Gesuina se mit à penser tout haut : « Vous n'avez pas eu une pensée pour Olimpia ». Elle se tut aussitôt surprise par ses propres paroles, car elle ne s'adressait pas véritablement à Ugo, mais à l'image de Ugo qu'elle était en train de se modeler pour elle. Aussi quand Ugo lui répondit elle sursauta ; cette voix lui fut agréable d'ailleurs et elle prit plaisir à lui répondre à son tour. Ugo répondit donc :

— Je ne me fais pas de soucis pour Olimpia ; c'est une femme qui sait s'en tirer toute seule.

— Mais c'était bien votre amie, si je ne me trompe ?

Cette fois il fut sincère :

— C'était une femme avec qui j'avais des relations depuis trois mois. Je ne dis pas cela par mépris ; entre nous il y avait une sorte de contrat : moi je te donne tant et tu me donnes tant. Je ne sais si vous me comprenez, Gesuina. Maintenant, après ce qu'il est arrivé, le contrat est dissous. Olimpia l'aura immédiatement compris.

— Que doit-elle comprendre ? Qu'elle a risqué gros pour un homme qui n'a même pas une pensée pour elle quelques heures plus tard ?

— Vous êtes une jeune fille naïve, chère Gesuina ! et je vous en félicite. Il m'est difficile de me faire comprendre. Je crains que vous ne me preniez pour un vaniteux.

— Voyons tout de même !

Ils parlaient à voix basse ; un chuchotement dans la nuit ; mais la chambre de Madame était à deux pas et peut-être était-elle éveillée et avec son ouïe de chien de chasse percevait-elle leur conversation. Ugo et Gesuina distinguaient maintenant leur visage. Il reprit :

— En réalité ce n'est pas difficile à dire ; mais c'est de persuader une jeune fille comme vous qui est difficile. Voilà ce que je voulais vous faire comprendre...

Et il chercha ses mots :

— Olimpia aura compris que ce qui vient d'arriver m'aura fait redevenir le Ugo que j'étais autrefois. Celui que j'étais autrefois n'aurait pas accepté de passer un contrat avec une femme comme Olimpia qui fait le trottoir.

— Ah bien ! dit Gesuina, — il y avait un ton ironique dans cette exclamation — parce que le Ugo d'autrefois était comme qui dirait un saint ? C'est cela que vous voudriez me faire croire ?

— Après tout, Via del Corno il n'y a pas de secret. Ne m'appelle-t-on pas « le coq de la Checca » pour signifier ainsi que je suis toujours derrière les jupons ? Il n'est pas vrai que je méprise les malheureuses qui font la vie. Seulement ma façon de penser est un peu plus difficile à comprendre que celle d'un paysan. Ces derniers temps je m'étais laissé aller. Le réveil a été trop effrayant pour qu'il m'ait été possible alors de penser à Olympia. Vous me comprenez maintenant ?

— Non, dit-elle ; vous voulez vous justifier à mes yeux parce que je suis une femme. Mais en réalité vous vous êtes comporté comme tous les hommes se comportent en cette occasion ; ils nous laissent tomber quand ça leur chante.

Ugo avait été sincère ; c'est la première fois qu'il exprimait tout haut sa conviction profonde ; aussi répondit-il brutalement lui aussi aux paroles de Gesuina et avec une nuance d'ironie dans la voix.

— Vous pensez avec le cerveau de Madame ; essayez donc de penser avec le vôtre !

Elle ne se fâcha point, contrairement à ce qu'il attendait, et ce qu'elle lui dit le fit réfléchir ; oui, peut-être l'aiderait-elle.

— C'est justement avec mon cerveau que je pense ; un autre de ces rares points sur lesquels nos opinions à Madame et à moi coïncident.

Il se releva sur le coude pour mieux la voir ; elle était convaincue de ce qu'elle disait ; elle avait l'air de quelqu'un qui se fait une idée des choses avec une application tranquille. C'est le moment qu'il choisit pour lui poser la question qui lui tenait le plus à cœur :

— Et pour ce qui est de la politique, dit-il, pour vous aussi les Rouges et les Noirs ça se vaut ?

Elle lui répondit tout aussi spontanément qu'elle l'avait fait jusqu'ici :

—- Hier encore c'est ce que je pensais ; mais si les Noirs font de pareilles choses, alors ce sont les Rouges qui ont raison. Maciste était l'unique personne pour qui j'aie de l'estime Via del Corno.

— Et pourquoi ? demanda-t-il.

Il était impressionné maintenant par cette conversation à voix basse, par sa propre situation, si bizarre, et par ce qu'exprimait la jeune fille assise auprès de lui. Il était prêt à s'émouvoir ; il se repentait d'avoir prémédité de lui faire la cour pour se servir d'elle. Elle lui faisait comprendre que les gens ne se jugent pas du dehors ; il avait eu tort de ne pas la prendre en considération et de l'englober dans le jugement qu'il portait sur Madame. En outre si une femme a des sens qu'il peut être facile d'éveiller, elle a aussi un cœur qui demande pour être compris, du temps, de l'humilité et une candeur égale à la sienne. La réponse de la jeune fille le déçut d'abord, mais l'émut encore davantage à la réflexion.

— Maciste est un homme qui n'a jamais suscité de potins !

Elle entendait dire par là que son jugement sur Maciste était le fruit de récentes méditations et de sa récente réaction à l'égard du climat de curiosité et d'intrigue auquel Madame l'avait habituée. Maciste avait été le seul à ne pas satisfaire la louche avidité de Madame, fût-ce une seule fois, par un scandale, une mauvaise action, ou seulement un geste qu'elle pût ridiculiser. La mort de Maciste confirmait tragiquement son opinion et lui permettait d'affirmer que la vérité se trouvait précisément là où cessait le pouvoir de Madame. Elle pensait à cette vérité que lui révélait confusément la mort de Maciste, là, dans l'obscurité de la chambre, en compagnie de l'ami de Maciste et elle regarda Ugo comme l'ami de cet homme qui était dans le vrai et dans le juste ; Ugo devait donc être aussi pour une part dans le vrai et dans le juste. Elle se disposa à l'écouter, à l'interroger avec confiance, à accueillir l'amitié qu'il lui offrait ; c'était peut-être la main qu'elle attendait pour franchir le seuil enchanté de la maison de Madame.

Ils parlèrent longtemps, le cœur sur la main. Quand le coq chanta, — et ce fut l'aube, — quand les réveils sonnèrent, quand passèrent les premiers trams et que s'entendirent les premiers bruits de voix, Ugo était sûr de l'aide de Gesuina.

Le lendemain Gesuina rencontra le camarade fondeur et reçut ses instructions. Il semblait que les Fascistes voulussent désavouer le coup de main des Bandes, comme après le meurtre de Matteoti et arrêter les responsables ; mais même dans ce cas, et à plus forte raison encore, Ugo restait un témoin bien trop gênant pour les fascistes. Ils essaieraient de lui fermer la bouche. Qu'il reste donc pour l'instant où il était, s'il y était en sécurité, et d'ici quelques jours le Parti lui suggérerait une conduite à suivre. Ugo devait rester en lieu sûr, pour pouvoir au moment opportun témoigner justement contre les assassins de Maciste. Pour ne pas éveiller les soupçons, le fondeur dit à Gesuina de se mettre en rapport avec Mario ; c'est lui qu'elle rencontrerait désormais ; il habitait la même rue et n'était pas suspect. Mais c'était un camarade, bien que Ugo l'ignorât, une recrue de Maciste justement ! Comme Gesuina n'avait pu s'empêcher de lui faire part des craintes de Ugo quant à la confiance des Camarades à son égard, le fondeur la tranquillisa en riant :

— Ugo devait avoir une fièvre de cheval pour ne pas se rappeler que Maciste et lui ont fait leur première étape chez moi et que Maciste m'a tout raconté. Rappelez-lui que le Parti n'est pas une petite demoiselle qui se fie aux apparences ; il ne juge un camarade qu'avec preuves à l'appui, ni plus ni moins que la Cour d'Assises et — ce disant il la prit par le bras paternellement — quand le parti a condamné un communiste, il peut se faire aussi vieux que Mathusalem, c'est comme s'il avait perdu la face ; on ne le connaît plus.

Gesuina parut troublée ; alors il ajouta en souriant :

— Vous pouvez imaginer un homme sans visage ? Ou bien une jeune fille complètement rasée ? Qui l'accepterait pour femme ?

Alors elle rit aussi :

— Il y en a tant de femmes qui portent perruque !

Elle pensa que Madame portait une perruque et qu'elle était la seule à le savoir ; Liliana l'ignorait encore.

Avant de retourner auprès de Ugo, Gesuina se rappela qu'elle devait lui rapporter des cigarettes ; elle acheta également un pyjama, de son propre mouvement.

Les suppositions du fondeur se vérifièrent. Le gouvernement jetait ou faisait jeter par-dessus bord les responsables de la Nuit de l'Apocalypse. On vit les agents surveiller la maison de Carlino après celle de Margherita. Carlino s'était subtilisé dans les airs conjointement à Osvaldo qui n'avait pas reparu à l'hôtel. La police quand elle s'y met, est capable de dépister n'importe quel renard ; les policiers sont des chasseurs qui manquent d'imagination mais ils battent et rebattent les parages de la tanière ; ils ont leurs raisons. Carlino fut déniché sur les toits de sa maison ; il se cachait dans un recoin de la terrasse, derrière la cage du coq Nesi. Toute la rue s'étonna et particulièrement Otello. Osvaldo fut arrêté à Montale Agliana chez sa fiancée, et les autres dans des endroits tout aussi peu inattendus. Mais pour arriver à ce résultat il fallut sept jours pendant lesquels la via del Corno demeura en état de siège. Margherita subit trois interrogatoires avant de pouvoir fermer son appartement et confier les clefs à Mario ; car Mario continua à habiter dans sa petite pièce, sur l'escalier. Elle, elle retourna dans son village ; sa sœur s'était mariée et avait eu des enfants. La forge fut confiée à Eugenio qui avait travaillé seul pendant quelques jours et avait fait venir un de ses frères ensuite pour l'aider.

Tout de même il y avait toujours du danger pour Ugo. Il resta donc une semaine dans son refuge et fut si prudent que ni Luisa, quand elle venait faire ses ménages ni Liliana ne s'aperçurent de sa présence. Madame s'était déclarée fatiguée et n'avait pas reparu depuis le premier soir. La blessure se cicatrisait ; dès le cinquième jour il put remuer la clavicule sans douleur. Gesuina avait sorti le lit de sangle et dormait dans la même pièce près de la fenêtre.

— Tu pourrais, lui avait dit Madame, coucher à la cuisine ; mais Liliana risquerait de te voir et cela je ne le veux à aucun prix et puis ce garçon est impulsif, il pourrait se mettre à la fenêtre ou commettre quelque bêtise ; alors sacrifie-toi encore un peu, petite fille !

Mais ce n'était plus un sacrifice pour Gesuina. Elle restait levée tard dans la nuit et ils parlaient longuement. Il était couché sur le dos dans le pyjama qu'elle lui avait offert, et elle était assise au chevet du lit comme le premier soir ; ils parlaient bas et de plus en plus bas à mesure que la rue devenait silencieuse. C'était le chuchotement de deux cœurs, si éloignés d'abord qu'il avait semblé aux deux amis eux-mêmes qu'ils ne se rejoindraient jamais. Ils se rapprochaient lentement ; ils s'apercevaient que sous l'écorce de leurs expériences diverses qui tombait comme la mousse que l'on gratte avec une pierre, il y avait leurs âmes et qu'elles étaient également sans véritable péché. C'étaient de jeunes plantes désireuses de prendre racine dans une terre saine. L'amour ? En tout cas la rencontre de deux êtres humains venus de bien loin qui se prennent la main pour se donner du courage, car le chemin est long et il faut arriver jusqu'à cette autre terre, pour autant qu'elle existe.

Et la sixième nuit ils unirent leurs vies. Quand ce fut l'aube et que les réveils se firent entendre, Gesuina s'éveilla, la tête sur sa poitrine, sur son cœur qui battait calmement et fortement. Il était couché sur le dos. Sa barbe avait encore poussé ; elle pensa qu'il était un ours et que les ours sont bons à caresser et qu'ils sont forts ; ils savent défendre leurs biens. Elle avait peur qu'il n'appuie sur sa blessure mais elle ne voulait pas l'éveiller. Puis elle désira voir la couleur de ses yeux, elle s'étonna de ne pas la connaître encore. Puis elle désira entendre sa voix. Elle l'embrassa doucement dans l'oreille. Il ouvrit les yeux et lui sourit :

— Bonjour ! dit-il.

Il avait le même ton que cinq jours plus tôt et pourtant un ton différent. Elle comprit qu'il n'y avait qu'elle qu'il pût saluer ainsi au réveil. Ses yeux étaient grands et clairs comme les yeux clairs d'un grand ours noir. Il la serra contre lui : leurs corps avaient la même chaleur. En cet instant la clef tomba de la serrure ; ils avaient fermé à double tour ; quelqu'un ouvrait de l'extérieur avec une seconde clef. Avant même qu'ils aient pu vraiment se rendre compte, la porte s'ouvrit et Madame apparut.

Elle portait son vêtement bleu ciel amplement garni de dentelles à la poitrine et aux poignets. Son visage était plus blanc que le plâtre et ses orbites cerclées de noir. Toutefois son regard avait une lueur ironique et ses lèvres écarlates une ombre de sourire ; on eût dit une divinité antique satisfaite d'avoir vu loin. Elle dit :

— Je suis contente que vous ayez fait si vite ! Maintenant, comme il n'y a plus de danger pour lui, levez-vous et pliez bagages ; vous avez encore le temps de sortir avant que la Via del Corno ne s'éveille.

Dans la rue l'aube était froide, les nuages bas sur les maisons. Un automne froid prévenait l'hiver. Le garçon de la laiterie Mogherini, Via dei Neri, relevait le rideau de fer. Ugo et Gesuina entrèrent pour se réchauffer et pour reprendre leurs esprits. Avant tout ils s'assirent à une table et s'embrassèrent sur la bouche.

## TROISIÈME PARTIE

## CHAPITRE XVI

L'hiver est arrivé pour de bon; les mois ont passé; pour échapper à la terreur et à l'obsession de la mort, chacun s'est tourné activement vers les choses de la vie. Margherita consacre ses journées entières à ses neveux pour noyer son chagrin; car, notre destin est de vivre. Elle a cédé la forge à Eugenio et n'est plus retournée Via del Corno. Ses jeunes amis vont la voir souvent le dimanche dans son village. Mario est le plus assidu. Un dimanche Milena s'est jointe aux deux couples de fiancés. Alfredo est toujours au sanatorium et son état s'aggrave plutôt. Le cordonnier se vante d'avoir vu clair pour Gesuina : au premier mâle qui lui est tombé entre les jupes elle a dit oui. Tout le monde pense que c'est tant mieux. Même les femmes affirment que Gesuina est jeune et a le droit de vivre sa vie; Madame a Liliana auprès d'elle pour la payer de tout le bien qu'elle a fait et largement. Ugo et Gesuina ne sont même pas retournés Via del Corno : si nous voulons savoir quelque chose sur eux il nous faudra aller les chercher où ils sont, un de ces jours. Après le mauvais temps et la brume, il y a eu un semblant de neige. Notre rue est froide et engourdie; elle se réchauffe à son propre sang et se console humainement.

Quand le balayeur Cecchi se rend à son travail en hiver, l'obscurité est encore épaisse et les fenêtres sont fermées. Le coq Nesi semble chanter à des kilomètres de là. Un voile de brume assourdit l'éclat du réverbère et tombe comme un rideau sur le Palazzio Vecchio qui continue à tourner le dos à notre rue. A cette heure la Via del Corno ressemble à un cul de sac, ou à une citadelle abandonnée avec sa guérite, à savoir la vespasienne. Quelquefois le vent de la montagne apporte pendant la nuit quelques flocons de neige que les premiers passants feront disparaître. Mais cela suffit pour que Cecchi se sente en devoir de répandre la nouvelle : « Que ceux qui sont au lit, y restent; il neige ! » lance-t-il dans le silence comme un antique crieur public. Il y en a peu qui l'entendent; les Cornacchiai ont l'habitude de dormir avec la tête sous les couvertures. L'air dans les chambres est plus froid et plus humide que dans la rue; chaque souffle s'y change en buée.

L'hiver est l'ennemi des pauvres; plus ils se couvrent et plus ils font voir leur misère. Staderini met deux vieilles vestes l'une sur l'autre. Nanni s'enveloppe dans une cape militaire. Cecchi porte l'uniforme, même en dehors du service; il n'a rien pour remplacer le pardessus bleu, orné de lis aux revers et sur les boutons. Le dimanche le terrassier Antonio revêt une houppelande noire qui lui rappelle sa jeunesse. Les femmes se mettent des châles sur les épaules, les plus âgées se couvrent la tête avec des écharpes de laine; les fillettes vont à l'école en haillons; elles ont toutes des engelures, les jeunes filles mettent pour sortir des manteaux élégants malgré leur simplicité et les jeunes gens nouent à leur cou des foulards qui sont maintenant à la mode. Quand la bise fut venue, tout le monde s'est demandé si Otello mettrait la pelisse que le vieux Nesi s'était offerte deux ans plus tôt. Il la mit et elle lui allait comme si elle avait été faite pour lui.

Le mois de février est un maudit petit mois, comme le dit le proverbe. En février le baromètre Sbisa marque ordinairement « temps nuageux » et la veuve Nesi a sa sciatique. Elisa a des embêtements avec son cœur et la cheminée est allumée sans interruption dans la chambre de Madame. Tant

que mars n'est pas sérieusement entamé et que les géraniums
de Margherita laissés en souvenir à Bianca ne fleurissent pas,
on consomme force pastilles à la potasse, mucilages pour la
toux, onguents pour les engelures, cataplasmes et infusions.
Jusqu'aux premiers beaux jours les longues soirées se passent
en veillées tantôt chez l'un tantôt chez l'autre ; on joue à la
tombola ; on parle.

Le lundi soir, la Via del Corno se réunit chez Antonio ;
le mardi c'est Revuar qui reçoit et le jeudi les époux Carresi. Le vendredi on respecte la loi de l'Eglise qui commande de méditer et de faire maigre ; cette loi imposée par
les dévotes est devenue une habitude désormais. On fait
maigre tous les jours d'ailleurs ; donc le vendredi on se couche
tôt sauf l'exception de quelques visites privées et le samedi
c'est le tour de Milena. Le dimanche qui était réservé à
Maciste se passe maintenant chez Otello qui reçoit les Cornacchiai avec la générosité de quelqu'un qui a des moyens.
Quand elles vont chez lui les femmes n'emportent pas leur
chaise ni leur chaufferette. Aurora garnit les fourneaux à bloc,
met deux chaufferettes sous la table et sur la table des bouteilles de vin auquel Otello s'adonne sans discrétion. Il y a
en outre un grand plateau de crottes en chocolat Viola, des
petites, sans papier, qu'on appelle « centesimini » ; pour les
hommes qui ont l'estomac solide et qui ont besoin de caller
leur vin, Aurora a préparé de nombreux sandwiches. Nanni
dit que le dimanche personne ne dîne Via del Corno ; mais
il est jaloux ; très souvent en effet on oublie de le réinviter.

Naturellement il n'en est pas ainsi dans toutes les maisons.
Certaines sont si petites qu'elles ne pourraient contenir que
la moitié des Cornacchiai. Celles du cordonnier et du balayeur par exemple, mais le cordonnier s'en moque si le balayeur en souffre. Chez Antonio et chez Revuar il faut porter
des sièges, du feu et deux sous si l'on veut boire un peu et
grignoter une moitié de praline ; Revuar ne peut les donner à
moins ; c'est le prix de revient. Chez Bruno et chez les Carresi au contraire les invités sont traités gracieusement comme
chez les Nesi. Il s'agit naturellement de choses ordinaires ;

il n'y a pas de quoi certes, pense Beppino, mettre des fesses ou se remonter les seins avec une tasse d'orge et un fond de verre. Le samedi Gemma offre un chocolat très, très clair mais doux, dans de jolies tasses filetées d'or que Milena a rapportées dans cette intention de son appartement des Cure ; c'est un cadeau de mariage.

Chacun a ses billets de loterie préférés et inscrit son nom au verso. Trois billets se payent deux sous ; six, vingt centimes ; à neuf on obtient la remise. Mais personne ne peut surveiller neuf billets en même temps, surtout si c'est Clara qui tire les numéros ; elle est rapide comme un express. « Ce n'est pas pour rien qu'elle est fiancée avec un cheminot », a dit Luisa Cecchi-La Palisse. Clara a la responsabilité de la tombola qui a été achetée il y a trois ans et qui est un bien commun. Sur le carton — on se demande vraiment pourquoi ! — est représenté le Dôme de Milan avec, audessus, la Vierge et sur le côté une Fortune Ailée, une jeune fille aux yeux bandés qui vole ; selon les joueurs présents, l'ambe gagne quatre sous, le terne une demi-lire, le quine une lire et la tombola trois lires.

Ce jeu est universel. On y joue dans les soupentes de Foria et dans les maisons du Naviglio, dans la « banlieue » de Paris et dans les cul de sac d' « El Paseo ». C'est un jeu latin ; les émigrants Lucquois l'ont exporté outre Océan avec leurs statuettes. Nos gens lui donnent un tour provincial bien à eux, leur propre esprit, leur débraillé ingénu. Chacun lance les plaisanteries qu'il a à sa disposition (c'est le jeu qui suggère les allusions) et celles qui lui paraissent permises par la morale. Mais quand c'est le tour de Staderini de tirer les numéros, le feu d'artifice ne connaît plus de frein : « Le cercueil ! le sang ! les poussettes ! » dit-il ; et jusque-là même les enfants savent qu'ils doivent entendre 4, 18, 22 (que le 7 est la bêche et le 1 le plus petit, ils le savent depuis leur premier jour d'école et aussi que 90 est la peur et 47 un mort qui parle).

— Clorinda ! dit Staderini ; Clorinda fait 88 parce qu'elle porte lunettes.

— Notre cuisinier ! s'écrie le cordonnier en tirant le numéro 28, numéro des cocus.

Mais ensuite il cligne de l'œil et ajoute :

— Mettons que je n'ai rien dit ! pure plaisanterie !

Mais saint Crépin glisse puis se vautre joyeusement hors des limites permises :

— Le baiser ! le sein ! le mont de Vénus !

(La crainte de la censure nous interdit d'aller plus loin ; le cordonnier est beaucoup plus précis ; et même, oui, plus vulgaire.)

La tablée est un chœur de rires et de « chut ». Luisa montre du doigt les enfants qui écoutent de toutes leurs oreilles :

— Un peu de retenue ! il y a les petits !

En l'honneur des petits le cordonnier dira à l'apparition du 9 : « le caca », tandis jusqu'à l'année dernière nous l'entendions dire : « Le comptable Carlino ». Mais est-ce vraiment en l'honneur des petits ? Il est plus probable que nos gens ne se permettent même plus cette allusion ; désormais on ne parle plus de cela à une table de tombola.

On en a pourtant parlé dans des cercles plus restreints pendant tout l'hiver. Personne n'a douté, sitôt après le meurtre de Maciste que Carlino et Osvaldo ne fussent les coupables. Quand le comptable est apparu Via del Corno le matin même du crime, Clara s'est enfuie épouvantée comme si elle voyait le Diable en personne.

On en a parlé Via del Corno, au Marché et dans tous les lieux de rassemblement. Les journaux du monde entier se sont répandus en paroles de réprobation. La nuit de l'Apocalypse, Lui, s'est mis au téléphone et a désapprouvé l'expédition : « Ce n'était pas nécessaire ! Aucune raison d'État ne justifiait les responsables cette fois ! » Il avait promis le bagne et la mort et surtout il avait jeté l'anathème aux Florentins : « A Florence, on ne me verra plus ! » Donc l'affaire fut confiée à la police, comme nous l'avons vu. Mais la Révolution est généreuse envers ses enfants. Et qui ne

pardonnerait à des héros sans taches malgré leur précipitation ? Certains ont été relâchés pendant l'instruction du procès ; d'autres ont été mis en liberté provisoire. « La normalité
retourne en Italie [1] », dit un titre qui résume l'opinion du
monde. Une normalité qui se fonde désormais sur l'application des lois d'exception dont avait parlé Tribaudo. Che-
vauchant un cheval pie, une grande plume à son béret noir,
Il se promène cependant sur le Cours dans la capitale. « Les
représentants de la nouvelle aristocratie révolutionnaire » le
suivent à pied, en bras de chemise et tête nue. Si nous en
croyons les poètes « le Coq de l'histoire a salué le Jour
Nouveau ».

Mais si le coq est admirable en poésie, il est fastidieux
dans la réalité. Carlino Bencini a obligé Otello à tordre le
cou au seul mâle de son poulailler.

— Je me couche tard et les cocoricos me dérangent.

Quelques jours plus tard il a dit à Staderini :

— Les réveils font trop de bruit. Achetez des réveils qui
aient une sonnerie plus chrétienne ou passez-vous-en ! Dis-le
à tout le monde !

— Ce sera fait ! dit le cordonnier.

Carlino lui a tendu la main et dit :

— Si tu n'étais aussi bavard je te donnerais mes souliers
à ressemeler.

— Comme vous voulez, monsieur le comptable.

— Et un exprès, tu le prendrais ou bien tu préfères un
coup de rouge ?

— Comme il vous plaira, monsieur le comptable, répéta
le cordonnier.

Ils ont tourné Via dei Leoni. Les femmes les suivaient de
l'œil. Fidalma a descendu l'escalier la gorge serrée :

— Qu'est-ce qu'il lui veut à mon vieux ? dit-elle à Clorinda.

— Jésus ! dit la femme du confiseur, votre mari n'a pas
laissé échapper des paroles contre le Faisceau ?

1. *Note de la tr.* : en français dans le texte.

Et Leontina, en secouant ses draps, dit :

— Fidalma devrait les suivre !

Et en se retirant elle ajoute :

— Mon Dieu ! quelle vie !

Carlino a pris Staderini par le bras et l'a conduit vers le bar-tabac à l'angle de la Via dei Neri.

— Moi je préfère le café ; ça soutient et ça ne monte pas à la tête. N'ai-je pas raison ?

— Paroles d'or ! dit Staderini.

— Cordonnier ! tu es un peu trop conformiste. As-tu oui ou non une idée à toi ?

— Moi, je suis pour le vin, mais le café aussi ne me déplaît pas.

— Bon, tu es un ami. Pourquoi ne t'inscris-tu pas au Faisceau ?

— Que voulez-vous je ne trouve jamais le temps ; mais en pensée je suis avec vous.

— Je le sais, je le sais que Via del Corno vous êtes tous rouges ; pas tous ; non. Toi, par exemple, tu es quelqu'un de bien ; tu as compris comment vont les choses. Tu ne t'inscris pas parce que tu as peur de passer pour un lâche Via del Corno.

— Non, monsieur le comptable, je vous assure. C'est parce que je ne trouve jamais le temps de remplir les formalités.

— En tout cas tu peux être sûr que Via del Corno aussi le feu qui couve éclatera ; tu le veux avec de l'anis ou avec du rhum... Maintenant fumons-nous une petite locomotive !

— Je la garde pour bourrer ma pipe. Je ne fume que des mégots d'habitude.

— Et tu prises, hein ? Je t'offrirai un hecto de tabac !

— Non, monsieur le comptable ; ne vous dérangez pas ! D'ailleurs un hecto c'est trop. On achète ça par dix grammes.

— Et si ça me plaît de t'en donner deux kilos ? Si je voulais te faire priser toute ta vie pour mon plaisir, je suis libre, non ?

Ils sont sortis. Staderini s'est mis la cigarette sur l'oreille et a essayé de prendre congé. Mais Carlino l'a pris à nouveau par le bras :

— Alors, dit-il, que raconte-t-on de beau, Via del Corno ?
Moi c'est comme si j'étais un étranger. Comment ont-ils pris
la disparition du coq ? Otello n'a rien trouvé à dire ?

— Si Otello n'a rien trouvé à redire encore moins les
autres, vous pensez bien !

Alors Carlino a lâché le coup préparé avec une tasse de
café et un hecto de tabac à priser.

— Et pour le reste ?

La cible est mobile. Il s'agit d'un homme qui se tient sur
le qui-vive. Le coup l'effleure à peine mais l'ébranle tout de
même.

— Votre mère ne vous en parle pas ? demanda Staderini.

— Ma mère et moi nous ne nous faisons pas de confidences. Je ne lui parle jamais de la Via del Corno. Je voudrais
que tu me donnes la température toi.

— Elle est basse, monsieur le comptable ; nous sommes en
mars et il souffle encore ce vent glacé ! permettez que je retourne au magasin !

— Bavard, fais moins ton machiavel ! La femme de Maciste n'a plus donné signe de vie ?

— Non, vraiment, non. Elle a cédé la forge à l'ancien
garçon et s'est retirée dans son village.

— Ça je le sais. Je voudrais que tu me dises si elle n'a
plus de relations avec les gens de notre rue.

— Je supposerais que non.

— Tu supposerais que non, hein ? Tu arrives bien à t'exprimer pourtant quand tu veux. Dante t'a appris quelque
chose. Tu es un menteur. Dimanche dernier les fiancés sont
allés la voir !

— Si on vous l'a dit !

— Et l'on m'a dit en outre qu'il y a encore des gens pour
penser que Liverani et moi nous sommes pour quelque chose
dans la mort de Maciste ; pourtant la déposition d'Ugo a été
reconnue fausse par le Juge Instructeur, naturellement !

— A moi on ne m'a rien dit si on vous a parlé à vous !

— Parbleu ! Que ma mère qui est toujours à la maison ne
sache rien c'est naturel, mais toi qui as ton établi dans la rue

et qui y restes à toutes les heures du jour je m'étonne que tu laisses échapper le moindre bruit ! Les yeux, tu les as ! les oreilles, tu les as !

— Bien sûr, monsieur le comptable !

— Eh bien ! moi aussi ! Mais au lieu de deux et deux j'en ai quatre et quatre. Et en cas de besoin, j'en laisse une paire de chaque Via del Corno, pour que le soir je puisse être renseigné.

Ces paroles contenaient une menace et le ton de la voix aussi, plus que jamais. Staderini s'est senti comme sur une périssoire au milieu de l'Arno en crue. Heureusement pour lui, au même instant Fidalma s'est écriée derrière eux :

— Remigio, Remigio ! Où me l'emmenez-vous, Monsieur le Comptable ?

La rue qu'ils ont prise conduit effectivement au siège du Faisceau. Ce n'est pas que Carlino ait une intention précise, mais le siège du Faisceau se trouve du côté de Via dei Neri. Fidalma les rejoint et Carlino prend congé. Avant de s'en aller il dit :

— Alors, cordonnier, nous sommes d'accord ? Plus de réveils ; quant aux coqs, qu'ils cessent de chanter s'ils ne veulent pas qu'on leur torde le cou.

— Quels réveils ? quels coqs ? demande Fidalma à son mari, quand ils sont seuls.

— Il ne veut pas que les réveils fassent tant de bruit le matin, et les coqs... ceux de la Via Vinegia, pourquoi pas ? Ceux-là aussi le dérangent.

— Mais on ne les entend pas de la Via del Corno.

— Et lui il les entend, imagine-toi !

— Mais en quoi est-ce que ça te regarde toi ? Remigio, dis-moi la vérité !

— C'est ça la vérité, Fidalma ! Il veut que j'avertisse les gens de la Via Vinegia !

— Jure-le.

— Sur mes yeux !

On pourrait lui crever les yeux qu'il ne dirait rien. Il a décidé de ne pas confier à âme qui vive, même pas à sa femme, à sa Fidalma, le reste de sa conversation avec Carlino. Le cordonnier a la langue longue, mais la peur la lui raccourcit. Il a dit une fois pour toutes que Via del Corno il y avait quelqu'un qui faisait le mouchard, mais il n'a pas voulu donner d'autres explications. A personne. Il est sûr qu'il y a quelqu'un Via del Corno qui rapporte à Carlino tout ce qu'on y dit et même tout ce qu'on y pense et jusqu'aux états d'âme. La température, comme l'appelle le comptable. Et le quelqu'un qui moucharde, le cordonnier croit que c'est Elisa. Mais en réalité elle n'a plus rencontré Carlino à la laiterie. Et le cordonnier n'a pas deviné, mais il est tombé bien près car c'est Nanni le mouchard. Comment Staderini ne le voit-il pas ? Mais c'est toujours ainsi. Ceux dont nous devrions nous méfier le plus, sont les derniers à éveiller nos soupçons !

Cet événement a privé Staderini de ses audaces de joueur. Mais parfois par réaction il se laisse aller comme jadis. Hier soir quand le numéro 60 est sorti, il l'a appelé par son nom, bel et bien ; il a scandalisé et effrayé les mères. Les enfants ont rougi tous en chœur, même Piccarda qui a neuf ans, même Palle, le petit frère de Clara qui en a sept. Mais les interprétations multiples que le jeu donne des rêves, sont venues au secours des mères bouleversées et des enfants confus. Car le numéro 60 correspond évidemment à ce qu'a nommé Staderini et qui est ce pourquoi Adam a croqué la pomme, mais il correspond aussi à la vierge ; tout joueur de tombola peut vous le dire. Mais Staderini va jusqu'au bout et n'économise pas ses sarcasmes.

— Ah ! la madone ! je l'avais oubliée !... La vérité fait toujours peur !

Le procès de la Nuit de l'Apocalypse avance à pas de fourmis. Cependant il y a une semaine on a jugé le procès de la « bande du Maure ». Les débats ont eu lieu dans la salle 9 du Tribunal, à vingt mètres de la Via del Corno. Car tout ce que l'on a institué pour assiéger l'âme des gens et la persécuter — on dirait un fait exprès ! — assiège aussi la

Via del Corno depuis des siècles et des siècles. Il suffit de faire une énumération : dans un espace de deux cents mètres au maximum, même si on laisse dehors le palais de la Seigneurie, nous trouvons le siège du Faisceau, le Tribunal, le bureau de Police, la Sûreté Publique et quatre églises six fois séculaires.

Comme le notifient les Actes du Procès, il faut attribuer à la bande du Maure, outre le vol de la Via Bolognese, « tous les crimes du même genre perpétrés par des inconnus au cours de ces deux dernières années sous les vingt-cinq chefs d'accusation qui suivent ». C'est une vieille et excellente règle imposée par les nécessités bureaucratiques, qu' « aucune affaire ne doit rester en suspens dans la mesure du possible » pour sauvegarder l'honneur de la police. Si elle veut se montrer vraiment égale pour tous, la justice doit trouver quelqu'un pour faire contrepoids dans ses balances. Ce n'est pas par hasard que le plus ancien des chefs d'accusation « subsidiaires » remonte au jour même où le Maure est sorti de prison après avoir purgé une précédente condamnation ! Cadorna et Giulio n'avaient pas mis les pieds aux Murate depuis quatre ans : excellente occasion pour expédier les affaires qui moisissaient sur la table de notre brigadier. La propriété est sacrée et inviolable comme la personne du roi ; si un délinquant attitré se voit pour une fois condamné injustement, c'est tant de gagné pour la tranquillité publique. Nous ne verserons pas un pleur sous prétexte que celui-là s'appelle Solli Giulio, fils de feu Ernest (trente-deux ans, marié, « récidiviste et surveillé ») et qu'il avait manifesté l'intention de se réhabiliter ! Rappelons-nous la maxime de notre brigadier : « qui a forniqué, forniquera ».

Pour cette affaire, le brigadier a soumis au juge instructeur une série de preuves, inductives mais convaincantes, qui ont permis au Procureur d'obtenir aisément le maximum de la peine. D'ailleurs la présence aux bancs de la défense de certains Princes de la Cour fournissait une preuve indirecte de la culpabilité des accusés. Ce n'était pas un de ces procès où se consolide une réputation, un cas passionnel où la défense même si elle est fournie gratuitement, est dédommagée par la gloire et la popularité. Il fallait donc que les avocats se fussent chargés de la défense contre des honoraires préalablement fixés. Mais il convenait de se demander alors où : les parents des accusés, les complices restés libres avaient trouvé assez d'argent pour se payer les robes les plus brillantes. Comment « des gosiers d'or » tels que l'avocat Contri, l'avocat Marchetti, l'avocat Castelnuovo-Tedesco ont-ils pu condescendre à assumer la défense de délinquants ordinaires ? Ils savaient évidemment qu'ils seraient dédommagés du dérangement par l'argent provenant de la vente des objets volés dont la liste est donnée dans les vingt-cinq chefs d'accusation subsidiaires et qui n'ont jamais été enregistrés. Le secret professionnel leur interdira de dire le nom de la personne qui les a intéressés à la défense du Maure et de ses complices, pensa le Brigadier.

Le jour du procès tous les Cornacchiai que leur travail laissait libres, sont venus grossir le public. Nanni fut parmi les plus empressés. Il s'accrochait à la balustrade de bois pour ne pas se laisser prendre la place. Quand les accusés entrèrent il fit un signe au Maure et à Giulio mais eux firent semblant de ne pas le voir. De même Cadorna. Mais l'amie du Maure qu'on fit asseoir sur une chaise à côté du banc des accusés, cracha par terre et écrasa le crachat avec son pied pour lui faire comprendre. Alors Nanni recula jusque dans les derniers rangs de la foule et suivit le procès du fond de la salle avec un visage de rat pris au piège. Il se trouva finalement entre les deux carabiniers du service d'ordre. Il se sentit tellement mal à l'aise qu'il sortit. Fidalma lui demanda le lendemain s'il viendrait à la seconde audience. Il répondit que sa situation de surveillé ne lui permettait pas de pénétrer dans les cours de justice. L'excuse était parfaitement valable. La Via del Corno le tint donc au courant des phases du procès qui dura quatre jours et se termina un vendredi soir.

Liliana ne vint pas au tribunal. Giulio le lui avait défendu. « Je ne veux pas te voir souffrir », lui avait-il dit au parloir. « Cela te paraîtra étrange, mais si tu n'es pas là, je me sen-

tirai plus sûr de moi. » Elle venait le voir dans les intervalles
du procès, dans la cellule souterraine du tribunal où il était
gardé provisoirement ; ce souterrain donnait sur le Borgo dei
Greci, parallèle à la Via dei Neri ; un gradé avait permis à
Giulio de grimper à la grille placée au niveau du sol. Il restait accroché à la grille et elle agenouillée dans la rue. Outre
le grillage il y avait un rideau fin comme un tamis mais ils
pouvaient se toucher les mains en les appliquant contre la
grille. Liliana était allée chercher la petite chez la nourrice
pour la lui montrer. Elle avait grandi ; elle ne pleura pas une
seule fois. Liliana par contre pleura et il lui sembla que lui
aussi pleurait. (C'était la première fois qu'il se trouvait en
prison depuis son mariage.) Elle ne voyait pas son visage bien
sûr ; plutôt une ombre ; mais au son de sa voix il lui sembla
qu'il pleurait. « Maintenant retourne chez Madame. Je ne
veux pas que tu me voies monter dans la voiture avec les
menottes. Je sais que je n'aurais pas dû te demander ce
sacrifice. Que veux-tu que je te dise ? Reste chez Madame
si tu t'y trouves bien. Le procès a mauvaise tournure maintenant, Liliana. Je te remercie de tout ce que tu as fait, en
mon nom et au nom de mes amis. » Et il se laissait retomber
au fond de la cellule. Elle entendait encore sa voix qui
arrivait d'en bas : « Reviens à midi... Reviens à sept heures... Reviens à midi... Ce soir on rend le verdict. »

Le vendredi soir après le verdict, Giulio ne voulut pas
grimper à la grille. Liliana l'appelait, pliée en deux, le visage entre les barreaux, le nez écrasé contre le rideau ; enfin
elle entendit sa voix.

— Dix ans ! Liliana ; dix ans ! tu l'as su ? Je t'écrirai ;
maintenant on m'emmène. Ecris-moi ! Embrasse la petite !

— Giulio !

— Liliana !

— Giulio, Giulio !

— Liliana Nanni est un mouchard, ne l'oublie pas ! c'est
de sa faute !

Madame, entre les bras de qui elle s'effondra en pleurant,
lui dit :

— Nous lui réglerons son compte à lui aussi, sois tranquille !

Puis elle ajouta :

— Ces dégoûtants d'avocats ! J'ai mis sur cette affaire un groupe d'avocats qui n'avait pas eu son égal depuis le procès Fuscati ! 6.000 lires ! et ils n'ont même pas été capables d'obtenir les circonstances atténuantes !

Mais si on avait demandé au brigadier de faire expertiser l'écriture des lettres anonymes qu'il avait reçues et qui l'avaient persuadé de retenir les vingt-cinq chefs d'accusation contre la Bande du Maure, on aurait découvert que c'était l'écriture de Madame.

Staderini qui avait négligé son travail pour suivre le procès, déclara :

— Il sortira en 1936 ! D'ici là il passera de l'eau sous le pont !

— Quand il sortira, la petite aura fini ses classes, dit Clara.

Fidalma se rappela ses devoirs de reporter et chercha Nanni :

— Et Nanni, comment se fait-il qu'on ne le voit pas ?

— Chez lui. Il paraît qu'il a la fièvre, dit Leontina.

Et Luisa Cecchi expliqua :

— Bien sûr ! Il est toujours sur le pas de la porte ! Il aura pris froid au courant d'air !

Pis qu'un courant d'air ! Mais ce n'est pas non plus le remords qui le tourmente. Ce qui le retient chez lui est seulement la peur et l'égoïsme, comme d'habitude. Il est certain maintenant que Giulio, Cadorna, le Maure et son amie savent que c'est lui qui a révélé l'emplacement du « mort ». Il ne se demande pas comment Giulio l'a appris ni comment il a renseigné ses amis. L'important est qu'ils savent et s'ils savent, la société des Voleurs le sait aussi. Tous les escrocs de Florence savent que Nanni renseigne la Rousse et ils l'ont banni du Milieu.

Nanni est maintenant dans la situation d'un officier de car-

rière cassé, d'une prêtre excommunié, d'un peintre privé de
la vue. Son effroi est semblable à celui d'Osvaldo qui craignait de manquer la « seconde vague » à celui d'Ugo qui
avait peur d'être considéré comme un traître par ses camarades. Il y a ceci de pire dans son cas c'est que lui est réellement traître. Et il y a ceci de commun entre eux c'est
qu'en définitive ce qui compte dans la vie c'est de conserver
l'estime et la confiance de ses semblables. Orgueil de classe
si vous voulez ou esprit de parti, ou même esprit factieux : il
existe une hiérarchie des valeurs mais la gamme des sentiments ne change pas.

Nanni est ce qu'il est, ce que la vie l'a fait. Mais il sait
que pour lui il n'y aura ni pitié ni pardon ; il a rompu le lien
de solidarité des hommes qui se ressemblent et s'unissent
pour se défendre ; il a trahi sa propre classe. S'il l'a fait
pour se réhabiliter et passer du côté des gens de bien, il a
eu tort, ce n'est pas par trahison qu'on se réhabilite. Il s'est
mis au service du brigadier par peur du diable à sept queues,
il a mordu à l'hameçon d'une moitié de cigare toscan. La
peur de la matraque et l'espoir d'un paquet de tabac l'ont
décidé à donner à Carlino la température de la Via del
Corno. Mais le Milieu se contente de savoir qu'il est de
connivence avec la Police ce qui signifie la mort civile pour
le citoyen du Milieu. Si Elisa tombait malade, ou se faisait
arrêter pour racolage ou l'abandonnait et qu'il soit obligé
de se remettre à « travailler » il ne pourrait compter que sur
lui-même. Or ses moyens sont maigres. Il n'a jamais mis en
œuvre son habileté ; sa spécialité est le vol par effraction qui
exige des complices et un chef qui n'a jamais été lui. Le
spectre de la faim le menace. Il sera obligé « de sortir » un
jour ou l'autre et de se débrouiller seul. Il se sent déjà les
menottes aux poignets, et il entend le brigadier lui dire :
« J'étais sûr que tu ne finirais pas ton temps de surveillance »,
il sent sur ses joues, sur ses lèvres le crachat de ses anciens
amis ; oui, ils lui cracheront dessus, pendant l'heure de ré-
création aux Murate, ils le frapperont à coup de poing et la
douleur le poursuivra jusque dans sa cellule. Personne ne lui

offrira une prise de tabac, et il devra se contenter d'un défenseur nommé d'office.

Comme c'est le soir et qu'Elisa ne rentre pas, comme ses cauchemars lui ont glacé le sang et brûlé la gorge, il sort. Il se dirige vers la buvette de la Via dei Saponai et boit pour autant qu'il a de sous en poche. Quand il n'en a plus il se fait accorder du crédit d'autorité.

Aussi quand le brigadier au cours de sa ronde dans les cafés de sa juridiction pénètre dans la buvette, Nanni croit voir l'esprit Malin en personne, Méphistophélès venant lui réclamer l'âme qui lui appartient. Alors Nanni va au-devant de lui et lui crache au visage.

# CHAPITRE XVII

Le monde, des Alpes à la mer, est un enfer. Dans le cercle qui a nom Via del Corno, il y a le purgatoire des Anges Gardiens. Ce ne sont plus les fillettes en robes des dimanches que Madame baptisa du haut de sa fenêtre. Aurora a désormais vingt-deux ans, Milena vingt; Bianca et Clara nées à un mois d'intervalle proclament qu'elles ont dix-huit ans bien sonnés. Chacune a ses fautes à se reprocher; car un désir ravalé, un baiser furtif sont déjà des péchés; une pensée impure, le désir de grandeur aussi.

Pendant leur enfance, les Anges gardiens jouaient sur le pas de leurs portes, aux Jardins ou s'il faisait mauvais temps, chez Milena. Maintenant elles se réunissent chez Aurora dont la présence a redonné vie à l'appartement des Nesi. La veuve a même retrouvé le goût des promenades en voiture, des après-midi passés au café Doney et de ses anciennes splendeurs. Elle a dit : « On ne vit qu'une fois ! » Bien qu'Otello ne se soit pas encore décidé à reconnaître l'enfant, elle est de plus en plus persuadée d'être grand-mère — ce qui lui a permis de pardonner à Aurora. Aurora donc accueille ses amies au salon, où elle a mis maintenant son phonographe à cornet, un canapé et de nouveaux fauteuils. Les vases ne sont jamais vides de fleurs. La plus assidue est Bianca, à peine guérie de la pleurite qu'elle a traînée tout l'hiver. Clara les rejoint au début de l'après-midi; elle apporte son travail et suit la conversation tout en repassant sur

les boutonnières avec du fil fort. Milena arrive vers les cinq
heures. On l'attend pour servir le thé.

Les Anges Gardiens sont marqués par les événements de
ces derniers mois. Leurs visages, leurs corps même ont changé ;
c'est le dernier pas de la jeunesse qu'elles viennent de franchir et elles ont éprouvé des émotions si fortes que sur leur
visage la maturité déjà fait une ombre. Clara elle-même n'est
plus la fillette ingénue de l'été dernier. Elle va épouser Bruno
le dimanche d'après Pâques, mais elle s'est déjà donnée à
lui avec la complicité d'Aurora qui les a accueillis dans sa
propre chambre. Bruno était trop inquiet aussi, et il en était
venu à des réflexions blessantes : « Je n'aime que toi ; mais
si je m'habitue à une autre femme ? » Puis après une scène
où il avait failli pleurer il lui avait demandé : « Je te dé-
goûte ? » « Non », avait répondu Clara consternée, « non,
parce que j'ai vu que tu souffrais en m'insultant ». Et déjà
ces paroles disaient adieu à l'adolescence.

De toutes ces jeunes femmes Clara est tout de même la
plus fraîche. Elle n'a pas perdu la jeunesse qui donne beauté
à tous ses mouvements, à sa voix, à son regard dont la pupille
a toutefois ce vague, propre à l'enfant qui est déjà femme
et encore enfant. A côté d'elle Aurora est une femme
qui a perdu tout mystère. Quand on a trop souffert, dit-elle,
le sentiment dominant reste la peur du lendemain ; on s'en
défend « en fermant un œil et en se servant de l'autre pour
avoir la paix ». C'est le sentiment de qui est las de lutter et
met le restant de ses forces à maintenir les positions acquises.
Donc elle n'a plus d'espérance. Elle n'a plus d'idéal, ni de
regrets. Tout cela est advenu rapidement, dans les derniers
six mois. Pendant ces six mois elle s'est aperçue qu'Otello
s'est détaché d'elle et qu'il la supporte comme l'inévitable
conséquence d'une erreur passée. Peut-être ne l'a-t-il jamais
aimée. Il a été pris d'une passion morbide pour la maîtresse
de son père. En la lui arrachant, il se rebellait contre cette
domination qui le persuadait lui-même de son impuissance.
D'ailleurs son aversion pour l'enfant est un signe qui ne
laisse aucun doute. Maintenant que son père est mort, cet

état de tension qui lui inspirait de faux sentiments a disparu
et il n'a retrouvé auprès de lui qu'une complice; pas une
maîtresse, certes, encore moins une épouse! ils ont consommé
de concert une aventure obsessionnelle qui ne lui laisse que
des remords. Aurora vit maintenant dans la crainte de voir
arriver la crise. Elle se sent désarmée et elle voit les nuages
épaissir, s'amonceler, obscurcir le ciel de minute en minute.
Dès le mois de janvier ont éclaté les premiers éclairs avant-
coureurs. Elle l'entendit gémir dans son sommeil. Elle
l'éveilla; il lui dit : « J'ai revu mon père en songe; Liliana
était à son bras. C'est une fatalité : quand je me sens attiré
vers une femme, elle va avec mon père! Même en rêve;
même aujourd'hui qu'il est mort! » « Alors tu te sens attiré
vers Liliana, même éveillé? » demanda Aurora. Il éluda la
réponse : « Laisse-moi dormir », dit-il. Mais quelques minutes plus tard, avec un ton ensommeillé mais des paroles bien
pesées il lui dit sans même se retourner : « Tu n'es pas
jalouse à cause de ce rêve? Je veux dire jalouse de mon
père? Tu comprends; il donnait le bras à une autre femme. »
Cette fois ce fut elle qui fit semblant de dormir. C'est là
justement le cauchemar qu'elle essaie de fuir maintenant sans
se l'avouer, car elle deviendrait folle; non elle ne veut pas
reconnaître que, dans Otello c'est encore son ancien amant,
son séducteur qu'elle voit, qu'elle aime et qu'elle subit; devant lequel aussi elle s'humilie. Elle a pris la direction de la
maison que la vieille lui confie volontiers, elle entoure Otello
d'attentions, elle l'entoure d'une bonne chaleur d'épouse.
Elle essaie de le reconquérir en l'endormant dans le bonheur
domestique. Mais c'est une situation fausse, un mensonge; le
voile au lieu de protéger l'avenir le fait plus obscur et plus
incertain. Aurora parle rarement de cela avec ses amies as-
semblées. Mais elle se confie volontiers à Bianca qui lui
paraît la plus apte à comprendre. Dans le cœur inquiet, sen-
sible, naturellement désabusé de Bianca, Aurora a trouvé
une ressemblance qui adoucit sa peine. Au cours d'une de
ses confidences elle lui a dit : « Maintenant à travers Otello
c'est *lui* que je vois; il lui ressemble tant; il a les mêmes

façons de faire. Tu ne t'es pas aperçu qu'il lui vient la même voix ? Petit à petit ça devient une obsession. Otello l'a toujours su, ou bien il l'a compris depuis peu, en tout cas il fait tout ce qu'il faut pour renforcer l'obsession. J'en suis arrivée au point où si Otello hausse la voix, je pare le coup instinctivement parce que *lui*, me frappait après avoir crié, et quelquefois c'est absurde, je suis comme déçue parce qu'Otello ne me frappe pas ! »

Milena arrive avant que six heures ne sonnent au Palazzio Vecchio et la vieille domestique de la maison Nesi, sourde, lente et maladroite verse l'eau bouillante sur le thé pour qu'Aurora puisse servir. Les Anges Gardiens sont réunis dans un angle du salon ; d'une main elles tiennent leur tasse et de l'autre des tartines de beurre et de miel « comme des dames », dit un jour Clara. On eût pu croire que c'était par jalousie de jeune fille pauvre, mais non ; c'était encore un cri d'enfant. Elles ont vingt ans et des âmes diversement éprouvées. Elles savent faire les mondaines. Nous ne saurions parler ici d'expérience ! mais plutôt d'une accumulation de méfiances, d'hypocrisies, de réserves que la vie enseigne et qui rendent la vie possible. Elles ont partagé leurs secrets, elles se sont demandé tour à tour leur complicité, mais toujours d'oreille à oreille. Quand elles sont toutes ensemble elles taisent leurs histoires intimes comme des dames averties qui savent que les potins sont des invités de rigueur dans un salon. Elles s'entretiennent de choses un peu frivoles et vaines, comme l'exige l'heure du thé ; chacune prend un air de commande et feint d'appartenir à ce monde bourgeois dont elles sont exclues et qui leur apparaît comme le paradis perdu. Seule Bianca connaît l'obsession d'Aurora et seule Aurora sait que Clara s'est donnée à Bruno ; Milena reste en dehors du cercle ; elle est bien à l'abri derrière la pitié que son mariage malheureux inspire à ses amies et certes elle ne songe pas à leur confier combien l'assiduité de Mario la trouble. Ses amies ne sont pas sans lui en vouloir de cette réserve dont elle ne s'est jamais départie depuis son enfance.

Milena a toujours évité les effusions et son malheur n'a

fait qu'accentuer ce côté de sa nature. Son intelligence s'en
est trouvée accrue et ses sentiments sont encore davantage
tranchés. Elle veut avoir devant elle un horizon précis, fût-il
lourd et des situations nettes, fussent-elles douloureuses. Elle
ne supporte pas l'intrigue ; les attitudes indéterminées la fati-
guent. Au contraire d'Aurora elle entend affronter les difficultés de face. En ce sens elle est la plus jeune des quatre
amies et peut-être la vie ne lui a-t-elle pas encore appris
assez de choses. Peut-être aussi est-elle la plus volontaire et
la plus courageuse. Elle ne conçoit pas que son cœur se partage ; elle ne conçoit pas l'entraînement des sens, ni la pas-
sivité irréfléchie. Elle est spontanée et aimable, mais elle sait
le respect qu'elle se doit à elle-même. Elle est capable de
se sacrifier entièrement sans se plaindre, mais elle se refusera
à la pitié si la pitié masque un désordre intérieur. Tout cela
elle le sait sans le savoir. C'est le fait d'une nature que ses
amies disent sèche, orgueilleuse ou égoïste suivant les cas.
Elles confondent le désir d'avoir la conscience en paix avec
l'esprit de conservation. Ce n'est la faute de personne si
Via del Corno s'est épanouie une plante vigoureuse et si
maintenant un vent troublé secoue cette plante naturellement
forte car tous les soirs Milena rencontre Mario. Elle quitte
le sanatorium dès que le soir tombe parce que nous sommes
en hiver et elle rencontre Mario qui sort de son travail. Ils
reprennent leur dialogue du premier soir où il la surprit sur
le chemin du retour et où ils s'attardèrent au pied de ce mur
en construction. Il lui parle de politique, de son métier de
typographe, de son enfance ; elle lui parle de son enfance, de
ses préoccupations de femme, instruite par le malheur. Peut-
être l'amour est-il né entre eux, peut-être aussi la souffrance.
Milena sait qu'elle n'a personne à qui se confier en dehors
de Mario ; elle ne peut demander à ses amies de l'aider.
Elles abîmeraient chacune à leur façon le sentiment qui naît
en elle, qu'elle écoute, qui la trouble. Mais il la trouble toujours moins.

    Les Anges Gardiens causent après le thé jusqu'à sept heu-
res. Il arrive souvent que la veuve Nesi revienne alors de ses

randonnées et se mêle à la conversation. « Au milieu de tant
de jeunesse il me semble que je reprends des plumes ! » dit-
elle. Très souvent ses veines d'urémique viennent lui donner
un démenti séance tenante ; elle ne perd pas sa bonne humeur
pour cela. « C'est le diable qui me rappelle que je suis
vieille ! » dit-elle. « Mais le diable est un beau cochon de
venir se fourrer dans les jambes d'une femme, vous ne croyez
pas, petites ? » Les jeunes femmes rient, un peu par conve-
nance, un peu parce que sa présence les amuse. Elle porte
le deuil, mais s'arrange de façon bizarre ; elle met sur sa tête
des cloches [1] de jeunes filles et garnit ses vêtements de satin
à la mode de 1910. Elle n'oublie jamais sa broche de corail
et ses gants mousquetaires. Pour sortir elle met une redingote
à martingale ajustée qui date de sa jeunesse ; sa robe dépasse de dix centimètres. A travers les bas de soie, noirs
aussi, transparaissent les chaussettes élastiques qui serrent ses
mollets. Elle prend une tardive revanche pour la « coerci-
tion », c'est son mot que son défunt mari lui a fait subir
pendant vingt ans. « Coexition » plus exactement. « Coexition physique et morale vous me comprenez ! » dit-elle à
Luisa Cecchi qui presque tous les soirs est invitée à dîner
avec ses plus jeunes enfants. « Mais quand le deuil sera fini,
je rallume les feux ! aussi vrai que le Christ existe. Et la
méchanceté de la rue, je me la mets quelque part », a-t-elle
ajouté en montrant son postérieur.

Récemment, la voyant passer fleurie d'un énorme bouquet
de violettes, Staderini a forgé son titre final : « Place à la
Veuve Joyeuse ! » s'est-il écrié.

Et Fidalma l'a appuyé d'une trouvaille riche d'une involontaire allitération : « Violettes sur mamelles [2] ! »

Otello n'a pas osé prendre sa défense en public. Le soir
il lui a dit : « Pense à ta dignité. Aucun Nesi ne s'est jamais
donné en spectacle ! » Mais la veuve et mère, haussant les
épaules comme pour secouer la rue entière et toutes les bou-

1. En français dans le texte.
2. Violettes : mamolle en italien.

ches ouvertes aux fenêtres, a répondu : « Racaille, mon fils,
racaille. Nous leur faisons beaucoup d'honneur en leur donnant de quoi allumer leur feu et réchauffer leurs poux ! »

De confidence en confidence Aurora a dit à Bianca que
Clara s'était donnée à Bruno pour ne pas perdre son amour
et pour qu'il « ne s'habitue pas à une autre femme ».

La saison des Foires approche. Revuar espère se remettre
à flot en plaçant sa voiturette aux points stratégiques de la
fête car la maladie de Bianca a mangé toutes les économies.
Mais pour acheter sa marchandise en gros il a besoin qu'on
lui avance les fonds. Ce matin il est sorti avec sa femme ;
personne n'était levé ; ils sont allés prendre le courrier qui
les portera à Varlungo chez un oncle curé. Clorinda se flatte
d'obtenir de cet oncle — le frère de sa mère — l'aide à
laquelle est suspendue toute l'économie domestique des mois
qui viennent.

Bianca attendait ce jour-là depuis longtemps. Elles les a
entendus sortir et de joie elle a ri sous ses couvertures ; un
rire un peu nerveux de qui a le cœur troublé et veut se donner du courage. La confidence d'Aurora lui a fait accroire
qu'elle avait compris beaucoup de choses en une seule fois.
La maladie l'a beaucoup affaiblie et, déjà fièvreuse de nature, elle donne libre cours aux suppositions les plus absurdes. « Je vais tomber sérieusement malade et me fâner. Déjà
Mario ne me dit plus : je te materai ! Il dit : il faut te prendre
comme tu es ! Peut-être s'est-il mis à penser à une autre pendant ma maladie. Peut-être a-t-il quelqu'un d'autre. » Tantôt elle voit cette autre blonde, tantôt elle la voit rousse ; et
Mario lui dit à elle aussi je te materai, moi, et il l'embrasse
à sa façon brusque qui vous ôte le souffle mais qui plaît.

Pendant sa convalescence comme on était en plein hiver,
Revuar ne lui a pas permis de sortir et de reprendre son travail ; il a recommandé à Clorinda de l'envoyer tôt au lit ;
aussi Bianca n'avait-elle plus une soirée à consacrer à Mario.
Ils se voyaient à une heure de l'après-midi. Elle sortait alors
pour prendre un peu l'air et lui l'attendait à la sortie de l'im-

primerie. Ils allaient se mettre sous le pont du chemin de fer.
Il mangeait son casse-croûte : une flûte de pain avec quelque
chose dedans. On eût dit qu'il mâchait longuement pour ne
pas avoir à répondre autre chose que des marmonnements. Il
s'asseyait toujours derrière la cabine des aiguillages; impossible d'échanger un baiser ! c'était un va-et-vient continuel
de gardiens, de gardes-voies, de serre-freins et de trains faisant la manœuvre. Quand elle lui disait : « Tu es en train
de te détacher de moi ! » il répondait qu'elle ne changeait
pas, qu'elle était toujours pessimiste. Un jour il s'était fâché :
« Ça ne peut pas continuer comme ça ; ou bien tu cesses de
faire le crampon ou bien... » « Ou bien ? » avait demandé
Bianca. « Je te donnerai une leçon. » « Donne-la-moi »,
avait dit Bianca. Mais il s'était subitement calmé et avait eu
un geste gentil. Ce jour-là il l'avait même embrassée derrière
un wagon de marchandises arrêté sur une voie de garage.
Donc quand il voulait l'embrasser il savait trouver l'endroit !
Mais le plus souvent il la conduisait dans la salle d'attente
du Champ-de-Mars sous prétexte qu'il faisait froid ; à cette
heure-là la salle d'attente était toujours bondée. Il fallait
parler de la pluie et du beau temps. « Si je t'ennuie, dis-le.
Je le sais que je suis maigre comme un fil, qu'on ne voit plus
que mon nez, que j'ai des cernes aux yeux qui font peur. »
Dans ces cas-là il se préoccupait uniquement des gens qui
pouvaient entendre. Il répondait à côté. Alors ses yeux se
remplissaient de larmes. Si elle se hasardait à lui demander
pourquoi il ne se déclarait pas officiellement, de façon à
pouvoir venir chez elle le soir, il répondait que ce n'était pas
encore le moment, mais qu'il le ferait bientôt, à la première
occasion. « Quelle occasion ? » demandait Bianca. « Quand
je passerai à la monotype et que je serai augmenté. Comme
ça ton père ne pourra pas me rire au nez. Un gendre qui
gagne trente-six lires et plus par semaine ! »

Ils allèrent ensemble à Luna-Park qui ouvre la saison un
peu avant la première foire de San Gallo; madame Assunta
est réputée pour lire les lignes de la main ; elle dit à Bianca
qu'à un moment donné la ligne du cœur se partageait. Bruno

avait au contraire un grand amour dans sa vie. « Tu vois,
Mario ! comment les deux choses peuvent-elles se concilier ? »
demanda Bianca au retour. Mario ne répondit pas. Il était
troublé, peut-être plus qu'elle. N'avait-il pas demandé à
Bianca une gaufre sans se rendre compte qu'il avait le paquet
à la main ? Depuis il est de plus en plus grincheux, de plus
en plus préoccupé. Mais il y a pire. Il y a la découverte qui
l'a déterminée à prendre la décision qu'elle va prendre. Samedi soir elle a tiré de la poche de Bruno pour plaisanter sa
feuille de paye et avant qu'il ait pu la lui arracher elle a lu
le montant de la paye : quarante-cinq lires et quelques centimes. Donc il est passé à la monotype !

La confidence d'Aurora la fait rêver. Mario pourrait aussi
« s'habituer à une autre femme ». L'idée qu'il l'embrasse
peut-être après avoir embrassé une autre femme lui fait tourner la tête. Lui avec son odeur d'encre, ses dents blanches
très serrées et cette poitrine qu'elle embrassa un jour qu'il
était venu la voir durant sa maladie et qu'on les avait laissés
seuls un instant ; ses yeux gris, ses cheveux noirs partagés par
une raie, sa voix, sa démarche, sa chair aussi ; tout cela c'est
l'amour.

Hier ils se sont quittés fâchés, pour un rien. (Lui voulait
retourner à l'Imprimerie par le Viaduc ; elle voulait prendre
par le talus et chacun partit de son côté pour ne pas céder.)
Elle a donc décidé de se rendre chez lui « pour faire la
paix », pour parler un peu longuement avec lui aussi car
depuis des mois ça ne leur est plus arrivé. Le réveil du balayeur a sonné ; il est six heures par conséquent. Mario ne sort
jamais avant sept heures et demie. Elle va lui faire une surprise. Sera-t-il content ou fâché ? S'il n'en profite pas pour
lui demander un baiser et encore un autre et un autre, comme
autrefois, « c'est qu'il ne m'aime pas et que tout est fini ».
Cela veut dire qu'une autre femme le lui a pris.

Elle s'habille rapidement mais avec soin. Elle se regarde
et se regarde encore dans son miroir. Les cheveux sont mal
arrangés sur le front. La poudre la rend plus pâle que nature.
La veste du tailleur tombe aux épaules. Elle se met du rouge

aux joues et aux lèvres. Elle enlève la veste ; en jupe et chemisier elle a plus d'allure. Il fait encore froid mais pour traverser la rue ! C'est le plus difficile : traverser la rue sans se faire voir. L'heure est propice ; mais il faut faire vite ; les gens sont levés et prêts à sortir. La voilà sur le seuil de sa porte ; elle surveille les deux extrémités de la rue comme Giulio le jour où il transportait le sac. Elle a le même senti- ment de culpabilité et de peur. Elle a de la chance. En quelques pas elle traverse la rue encore obscure malgré les réverbères. Elle est déjà dans l'escalier de Mario. Il faut qu'elle reprenne son souffle. Qui sait pourquoi les tempes lui battent comme dans les accès de fièvre ? Enfin elle frappe ; doucement d'abord, puis plus fort et comme il ne se lève pas elle frappe à coups de pied. Il lui semble que les coups résonnent Via del Corno et que toutes les têtes se mettent aux fenêtres. Enfin sa voix ensommeillée et presque effrayée demande : « Qui frappe ? » Bianca ne peut se retenir de rire comme une gosse prise au jeu. Il vient aussitôt et ouvre. Il lui apparaît en tricot et caleçon, pieds nus. Elle rit de plus belle et s'appuie à la porte pour retrouver son assiette. Mais il ne rit pas lui.

— Tu es folle ? demande-t-il avec brusquerie, avec vio- lence. Qu'est-ce que tu veux ?

— Je suis venue te voir. Tu ne me fais pas entrer ?

— Tu es inconsciente ! Je suis sûr qu'on t'a vue ! Re- tourne chez toi !

Alors Bianca s'est faufilée derrière lui. Elle a pris un ton qu'elle croit désinvolte et qui n'est que blessant pour lui dire :

— Tu es peut-être en compagnie ?

Et comme poussée par ses propres paroles elle a jeté un regard sur le lit qui est vide et encore défait.

La chambre n'a que quelques mètres carrés et elle est meublée sommairement. Bianca se dirige vers le lit et s'ap- puie au montant d'un mouvement irréfléchi ; elle lui demande doucement :

— C'est là que tu dors ?

— Voilà qui est étrange en vérité ! réplique-t-il avec une

ironie blessante. Ce n'est pas toi qui me l'as trouvée cette chambre ?

Il se retourne pour enfiler ses pantalons et achève de s'habiller tandis qu'elle regarde le plafond.

— Ça te déplaît vraiment que je sois venue ? demande-t-elle.

— Oui et beaucoup ! Tu as une cervelle d'oiseau et c'est tout !

— Nous faisons la paix ? susurre-t-elle en se retournant.

Il lace ses souliers; ses cheveux sont emmêlés et dans la pièce il y a une odeur de cigarette.

— Belle paix ! Ce serait trop facile de te pardonner toujours.

Elle s'approche de lui et s'assied sur le bord du lit. Elle veut être docile, accommodante. Elle effleure son bras; il est auprès d'elle. Ils sont seuls et il y a cette odeur de cigarettes. Elle lui dit encore, doucement avec une voix de femme et d'enfant tout ensemble :

— Tu ne veux vraiment pas me pardonner ?

Elle pense que Mario va la prendre dans ses bras. Mais il se lève sans la regarder, il lui tourne le dos et toujours sans se retourner il lui dit :

— Il faut que je te parle, Bianca. Je l'aurais fait aujourd'hui même sans doute. En tout cas pas plus tard que demain. Mais puisque tu es là, mieux vaut tout de suite.

Et en disant cela, il s'est retourné brusquement; maintenant il la regarde. Elle, elle tombe de la crainte dans l'angoisse. Il lui a suffi d'entendre ces quelques paroles et de voir son visage. Il a l'air sombre, confus et hostile à la fois. Elle retrouve son ironie puérile pour dire :

— On dirait que tu vas m'annoncer un malheur !

— En effet ! Je sais que je vais te faire du mal.

Il arrange ses cheveux devant le miroir puis pose le peigne et vient s'asseoir auprès d'elle. La tête basse, et cherchant ses mots, il poursuit :

— Quand on est jeune on peut se tromper, tu ne crois pas ?

Elle est assise sur le lit et se soutient en appuyant ses deux mains en arrière. Elle sent subitement un froid dans ses épaules et il lui semble que ses mains ne la soutiennent plus. Elle étouffe un gémissement et parvient encore à sourire de ce sourire ironique, plus douloureux qu'un cri.

— C'est un congé en bonne et due forme il me semble ?

Après quoi elle fond en larmes, comme une petite fille punie. Mario pose sa main sur ses genoux affectueusement. Mais il est décidé.

— Je t'aime beaucoup, lui dit-il; je ne te dis pas cela pour te consoler; tu es ma première fiancée; je me suis aperçu ensuite que l'amour c'est tout autre chose. Je t'aime encore, mais différemment.

Elle se reprend déjà et dit :

— C'est mon destin !

— Tu as dix-huit ans, dit-il avec reproche. Quel destin ? Tu as toute la vie devant toi ! Si tu es sincère envers toi-même, tu admettras que toi non plus tu ne m'aimais pas comme tu disais, que je ne représentais pas l'amour tel que tu l'avais rêvé.

Elle se lève alors à son tour, sèche ses larmes et encore secouée de sanglots elle demande :

— C'est ce que tu penses ?

Puis elle croit devoir ajouter :

— Je ne te mettrai pas des bâtons dans les roues. Je ne te demande même pas si je la connais.

Elle lui tend la main et comme Mario la retient dans la sienne elle la lui arrache brusquement et s'enfuit pour qu'il ne voie pas que de nouveau les sanglots l'étouffent. Elle traverse la rue à temps pour éviter Antonio qui sort en balançant sa bêche neuve sur son épaule.

Puis les époux Quagliotti reviennent, heureux d'avoir réussi leur négociation; ils trouvent Bianca brûlante de fièvre; « une rechute ! » disent-ils.

# CHAPITRE XVIII

Nous en sommes à peine à la Cinquième Année de l'Ere Nouvelle. Les dernières scories ont été balayées et l'on peut dire en somme que nous vivons dans la « normalité ». La Via des Della Robbia et toutes les rues de ce genre peuvent dormir tranquilles. L'ordre est rétabli. Et, avec l'ordre évidemment la légalité. A la violence il a fallu répondre par la violence ; on est bien obligé de faire une battue quand les loups viennent menacer les hommes. Le Christ lui-même chassa les profanateurs du Temple et le cardinal Mistrangelo au doux regard de jeune fille, a béni les étendards des Bandes Noires. Il a suffi d'un roi sage et d'un enfant du peuple illuminé pour sauver l'Intelligence et les Valeurs Universelles menacées par l'agitation de la plèbe. « Ils ont sauvé », a dit quelqu'un sans ironie, « la chèvre et le chou ». Celui qui vient encore parler de terreur est hors de la réalité et hors de l'histoire, ou alors — c'est plus probable — il a quelque péché sur la conscience. Ce printemps est le premier véritable printemps de beauté depuis la guerre. La nature refleurit, les services publics respectent les horaires, les spectacles se déroulent dans le plus grand calme. Il en est de même de la vie quotidienne dans les boutiques, dans les usines, des parades et de la messe dominicale. La Révolution continue comme la vie continue, dans l'ordre et le calme. Suivant une tactique qui lui est propre la Police s'adapte aux temps nouveaux et a promis aux citadins que (à part le travail de nettoyage qui lui permettra de mettre en lieu sûr les derniers

« rêveurs » en vertu des Lois d'Exception) elle mènera une
action de grand style contre le délit et la prostitution.

Le brigadier qui s'attendait à être promu maréchal et n'a
reçu qu'une nomination de cavalier, a reçu des ordres. Il a
donc fait appeler Ristori et l'a averti qu'il ne pourrait continuer à fermer les yeux. Pour un peu de temps, tout au moins.
Et en effet ces derniers jours l'escouade des Bonnes Mœurs
a râtelé les trottoirs comme le chasseur les fourrés. Elisa a
réussi jusqu'ici à se glisser entre les mailles mais Chiccona
est tombée dans le filet; on lui a donné une feuille de route
pour Lucca, sa ville natale. Ada a été prise aussi, le médecin des prisons lui a reconnu une syphilis du second degré
et Rosetta, récidiviste caractérisée, s'est assuré ainsi pour
six mois l'ordinaire de Santa Verdiana. La police en a ramassé bien d'autres. C'est le pogrom des prostituées, une
calamité qui accompagne chaque changement de régime depuis que le monde est monde. Comme les Juifs elles connaissent des siècles de persécution. Elles fulminent un peu
mais ne renoncent pas. Elles évitent habilement le filet ; mais,
il faut manger au moins une fois par jour et faire manger
ceux dont nous avons la charge ! Les plus jeunes et les plus
présentables font le grand saut qui signifie la perte de la
liberté, quelque chose comme la prison. C'est le destin qu'a
accepté Olimpia depuis plusieurs mois déjà après la nuit de
l'Apocalypse quand elle quitta l'hôtel ; elle avait peur des
représailles d'Osvaldo et Ugo avait disparu de la circulation.
Maintenant elle se trouve en basse-Italie ; elle envoie de
temps en temps une carte à Ristori ; elle lui envoie un bonjour
et ses vœux. Elle lui demande aussi des nouvelles d'Ugo,
de « notre ami » comme elle dit. Mais Ristori n'a pas encore
trouvé le temps de lui répondre. Il ne manquerait que cela,
qu'en un temps comme celui que nous vivons, il se compromette noir sur blanc pour un suspect ! Quand cela serait pour
rassurer une amie ! D'ailleurs Ristori ne sait pour ainsi dire
rien sur Ugo. Il connaît à peine son adresse.

La Via del Corno en sait tout juste autant sur Ugo que le

bureau politique de la Police qui l'a pris sous sa protection.
« Pour le moment », dit la fiche, « le communiste et ex-hardi
du Peuple, Poggioli Ugo, semble avoir renoncé à toute acti-
vité politique. Par ailleurs, *le témoignage qu'il a porté au
sujet des événements survenus dans la nuit... etc..., etc...
s'est avéré dénué de fondement à la suite des enquêtes effec-
tuées.* Toutefois on surveille ses mouvements chaque jour. Il
tient un étalage fixe de fruits et légumes au marché de San
Ambrogio et est aidé dans son travail par sa maîtresse Concetti Gesuina. Ils habitent dans un entresol de la Via dell'
Agnolo, numéro 60 aux environs du marché. Il est prouvé
que ladite Concetti Gesuina n'exerce pas la prostitution. C'est
l'ancienne bonne de Madame ... ».

Après cette aube d'octobre où ils quittèrent l'appartement
de Madame comme des voleurs, l'automne est passé avec ses
brumes, ses premiers marrons et ses choux noirs, puis l'hiver
avec ses glaces, un soupçon de neige et les pommes reinettes.
Maintenant c'est le printemps; les cerises et petits pois ont
fait leur apparition. En unissant leurs jeunesses, en s'aimant,
Ugo et Gesuina ont inconsciemment mais concrètement rompu
les ponts avec un passé d'émotions précaires, d'aventures
artificielles où leur cœur s'était égaré et un peu perdu. Si
l'amour est la rencontre de deux planètes qui se cherchaient
dans l'espace depuis le jour de la création, eux forment
maintenant une seule étoile.

Ugo n'est plus marchand ambulant. Il a pris la patente
pour un emplacement fixe au nom de Gesuina, place du
Marché. Il y a quelque chose que nous ne pouvons révéler
encore car c'est un secret entre lui et Gesuina. Il se lève tous
les jours à l'aube. Quand Gesuina le rejoint vers les huit
heures, après avoir fait le ménage chez eux, il a déjà fait
son étalage. Ils rivalisent d'ardeur pour crier les prix de la
marchandise, et de gentillesse à l'égard de la clientèle; et ils
ne perdent pas de vue leur intérêt. Vers midi elle rentre pour
préparer le déjeuner. Il rentre à son tour deux heures plus
tard.

Leur maison est petite; une chambre où sont logés avec

peine un lit et une commode; une cuisine, salle à manger un
peu plus grande avec les fourneaux dans un placard. La prise
d'eau est dans l'entrée : « C'est la maison de Lilliput ! »
dit Gesuina. « Mais maintenant que nous y sommes habi-
tués, nous y sommes aussi à l'aise que dans le Palais Pitti ! »
Il est toujours en ordre; ses carreaux rouges vermillon, la
table couverte d'un tapis, la lampe suspendue au plafond et
qui peut s'abaisser et se relever à volonté, tout est net. Au
mur est suspendu un agrandissement de la photographie des
parents d'Ugo que Gesuina lui offrit pour l'anniversaire de
ses vingt-neuf ans le 11 février. En face il y a un chromo.
« Garibaldi blessé à Aspromonte ». La chemise rouge de
Garibaldi est le seul objet rouge d'une certaine intensité
qu'on ait le droit de suspendre au mur.

Ugo sait qu'il est surveillé par la police. Mais il n'en
continue pas moins son travail politique. Il ne pense pas
comme l'été passé. Maintenant oui, chaque jour qui passe
« il semble qu'il y ait moins à faire », mais Ugo reste sur le
qui vive, persuadé que Maciste était dans le vrai quand il
lui a enlevé une dent d'un coup de poing. Ugo a pris la
place de Maciste dans l'organisation clandestine : « C'est
une place qui te revient », ont dit les camarades. « Je me
rappelle le visage de Maciste quand il a cru que tu t'éga-
rais; on aurait dit qu'il avait perdu un fils ! » ajouta le fondeur. Ugo montra sa dent fausse et répondit : « J'avais les
idées à l'envers alors ! » Maintenant ses responsabilités se
précisent chaque jour davantage.

Le camarade fondeur est tenu à l'œil lui aussi. Il a été
licencié des Usines Berta où il travaillait depuis vingt ans.
Ugo lui a trouvé du travail comme commissionnaire chez un
grossiste du Marché. Toutefois Ugo et le fondeur se voient
rarement, Gesuina sert d'intermédiaire. Comme c'est une
femme et qu'elle n'est pas trop suspecte, elle va en ville
tous les soirs; elle apporte l'argent du Secours Rouge, et les
nouvelles bonnes et mauvaises; elle apporte aussi les exem-
plaires de l'Unità qu'elle a réussi à se procurer avant qu'ils
ne soient saisis et les paquets du numéro unique de l'*Azione*

*Comunista* imprimé clandestinement pour qu'on le distribue.
Elle ne s'explique pas encore bien la chose mais elle sait
que désormais tout cela fait partie de sa vie et de celle
d'Ugo. C'est tout son univers; c'est une souffrance, une
croix à porter ; elle se change en haine pour les ennemis
d'Ugo qui sont aussi les siens et ceux de tous les hommes
qui s'aiment et travaillent au Marché et à la Fonderie. Mario
est celui de leurs camarades qu'ils voient le plus souvent car
c'est aussi un ami et sa présence chez eux ne peut paraître
bizarre. Ils le retiennent souvent à dîner. Il les met au courant de ce qui se passe Via del Corno.

Ce soir il n'a pas eu grand'chose à leur raconter. La condamnation de Nanni a paru dans les journaux. Mario n'a pu
toutefois ajouter qu'Elisa paraissait disposée à prendre son vol
elle aussi et comme son cœur est inconstant, mais toujours
prêt à se laisser prendre, on peut facilement prévoir où son
vol la déposera pour finir.

De fil en aiguille Ugo a dit, comme si les mots lui échap-
paient : « Ce soir c'est nous qui avons une nouvelle à t'apprendre : nous nous sommes mariés ce matin ; je pense que ça
te fait plaisir ; un mariage à la va-vite avec des témoins pris
sur place. »

Mario leur a reproché de ne pas l'avoir averti puis il s'est
réjoui avec eux : ils ont triqué, bien sûr ! Après les pâtés et
la viande Gesuina a demandé à Mario :

— Et quand est-ce que tu te fiances officiellement ?

La question le gênait manifestement.

— Tu changes toujours de sujet quand on te parle de
Bianca depuis quelque temps ! a ajouté Gesuina.

— Nous avons rompu avant-hier et, je t'en prie, il n'y a
rien que tu puisses faire pour arranger les choses. Je vois à
ton air que tu médites déjà d'intervenir !

Les deux époux ont essayé vainement de lui arracher de
plus amples explications.

— Après-demain c'est la Saint-Joseph, a dit Gesuina.
J'irai à la foire et je demanderai des explications à Bianca
directement. Ça t'ennuie ?

— Penses-tu ! Comme ça tu seras convaincue !

Puis ils sont passés aux légumes, — des primeurs puisque nous sommes chez des marchands de légumes ! D'ailleurs c'est un repas de noces !

# CHAPITRE XIX

Cette année la Via del Corno n'a pas fêté le carnaval. Personne n'avait le cœur à prendre l'initiative. D'habitude les plus jeunes et les plus gais des Cornacchiai louent des costumes et vont danser dans les salles du quartier. Ils se rendent dans le centre de la ville, où le dimanche et le mardi la foule est délirante, pour jeter des confetti et jouer de la trompette. Célèbre est resté le Stenterello de Staderini, plus vrai, plus caustique que le Stenterello ressuscité par l'acteur Vasco Salvini une fois par semaine sur la scène de la vieille Salle Quarconia, maintenant Théâtre Olimpia. Il n'y a pas un Cornacchiaio qui ne préfère secrètement Stenterello à la comédie, à l'opérette et à l'opéra proprement dit. Mais le Stenterello-cordonnier est un souvenir d'avant-guerre. Le couple Pierrot et Pierrette de Milena et Alfredo, est de l'an dernier. Ils sont allés — une folie ! — au Grand Bal masqué de la Presse et ils ont remporté le 6ᵉ prix des couples déguisés. Cette année le Carnaval aurait passé au large de notre rue s'il n'y avait pas eu les enfants pour rappeler son existence, se mettre des faux nez, de fausses moustaches et des masques en carton bon marché, et pour déambuler en faisant le plus de tapage possible avec leurs sifflets de terre cuite, leurs trompettes multicolores et des morceaux de bois en guise de castagnettes. Giordano Cecchi est passé maître dans cet art. Il prend deux baguettes de la même longueur dans sa main droite entre l'index et le médius et entre le médius et

l'annulaire et exécute le rataplan de Verdi de façon telle que
Ristori lui-même, qui a été jadis payé pour faire la claque, ne
peut que donner son approbation. Giordano a mis cette année
un masque de Chinois et Gigi Lucatelli un masque de vieillard à barbe blanche. Musetta s'est contentée de se faire une
figure d'avocat avec un « nez-moustaches et lunettes ». Bruno
a acheté à sa sœur Piccarda un bonnet pointu, étoilé, garni
par derrière de longs cheveux en étoupe, grâce à quoi elle
figure Merlin, et Adèle déjà grandette, mais encore joueuse,
arbore un simple loup et s'est posé une mouche sur la joue
pour faire davantage « Vénitienne ». C'est ainsi qu'un Chinois a épousé une Vénitienne ; les témoins étaient un saint
vieillard et un avocat ; le mage Merlin a béni le mariage. Le
Chinois a enlevé son masque et a baisé la Vénitienne sur la
bouche ; baiser chaste, mais non plus innocent. Puis à la
prière de l'épousée ils sont allés rendre visite au petit frère,
le pauvre Palle Lucatelli retenu au lit par une indigestion.
La troupe a fatigué parents et amis avec ses confetti, puis
chacun est monté chez soi pour jeter des ponts d'étoiles filan-
tes de fenêtre à fenêtre. Mais, la nuit, il a plu et les ponts
se sont écroulés. C'était le mercredi des Cendres. La veille
pour ne pas faire comme les sauvages, les Cornacchiai sont
montés chez Otello après la veillée et la tombola. Ils ont
fait trois tours de danse, bu et mangé un peu pour enterrer
Carnaval 1926, comme il se doit.

Mais si le Carnaval a été négligé, les foires du Carême
sont par contre très courues. La Via del Corno sera entièrement mobilisée pour la Saint-Joseph.

Les foires du Carême sont elles aussi une coutume à la
fois nationale et universelle que les Florentins ont assaisonnée
de leurs particularités. Du premier dimanche du Carême jusqu'au dimanche des Rameaux, chaque quartier a sa foire à
tour de rôle et chaque foire fourmille de clowns qui s'exhibent
jusqu'au milieu de la place, de voyantes qui prédisent l'avenir sous leurs tentes, de mangeurs de feu et de lanceurs de
couteaux, d'illusionnistes et de mediums qui lisent dans la

pensée. Ce n'est pas Luna-Park, c'est une foire... Mais une
foire où il n'est pas question de vaches et de drap; on n'y
achète que des friandises; on s'y amuse aussi. Des files de
comptoirs longent les deux trottoirs de la rue dans toute sa
longueur; ils débordent de beignets, de nougats, de galettes,
de berlingots et de tout ce qu'on peut imaginer d'agréable
au goût et de facile à faire en tenant compte du palais et de
la bourse d'un public populaire. Cacahuètes, pralines, rai-
sins secs, pains au romarin à pleins paniers, par charretées,
comme il se doit ! Et les gaufres !

La gaufre est le *deux ex machina* de la foire. La pâte est
pétrie et cuite sous vos yeux. On la mange chaude et cra-
quante. C'est elle qui attire la foule. La gaufre, c'est trois
fois rien, une sorte de grande hostie; mais elle a une saveur,
un parfum qui fond dans la bouche. Les charretons en sont
pleins au début de la journée mais à mesure que les heures
passent et que la foule augmente, des queues se forment devant les comptoirs où l'expert cuistot retourne sa galette devant le fourneau. Les vendeurs sont tous vêtus de blanc et
coiffés du bonnet de cuisinier comme dans les grands hôtels.
Ils vantent leur marchandise à grands coups de gueule, per-
suadés qu'ils sont tous les élus de sainte Brigitte [1] et qu'elle
leur a confié, à chacun d'eux spécialement, le secret de sa
spécialité.

Il y a autant de foires que de dimanches de Carême et
deux foires extraordinaires les jours de la Saint-Joseph et de
la Très Sainte Annonciation. Si le 19 mars et le 25 mars
coïncident avec un dimanche, on fait ces jours-là deux foires,
deux fêtes, mais les attractions et la dépense sont doubles
aussi. Les Florentins font grise mine au calendrier dans ces
cas-là. Le quartier de San Gallo par très ancien privilège,
abrite trois foires qui se tiennent à l'ombre des Portes antiques. Chaque foire revêt une signification que le temps a
mis en proverbe. A San Gallo se tient d'abord la foire des

---

1. *Note de la tr.:* Santa Brigida passe pour avoir inventé la recette
des « brigidini » « gaufres » en français.

« furieux », c'est-à-dire des gens pressés puis celle des
« curieux ». « Tu ressembles au premier dimanche de Carême tant tu es pressé ! Des curieux comme toi, on n'en voit
qu'à la seconde foire de San Gallo ! » dit-on, même Via
del Corno. La troisième est dédiée aux amoureux. « Tu reviens de la troisième de San Gallo pour avoir les yeux qui
rient comme ça ! » De la vieille Nesi, le bavard a dit :
« Elle a pris les grands airs du jour de la foire à la Porta
da Prato », car c'est la foire des gens comme il faut. La
cinquième est celle des « marchés » et de toutes la moins
suivie en partie parce que La Porta Romana est un peu
éloignée. San Frediano clôt la série le dimanche des Rameaux ; c'est la foire « des gens à plat » et cette appellation
dit bien ce qu'elle veut dire, ce qui ne signifie pas qu'il n'y
vienne personne ! Elle se tient dans le quartier le plus pauvre
de la ville ; aussi la joie ne manque-t-elle pas et la bagarre
non plus. Celle du 25 mars a lieu au contraire sur la place et
dans les rues bourgeoises qui entourent l'église de l'Annun-
ziata, sous les regards heureux et absents des anges perchés
au-dessus du Portique. Le jour de la Saint-Joseph, c'est au
tour du quartier de Santa Croce de se réveiller avant l'aube
au bruit des charrettes et des brancards qui prennent de
bonne heure la place que leur a allouée l'involontaire mise en
scène, de l'Office communal des stationnements.

La foire de Santa Croce est spécialement la Foire des
Cornacchiai. Y manquer serait un déshonneur. Pour la Saint-
Joseph, Revuar couvre tout un comptoir de sa marchandise,
juste en face du monument au Poète. Il oblige toute sa famille à l'aider ; Clorinda ne demande pas mieux ; mais
Bianca, depuis qu'elle est une demoiselle, meurt de honte à
s'exhiber en tablier blanc derrière le comptoir des pralines à
côté du bonhomme en étoffe qui porte l'enseigne : *Maison
primée Seraphino Quagliotti — Le Roi de la praline — qui
en a pris en reprend.*
La foire dure depuis les premières heures du matin jusqu'à
une heure avancée de la nuit. Entre trois et six dans l'après-

midi c'est la grosse affluence. Tout Florentin qui se respecte
y vient faire au moins une apparition avec ses amis, ou avec
sa belle, ou escorté de toute sa famille, ne serait-ce que pour
voir si la foire de son quartier a été à la hauteur des autres,
aussi animée, aussi courue. A cette heure-là la Via del Corno
est déserte comme elle ne l'est jamais, si ce n'est en cette
occasion. Les époux Carresi sont sortis bras dessus bras dessous, heureux comme de jeunes mariés. Maria tient en laisse
son fox et Beppino a mis son panama, vu le beau temps. Il
est guéri de sa maladie d'estomac; en tout cas il ne se plaint
plus. Il a compris qu'il est dangereux de négliger sa femme.
Maria est enceinte de six mois; elle porte son ventre déformé
avec l'orgueil que l'on comprend et considère son aventure
passée comme une fantaisie. Ces fantaisies qui sont nos péchés mais aussi notre consolation. Le fox la tire vers la charbonnerie où Otello est en train de mettre le rideau.

— Vous ne venez pas à la foire ? dit-elle.

— Bien sûr que oui ! Aurora s'habille, répond Otello.

Bien que l'air soit doux il a mis la pelisse de son père et
la casquette à visière; il laisse pousser ses moustaches. Il lui
est venu une expression d'homme mûr, une lenteur de gestes
et une façon de parler de commerçant rusé.

— On dirait qu'il fait tout pour ressembler à son père !
dit Maria à son mari en tournant à l'angle du Perlascio.
Droit devant eux au bout du Borgo dei Greci s'étalent la
place Santa Croce et la foire avec ses rangées de comptoirs
et sa foule.

Aurora est venue en compagnie de Clara qui est seule
aujourd'hui parce que les trains roulent même le jour de la
Saint-Joseph. D'après l'horaire il devrait se trouver à cette
heures-ci sur la Porretana avec sa locomotive. Elles ont emmené Palle qui n'en peut plus d'impatience et les trois enfants
Adele, Musetta et Piccarda. Leurs mères viendront plus tard
quand elles auront fini de ranger. Quant à Gigi et Giordano,
personne ne peut les tenir le jour de la Foire. Ils sont déjà
au premier rang des badauds qui regardent les exploits des
prestidigitateurs. Staderini s'est montré tout aussi impatient;

il est assis depuis des heures devant l'auberge de la Via dei Malcontenti à boire du vin et à glisser des méchancetés dans l'oreille de ses connaissances avec le coiffeur Oreste qui l'assiste, Antonio Lucatelli et le balayeur Cecchi. Dans un moment, avec le litre et le cornet de gaufres sur la table, ils feront une bonne partie scientifique.

Quand le soleil est bas à l'horizon, vers les cinq heures les mères et les grand'mères arrivent ; il y a Fidalma, Luisa, Leontina, Gemma, Semira ; elles s'excitent comme des jouvencelles et rajustent dans la rue leurs dernières épingles ; elles vont voir comment « tourne la fête ». Via del Corno il y a un silence de mort. Comme de juste seules Armanda qui a de l'asthme depuis quelques mois, la bonne des Nesi qui ne sort jamais et Madame, sont restées chez elles ; Liliana aussi puisqu'elle garde Madame. La veuve Nesi qui n'aime pas les gens vulgaires, est allée s'asseoir comme d'habitude au café Doney.

A cinq heures la fête bat son plein. Les marchands de gaufres ont le visage en feu à force de crier. Le clown Settesoldi accomplit le tour le plus difficile de la journée ; il tient en équilibre sur son front, puis sur son nez, un bâton surmonté de bouteilles posées l'une sur l'autre. On découvrira tout à l'heure que les bouteilles sont collées avec de la poix. Le puissant Ursus enfonce d'un seul coup un long clou dans une planche épaisse de plusieurs centimètres ; puis il fait le pont et supporte dans cette position trois hommes et une grosse pierre.

Madame Assunta sous son dais prédit l'avenir pour quelques sous ; elle porte sur l'épaule une chouette embaumée ; elle met en garde les personnes intelligentes contre les mensonges de la bohémienne qui offre un horoscope imprimé suivant le choix du perroquet qui sautille sur ses épaules et sur son bras. Et il y a dix, vingt, cinquante autres attractions. C'est un vacarme assourdissant de cris, d'invites, de boniments, de disputes et de réconciliations amicales. Les marchands de ballons, de guirlandes en papier, de trompettes et d'accordéons pour enfants vont et viennent avec leur attirail

multicolore qu'ils lèvent haut au-dessus de la foule. Mais le
plus haut perché de tous c'est l'homme monté sur des échasses démesurées et qui porte sur son dos le panneau-réclame
de la maison qui l'a engagé. On le connaît depuis longtemps
et on l'appelle sieur Palazzi. On l'invite à allumer un cigare
et à frapper à une fenêtre du premier étage pour avoir du
feu. Des bandes de gosses le suivent et le précèdent, un flot
humain l'entoure puis lui fait place en faisant la chaîne et tout
le monde se heurte et se pousse en grignotant des gaufres,
des pralines et du nougat.

C'est leur foire à tous, et la bonne humeur est en eux. Ils
doivent, voyez-vous, s'inventer leur joie, s'ils veulent se sentir vivre. Il leur suffit de détourner leur regard des affiches
posées ce matin et qui annoncent une grande manifestation
pour le 23 mars, anniversaire de la Fondation du Faisceau,
pour ne plus entendre l'appel d'une réalité terrifiante. Il y a
l'air printanier et le soleil, et la façade blanche et noire de
l'église est un décor que le vacarme ne profane pas.

Ugo et Gesuina sont venus à la foire avec un charreton
d'oranges et de nèfles précoces ; comme ils n'ont pas le droit
de stationner, ils vont çà et là suivant les demandes, mais
avant le soir toute la Via del Corno aura défilé devant eux,
comme devant l'étalage de Revuar où se tient Bianca, un
sourire de circonstance aux lèvres et plus pâle encore avec
son tablier blanc. Après avoir appelé longtemps la mort, elle
s'est finalement fait passer la fièvre et s'est rendue à la foire ;
les raisons, nous les connaîtrons bientôt. Elle se montre si
prodigue de sourires, de minauderies et de belles manières
envers la clientèle que Revuar n'en revient pas. Clorinda,
elle, dont les attributions consistent à se tenir sur le côté du
comptoir pour empêcher que dans la cohue les pralines ne
s'envolent, est persuadée que pour agir ainsi Bianca doit
avoir quelque raison cachée. Elle se promet de tenir l'œil
ouvert non seulement sur les pralines et sur les pains au
romarin mais aussi sur sa belle-fille. Elle suit chacun de ses
gestes depuis plusieurs heures ; elle l'a vue tour à tour agitée
et absorbée ; elle l'a vue se passer la main sur le front comme

pour en chasser une pensée désagréable et soupirer, puis
fouiller la foule du regard. Enfin elle l'a vue rougir jusqu'à
la racine des cheveux. En cet instant le petit typographe
approchait au bras de Gesuina. Or Clorinda se vante de
rendre des points — vite un signe de croix ! — au diable,
qui est femme, comme nous l'enseigne Staderini, et elle a
immédiatement deviné qu'il y avait quelque chose de plus
que de la sympathie entre Mario et Bianca !

Bianca est rouge et embarrassée comme seule elle peut
l'être ; mais son cœur s'est calmé au lieu de se troubler davantage, on la dirait libérée d'un cauchemar et satisfaite.
Elle croit savoir désormais ce qu'elle tenait tant à savoir, que
« cette femme » est Gesuina ! Il lui suffit de voir comme il
lui tient le bras, comme il a l'air ennuyé et elle, heureuse !
pas besoin de plus d'explications ! et si Bianca est embarrassée, ce n'est pas par jalousie et rancune mais uniquement
parce qu'elle ne sait quelle attitude prendre. Gesuina est
joyeuse et empressée ; son bonjour est chaleureux, elle donne
et demande des nouvelles. Heureusement Clorinda est là
pour répondre ; heureusement c'est une heure d'affluence et
les clients se bousculent. Bianca feint de ne pouvoir se libérer un seul instant. Quand Gesuina lui demande de les accompagner pour aller dire bonjour à Ugo qui serait heureux de la
voir et qui est là avec son charreton, tout près, Bianca refuse
gentiment mais obstinément, tout occupée à donner la marchandise et à prendre la monnaie. Mario n'a pas ouvert la
bouche et il a gardé un air mécontent. A un moment donné
Bianca lui a jeté un regard du côté et elle a vu qu'il la regardait mais elle ne peut même pas dire si ses yeux sont toujours gris. Clorinda et Revuar sont désormais convaincus : un
de ces jours le typographe va se déclarer ! C'est un garçon
« honnête et travailleur », il ne leur déplaît pas. C'est sur
ce malentendu que s'est terminée la fête pour la famille Quagliotti.

— Tu t'es rendu compte, je pense, que Bianca le prend
avec philosophie ? a dit Mario à Gesuina comme ils s'éloi-
gnaient ; mais elle n'a pu répondre. Toute la Via del Corno

venait au-devant d'eux. Le groupe des mères avait rejoint
Aurora, Clara, Otello et les enfants et avait arraché leurs
maris à l'auberge. Ils formaient un groupe compact dans la
foule. Aurora a appelé Gesuina la première et Gesuina a
découvert un à un tous les Cornacchiai :

— Oh ! oh ! mais il y a toute la Via del Corno à la foire !
venez dire bonjour à Ugo !

Puis elle a demandé :

— Et Milena ?

— Elle reste tard au sanatorium. Alfred va plus mal, a
répondu Gemma que la foire ne distrait pas des malheurs
de sa fille, les siens propres en somme.

Ugo a accueilli ses anciens amis à bras ouverts et sur une
réflexion insidieuse de Staderini il a été amené à inviter les
hommes au café. Otello s'est vite libéré car il avait un rendez-vous important : il s'agissait d'un chargement de coke
offert à bas prix. Mario est parti également. Et les femmes
ont repris le chemin de leurs maisons car le soir tombait ; les
hommes sont restés encore un instant pour donner un dernier
coup d'œil à la fête et pour aller à la recherche des garçons
perdus dans Dieu sait quel coin ! A moins qu'ils ne soient
aux échafaudages de la bibliothhèque en construction en train
de jouer à pile ou face ou aux cartes. Les époux Carresi
sont rentrés eux aussi, heureux d'avoir navigué seulets au
milieu des flots comme deux pigeons.

Mais la fête n'est pas terminée pour autant. Elle ne subit
qu'une accalmie passagère à cause du repas. Les lampes à
acétylène s'allument sur les comptoirs ; les mieux équipés ont
l'électricité avec des lampes en guirlande. Settesoldi n'est
pas fatigué d'exécuter le triple saut de la mort ; le mangeur
de feu boit un litre à la régalade pour se rafraîchir la gorge ;
car nous n'en sommes qu'aux trois quarts de la fête ! Après
neuf heures la foule revient. L'excitation est encore plus
grande sous les lumières artificielles. Pour la circonstance le
prieur de San Giuseppe tient l'église ouverte jusqu'à la nuit ;
le grand autel est tout illuminé. Adele est allée s'agenouiller

devant la Madone et lui a confié qu'elle s'est fiancée avec Giordano Cecchi. Elle avait ses raisons pour demander à sa mère de lui enlever son grand nœud et de lui faire les tresses. Ugo et Gesuina rentrent le charreton ; après dîner ils reviendront à la fête en spectateurs. Ugo doit une revanche au billard à Mario ; Gesuina a l'intention d'en profiter pour parler à Bianca entre quatre yeux. Pendant ce temps Otello a cette histoire de charbon.

Le chargement de coke s'appelle Liliana. Le rendez-vous est à l'angle de la Via del Melarancio, près de la gare. La Via dell'Amorino n'est pas loin de là. Otello y conduira Liliana comme le vieux Nesi y conduisait Aurora. C'est là aussi qu'Elisa a emmené Bruno le premier soir. Le monde est petit et il n'est pas nécessaire de dépenser beaucoup d'imagination pour se choisir quatre murs. Otello a ôté la pelisse paternelle et il est tête nue ; il a retrouvé son allure de jeune homme mais son visage garde cette expression fourbe et suffisante qu'il paraît prendre à dessein. Sa mère dit qu'il a mûri trop tôt :

— Quelquefois tu me rappelles ton père de façon effrayante !

Mais Otello ne refuse pas la comparaison. Au cordonnier qui lui faisait la même remarque en tirant les numéros de la tombola, il répondit bien haut :

— Mon père avait des défauts mais aussi de grandes qualités. Je suis heureux de lui ressembler !

Personne ne lui a demandé quelles qualités. Peut-être son avidité qui le faisait veiller à ses intérêts avec des méthodes d'usurier ? Peut-être son égoïsme qui lui fit abandonner sa femme pour une maîtresse ? Peut-être son flair qui le poussa à aider les fascistes dans les moments difficiles ? Dans tout cela Otello peut aisément se reconnaître ; c'est ce qu'il appelle les « principes » : il les professe et les applique jour après jour avec plus de persuasion si bien que les idées de son père sont devenues les siennes propres. Il n'a pas d'autre remède pour apaiser le remords ; ressembler à celui dont il a causé la mort; s'il a pris lui aussi une maîtresse, c'est pour des raisons plus fortes que sa volonté, à moins que ce ne soit par la volonté même, le besoin inavoué d'être en tout égal à lui.

En réalité il a tout simplement désiré Liliana. Il la guette depuis des mois; il l'a suivie quand elle allait une fois par semaine voir sa fille chez la nourrice, et après l'avoir possédée, il l'a encore désirée. Elle s'est donnée avec l'abandon d'une femme simple. Cette simplicité il avait vainement espéré la trouver chez Aurora; or l'amour était de moins en moins simple avec elle. Auprès de Liliana il a découvert qu'un baiser a son goût de baiser, une caresse la légèreté d'une caresse et l'amour, son achèvement spontané. Avec Aurora l'amour n'était qu'une excitation brutale, la perte de toutes les facultés, un duel où il finissait par avoir le dessous et qui le livrait à elle, tout étourdi. Il en sortait diminué. Liliana l'a délivré de ce sentiment d'infériorité; mais s'il la désire, il ne l'aime pas. Il aime la dominer; il a besoin de dominer et elle ne s'y refuse pas. Ainsi il est certain de la trouver au rendez-vous, malgré l'emprise mystérieuse que Madame exerce sur elle et qu'il n'arrive pas à éclaircir. Liliana dit qu'elle lui est reconnaissante de tout ce que Madame a fait pour elle, mais la reconnaissance n'explique pas la terreur que lui inspire Madame. Elle déploie mille ruses pour voir Otello et ces heures de liberté lui coûtent des angoisses terribles! Elle voit Otello une fois par semaine et souvent elle renonce à aller voir sa fille pour Otello. Aujourd'hui, il lui a fait promettre de se libérer sous prétexte d'aller à la foire et il lui a donné rendez-vous pour six heures à l'angle de la Via del Merancio.

A six heures et demie Liliana n'est pas encore arrivée. Otello l'attend en marchant le long du trottoir; il pousse jusqu'au bout de la rue pour l'apercevoir de loin. Il a fumé deux cigarettes à la file. Il a pris un café au Bar de la Piazza Unità en surveillant du seuil. Il a vu Milena sur la plate-forme du tram qui la ramenait du sanatorium. Il l'a saluée en soulevant sa tasse. Sur la place, des Etrangers se font photographier devant Santa Maria Novella. Il est maintenant inquiet. La tyrannie de Madame rend ces rencontres de plus en plus précaires et rapides; il faut trouver une solution. C'est absurde d'avoir une maîtresse et d'en jouir à la dérobée comme d'une jeune fille couvée par sa mère. Otello décide d'obliger Liliana à laisser Madame. Il lui donnera un appartement où ils pourront se voir tous les jours à leur aise, en toute tranquillité. Sur la place les pigeons picorent entre les jambes des chevaux et sautillent sous les voitures rangées en file. Une auto traverse la place et ils s'envolent : un nuage de plumes et à travers ce nuage apparaît Liliana dans une robe claire qui s'arrête aux genoux. Dès qu'elle aperçoit Otello elle court vers lui, se jette à son cou en tremblant; sa voix est excitée et haletante.

— Si tu savais ! Si tu savais !

Et à peine arrivée à l'hôtel elle s'est jetée sur le lit, épuisée, les yeux fixes :

— Aide-moi, Otello ! dit-elle en lui tendant les bras.

Il l'embrasse dans le cou, sur la bouche. Mais elle se dégage, s'assied sur le lit et s'explique :

— Tu ne vois pas comme je suis bouleversée ? Tu ne sais pas qu'elle ne voulait pas me laisser sortir ? Elle a fermé la porte et caché la clef sous son coussin. J'ai dû me battre avec elle pour la lui arracher.

Elle s'arrête pour découvrir son bras.

— Regarde, elle m'a mordue sous l'aisselle; je saigne encore. J'ai dû la frapper pour lui faire lâcher la clef. Le souffle lui a manqué heureusement; j'en ai profité pour fuir.

Liliana fait mine de se lever mais Otello la prend par le bras et la fait asseoir sur ses genoux. Il abaisse la robe et découvre la morsure sous l'omoplate; il pose ses lèvres sur la plaie; quelques gouttes de sang apparaissent encore au bord des cavités laissées par les dents de Madame. Il les suce lentement. Liliana incline sa tête sur l'épaule de l'amant et murmure :

— Je n'ai plus que toi au monde; sauve-moi !

Et il lui répond en l'enlaçant et en l'embrassant :

— Tu ne retourneras plus chez la vieille.

Le soir tombe ; les ombres ont envahi la pièce. Une altercation éclate dans la rue ; des voix d'hommes ivres parviennent jusqu'à eux. Otello allonge un bras et prend une cigarette dans la poche de sa veste suspendue au dossier de la chaise. La lumière de l'allumette fait mal aux yeux et Liliana cache son visage contre la poitrine de son amant. Il lui caresse les cheveux et fume. Il a en lui la quiétude, la douce torpeur, l'assurance d'un homme qui abrite un monde dans ses bras.

— Ça te plairait d'habiter dans un petit appartement comme celui qu'avait Aurora avec le gaz, le chauffage central...

— Le paillasson devant la porte..., enchaîne Liliana déjà prise au jeu.

— On pourrait même faire mettre le téléphone. Nous nous parlerions tout le temps.

— Ce serait beau mais c'est un rêve ; tu es marié et moi aussi ! objecte Liliana.

— Qu'est-ce qu'il a été pour toi, ton mari ? Il ne répond même pas à tes lettres. Peut-être a-t-il compris lui-même qu'il t'avait fait assez de mal ? la dernière fois qu'il t'a écrit ne t'a-t-il pas dit de reprendre ta liberté ?

Liliana n'est que Liliana avec son cerveau et ses possibilités de défense. Elle dit :

— Pourquoi ne nous sommes-nous pas connus plus tôt ? Mais moi je n'étais qu'une bonne à tout faire. Après j'ai été la femme d'un prévenu. Pendant des années tu ne t'es même pas aperçu de mon existence !

— Et moi qu'est-ce que j'étais ? Un gosse. Je t'ai remarquée quand tu as commencé à me plaire.

— C'est parce que Madame m'avait donné de quoi m'habiller ! Tu es tombé amoureux de mes robes ! mais c'est Aurora que tu aimes. Tu as fait des folies pour l'avoir ! Moi je vais retourner dans ma famille à Pontassieve !

Elle caresse avec sa joue les poils légers de sa poitrine.

— Je t'aime, dit-elle. Pour rester auprès de toi je suppor-

terais le mépris, l'incompréhension, la lutte ; je résisterais à
Aurora et aux autres, je resterais avec toi aussi longtemps
que tu me voudrais avec toi mais c'est de Madame que j'ai
peur. On n'imagine pas Via del Corno de quoi elle est capable ! Si tu voyais son visage ! Si tu voyais ses yeux quand
elle est en colère ! Et puis elle a compris que j'avais rendez-
vous avec un homme ; alors j'aurais voulu que tu voies avec
quel acharnement elle a essayé de m'arracher le nom !

Il jette son mégot et sourit :

— Qu'est-ce que c'est donc que cette femme ? Mammon ?
Non ! Ce n'est qu'une pauvre vieille dans un lit ! Elle s'est
attachée à toi et elle ne voudrait pas que tu la quittes. D'ailleurs ce sont des toquades qui lui passent. Elle s'est d'abord
entichée de Gesuina, puis d'Aurora, puis de toi. Il suffit
qu'elle trouve quelqu'un d'autre à aider.

Elle se serre contre lui comme pour implorer un secours
immédiat. Il s'aperçoit qu'elle pleure :

— Mais enfin ! dit-il, qu'a-t-elle de si terrible, cette
vieille ? On dirait qu'elle te tient comme si vous aviez commis un crime ensemble !

— Presque, murmure-t-elle. Presque ! et elle est capable
de me tuer et de te tuer si elle apprend que tu es l'homme
que je vais retrouver.

— Assez de mystères ! s'exclame-t-il.

Il cherche la poire électrique, donne de la lumière et dit :

— Allons ! dis tout. Tu es une gentille petite femme, et
moi, Nesi, je n'ai peur ni du diable ni de l'eau bénite.

Il sourit mais sa voix commande l'obéissance. Liliana protège ses yeux de l'éclat trop subit de l'ampoule, puis elle
s'assied au milieu du lit, effarouchée et révèle à son amant
le secret que Madame livre à la discrétion de ses protégées !

La confession terminée, Otello est tout de même un peu
troublé ; il mordille sa lèvre supérieure et prend l'air sérieux
de quelqu'un qui médite une décision. Puis il entoure de son
bras les épaules de Liliana et lui dit :

— Elle ne se vengera sur personne. Laisse-moi faire ! Si elle
remue seulement le petit doigt, je l'arrangerai comme il faut,

moi ! Je la ridiculiserai devant toute la Via del Corno. Et il n'est pas exclu que la chose intéresse la police !

Puis il se lève, s'habille et ajoute :

— Reste couchée, repose-toi. Cette nuit tu dormiras, ici. Je te ferai apporter le repas du restaurant. Voilà des cigarettes si tu veux fumer, et le journal pour te distraire. Demain je serai là de bonne heure et je t'apporterai les dernières nouvelles.

Il se penche sur elle et avant de prendre congé il ajoute :

— L'appartement, nous l'avons. C'est celui de Borgo Pinto ; il est encore tel qu'Aurora l'a laissé. Je ne t'ai pas dit que j'avais continué à payer le loyer.

Liliana reste seule avec ses cauchemars et ses idées brouillées, où luit cependant un petit espoir encore tremblant. Elle est lasse ; la lumière qui frappe ses yeux l'étourdit et l'endort.

Cependant la fête en est à son dernier quartier. Madame Assunta a relevé sa tente et beaucoup de ses collègues ont imité son exemple. Le mangeur de feu a choisi le coin le plus obscur de la place ; la torche y brille davantage et attire le monde ; son exhibition a pris la signification d'un rite magique et les spectateurs délient aisément leur bourse. Le clown Settesoldi a enlevé le tight [1] à carreaux et les pantalons d'Arlequin et, — le visage toujours maquillé cependant — il exécute sur demande les derniers sauts de la mort ; mais il est fatigué et retombe sur ses talons au deuxième tour. Son frère Panico a déjà serré dans une valise les accessoires du métier ; ils iront s'asseoir à l'auberge de la Via dei Malcontenti pour manger *Les pâtes au jus,* annoncées sur le menu suspendu à l'extérieur et des petits pois au jambon, en compagnie de sieur Palazzi ; sieur Palazzi paraît ridiculement petit sans ses échasses et dans sa veste étriquée. L'hôtelier a mis des tables supplémentaires le long du trottoir ; la foule et l'animation ne manquent pas car le dernier acte de la fête

1. *Note de la tr. :* En anglais dans le texte.

se passe surtout en beuveries, chants et innocentes plaisanteries.

Quand les familles se sont retirées, la fête est à ceux qui
peuvent dans une certaine mesure lever le coude et tremper
les gaufres dans le Chianti; — si ce n'est pas du Chianti
c'est tout de même un liquide rouge qui chasse les soucis et
met de l'entrain. La fête est à eux et à ceux qui veulent faire
les fous en chantant et en jouant de la guitare ou se dégourdir
les jambes en dansant la dernière nouveauté, charleston,
shimmy, tango à figures ou éternelle valse. La Piazza Santa
Croce est maintenant une salle de bal à entrée libre, avec
des murs aériens et un plafond d'étoiles. L'orchestre Gia-
como Puccini offre un ensemble de mandolines et de guitares disposé en bon ordre sur un banc. La Place est un tour-
billon de couples, de rires, de bons mots, de chansons. De
temps en temps quelqu'un circule dans l'assistance avec un
chapeau et ramasse ce qu'il faut pour arroser l'orchestre d'un
litre de vin et le fournir en gaufres et amandes salées.
Elle est à ceux-là la fête et aussi aux amoureux à qui pour
la circonstance les familles ont lâché la bride. Après quelques tours de danse ils se mettent à l'écart derrière l'écha-
faudage de la bibliothèque sous les platanes de l'allée voisine. Ils échangent leur promesse et des baisers sur un fond
lumineux de fête. Du haut de l'autel illuminé le vieux Char-
pentier qui avant de devenir un saint pour les raisons que
l'on sait, avait certainement fait des siennes, lance des coups
d'œil vers la fête et s'il le pouvait, peut-être bien qu'il se
détacherait de son cadre pour venir boire une goutte de Rufina avec ceux qui festoient en son honneur, ou manger une
gaufre, ou essayer ses dents sur un craquelin de Revuar !

Le roi de la praline a fait aujourd'hui de bonnes affaires.
Il est content des rentrées et de sa fille qui semble avoir retrouvé l'entrain de ses dix-huit ans. Sans doute parce qu'elle
est amoureuse du typographe, pense-t-il. Ugo et Gesuina
sont venus voir Revuar; ils ont entraîné Bianca au bal. Mario
n'est pas venu manger avec eux et Gesuina demande à Bianca
si elle sait pourquoi. Mais Bianca lui répond sur un ton iro-

nique et indifférent que Mario ne lui confie pas à elle ses
secrets, certes !

— Il les confie à qui a su lui expliquer ce que c'est que
l'amour. Moi, je n'avais naturellement pas assez d'expérience pour le lui apprendre !

Elle a un sourire amer qui se veut aussi sarcastique. Et
comme Gesuina fait mine d'insister, Bianca se fâche :

— Je t'en prie ! ça suffit !

Elle prend le bras d'Ugo qui l'a invitée à danser.

En dansant Ugo lui fait un clin d'œil :

— Tu verras Bianchina, Mario te reviendra plus tôt que
tu ne crois...

— Taisez-vous, vous surtout ! laisse échapper Bianca.

— Surtout moi ? Pourquoi ?

Elle se trouble. Elle est persuadée que Mario est l'amant
de Gesuina mais évidemment ce n'est pas à Ugo qu'elle ira
en parler !

Ugo l'a prise par la taille et la fait tourner jusqu'à la fatiguer, puis il lui dit à l'oreille :

— Mario est un garçon en or ! Et tu le sais aussi bien que
moi !

C'est un garçon en or, un camarade parmi les meilleurs à
qui le Parti a confié la charge d'organiser la Jeunesse communiste de toute la région. Mais que sait Ugo, que sait le
Parti des sentiments intimes du camarade Parigi Mario ? Un
homme est seul quand il cherche, trouve, défend son amour.
D'un homme qui défend son amour, la société ne peut recevoir aucun mal. D'ailleurs c'est le Parti qui a enseigné à
Mario à poursuivre jusqu'an but le bonheur, à travers les
erreurs et la souffrance, si l'on est sûr d'être sur le chemin
qui y conduit. Bianca a été une erreur de jeunesse, une innocente comédie d'enfants qui grandissent ; Milena c'est
l'amour.

Ce soir ils ont oublié tous deux qu'ils étaient attendus,
Milena par sa mère, Mario par ses amis. Ils se promènent sur
l'allée ; les échos de l'orchestre parviennent jusqu'à eux. De

temps en temps ils s'arrêtent sous un réverbère et se regardent longuement silencieusement et leurs regards s'interrogent, ils se cherchent, ils se découvrent. Ils se demandent une mutuelle compréhension. Toutefois aucun des deux ne saurait faire le geste, dire la phrase qui les précipiterait dans le péché ou les forcerait à renoncer à cet assaut quotidien de tendresse ; ils se promènent, ils se donnent la main ; ils se serrent les doigts à les tordre. Aujourd'hui la main de Milena oppose moins de résistance ; elle s'est abandonnée à celle de Mario avec une douceur qui présage l'acceptation. Durant ces quelques heures — le soleil est descendu à l'horizon, puis s'est couché, les réverbères se sont allumés et un vent léger est venu des collines — elle a voulu reposer pour elle et pour Mario toutes les questions qu'ils débattent depuis des mois. Et ils ne peuvent que confirmer les mêmes réponses. Enfin — elle est appuyée contre un platane, la tête un peu renversée et les yeux au ciel et lui la regarde — elle dit :

— Pourquoi je ne te repousse pas ? Tout m'entraîne vers toi. Je ne suis pas effrayée par le jugement du monde, ni par la douleur d'Alfredo, bien que je sache que cette douleur pèsera sur nous comme une faute. La seule chose qui me fasse encore hésiter c'est un doute : si rien n'était venu interrompre le cours de ma vie, si j'étais encore derrière ma caisse à l'épicerie, serais-je capable de tout quitter pour te suivre ? Toi tu réponds non ; non parce que j'étais alors une Milena différente et que nos routes seraient restées séparées ; pourtant je suis toujours la même Milena ; je n'ai pas changé de visage !

— Tu as changé à l'intérieur de toi ; tu le reconnais toi-même.

— Donc nous n'étions pas destinés l'un à l'autre dès le commencement. Notre sentiment est né du malheur ; j'ai peur que nous ne puissions traîner ce malheur toute notre vie. Si je pouvais penser au contraire que la Milena d'autrefois t'aurait écouté comme je t'écoute aujourd'hui, je serais sûre aussi que la joie ne serait pas bannie de notre existence. Car j'étais heureuse, tu sais ! Comme l'est Clara maintenant. Comme elle le sera toujours même dans les moments difficiles.

— Tu étais heureuse comme quelqu'un qui garde les yeux
fermés et ne les ouvre pas parce qu'il ne peut pas les ouvrir,
quelqu'un qui se contente de son propre horizon. Comme
Clara en effet... Mais si ta vie comporte quelque chose de
factice, c'est ta vie passée, non celle d'aujourd'hui. Il m'est
arrivé la même chose, avec quelque différence bien sûr ; je
n'ai pas eu pour Bianca le sentiment profond que tu as eu
pour Alfredo. Alfredo appartient à la période de ta vie où
tu étais aveugle. Il pouvait se faire que tu restes avec lui, et
même la vie eût alors été plus facile pour toi ; une vie sans
heurts. Mais tu ne peux plus faire semblant de ne pas voir
maintenant. Les joies viendront à mesure que nous appren-
drons à nous aimer. C'est de l'égoïsme ? D'accord. Pourtant
l'amour — je le sais depuis que je t'aime — nous apprend
à être plus généreux, comme pour compenser au dehors ce
bien dont nous jouissons entre nous. Tu sais combien j'ai
réfléchi ces derniers temps et combien j'ai changé aussi ! Et
en réfléchissant j'ai compris que ce n'est pas par hasard que
mon amour pour toi a grandi à mesure que Maciste m'ouvrait
les yeux... Et cette nuit-là où je te serrais dans mes bras
devant le cadavre de Maciste comme pour arrêter les trem-
blements qui te secouaient, c'était pour faire cesser mon propre tremblement. J'ai compris alors que toi et moi nous étions
une seule chose ; que je ne pourrais plus embrasser Bianca ni
une autre femme.

— Moi non plus, s'écrie-t-elle comme si elle s'éveillait
d'un songe.

Elle se rapproche encore de lui et cherche sa main :

— C'est justement ce qui m'effraie ; nous traînons la mort
derrière nous !

Puis cédant à son amour elle appuie son front contre la
poitrine de Mario et murmure :

— Maintenant j'ai appris à te connaître ; tout de toi me
plaît, ta façon d'être et ce que tu n'es pas aussi. J'ai peur
d'ajouter d'autres souffrances à celles que tu as déjà, à celles
qui t'attendent.

— Tu m'aides à les supporter au contraire ! Et puis quelles

souffrances m'attendent ? Venger la mort de Maciste ce n'est
pas une souffrance !

Ils marchent maintenant le long de l'allée. Les premières
feuilles printanières bruissent dans les branches. Leurs pensées vont désormais du même pas et ils se répètent leurs craintes, leurs espérances, leur certitude. Elle dit :

— Tu te rappelles notre première conversation sous le
mur de la maison en construction ? A ce moment-là j'étais
comme quelqu'un qui a échappé à un tremblement de terre
et se relève des décombres en s'apercevant qu'il a tout perdu.
Jusque-là j'avais vécu dans la ouate. Non que je ne puisse
comprendre mais je ne voulais pas comprendre ; tous les livres
que je lisais racontaient des histoires ; des histoires qui parti-
cipaient d'une autre vie, de la vie des livres justement, non
pas de la mienne. J'étais comme une enfant qui sait qu'elle
doit se taire et laisser faire les grands. Des mains de ma
mère, je suis passée dans celle de mon mari, et je me laissais
conduire. Après l'accident survenu à Alfredo, il a fallu que
je marche seule tout à coup. Peu de chose à faire, diras-tu,
penser à faire marcher le commerce, et taire à ma mère et à
Alfred presque tout. Mais je me suis rendu compte que
rien de ce qu'ils m'avaient appris ne pouvait me servir. J'ai
eu le sentiment qu'ils m'avaient trahie tous les deux. C'est un
mot bien gros mais il exprime ce que j'ai ressenti alors. Je
me suis reprise ensuite à les aimer, mais plus comme avant.
C'était, comment dirais-je ? un sentiment de protection. Je
les considérais comme des enfants. Je veillais à ce qu'ils ne
se fassent pas mal, à ce qu'ils ne butent pas contre les pierres, dont ils avaient parsemé leur route, c'est-à-dire les pré-
jugés, les peurs, les malheurs qu'ils s'inventaient. Je décou-
vrais le mauvais côté de la vie et tout m'apparaissait laid. Je
te parlais de dragons et de croque-mitaines, si tu te souviens.
J'étais encore chancelante mais j'avais pris une décision et
j'espère m'y tenir toute ma vie : ne jamais me mentir à moi-
même. Mais encore un peu je tombais d'un excès dans
l'autre ; je serais devenue cynique et n'aurais plus foi en rien
si je ne t'avais pas rencontré.

Un silence semblable à une question et à une réponse formulées au fond du cœur arrête un moment la confession puis Milena reprend :

— Je sais moi aussi que ce n'est pas la peur de souffrir qui m'arrête mais seulement la pitié. Mais cette dette de pitié je dois la payer ; je mentais encore vois-tu ; pour être sincère il n'est pas nécessaire d'être cynique !

Et comme sa voix reflète sa pensée, elle est calme, assurée comme sa pensée quand elle ajoute :

— Je t'aime Mario tellement si tu savais ! Tais-toi. C'est la première fois que je peux le dire spontanément. Mais je ne peux laisser Alfredo tant qu'il ne sera pas guéri. Je ne veux pas que nous puissions être pris de remords un jour ou l'autre. Nous sommes assez jeunes pour attendre. Nous devrons attendre comme ces gens que nous disons sans mensonges. Il ne faut pas que près de lui je le voie souffrir, s'attacher à moi, espérer en moi, alors que je le trahis, que je viens de le trahir ou que je vais le trahir !

Mario lui serra la main à lui faire mal. Il lui dit :

— Maintenant que cela a été dit nous pourrons de nouveau parler de mille choses.

Puis ils se taisent et marchent la main dans la main en évitant les rues encombrées et retournent chez eux.

Milena est tellement au-dessus de tout soupçon que même si elle rentrait tous les soirs Via del Corno au bras de Mario personne ne trouverait à redire. Milena est vraiment « un miroir de vertu », comme dit Clorinda ; mais non pas dans le sens où l'entendent les innombrables Clorinda disséminées dans la Ville [1] et dans le Monde.

1. *Note de la tr.* : « Urbi » et « Orbi » dit l'auteur reprenant le mot latin.

# CHAPITRE XX

Nos deux amis trouvèrent la Via del Corno sens dessus dessous. Giordano Cecchi vint au-devant d'eux à fond de train pour leur faire part de l'événement.

— Madame ! Madame ! s'écria-t-il avec la joyeuse excitation des enfants.

Les Cornacchiai faisaient un vacarme de cigales et le plus intarissable paraissait Staderini. C'est lui qui avait donné l'alarme une heure plus tôt, avec le balayeur, le coiffeur et le terrassier, à leur retour de la foire. Les femmes, comme nous l'avons dit, les avaient précédés. Elles s'étaient dit bonsoir avant de rentrer chacune chez soi sans lever les yeux au ciel. Ainsi des époux Carresi qui avaient continué à discuter du nom à donner à l'enfant jusque dans leur escalier. Mais si leurs pensées à eux étaient de cette terre, Staderini avait honoré Saint-Joseph avec force verres de Chianti et de Rufina et le vin est une chose qui élève dans tous les sens du mot. Staderini se tenait aux bras de ses amis en chantant un couplet en l'honneur de « Noé Grand Patriarche » ; ils avaient toute la rue pour eux, en ce début de soirée ; elle les recevait avec ses façades qui perdaient leur crépi, le linge de Clorinda oublié devant sa fenêtre, les chats et la pissotière en tôle. Le réverbère s'alluma prématurément à l'angle du Perlascio et Staderini le salua en ôtant son béret ; il était un peu gris ; il leva son visage vers le ciel et s'écria irrespectueusement : « Et la lumière fut ! » La lumière oui,

et quelque chose d'autre qui le fit taire et le rabattit contre
le mur avec la violence de la foudre. Il avait vu Madame !
La chose n'était pas extraordinaire, car depuis quelque temps
elle allait mieux et ne dédaignait pas de jeter un regard sur
la rue comme par le passé. Mais c'était une image diabolique de Madame qui l'avait regardé fixement, lui Staderini,
et ne le lâchait plus, et le réduisait en cendres !

Le cordonnier hurla ; cependant ses amis avaient aussi découvert Madame sur son balcon ; et les femmes attirées par
le cri se mirent aux fenêtres et la virent aussi. Bien que l'hallucination chez Staderini eût été doublée par l'effet du vin,
tous les Cornacchiai se sentirent eux aussi frappés par ce
regard chargé d'une haine folle. Le visage de Madame
était figé dans une expression de fureur désespérée. La tête
rentrait dans les épaules, les traits étaient décomposés et les
yeux étincelaient de fureur et de désespoir au fond des orbites
noires. Elle s'accrochait aux murs des deux mains, ses doigts
s'arc-boutaient comme pour fendre la pierre et en même temps
permettre l'élan de tout le corps. Son buste émergeait du
cadre de la fenêtre ; on aurait dit une bête féroce en arrêt et
prête à s'élancer sur sa proie.

La première pensée des Cornacchiai fut que Madame allait
se jeter de la fenêtre. Les femmes lancèrent vers la malheureuse des supplications pieuses pour la détourner de son
crime. Elles se couvraient la face et faisaient le signe de la
croix, bloquées à leur propre fenêtre dans l'attente du dé-
nouement fatal. Les mères repoussaient résolument les enfants. Puis il y eut quelques secondes de tragique silence :
yeux fixés sur cette fenêtre, gorges serrées, souffles hale-
tants. Un tram passa Via dei Leoni ; son fracas apparut
comme l'écho d'un monde lointain et inconnu. Madame restait immobile prolongeant l'angoisse, l'excitation. Elle ne
bougeait pas plus qu'une cariatide figée dans une pose hallu-
cinante mais son regard lançait des éclairs. Aurora s'écria
encore : « Ne faites pas cela, Madame ! répondez-moi ! »
et chacun retrouvant sa voix répéta la même prière.

— Pensez à la Madone ! ajouta Gemma.

— Ne faites pas l'enfant! s'écria Fidalma se remettant de son épouvante sénile et puérile à la fois.

Déjà Aurora descendait, suivie de Leontina et de Clara cueillies dans l'escalier.

— J'arrive, Madame, criait Aurora. Mais Liliana n'est pas chez vous ? Où est-elle ?

Beppino Carresi qui habite dans le même immeuble que Madame, se montra à la fenêtre du palier et dit :

— Sa porte est fermée. Il faut la défoncer! que quelqu'un monte m'aider.

Staderini s'était enfin remis de son hallucination; il digéra sa peur avec le vin. Il émit un avis :

— Si vous forcez la porte elle va choisir ce moment pour se jeter en bas! Femmes, apportez un drap!

Semira courut à sa commode, puis lança un drap par la fenêtre. Staderini le reçut au vol, le déplia péniblement, le prit par un bout et offrit les trois autres coins au coiffeur, au balayeur et au terrassier. Ils disposèrent ainsi un filet de sécurité. Maria Carresi était arrivée cependant avec une barre de fer et un marteau. Son mari, Aurora et Leontina forcèrent la porte. Ceux qui étaient restés dans la rue vécurent alors les moments de la plus intense anxiété. Les quatre hommes allaient et venaient, en calculant la trajectoire probable du corps. Gigi et Giordani avaient échappé à leur mère et tressaillaient de curiosité et de terreur. Piccarda, elle, s'était mise à pleurer, elle était impressionnée. Le fox de Maria, emprisonné dans la cuisine, aboyait.

Madame ne bougeait pas un doigt. Muette et immobile comme une statue, elle gardait son attitude agressive et son regard désespérément fixé sur la rue. Alors apparut Ristori; les doigts passés dans son gilet, il avait un air débraillé et ennuyé. Il fit un sourire condescendant et dit :

— Et si cette histoire dure trois ou quatre heures ? Mon opinion c'est qu'il lui est arrivé un accident !

Puis il se retourna vers les hommes qui tenaient le drap et avec son air cynique et moqueur il leur dit :

— Vous ressemblez aux pompiers du Grand-Duc !

Cependant la serrure avait sauté et, Aurora en tête, le groupe des sauveteurs fit irruption dans la pièce. Il fallut toutes les forces de Beppino, d'Aurora et de Leontina réunies pour arracher les mains de Madame de la fenêtre. Elle mordait, donnait des coups de pied, se débattait en émettant des mugissements inhumains, des cris de hyène. Elle bavait, ses yeux flamboyaient et un cercle rouge entourait ses pupilles. Tout à coup elle céda. Son corps devint une chose molle, abandonnée entre les mains de ses sauveteurs. Ses lèvres prirent une expression de mépris, mais son regard ne changea pas. Elle se laissa conduire à son lit, sans répondre toutefois aux questions affectueuses, dont on la pressait.

Les Cornacchiai maintenant envahissaient la pièce ; la peur passée, la plupart ne pensait guère qu'à fureter curieusement dans l'appartement de Madame. Ils étaient les esclaves qui fouillent l'alcôve du maître, la plèbe qui envahit le palais, les infidèles qui profanent le Temple. Divinité assise, irritée et impuissante, Madame leur lançait des regards furieux et ouvertement méprisants. Si elle ne pouvait voir Staderini, qui, ayant découvert la dépense, se remettait de son trouble avec du lacryma-christi tandis qu'Oreste lui faisait de molles observations, elle voyait par contre Giordano Cecchi et Gigi Lucatelli qui profitaient du tohu-bohu général et mettaient à mal les bibelots de la commode ; elle voyait Adele se mirer dans la glace et Maria Carresi caresser le velours des fauteuils. Antonio, le terrassier, s'était mis à la fenêtre et appréciait la distance qui le séparait de la rue :

— Elle aurait fait un vol splendide ! s'exclama-t-il.

Aurore n'avait d'yeux que pour Madame. Elle se tenait auprès d'elle ainsi que Luisa et Fidalma. Elles lui murmuraient des paroles de félicitation comme on fait aux personnes qui ont échappé à un gros danger, et de ces mots qu'on emploie pour rassurer les fous et les enfants. Maintenant Antonio avait détaché le tableau du mur pour mieux l'observer ; il y reconnaissait le Pont Suspendu et passait sa main sur l'image. Les enfants, eux, étaient allés à la fenêtre avec une paire de jumelles chacun et ils scrutaient l'horizon. Semira tâtait un bout de la couverture pour s'assurer qu'elle était pure soie. Le balayeur touchait timidement les lys d'or imprimés sur les murs. La-dessus Staderini apparut avec un verre à pied à moitié rempli de vin ; il entendait le faire boire à Madame pour qu'elle se remît de ses émotions ; à côté de lui le coiffeur ébauchait une révérence de l'air de se payer la tête de Madame. Si bien qu'elle ne put retenir un geste qui ressemblait à une gifle ou à une menace et que tout son corps frémit. Ses narines se dilatèrent, les cartilages de son visage vibrèrent comme de la chair vive et ses yeux s'allumèrent d'une rage accrue. Aurora se fit son interprète et soutenue par sa mère et Fidalma elle persuada aux Cornacchiai de se retirer. Madame en effet avait besoin de repos et de tranquillité. Ils s'en allèrent un à un ; mais avant de poser le verre sur la commode, Staderini en vida le contenu dans sa bouche d'un seul coup. Leontina dut revenir quelques instants plus tard pour restituer en s'excusant beaucoup, les jumelles qui étaient restées entre les mains de son fils.

Les Cornacchiai s'interrogeaient en descendant l'escalier :

— En somme voulait-elle ou non se jeter par la fenêtre ?

— Un moment de désespoir ; elle est malade depuis si longtemps !

— Elle ne pouvait pas se décider ! Même réduite aux pires conditions, la vie fait luire tant d'espoirs !

— Un accident ? Mais elle est plus alerte qu'une jeune fille !

— Alerte ? elle est folle, oui !

— Et Liliana ?

— Elle est probablement allée voir sa fille.

— D'habitude elle n'y va que le dimanche !

— On ne l'a pas vue à la foire.

— Elle a sans doute trouvé un galant ! (Cette fois-ci c'est Staderini qui parle.)

— Elle est droite comme un jonc !

— Certes, son mari le mériterait !

Et Fidalma dit ingénument :

— Mais Madame ne le mériterait pas, elle !

Le soir était enfin venu depuis un moment et la Via del Como vivait dans l'excitation de l'événement. Les gens continuaient à s'entretenir de fenêtre à fenêtre et sur le devant des portes : et « si Madame s'était jetée de la fenêtre ! » et « Liliana qui ne rentre pas ! » et « dorénavant il faudra toujours quelqu'un à côté de Madame pour veiller sur elle ». Les marmites du repas de Saint-Joseph pouvaient bouillir et rebouillir sur les fourneaux !

— Madame... ont commencé Giordano et Gigi.

Mais Staderini les a interrompus. Il lui appartient de raconter l'événement puisque c'est lui qui a découvert Madame à sa fenêtre.


Aurora et sa mère sont restées seules auprès de Madame pour attendre le retour de Liliana. Puis Madame a congédié Luisa du geste et maintenant elle est seule avec Aurora. Fenêtre et volets sont fermés ; Aurora n'a allumé que la lampe de chevet ; elle a pris dans sa main la main de la malade pour la réconforter. Elle est la seule à soupçonner la vérité ; Liliana s'est enfuie et Madame en a été bouleversée au point de désirer la mort !

Pour comprendre, Aurora n'a eu qu'à se rappeler son ancienne intimité avec Madame et ce que Madame lui avait alors demandé ; elle ne juge ni Madame ni Liliana ; elle s'étonne seulement que de pareilles histoires puissent finir tragiquement comme « un véritable amour ».

— Vous vouliez vous tuer pour si peu ? lui demande-t-elle du ton le plus sincère.

Madame la regarde avec un sourire indulgent mais ne répond pas. C'est inutile pense-t-elle. D'ailleurs, la fatigue serait trop grande ; il lui semble qu'elle a les gencives enflées ; non, ce n'est pas son mal de gorge, c'est autre chose ; on dirait que sa bouche est pleine de nourriture, plus précisément de glace ; de cette glace qu'on met par cuillerées dans sa bouche quand on est enfant. Combien les gens sont ridicules et mesquins, y compris Aurora ! obtus, vils ! ils lui attribuent leur propre mesquinité, leur propre peur et croient la flatter ! Si sa longue expérience des hommes ne lui avait révélé déjà le cynisme caché sous tant de charité, leur attitude, ce soir, aurait suffi à la renseigner ! Ils ont donc cru qu'elle pouvait se tuer ? Après toutes les preuves de fermeté, de virilité qu'elle a données ? après toutes les preuves de son attachement à la vie ? C'est une injure que la Via del Corno paiera un jour ou l'autre ! Il n'y a que les désadaptés, les lâches, les ratés pour renoncer à la lutte. C'est comme si la Via del Corno lui avait jeté ses insultes au visage. L'occasion de se venger ne manquera pas. Il a suffi qu'un cordonnier saoul se mette à crier pour que tout le monde lui fasse chorus ! Ils ne pensaient qu'au repos de leurs petites âmes d'ailleurs, quand ils la conjuraient de ne pas se jeter de la fenêtre ; ils avaient peur que les gaufres qu'ils avaient ingurgitées ne passent pas, de l'émotion ! C'est l'égoïsme, l'hypocrisie humaine ! ils en avaient le visage plein tout à l'heure et ils s'en faisaient un drapeau — un drap en l'espèce !

Madame est une créature passionnée ; elle s'est mise au centre de l'univers ; c'est un dictateur qui ressemble assez à celui qui gouverne le pays, dans ses gestes et dans ses pensées. Elle aussi, elle a réglé sa vie suivant ses humeurs et son cas particulier, incapable qu'elle est d'objectiver le problème quand quelque chose ou quelqu'un se met en travers de sa route. Elle s'est toujours sentie généreuse et loyale, et pourtant toujours trahie et offensée. Aussi la vengance est-elle sa loi. Sa vie est jalonnée de semblables appels à la justice. Il ne lui est pas venu à l'idée qu'elle était peut-être la première à offenser, à blesser. Elle accuse le monde d'hypocrisie et d'égoïsme et elle n'a jamais fait de retour sur elle-même. Elle n'a donc pas de conscience ? Elle s'aime au point d'avoir détruit toutes les traces de son passé car « elle est celle que tout le monde peut voir ». Elle vit si intensément sa journée qu'il lui semble renaître neuve et vierge chaque matin, peut-être en secret se croit-elle immortelle. Remontant le cours des années peut-être recouvrera-t-elle le corps, la splendeur de sa jeunesse dorée ?

Pour l'instant elle éprouve une haine physique, une tension ou comme elle dit « une crampe » de tout le corps qui s'exaspère encore quand elle cesse de penser aux Cornacchiai pour en revenir à Liliana. Car c'est l'idée d'avoir perdu Liliana qui la rend haineuse à l'égard du monde entier et la pousse à détruire. Pourtant Liliana elle-même n'est qu'une forme sans consistance dans l'esprit de Madame; ce qui la tourmente, en fait, c'est la défaite; cette poussière froide, amère dans la bouche, qui assèche le palais, c'est la défaite. Elle est habituée à commander, à faire tourner le monde qui tombe sous sa coupe suivant ses caprices; elle ne peut se résigner à se voir à genoux objet de compassion, de pitié. Alors s'allume une haine subite pour celui qui lui a ravi Liliana et cette haine se confond avec la haine qu'elle voue à toute la Via del Corno, au monde entier.

Il y a toutefois quelque chose de nouveau qui affaiblit son pouvoir de défense et aggrave sa défaite. Jusqu'ici elle ne s'était jamais sentie moralement diminuée; aujourd'hui par contre, elle a eu, pendant un temps assez long, une sensation nouvelle qui l'a presque réduite à se rendre. Elle n'a pas pleuré parce que ce n'est pas dans sa nature; de même qu'il n'est pas dans la nature des animaux de parler; pourtant un sentiment obscur semblait la persuader de se libérer dans les larmes. Voilà du nouveau vraiment ! pour la première fois elle s'est pelotonnée sur elle-même, elle s'est découverte vieille, seule, abandonnée; elle a senti le poids de la solitude; peut-être le mystère de la mort. Elle s'était mise à la fenêtre dans l'espoir de rappeler la fugitive par la seule autorité de son regard; en vain. Elle l'avait vue s'éloigner, tourner à l'angle; alors une épée brûlante et glacée à la fois l'avait transpercée de la tête aux pieds. Elle avait poussé un cri qui était resté sans écho, dans la rue déserte, puis elle était restée accrochée à sa fenêtre, tendue en imagination vers Liliana, vivant son aventure, désespérant de lui transmettre sa volonté, de l'arracher aux bras de l'amant inconnu pour la ramener à elle, Madame, et à ce qu'elle appelait encore hier

« leur communion ». Avec les heures se substitua à cette
tension, une sorte d'absence spirituelle. Elle restait clouée à
la fenêtre, l'esprit inerte et le corps tendu mais insensible.
Une statue. Elle ne voyait rien. Le cri de Staderini l'avait
rappelée à la réalité puis la comédie à quoi s'était livrée la
rue avait réveillé, accru sa haine, son désespoir.

Aurora appartenait désormais à l'humanité que Madame
méprisait ; si elle avait désiré la garder seule auprès d'elle
toutefois, c'est qu'Aurora était une femme encore jeune, une
de ces créatures auxquelles elle avait volé un peu de jeunesse et qu'on lui avait ravie ensuite ; elle s'était vengée d'ailleurs. Nesi était tombé sous les coups de son « bâton
d'ouate ». Aurora avait été sa complice en quelque sorte,
c'était « un visage qu'elle pouvait regarder » pour échapper
à sa solitude. Car maintenant rester seule cela signifiait terreur, angoisse ; mort peut-être.

L'idée de la mort s'impose peu à peu. La mort c'est cette
longue solitude parmi des bibelots ; c'est la souffrance dans
un lit avec le seul secours d'une vieille au visage ridé, au
regard éteint, aux cheveux blancs, à la chair lasse. Les derniers temps Liliana s'épouvantait de leur communion ; et un
homme avait su la persuader ! Madame savait certes ce qu'un
homme pouvait recevoir d'amour, de joie, d'abandon, de Liliana ; ainsi il profitait de son œuvre celui-là. Celui-là ! Madame frémit dans son lit ; cette vieille bataille qu'elle livre
au sexe ennemi depuis toujours, qu'elle a d'abord gagnée
contre l'homme en lui marchant dessus, cette bataille qu'elle
a engagée ensuite par personnes interposées en soutirant aux
hommes leurs victimes et en substituant sa propre domination
à la leur, elle finissait donc par sa capitulation ? Elle est seule
maintenant dans un désert tapissé de lis d'or ! Elle a des sur-
sauts comme si d'effrayantes images traversaient tout à coup
son esprit ; elle n'a pas renoncé à sa vengeance. Tout ce qui
lui reste de volonté s'y accroche. Mais elle ne sait pas qui
est celui-là ! et c'est Aurora qui sera chargée de le découvrir. Madame a dans son cœur élu déjà sa complice ; Aurora
enquêtera et fera son rapport.

Madame voudrait lui donner d'ores et déjà ses instructions mais sa bouche est plus glacée et pâteuse que jamais. Elle a l'impression d'avoir les lèvres gelées, une langue énorme dont on l'aurait pourtant amputée. Elle a d'abord pensé que l'émotion avait causé un retour de sa maladie, aggravée peut-être de troubles accessoires et nouveaux. Mais tout à coup une idée atroce lui traverse l'esprit : « la paralysie ! la paralysie de la langue ! » Elle essaie de la retourner, de la remuer ; impossible ; elle en a perdu le contrôle « elle ne la sent plus ! » Elle ouvre la bouche, fait : « ah ! » et il ne sort qu'un murmure semblable à un faible rugissement. Elle essaie alors de formuler un mot, le premier qui lui vienne à l'esprit « moi », mais ses lèvres n'émettent qu'un son indistinct et répètent le rugissement de la bête sauvage à l'agonie.

Elle est prise alors d'un sentiment de révolte effrénée. Le désespoir et l'horreur touchent à leur paroxysme. Madame se débat sur le lit, porte ses mains à sa gorge, se frappe, se déchire malgré les efforts d'Aurora et de Luisa accourue à son secours ; elle hurle des sons inarticulés ; on dirait des lamentations de damnés sortant des entrailles de la terre. Elle échappe enfin aux deux femmes, va et vient dans la chambre, traverse les autres pièces le regard chargé de haine destructrice et libère enfin sa folie en renversant tout ce qui lui tombe sous la main : elle jette la vaisselle par terre, lance contre le mur la bouteille de lacryma-christi, la soupière filetée d'or, les verres, le service de porcelaine, revient dans la chambre, menace les deux femmes de les prendre pour cible si elles approchent, renverse les bibelots qui couvraient la commode, s'acharne contre les fauteuils, arrache le tableau et enfonce la toile : c'est une furie déchaînée et hurlante !

Aurora et Luisa se réfugient dans l'embrasure de la fenêtre ; elles sont impuissantes et effrayées. Madame a un visage de Divinité outragée et c'est le monde qu'elle détruit, qu'elle piétine. Une bave verdâtre coule sur son menton. Elle n'est que tremblement, inhumaine colère. En s'agitant elle fait étinceler sa robe de satin et les éclairs de ses yeux sont la

foudre, destinée à réduire la création en cendres. Elle empoigne les deux candélabres d'argent et de toute sa force
d'enragée elle les cogne contre le miroir de l'armoire qui se
brise. Le fracas porte la tragédie à son comble. Aurora
cependant s'est esquivée pour aller chercher du secours;
mais déjà les Comacchiai montent l'escalier, Otello et Mario
en tête. De nouveau la chambre est pleine de monde. Madame est étendue par terre, évanouie, une main sur la bouche.

Quand Madame rouvrit les yeux, elle se retrouva dans son
lit. La chambre était obscure comme elle aimait qu'elle fût.
Son médecin habituel était auprès d'elle et lui tâtait le pouls:
— Allons! cette fois-ci encore vous avez le dessus! dit-il.
La première pensée de Madame fut d'essayer de parler
mais elle n'émit même pas un son; on entendit un gargouillis
suivi d'une quinte de toux.
— Pour l'instant vous devez seulement essayer d'être
calme. Vous avez subi un choc qui vous a ôté l'usage de la
parole mais c'est passager; un excès d'émotion. Plus vite
vous vous calmerez et plus vite vous parlerez à nouveau.
Il y avait Aurora, Luisa et Fidalma autour du lit et plus
au fond dans l'ombre elle aperçut Otello, les mains croisées
derrière le dos. Ce fut sur lui qu'elle arrêta son regard et il
lui sembla qu'il souriait ironiquement. Comme il ressemblait
à son père avec ces moustaches prétentieuses, cette figure
pâle, fourbe! Elle crut voir le vieux Nesi qui souriait mali-
gnement.
Elle était rendue; le froid avait envahi tout son corps; il
lui semblait que son front était fendu; elle y passa ses mains
pour se rassurer. Elle s'abandonnait; elle n'avait plus aucune
velléité d'aucune sorte. Les souvenirs allaient et venaient
comme des vers sur la blessure ouverte dans son crâne.
L'image de Liliana y dansait tel un feu follet et elle riait et
elle se moquait.
Madame ne quittait pas Otello des yeux. Apparemment
son regard était éteint, enseveli au fond des orbites, comme
le regard des aveugles; mais elle voyait Otello avec d'au-

tres yeux, des yeux intérieurs que personne ne soupçonnait.
Elle le regardait et de plus en plus elle voyait en lui le vieux
Nesi incapable de retenir sa satisfaction : « Tu vois », semblait-il dire, « si j'ai su me venger ? » Donc c'était Otello
qui lui avait pris Liliana ! Le visage de Madame se détendit.
Un sourire presque consolé apparut sur ses lèvres ; elle se
remet ! pensèrent les Cornacchiai. Le médecin prit congé en
laissant ses instructions ; il promit de revenir le lendemain.
Madame regardait toujours Otello et Otello toujours muet,
ironique, ne bougeait pas ; il ignorait que dans le cerveau
fatigué, confus de Madame, se nouaient déjà les premières
mailles du filet où elle méditait de le prendre.

Après le départ du médecin, Fidalma demanda à Madame
qui elle préférait avoir auprès d'elle pendant la nuit. Madame désigna Aurora, mais Otello leva la main en signe de
refus et Aurora obéit.

— Je regrette beaucoup, mais je ne me sens pas bien ;
j'ai même la fièvre, dit-elle.

Elle embrassa Madame sur le front et s'en alla, puis Otello
s'approcha du lit à son tour pour saluer Madame ; il se pencha sur elle et murmura rapidement, de façon à n'être entendu
que d'elle : « Si vous remuez le petit doigt pour ennuyer
Liliana, je raconte tout à tout le monde ; pensez-y ! »

Ceci se passait il y a quelques heures. Maintenant Fidalma et Luisa veillent l'infirme ; comme l'on redoute un
nouvel accès de folie, le balayeur et le terrassier se sont
glissés sur la pointe des pieds dans le corridor ; ils passent la
nuit dans la chambre qu'occupait Gesuina.

D'ordinaire, le jour de la Saint-Joseph, qui précède de
deux jours le printemps, on joue la dernière partie de tombola et on dit adieu à l'hiver. La douceur de l'air invite à
veiller sur le pas des portes et aux promenades le long des
quais. Mais l'accident de ce soir a dérangé le rite. Les
conversations se sont poursuivies dans la rue et dans les maisons jusqu'au milieu de la nuit. Hypothèses et commentaires
se sont multipliés. C'était à Otello à offrir la dernière partie

de tombola ; les deux kilos de gaufres achetés dans cette
intention, les enfants en viendront à bout, un peu chaque
jour ; le vin et le vermouth ne se gâteront pas. Liliana a fait
naturellement les frais de la conversation. Tout le monde a
entendu le verdict du médecin : l'émotion a enlevé à Madame l'usage de la parole ; or c'est la fuite de Liliana qui a
causé cette émotion. Mais quel besoin avait donc Liliana de
fuir ainsi « scandaleusement, comme du toit conjugal » a
demandé ingénument Semira. Personne ne comprend.

Puis les Quagliotti se sont couchés. Bianca veut mourir
maintenant qu'elle est persuadée que Mario ne veut plus
d'elle. Elisa est rentrée vers une heure ; l'événement ne l'a
que médiocrement intéressée. La valise achetée au bazar
Duilio est prête ; elle attend, sur la chaise, qu'Elisa y mette
encore les derniers vêtements que la couturière lui a faits en
vue de sa nouvelle existence. Elle rejoindra Olimpia dans
une pension de Naples où, lui a écrit son amie pour la rassurer, « on ne se fatigue pas à monter et descendre l'escalier, parce qu'il y a l'ascenseur, comme dans un grand hôtel ». Elisa s'endort rapidement, elle a fatigué son cœur à
courir ainsi ; il s'arrête par instants et elle reste sans souffle ;
toutefois il la laisse un peu plus tranquille que ces derniers
temps. Bruno l'a brusquement oubliée. Il est sur son train et
il pense que dans dix jours, le dimanche de Quasimodo, il
épousera Clara.

Mario et Milena se sont tenu compagnie en se regardant
de leur fenêtre ; ils ont des pensées égales et un peu d'angoisse.

Maintenant c'est la nuit et la Via del Corno est rendue au
silence, aux chats, aux immondices, au ruissellement imperceptible de l'eau dans la vespasienne que la commune a ré-
parée. La ronde est passée, bien que ce ne soit plus nécessaire ; mais il ne faut pas perdre les bonnes habitudes ; puis
ce sont les réveils ; Fidalma et Clorinda sont levées. Clorinda
part faire les courses et Fidalma lui dit :

— Madame a bien reposé ; elle a dormi toute la nuit sans
s'éveiller, sans pousser un seul gémissement !

En réalité Madame a passé toute la nuit à méditer les yeux fermés avec la sensation constante « de se trouver en barque ». Ses pensées accompagnaient le léger roulis de son corps; elle naviguait doucement parmi les ondes de ses pensées qui s'emmêlaient, se dénouaient, retombaient sur elles-mêmes, disparaissaient pour affleurer de nouveau frangées d'écume et venaient se briser contre les parois de son front. Otello s'était découvert ! Maintenant Madame savait. Le vieux Nesi prenait sa revanche à travers son fils ! Mais tout épuisée qu'elle fût Madame se sentait assez de force pour défier le ciel ; elle a mis le vieux au tombeau ; elle réduira de même le fils au désespoir. L'injure du fils est plus grave encore et elle ne la méritait pas. Otello lui a enlevé une créature qui était toute à elle, qui lui appartenait de droit qu'elle s'était conquise : « Liliana, je l'ai découverte moi ! » se répétait-elle. Et elle se retrouvait seule, vieille, abandonnée. *Veuve!* Même pas Gesuina ! « Gesuina qu'elle avait également découverte ! » Elle s'en était débarrassée en la poussant dans les bras d'Ugo, comme on se débarrasse d'un objet usé en l'offrant au mendiant qui passe. Mais elle revoyait le visage de Gesuina quand elle la salua. Il avait une vivacité nouvelle, inconnue, indicible. Madame en demeura surprise et fut sur le point de l'arrêter; mais Liliana l'attendait ! Maintenant cette insolite Gesuina lui revenait à l'esprit; Madame avait le sentiment d'avoir cédé un trésor sans en connaître le prix. Gesuina n'était pas revenue la voir, certainement Ugo le lui interdisait. Quel gueux ! et dire qu'elle l'avait enrichi d'un tel trésor ! C'est comme s'il l'avait frustrée de son bien ! Il lui faudrait se venger de lui aussi. Mais d'abord il fallait en finir avec Otello. Il fallait préparer la glu. « Je raconterai tout à tout le monde. » Quoi tout ? Liliana n'avait pu tout répéter car elle ignorait la machination ourdie contre le vieux Nesi. Gesuina même n'était pas au courant; elle était allée chercher Nesi, sans savoir pourquoi Madame voulait le voir. Que savait-il donc, Otello ? Il avait voulu l'intimider ? Il faisait peut-être allusion à son intimité avec Liliana ? Rien que des caresses maternelles, les caresses d'une malade qui de-

mande chaleur et nourriture à un corps exubérant de vie, en
retour de quoi elle s'acquitte largement.

Elle l'écraserait, Otello, comme elle avait écrasé son père.
Puis ce serait le tour d'Ugo. Puis de la Via del Corno tout
entière qui a cru qu'elle pouvait se tuer ! Contre Liliana elle
ne ferait rien. Liliana, Aurora, Gesuina, étaient de faibles
créatures, d'innocentes colombes que les hommes blessent et
emportent dans leur carnier. Liliana était son chef-d'œuvre ;
elle prouvait éloquemment qu'entre les mains de Madame un
corps profané, détruit, pouvait reprendre vie : cerveau, cœur,
beauté renaissants ! En la dressant contre son Dieu, Otello a
porté atteinte à la création.

Madame a navigué toute la nuit sur la mer de ses pensées,
balancée de souvenirs en projets sans toutefois arriver à une
décision. De temps en temps l'horreur de sa situation lui apparaissait et elle se mordait alors la langue et s'épouvantait
de ne pas ressentir de douleur. Elle ne pouvait se faire à
l'idée qu'un mal plus horrible encore allait remplacer son mal
de gorge sur le point de guérir et la rendre muette. Mais jusqu'ici il y avait eu Liliana pour chasser le mal. La solitude
allait l'aggraver au contraire ; la solitude et la vieillesse ! Elle
se détournait pour ne pas voir le visage de Fidalma, ces rides
qui creusaient ses joues, cette verrue sur la pommette, ces
mèches grises, cette attitude de quelqu'un qui a renoncé à la
joie.

Madame se laissait bercer par le roulis et pensait à celle
qui viendrait la consoler de sa solitude. Clara était exclue
puisqu'elle allait se marier ; elle pensa à Bianca ; elle s'attarda à en imaginer la démarche, la façon de parler, médi-
tant déjà de l'enlever au petit typographe dont elle était
amoureuse. Elle mettait Mario avec Otello et Ugo dans le
panier de ses ennemis. Elle pensa à la petite Adele, brusquement éclose en ce printemps... Mais tous les projets restaient indéterminés ; ils apparaissaient et disparaissaient sans
s'achever en une résolution. Elle était fatiguée, rendue, nau-
fragée. Cependant l'aube était apparue, rosissant les fenêtres.
Madame aperçut Fidalma endormie sur sa chaise, épouvan-

tablement vieille et inutile. Pour chasser cette image elle
appela alors le sommeil qu'elle avait refusé toute la nuit.
Avant de s'endormir elle se persuada que la Providence l'ai-
derait « cette fois encore ». Car elle croyait en la Providence
comme le brigand qui tend ses pièges au voyageur et fait des
vœux pour qu'il ait beaucoup d'argent sur lui et soit aussi
poltron que possible.

La Providence a délégué la Fortune sur la terre et la Fortune a un bandeau sur les yeux et un faible pour les cervelles
brûlées. En s'éveillant Madame apprit que son vieil ami de
Trevise, chez qui elle avait fait une halte durant sa grande
tournée, qu'elle avait promis d'épouser et de chez qui elle
s'était enfuie, son portrait sous le bras, l'avait en mourant
nommée héritière de tous ses biens, à savoir plusieurs millions, une fortune.

On avait hésité à lui communiquer la nouvelle dans la
crainte que l'émotion n'aggravât son mal. Mais l'agitation des
femmes, la présence du notaire, qui pouvaient lui faire croire
qu'elle allait plus mal déterminèrent son médecin à lui apprendre la bonne nouvelle. La surprise toutefois fut pour les
personnes présentes. Madame retrouva vite ses esprits. La
Fortune lui donnait en effet les moyens de se venger immédiatement sur la communauté en attendant de se venger sur
les individus. Elle accueillit donc la nouvelle sans se troubler, demanda à grand renfort de gestes d'être laissée seule
avec son notaire qu'elle nomma séance tenante son administrateur ; elle le chargea de faire rapidement les formalités nécessaires, d'aliéner immédiatement les propriétés dans le cas
où il y en aurait et d'entrer aussitôt en pourparlers avec Budini, Gattai et Bastagi pour acquérir « à quelque prix que ce
soit » (et ceci était souligné car elle s'expliquait par écrit)
toutes les maisons de la Via del Corno. Comme le notaire se
montrait stupéfait elle écrivit « j'ordonne ! » et tira trois traits
noirs sous ce mot sans cesser de foudroyer l'homme du regard.
Puis elle referma les yeux et se mit à rêver à l'avenir, rassé-
rénée : « Je les chasse tous autant qu'ils sont et Otello le

premier ! Ils viendront me supplier à genoux, en vain ! Dehors tous ! jusqu'au dernier ! Je ferai mettre un plaque de marbre aux deux extrémités de la rue : Voie privée ! et rebaptiserai la Via del Corno de mon nom !... »

Ainsi rêvant, elle s'assoupit de nouveau.

# CHAPITRE XXI

Quinze jours ont passé et la Via del Corno ignore ce qui l'attend : l'expulsion, l'exode forcé peut-être. Son histoire, et celle de ceux qui l'ont élue et lui appartiennent, n'en continue pas moins.

L'enfant de Maria Carresi est né ; elle est revenue de la maternité en voiture ; elle n'en était pas encore descendue que les femmes venaient déjà faire la connaissance du nouveau Cornacchiaio. C'est un garçon justement, comme on l'espérait, et il pèse quatre kilos. C'est le portrait de son père, le cuistot. Staderini, qui s'est essoufflé en secret à calculer les mois et les lunes, en partant du jour où éclata le scandale, en est pour ses frais, bel et bien.

La mère de Carlino est morte à la maison de repos où on l'avait transportée ces temps derniers. Armanda souffrait de l'asthme depuis de nombreuses années ; mais il se peut que la souffrance morale ait hâté sa mort car on continue à suspecter Carlino depuis la nuit de l'Apocalypse. C'était une femme simple et pieuse. Elle laisse un bon souvenir d'elle dans la rue. On ne peut la blâmer d'avoir aimé son fils et de l'avoir toujours défendu. On a donc ouvert une souscription pour lui offrir une couronne. Une délégation composée de Clorinda, de Leontina, de Semira et de la petite Piccarda a assisté à l'enterrement. Fidalma était retenue au lit par les oreillons : une chose ridicule pour une femme de son âge et dangereuse en même temps.

A leur retour les trois déléguées ont eu beaucoup de choses à raconter : qu'il y avait six couronnes et que « la nôtre faisait son effet » ; qu'il y avait le drapeau du faisceau avec la garde d'honneur en uniforme et celui de la Fonction Publique ; que Carlino avait l'air vraiment affecté ; et qu'il y avait la famille de la morte qu'on n'avait jamais vue et qu'il y avait Osvaldo. Sur Osvaldo elles se sont longuement étendues. Depuis la fameuse nuit, on ne l'a plus vu Via del Corno. Il a envoyé le commissionnaire de la Maison où il travaille prendre ses affaires qui étaient restées dans la chambre du Cervia. Ce faisant il a avoué qu'il avait une part de responsabilité dans l'assassinat de Maciste ; peut-être a-t-il aussi l'ombre d'un remords. Les femmes disent qu'en tout cas, ça lui a réussi, qu'il a grossi et, pour autant que l'occasion le permettait, on pouvait voir qu'il n'avait pas perdu l'habitude de rire et qu'il se sentait, en tout cas, la conscience tranquille. Il les a chargées même, de saluer « en bloc » toute la via del Corno. « Tout comme le comptable », a conclu Semira. D'où l'on peut voir que si jusqu'à présent les Cornacchiai avaient eu quelque incertitude et faisaient une certaine distinction entre lui et Carlino — bien que sans trop de conviction — ils en sont bien revenus. Leur opinion est résumée par la réflexion de Leontina : « Et dire qu'il avait l'air si comme il faut ! Incapable de faire du mal à une mouche ! »

Mais à l'occasion on peut faire d'une mouche un éléphant ou une hyène si c'est nécessaire et les hommes ont trouvé un antidote au remords qui est l'idéal. Il nous faut suivre ce chemin si nous voulons savoir d'où est venue à Osvaldo cette sérénité que les femmes ont justement lue dans ses yeux. Nous devons aussi nous rappeler que, à l'homme persuadé de s'être trompé toute sa vie il ne reste que deux voies ouvertes : se suicider ou changer de peau, comme dit Aurora. Pour changer de peau il faut une volonté peu commune. Seuls les Saints y parviennent et quelquefois les poètes. C'est-à-dire ceux qui croient vraiment à quelque chose d'éternel. Le suicide est plus facile et à la portée de beaucoup. Mais pour se suicider il faut ou se détester ou s'aimer trop. Il faut croire que la vie ne saurait apporter de nouvelles joies; que les joies qu'elle contient encore sont soit inaccessibles soit misérables. Rares sont les saints. Plus rares les poètes! Par contre le nombre des intellectuels qui un jour s'aperçoivent qu'ils ont moralement échoué, est illimité. En comparaison les suicides sont en nombre infime. Alors s'ouvre à nos yeux une troisième route qui est l'unique où nous puissions nous aventurer puisque c'est celle qui nous a conduits où nous en sommes. Il suffit de modifier notre allure qui jusqu'alors était celle d'un homme fatigué, qui marche sur les pierres et les ronces accumulées sur le bord par notre conscience (et les pierres milliaires étaient autant de blessures!) Dorénavant nous décidons au contraire de prendre la grand'-route, celle où marchent des millions d'êtres comme nous, et de tenir les yeux fixés sur l'horizon. C'était d'ailleurs le but que nous nous étions fixé et c'est en marchant résolument sur « la bonne route » que nous l'atteindrons. Evidemment il y a des obstacles et des barrières sur cette route aussi. Mais nous nous ouvrirons un passage avec tous les autres et nous jetterons sur le côté les détritus : ces détritus qui nous empêchaient d'avancer quand nous cheminions seuls. Ce faisant, un homme trahit peut-être une fois, oui, mais il ne trahit que lui et une fois pour toutes. Après quoi c'en est fini de feindre. Il s'attache à cette certitude avec le désespoir du naufragé et touche aussitôt à la rive de la persuasion. Il est authentiquement transformé. Il ne se rappellera plus l'homme qu'il était. Ce n'est pas qu'il ne veuille pas se rappeler; non, il ne se rappellera vraiment plus. Il aura changé de peau à sa façon et croira qu'il a conservé son idéal. Mais cet idéal qui lui paraît éternel est au contraire caduc comme son corps, car il est devenu une chose du corps. Maintenant il est sûr de toucher au but. Il s'agit d'arriver, c'est-à-dire d'arriver au jour de notre mort que nous refusons aujourd'hui parce que la vie nous offre encore trop de joies. Ce sont des joies simples et honnêtes comme nous. Nous demandons à la vie de réussir dans notre travail, d'être heureux dans notre famille et de voir s'affirmer l'idéal pour lequel nous avons combattu jusqu'à la limite du désespoir. Mais ne nous demandez pas de vous dire les causes de ce désespoir parce que c'est une chose qui nous dépasse. Du passé nous ne nous rappelons que ce qui reste lié au présent, qui sert notre avenir. Nous sommes maintenant *désespérément sincères*. N'appelez pas cela de la lâcheté ; oublier est le seul recours que nous offre la vie pour que nous puissions la vivre.

Dorénavant Osvaldo n'appartient plus à la Via del Corno. Il s'en est exilé moralement. Notre rue a assez de Nanni, de Carlino et de Madame pour balancer ses vertus. Ce sont d'ailleurs des gens qui ne se font pas illusion, qui payent de leur personne et devant qui il convient d'ôter son chapeau. La Via del Corno ne tolère pas les bâtards ; elle les refuse comme elle refuse les pierres que Nesi glisse dans son charbon. D'ailleurs notre rue est trop sale, obscure et empuantie pour qu'Osvaldo aujourd'hui accepte d'y mettre les pieds. Il va épouser la fille d'un commerçant de Montale Agliana qui lui apporte une dot de 100.000 lires. En fille de la campagne qui devient citadine, elle exigera d'habiter dans le centre et d'avoir une bonne. Il n'a plus de doute sur sa fidélité depuis qu'elle lui a juré ne plus avoir adressé la parole à son ancien séducteur. Avec la dot de sa femme qui lui permettra de verser des cautions, il installera un bureau de représentation pour son propre compte. Déjà il pense à prendre des intérêts dans une maison de papier maïs « qui manque pour l'instant d'argent liquide ».

Osvaldo en est venu là après des crises qu'il n'a surmontées que pendant les quarante jours de prison passés aux Murate en compagnie du Pisano et de Carlino. De la lucide cohérence du Pisano et de l'obtuse arrogance de Carlino, l'une et l'autre exacerbées, Osvaldo a fait une synthèse propre à lui calmer l'esprit et à chasser cauchemars et hésitations. Maintenant il est persuadé que les révolutions exigent la violence, et que ce sont ces exploits qui lui préparent le chemin. Si par opportunité politique, Lui a été obligé de désavouer les événements de la Nuit Légendaire, Il est resté reconnaissant en son cœur à l'égard des camarades qui l'ont débarrassé d'ennemis avoués et agressifs. Ils ont bien mérité de la Patrie. Maintenant un avenir de paix et de bien-être s'ouvre pour le pays. Les ouvriers ne font plus la grève et en récompense, les salaires ont été augmentés. L'Italie est de nouveau honorée et redoutée dans le monde. La lire n'est jamais montée si haut. Le Capital conjugué avec le travail a fait se développer la production. La grande industrie du Nord est en train de mettre au point un nouveau produit qui peut-être nous donnera une économie autonome et suffira à nos besoins de cellulose. On a fait les premiers pas pour un Concordat qui sanctionne la similitude des conceptions de l'Eglise et de l'Etat. L'ordre et la légalité sont rétablis. Quand une main sacrilège a osé se porter contre *Sa Personne,* les chefs de toutes les nations l'ont félicité avec chaleur d'avoir échappé à l'attentat. Tout cela, c'est « l'action héroïque et obscure des Bandes ; » qui l'a rendu possible ; les camarades, une fois leurs exploits accomplis, sont rentrés humblement dans les rangs, toujours prêts « à ne rien demander et à tout donner ».

Or Osvaldo se sent de droit un des leurs.

Mais si la Via del Corno noie volontairement sa peur secrète dans l'aventure de Madame, si Otello marche résolument sur les traces de son père tandis que Liliana s'attache dans son dénuement à ce que lui offre la vie dont elle est désormais le jouet, si Bianca veut mourir et attend inconsciemment que le soleil se lève et vienne démêler la confusion de son cœur, si Mario et Milena se sont dit les paroles qui assurent leur bonheur, tout reculé qu'il soit, cependant, avant que Cecchi, le balayeur, ait fini d'enlever les dernières traces de la foire, avant Pâques, la Via del Corno sera rappelée à une opprimante réalité. Chacun accusera le coup et se retirera un peu plus dans sa coquille, dans sa propre conscience intimidée.

Ce matin, au petit jour, Ugo a été arrêté.

C'était l'aube et Ugo se levait ; Gesuina lui préparait son café ; les agents arrivèrent et emmenèrent Ugo, tout chaud

encore de la chaleur du lit et de l'amour. Gesuina l'aida à
enfiler sa veste. Elle l'embrassa sur les lèvres et d'une voix
qui ne tremblait pas elle lui murmura :

— Ne me dis rien. Tu vois ? Je me tais, moi !

Il resta quelques agents pour perquisitionner. Ils mirent
beaucoup de temps pour découvrir « des pièces compromettantes » ; ce n'était pourtant pas difficile. Gesuina s'était
assise et les regardait mettre son appartement sens dessus dessous.

C'était son foyer, augmenté jour après jour d'objets, de
bibelots, de linge avec la joie de construire chaque fois un
peu plus leur bonheur, que les agents bouleversaient, piétinaient comme, eût-on dit, pour le détruire ; c'était la maison
où Ugo l'avait formée jour après jour, éclairant son esprit
confus, lui faisant connaître qui étaient ses amis et qui, ses
ennemis, la libérant d'un passé qui avait longuement enténébré son esprit. Elle en était arrivée à considérer son passé
comme celui d'une femme qui lui ressemblait beaucoup mais
qui n'était pas elle. Encore ne lui ressemblait-elle pas tellement. Gesuina s'apercevait elle-même qu'elle était devenue
plus belle, ou du moins plus dégagée dans ses manières, plus
vivante. Oui ! C'était cela ! Vivante ! et son passé était mort.
Elle ne l'avait pas voulu comme Osvaldo ; il était mort spontanément à l'intérieur d'elle-même, dans son esprit. Toutefois elle en avait retiré un enseignement qu'elle ne savait trop
comment traduire ; elle l'appelait « l'expérience ». Elle disait : « Dans la vie on peut se tromper, quand on n'a aucune
notion du bien et du mal ; mais une fois qu'on a compris, on
n'a plus le droit de se tromper. » Il lui semblait superflu
d'ajouter que ce n'était pas un *devoir* que de se tenir loin de
l'erreur, mais une *nécessité*. De même on ne rattrape pas une
maladie quand on est vacciné contre elle. Erreur, l'éloignement du parti de la part de Ugo, après le coup de poing et
les avertissements de Maciste ; erreur de sa part à elle, la vie
auprès de Madame, avec tout ce qu'elle comportait de louche ; erreurs de la même nature et qui signifiaient pour l'un et
l'autre l'abandon de sa propre morale. Ils avaient d'abord

lié leurs désespoirs; mais petit et petit ils avaient, s'aidant tour à tour, équilibré à nouveau leurs sentiments, étouffés mais non faussés. Il leur avait suffi d'être l'un près de l'autre, et de s'ouvrir l'un à l'autre le soir avec des paroles simples et ils avaient retrouvé leur vrai nature, leur spontanéité; l'estime avait fait éclore l'amour; alors ils avaient été « deux âmes dans un même noyau », comme disaient les gens du marché qu'ils fréquentaient plus que les Cornacchiai maintenant. Désormais il n'y avait plus aucune complicité entre eux, plus aucune solidarité dans le mal; ils s'étaient expliqués; ils s'étaient conquis, neufs, intacts, tous les deux. Comme leur amour était une passion simple et naturelle, ils s'aimaient aussi dans leur corps avec une égale chaleur et une égale intensité. Barricadés dans leur bonheur, ils luttaient et la lutte politique s'identifiait à la lutte pour la défense de ce bonheur. Cependant Ugo avait été pris tout récemment d'un scrupule qu'elle avait immédiatement partagé mais qui leur avait valu d'aimables moqueries de la part du fondeur, « une crise d'ascétisme! » avait dit le camarade. Mais Ugo s'était défendu : « Moi, qui me bats pour l'ouvrier, qui ai la tête remplie et remplis celle des autres de prolétariat, de capitalisme, d'exploitants et d'exploités qu'est-ce que je suis ? Un commerçant ! Je vis du produit de mon argent, bien qu'à une petite échelle. J'attends sans bouger le paysan et je lui achète ce qu'il a fait pousser à la sueur de son front; je le lui achète quatre lires et je le revends six. Quelle espèce de travail est-ce là ? Qu'est-ce que je produis ? Moi, qui avais un métier dans les mains et qui l'ai abandonné — maintenant je peux l'avouer — parce qu'il ne me rapportait pas assez d'argent ! »

Ugo avait travaillé dans la verrerie, et malgré les plaisanteries du fondeur qui l'appelait « mystique », voyait là un « accès d'extrémisme » et lui disait qu'il « finirait au couvent », Ugo avait décidé de reprendre son ancien métier. Le patron de la verrerie Veschi avait promis de le prendre chez lui la semaine suivante. Gesuina entrerait à la fabrique de papier des Cure où l'on avait toujours besoin de main-

d'œuvre, vu l'indigence des salaires. Elle se trouverait parmi
de toutes jeunes filles; il fallait commencer au commencement. Cette semaine devait être la dernière de « fruits et
légumes ». Dans huit jours ce serait pour lui le haut-four-
neau; il trouverait pénible de souffler tout d'abord car depuis
le temps, ses poumons n'étaient plus entraînés; il se refaisait
donc le souffle en soufflant dans le tuyau du robinet de la
cuisine : les joues gonflées, la figure rouge, les yeux et les
veines saillant du visage, « c'était à voir ! » Pour elle ce
serait dans huit jours la colle et les bandes de papier, un jeu
d'enfants au fond, un jeu de construction ! Comme l'argent
réservé aux achats n'avait plus son emploi désormais, ils décidèrent de se rendre à Viaregio pour trois jours pour le
15 août. C'était absurde que Gesuina n'eût jamais vu la
mer !

C'était tout cela la maison. Il leur semblait désormais qu'ils
avaient toujours vécu cette vie; mais l'arrivée des agents lui
découvrit brusquement qu'elle pouvait compter ses mois de
bonheur sur les doigts. Elle regardait les agents démolir son
bonheur; ils détachèrent jusqu'à l'image de la Sainte Famille
pour voir si entre l'image et le passe-partout[1], il n'y avait
rien de caché; le verre se fêla. L'un d'eux cassa la tirelire
dont Ugo ignorait l'existence et où elle mettait les petits sous
pour lui faire un cadeau le jour de son anniversaire. Elle avait
pensé lui acheter un nouveau canotier à l'occasion de leur
voyage. Mais qui sait s'il aurait pu s'y habituer ? Il portait
toujours de ces bérets qui lui donnaient l'air d'un brigand.
Ils pouvaient la bouleverser de fond en comble, leur maison;
elle n'en éprouvait aucune émotion. Elle savait que les manifestes se trouvaient dans la valise que les policiers avaient
déjà sortie mais non encore ouverte. Il y en avait moins de
cent et ils étaient déjà périmés. Ils invitaient les ouvriers de
la Berta, de la Galileo, de la De Micheli, du Pignone, à
se mettre en grève pour protester contre les Lois Exceptionnelles. Mais Gesuina savait que ce n'était pas ce paquet de

---

1. *Note de la tr. :* En français dans le texte.

manifestes qui déciderait du sort d'Ugo. Ils avaient examiné
l'éventualité d'une arrestation. Le mot d'ordre du Parti était
d'intensifier toujours plus le travail d'agitation mais sans se
départir de la plus grande courtoisie et de rester à son poste
tant qu'il n'y avait aucun danger personnel immédiat, naturellement. Or pour l'instant il ne semblait pas qu'il y eût
danger immédiat. Même après sa déposition au sujet des
événements de la Nuit de l'Apocalypse, où il déclarait avoir
reconnu Carlino et Osvaldo dans la voiture des agresseurs,
Ugo n'avait pas été ennuyé. Toutefois d'autres camarades
avaient été arrêtés sous les prétextes les plus vagues, sinon
pour des « actes subversifs » précisément. Donc le danger
subsistait et se précisait même chaque jour. Ugo et Gesuina
en avaient discuté une seule fois dans leur lit et cela leur
avait suffi pour se mettre d'accord. Si Ugo était arrêté puis
condamné, Gesuina fermerait l'appartement et irait rejoindre
Margherita. Elle l'accueillerait certainement à bras ouverts.

— Mais ça ne t'embête pas du tout de laisser la maison ?
avait demandé Ugo.

— Je tiens à la maison tant que tu y es. Si tu venais à
manquer je m'y sentirais perdue. Tout cela m'apparaîtrait
sans valeur !

— Tu crois qu'ils me condamneront aux travaux forcés
s'ils me prennent ? Idiote ! Va dire ça aux bonnes femmes
du Marché ! Alors tu penses que le fascisme est éternel ?

— Pas du tout ! mais tu m'as dit toi-même qu'au point où
nous en sommes, nous avons beaucoup à en baver avant de le
voir s'effondrer. Et tu penses combien de fois nous devrons
déménager ?

Aussi, maintenant il lui semblait seulement que des voleurs visitaient sa maison, des voleurs qui avaient tout le
temps à leur disposition pour la saccager, les patrons étant
absents. Mais ils n'emporteraient rien sinon un paquet de
manifestes sans importance. D'ailleurs il était facile de remettre de l'ordre ; ce n'est pas à la maison qu'elle pensait
mais à Ugo, à l'avocat qui le défendrait, à ce qu'il advien-
drait de lui. Elle pensait aussi aux paroles qu'il avait encore

ajoutées ce soir-là avant de s'endormir : « La prison je sais
ce que c'est ; je suis resté un mois et demi aux Murate, il y
a six ans, par la faute de Nanni, tu te rappelles ? J'étais
avec mon charreton à l'angle du Maldodonne ; il s'approche
et me dit : garde ce paquet ! puis disparaît. Il était poursuivi
par un agent qui m'a arrêté d'abord. C'est Maciste qui persuada le brigadier de mon innocence. A ce moment-là le
brigadier prenait ce que nous disions en considération. Cependant j'ai fait quarante jours de prison. On n'y est pas mal
du tout. Quand on s'y est accoutumé, on se dirait presque
en villégiature et on regrette d'en partir ! » Puis il avait
ajouté d'une autre voix : « Je m'y ferai d'autant mieux que
je serai sûr que tu ne perds pas la tête ! »

Aussi ne voulait-elle pas perdre la tête. Quand les policiers sortirent les manifestes elle leur dit :

— Qu'avez-vous trouvé ? la manne ? Lisez-les et vous
verrez qu'ils datent d'une époque où il était encore permis
de dire ce qu'ils disent.

— Reste à voir, chère Madame, si les lois nouvelles
auront un effet rétroactif, répondit le supérieur.

— Jusqu'à quelle date ? reprit-elle ; car si vous remontez
trop loin, il vous faudra arrêter même Lui comme subversif !

Le policier lui demanda aussi sèchement qu'il avait été
ironique si elle désirait suivre son mari. A quoi un autre qui
avait des « lunettes à branches » répondit indirectement sur
un ton menaçant et insultant :

— Il ne semble pas que cela soit dans ses intentions,
monsieur le Commissaire ! Elle ne souffre pas trop que nous
le lui ayons enlevé !

Et un troisième, « un blond au nez long », ajouta :

— Comme nous n'avons pas ôté les draps, elle aura vite
refait le lit.

Alors elle se sentit blessée dans sa chair. Ces paroles lui
entrèrent dans le cœur comme des « aiguilles ». Elle fut sur
le point de pleurer. Mais elle ne devait pas perdre la tête.
Dès qu'ils furent partis elle pensa à avertir les camarades.
Mario d'abord. Comme elle craignait d'être suivie, elle fit

un grand tour sur le tram des Viale avant d'entrer à l'Imprimerie.

Parmi les camarades du Marché, le plus affecté par la nouvelle fut le camarade Paranzelle ; il crut relever le moral des
camarades en disant :

— Voici qu'Ugo liquide son commerce avec une semaine
d'avance !

Les personnes présentes le regardèrent de telle sorte qu'il
eut l'impression d'avoir blasphémé. Pis encore, parce que
les blasphèmes ne font plus aucun effet à personne. Alors
il dit :

— On commence à sentir la chaleur !

# CHAPITRE XXII

Passé le printemps ! Quel beau printemps que celui de 1926 ! Sur les marches du Dôme les marchandes de fleurs disposaient leurs corbeilles débordantes de roses, d'acacias, de tulipes, de mimosa qui se vendaient bon marché parce que tous les boutons étaient ouverts. Sur les collines le vert se nuançait à l'infini sous un soleil tiède qui donnait du relief aux choses de la nature et semblait les soulever vers le ciel avec la lumière. Le ciel était d'un bleu compact, vivant. Par moments on avait l'impression d'y cueillir par transparence un au-delà : le Paradis. L'air était animé faiblement d'une brise constante. Les places, les maisons, plongées dans cette lumière acquéraient des dimensions inconnues et familières tout ensemble. Elles s'ouvraient avec la spontanéité accueillante de la jeunesse. La via del Corno, conformément à la légende inscrite sur le fronton de la Galerie, construite sur l'emplacement de l'antique Ghetto, paraissait « renaître d'une vieille misère ». Les géraniums refleurissaient aux fenêtres, les façades étaient pavoisées de linge multicolore, mis à sécher par les ménagères. Ristori avait remis des verres colorés à sa lanterne. Eugenio avait peint le portail de la forge en vert épinard. Toute la rue paraissait lavée et rieuse. Elle était elle aussi un message de printemps. Madame n'était donc pas parvenue encore à expulser les Cornacchiai ? Le cordonnier chantait un couplet hardi, en martelant sa chaussure. En ferrant son cheval Eugenio fredonnait une chanson d'amour. Et Bianca — oui, Bianca! — chantait la même chanson :

> *Là parmi les roses en fleur*
> *Commença le bonheur*
> *Puis vinrent les baisers*
> *Les caresses osées...*

Le jour de ses noces Clara avait reçu des corbeilles merveilleuses. Elle était partie avec un bouquet d'œillets blancs et roses offert par Mario, et Bruno avait une fleur de gardénia à la boutonnière ; ses yeux brillaient plus encore que ceux de la mariée.

Mais si notre rue porte sur ses murs un air de vie nouvelle, les âmes de la plupart de ses habitants continuent à traîner tout le long du jour leurs habituels soucis. Bruno et sa femme sont heureux mais loin d'ici. Elisa, prisonnière comme Nanni et comme Giulio en somme, ne peut jouir de la saison nouvelle en son élan ; et non plus Alfredo, mort le lundi de Pâques.

Deux jours avant sa mort, seul avec sa femme et lui tenant les mains il lui a fait promettre qu'après sa mort, elle recommencerait sa vie : « Je ne veux pas que tu enchaînes, fût-ce un seul jour, ta jeunesse à une tombe ! » dit-il. Il était lucide et calme ; il se sentait mourir. Milena ne crut pas possible de se taire sans trahir vraiment Alfredo, après ces paroles qui la libéraient même du souvenir de son mari. Au risque de troubler son agonie elle lui parla donc de ses sentiments pour Mario. Alfredo accueillit la confession avec la simplicité d'un moribond qui ne sait plus dissimuler :

— Je ne sais, dit-il, si guéri j'aurais été capable de me résigner à ton abandon. Mais maintenant je suis heureux de mourir en sachant que tu seras heureuse... Avant d'être malade, j'étais de caractère renfermé et ne pensais qu'à mes intérêts. Je me rends compte que je t'y aurais sacrifiée. Mais je suis sûr que tu m'aurais été toujours fidèle. Maintenant je sais qu'il n'y a pas que la boutique qui compte en ce monde ; mais il n'est plus temps pour recommencer et qui sait si je

ne recommencerais pas en ouvrant une épicerie ? Mario et
toi au contraire, vous avez toute la vie devant vous.

Puis il ajouta :

— Je t'ai aimée, tu le sais. Je t'ai aimée autant que je
pouvais aimer !... Ne pleure pas ! Trin-trin ! Si tu pleures,
que dois-je faire, moi ?

Par delà le balcon, s'étendaient des prés herbeux, constel-
lés de marguerites, le jardin du sanatorium ; les malades
étaient étendus dans les vérandas sur des matelas. Brusquement les cloches, proches, lointaines se mirent à sonner.
C'était l'Angelus de midi en ce samedi-saint. Alfredo tenta
de sourire :

— Qui sait ce que font les gens et s'ils s'amusent ? Le char
doit s'embraser. L'année dernière nous y sommes allés ensemble, tu te rappelles ?... Je ne pardonne pas aux gens qui
m'ont fait tant de mal. Dis-le à Mario ! Souvenez-vous de
moi tous les deux, ainsi que de Maciste !

Il s'assoupit, puis rouvrit les yeux et s'informa de la boutique :

— Il change souvent la devanture, Biagiotti ?

— Oui, tous les samedis, Alfred !

— Qu'est-ce qu'il y avait aujourd'hui ?

— Il a fait des pyramides avec des pains de beurre et il
a mis au milieu le petit bassin avec le jet d'eau.

— Le bassin, c'est une de mes vieilles inventions !

— Et c'est toujours le même d'ailleurs. Il m'a semblé le
reconnaître.

— Et puis ?

— Quatre piles de fromages aux angles pour soutenir. Et
puis par-ci par-là quelques boîtes de sardines.

— Desquelles ?

— Une nouvelle marque. Américaine !

— Moi, je n'ai jamais eu confiance. Les Nantes ont toujours été un bon produit. Et il n'a mis aucune décoration dans
la vitrine ?

— Des petits drapeaux au sommet des pyramides !

— Je te le disais qu'il n'a pas d'imagination ! Il aurait

fallu quelque chose qui rappelle Pâques ! Il ne met même pas un œuf, le jour du samedi saint ! Tu verras, il perdra sa clientèle !

Alors il se tut et tomba dans la torpeur qui annonce l'agonie.

Comme Alfredo l'avait dit, la Piazza del Duomo était pleine de gens qui suivaient anxieusement le cheminement de la fusée qui allait mettre le feu au Char. Les paysans en déduisaient les résultats de la récolte et chacun la réalisation du vœu le plus cher. La fusée incendiaire suivit rapidement le fil d'acier tendu du maître-autel de la cathédrale, à l'intérieur, jusqu'à la place et au char. Le char était surchargé de festons qui cachaient les pétards disposés savamment à l'intérieur du char jusqu'à son extrémité. En atteignant le char la fusée y mit le feu avec son étincelle symbolique puis suivit le même chemin à rebours. Le char se mit à pétiller de tous les côtés. Les pétards s'enflammèrent les uns les autres, et le feu atteignit, de cercle en cercle, le sommet du char où la girandole explosa avec fracas.

La cérémonie était finie. Les os des anciens Pazzi [1], à qui nous devons cette tradition, avaient dû tressaillir de satisfaction annuellement renouvelée dans leur tombeau. Déjà le gardien faisait approcher les deux couples de bœufs pomponnés et recouverts de manteaux, qui allaient rentrer le Char. La foule se dispersait. La fusée s'était bien comportée ; voilà le plus important. Les Cornacchiai en tiraient de bons présages pour ce qui leur tenait à cœur. Le fils de Maria Carresi se ferait grand et fort. Giordano Cecchi resterait fidèle à Adele et l'épouserait comme Bruno avait épousé sa sœur. Piccarda passerait en quatrième élémentaire sans examen. Staderini gagnerait un ambe dans quelques heures sur la roue de Florence. Un ambe seulement. Demander un terne mettrait la fusée dans de mauvais draps.

1. *Note de la tr.:* Puissante famille de Florence qui s'opposa aux Médicis au XVᵉ siècle.

Il y avait Carlino aussi dans la foule et comme il est joueur et craint le mauvais sort par conséquent, il a suivi lui aussi la fusée. Il en a tiré bon augure pour ce soir car il a l'intention de faire sauter la banque sur parole au moment où il y aura le plus d'argent. Quand on est endetté comme il l'est, seul un geste audacieux peut vous tirer d'embarras ! desquels embarras d'ailleurs il se « moque éperdument » ; que les « créanciers attendent ! »

Tout ceci, excepté la mort d'Alfredo qui pèse sur notre chronique, fait partie de la vie de tous les jours. Chaque lever de soleil nous en apporte la fleur et l'humble chant épique. Le soir emporte le souvenir des faits plus modestes encore et innombrables dont nous ne retiendrons que les moins fuyants.

Le terrassier Antonio a eu un accident de travail ; il a perdu la première phalange de l'annulaire, à la main gauche.

Le fox des Carresi, une petite chienne, grosse comme sa patronne, a eu quatre jumeaux. Bianca en a pris un qu'elle élève au biberon. Les autres trois, Beppino les a donnés au marchand de chiens de la Via delle Terme ; il n'en voulait d'ailleurs pas, parce que ce sont des bâtards. Le coiffeur Oreste a fait une balafre sur le menton du régisseur de Calenzano : un client de moins !

Staderini a effectivement gagné l'ambe le jour du samedi saint ; du coup il s'est offert quelques litres et a fait aiguiser son tranchet.

Depuis quelques jours le bruit court que Clara est enceinte ; plus elle s'acharne à nier et moins on la croit. Alors elle s'impatiente et s'écrie :

— Vous voulez le savoir mieux que moi ?

Elle rougit comme une écolière. Elle a mis contre la fenêtre dans leur chambre chez sa belle-mère, la machine à coudre que lui a offerte Bruno : une Singer payée à tempérament. Clara « pédale » en chantant, elle voit sa mère à la fenêtre d'en face qui fait le même travail. Elles se parlent sans lever les yeux.

Les poules de la veuve Nesi sont mortes du scorbut toutes

les cinq. Staderini dit qu'elles sont mortes de mélancolie après la mort du coq qui a fini comme nous savons.

Le balayeur Cecchi après vingt ans de loyaux services est devenu chef d'escouade de la Propreté Urbaine. Maintenant il a un galon d'argent sur le béret et sa paye a été augmentée de dix lires par semaine. Il ne prend le balai que dans les occasions exceptionnelles ou pour initier quelque nouvelle recrue au Balayage urbain.

Maintenant tout le monde sait que Liliana est la maîtresse d'Otello et qu'elle occupe l'appartement de Borgo Pinto. Après un premier mouvement de surprise bien naturel, on a dit : « Tel père, tel fils ! » L'amertume n'est que pour ceux que la chose touche de près.

A côté de cette poussière d'événements quotidiens qui compromet la quiétude domestique de tant de Cornacchiai (quelques-uns ont pourtant trouvé une quelconque solution à leurs propres difficultés) plusieurs des drames nés en cette année mémorable sont restés jusqu'ici sans conclusion et l'espérance demeure au cœur des protagonistes. L'espérance ou une plaie ouverte. C'est sur eux que nous devrons porter pour finir notre amoureux effort. Nous nous éloignerons peut-être un peu longuement de notre ami le cordonnier. Nous considérons Staderini comme notre maître, mais il faut pourtant que de temps en temps nous échangions quelques mots directement avec ceux dont l'histoire nous tient le cœur en suspens. Nous retrouverons ensuite la Via del Corno inchangée avec sa charge de vie et Madame qui la domine, maîtresse, du haut de sa fenêtre.

C'est au lendemain de la Foire que nous devons retourner pour trouver Bianca en train de se préparer au grand voyage. Elle croit à la Fatalité. Elle croit que le bonheur et le malheur ne dépendent pas de nous, mais que chacun naît avec sa propre histoire écrite sur les tables secrètes de la vie ; aussi rien ne sert de se rebeller et d'essayer de changer le cours des événements. D'ailleurs si rébellion et changement il y a, c'est qu'ils étaient eux aussi prévus. Les êtres naissent « avec un rôle à jouer dans la comédie », ils grandissent et se meuvent sur la scène, ils apprennent jour après jour les répliques. Ils peuvent échapper à la fiction par la mort mais la mort fait elle aussi partie de la représentation. Qui naît Rosaura, et qui Ginevra degli Almieri, farce ou tragédie, le point de départ est le même. Depuis son premier vagissement Rosaura était promise à Florido. Et à Ginevra depuis le berceau était promis son sort misérable. Il lui était réservé jusqu'à la profanation de sa tombe ; il était dit que Stenterello et son compère iraient chercher l'anneau jusque dans sa tombe ! (Mais l'intervention de Stenterello ne permet-elle pas à Ginevra de sortir de sa tombe, toujours vivante ? As-tu oublié, Bianca, le dernier acte de la tragédie ?) Bianca ne manque pas d'assister à ce drame dès qu'il est annoncé au théâtre Olimpia. Ainsi dans le livre du Destin à côté du nom de Bianca Quagliotti, fille du confiseur appelé Revuar, orpheline de mère, malade d'une pleurite chronique, abandonnée de son fiancé, il y a une dernière annotation : se tue à 19 ans ! Elle se tue par amour, par conséquent ? C'est une question à laquelle Bianca ne peut répondre immédiatement. Certes elle a aimé Mario ; elle a éprouvé les premiers élans de l'amour et leur trouble ; puis elle a désiré ses baisers ; elle a appris à aimer l'odeur de papier imprimé qu'il portait sur sa salopette et elle était heureuse qu'il la veuille mater. Quand elle a appris comment Clara entendait s'attacher plus sûrement Bruno, elle s'est offerte en son cœur à Mario avec l'excitation et l'ingénuité d'une enfant mais aussi avec tout le fatalisme de sa nature. Elle est allée chez lui, elle s'est assise sur le lit, elle a pris une attitude qu'elle croyait très « femme » et qu'il jugea seulement puérile. Mario a saisi l'occasion pour rompre et l'après-midi à la Foire, Clara a cru deviner que Gesuina était « la femme qui le lui avait enlevé ».

Si maintenant elle pense à Mario, il lui semble l'avoir connu à une époque très éloignée. Leur image sous le viaduc lui apparaît brouillée, irréelle : le reflet d'une chose rêvée non pas vécue, un songe, oui, que sa pensée ne peut même pas retenir. Il n'est pas jusqu'à la voix de Mario, ses pa-

roles, ses yeux, ses cheveux, toute sa personne qui ne fuient
sa mémoire et ne se laissent fixer. On dirait — et c'est ainsi en
fait — que Bianca a subi un choc psychologique. Elle vit
avec l'impression constante d'avoir échappé à un danger;
elle éprouve un sentiment de vide et de libération en même
temps. Aussi ne peut-elle dire qu'elle meurt par amour, mais
plutôt parce que « sa mission est finie sur la terre ». D'ailleurs tel que lui apparaît maintenant Mario, elle ne saurait
l'aimer. L'idéal de Mario est Gesuina, une femme faite,
avec la poitrine abondante, les bras forts, la démarche d'une
marchande de légumes ! la négation de l'amour ! Car Bianca
conçoit l'amour d'une façon toute poétique et harmonieuse;
les baisers y sont de simples soupirs; l'amour est fait de mur-
mures; les yeux dans les yeux, les amants échangent de
longues caresses. Elle se suicide parce qu'elle est maintenant
persuadée que cet amour ne peut exister. Et tel est son Destin ! Tout cela est peut-être un peu simplet, elle en convient;
mais il y a des destins sérieux et des destins puérils; le
choix ne dépend pas de nous. Et tout cas, à Bianca, son
destin ne lui déplaît pas. Elle ne laisse en mourant, ni amour
ni haine, derrière elle. Seul son père en souffrira, mais il
était prévu dans le destin de Revuar que sa fille se suicide-
rait ! Mario pourrait en éprouver du remords mais elle laissera
une lettre pour expliquer qu'elle s'est découvert une maladie
terrifiante, inguérissable... que c'est la raison de son suicide... Elle pense à tout, la petite Bianca, sauf au moyen
qu'elle choisira pour se tuer ! Elle se sent tellement sûre de
sa vocation de suicidée, que le moyen, le jour, l'heure, lui
semblent des détails sans importance. Elle a vaguement pensé
au fleuve, au véronal, au rasoir ! Tous les moyens lui con-
viennent; quant à la date, qu'importe ! Elle est tellement
convaincue qu'elle se tuera, que par moments elle s'étonne
d'être encore en vie, d'avoir à ranger la vaisselle, à raccom-
moder ses bas, à se refaire un visage. Elle s'est même surprise à désirer une combinaison dernier modèle exposée dans
une vitrine ! En vérité, elle a peur de manquer du courage,
elle a peur de s'évanouir au moment décisif et de ne pouvoir

recommencer ensuite... A mesure que les jours passent, elle
désire de plus en plus fortement que la mort ainsi sollicitée,
invoquée, ardemment appelée, vienne la trouver d'elle-même.
Dans sa candeur, Bianca supplie la mère qu'elle n'a pas
connue, de lui envoyer la mort, pour lui épargner le geste
qu'elle n'aura pas la force d'accomplir, et lui permettre
ainsi de ne pas trahir son destin !

On peut donc, Bianca, faillir à son destin ? Toujours est-il
que Bianca, dans l'attente de cette mort, vit ses derniers
jours. Le soleil s'est levé et couché trente fois ; le printemps
est désormais venu ; l'air est doux ; en cette heure qui est
peut-être sa dernière heure, Bianca a mis une robe neuve,
une robe fantaisie, avec les manches courtes et un décolleté
hardi comme le veut la mode. Avant de rentrer chez elle,
après le thé d'Aurora, elle a poussé jusqu'aux bords de
l'Arno ; les dernières lueurs du couchant et la cloche de San
Miniato l'ont emplie de douce mélancolie. Ce serait trahir
la vérité que de prétendre qu'elle pensait. Non, elle s'abandonnait à sa promenade et jouissait de l'heure. Tranquille,
l'esprit vacant, elle était en quelque sorte en état de grâce.
Elle connaissait un de ces moments de repos où les âmes
simples s'identifient à la nature et qui sont peut-être leurs
seuls instants de bonheur. Elle marchait sur le trottoir opposé
à la berge. Passaient les trams, les autos, les bicyclettes
ramenant les ouvriers vers la banlieue. Tout à coup elle vit
un jeune homme auprès d'elle qui la saluait. C'était Eugenio,
le maréchal-ferrant. Il tenait sa bicyclette d'une main et marchait le long du trottoir.

— On se promène ? dit-il.

— Hé oui ! dit-elle, et vous ?

— Moi, je rentre.

— Vous habitez loin ?

Elle regretta sa question. Elle savait qu'il habitait à Legnaia. Pourquoi le lui avait-elle demandé alors ? Par politesse ? Pour encourager la conversation ?

— J'habite à Legnaia. Vous me l'avez déjà demandé
l'après-midi où Maciste offrait à boire pour fêter l'achat du

side-car, vous vous rappelez ? Vous vous étiez étonnée que chez nous il n'y ait pas encore l'eau courante et qu'on soit obligé de prendre l'eau au puits.

— Oui, oui.

Et elle se rappela que le soir même elle avait dit à Mario qu'Eugenio lui avait fait la cour, pour le rendre jaloux !

Poussée par ce souvenir, elle le regarda dans les yeux et ils demeurèrent l'un et l'autre gênés. Elle lui sourit involontairement.

— Eh bien ! dit-il, maintenant les travaux sont finis ; nous avons l'eau !

— Ah oui ! fit-elle ; mais sans ironie comme si la chose l'intéressait vraiment.

Il se mit alors à rire, franchement :

— Je suis en train de dire des bêtises ! comme si ça pouvait vous intéresser Legnaia et ses gens !

— Pourquoi non ? Ce sont des gens qui travaillent et méritent qu'on les respecte. (Qui t'a appris cela, Bianca ? Sont-ce vraiment des mots à toi ?)

Il traînait sa bicyclette et pour laisser le passage aux gens qui le croisaient, il demeurait souvent quelques pas en arrière. Bianca alors l'attendait. Ils traversèrent la Piazza de'Giudici. Ils arrivèrent aux Arcades des Offices où déjà le soir était tombé ; après la douceur des quais, l'air frais faisait tressaillir. Bianca passa ses mains sur ses bras nus

— Il faut que je vous parle, lui dit-il tout à coup.

— A moi ? dit-elle.

Elle comprit mais fit semblant de ne pas comprendre.

— Vous avez des nouvelles de Margherita à me donner ? Mauvaises ?

Elle ne voulait pas l'écouter ni s'écouter. Elle s'accrochait à la première supposition venue, désespérément, comme une enfant qui ne peut rattraper la balle. Lui, parut frappé par cette hâte. Il s'arrêta et s'appuya des reins contre sa bicyclette, la forçant aussi à s'arrêter.

— Il ne s'agit pas de Margherita mais de nous, c'est-à-dire de moi seulement pour l'instant. Attendez pour me répondre.

Avant qu'elle ait eu le temps de reprendre ses esprits, car ces paroles l'avaient plongée dans un grand trouble, il lui dit qu'il éprouvait pour elle et depuis longtemps des sentiments honnêtes, de l'amour pour tout dire, et que si la nouvelle de ses fiançailles avec Mario était fausse, si elle avait le cœur libre, il attendrait qu'elle puisse répondre à sa déclaration.

— Je ne suis plus un enfant, ajouta-t-il. J'ai vingt-quatre ans et un métier entre les mains, un métier fatigant mais qui permet de se passer quelques fantaisies. Je veux fonder un foyer. La politique ne me tente pas. Un chez moi, voilà à quoi je pense. Certes, direz-vous, tout cela est bien beau mais vous avez sans doute vos défauts! Bien sûr; je vous demande seulement d'essayer de me connaître mieux et si vous avez pour moi un peu d'amitié...

Bianca l'avait écouté, appuyée elle aussi sur la bicyclette, tête basse, très occupée à visser et dévisser le couvercle du timbre. Mais elle l'avait écouté sans l'interrompre; elle était devenue d'abord écarlate, puis très pâle et un tremblement qu'elle ne pouvait dominer l'agitait tout entière. Quand Eugenio lui demanda ce qu'elle pouvait lui dire pour l'instant, elle égara son regard vers les quais et répondit :

— Je réfléchirai et je vous donnerai une réponse.

C'était assez pour le bonheur d'Eugenio. Il lui prit la main et elle en profita pour lui dire au revoir. Elle le regarda en face un moment et le quitta. A l'angle elle se retourna; il était toujours là, assis sur le cadre de la bicyclette. Il agita une main pour la saluer.

A table le soir, Bianca déclara qu'elle avait une faim de loup. L'ordinaire ne lui suffit pas; il fallut lui faire frire un œuf, puis elle trempa du pain dans du vin et, avant de se coucher, elle prit un autre morceau de pain dans la tasse de lait et d'orge qu'elle buvait tous les soirs depuis sa pleurite. Toutefois dans le lit elle eut encore une sensation de lassitude, elle se sentait lasse et reposée à la fois. Elle aurait voulu bouger, marcher, et il lui semblait en même temps qu'elle ne pourrait faire un pas. Elle n'avait plus envie de

mourir. L'idée fixe qui l'obsédait depuis un mois et encore
peu d'heures plus tôt, s'en était allée en fumée. Elle n'avait
pas disparu, mais elle s'était retirée derrière un mur de brouil-
lard où Bianca avait aussi relégué l'image de Mario. Donc
c'était là son destin ? Une fois de plus elle attendait que
quelque chose d'extérieur la guidât vers une décision. Elle
se persuada bientôt que son destin était Eugenio. A mesure
que les heures, les jours passaient, elle le voyait plus beau,
plus loyal, plus travailleur, intelligent, capable d'acheter un
side-car, d'installer un poulailler, d'acheter toute la bibliothèque Salani. Un destin de dame ! le destin de Margherita
sans la catastrophe finale puisque Eugenio ne s'intéressait pas
à la politique ! Bianca ne pensa pas qu'elle finirait par s'ennuyer ; elle pensa qu'elle serait une bonne épouse et qu'elle
prendrait Fidalma à demi-journées et si elle essayait d'imaginer son futur bonheur elle ne pouvait l'imaginer qu'à la
ressemblance de celui de Margherita avant son malheur. Son
imagination ne dépassait pas la Via del Corno. Elle se voyait
dans la maison qui avait été celle de Margherita, meublée
de la même façon avec sa table ronde et la console, la couverture jaune sur le lit, l'armoire à double miroir, les géraniums, la cage sur la terrasse, la réserve de pommes de terre
et de tomates dans le débarras. L'appartement au-dessus de
la forge était encore à louer et les parents d'Eugenio étaient
à la campagne ! Son imagination galope entre la maison et la
forge, et autour du visage d'Eugenio qui, tout jeune qu'il
était, avait déjà les tempes un peu grisonnantes !

Nous pouvons deviner dès maintenant que Bianca sera une
bonne épouse. C'est une nature simple, un peu touchée de
mélancolie. Il lui a manqué dans son enfance l'amour d'une
mère. Elle a grandi dans un milieu honnête et familial mais
avare d'élans ; aussi est-elle arrivée à l'adolescence déjà
fatiguée et déçue sans raisons ; elle n'avait que le secours de
son imagination et elle la faisait s'égarer dans l'abstrait, dans
le vide. Sa rencontre avec Mario n'avait fait qu'aggraver son
incertitude psychologique. C'était évidemment un rappel à
la réalité mais Mario ne lui offrait pas les éléments pour

l'affronter. Bianca se sentait donc plus en sécurité dans son monde imaginaire d'abstraite mélancolie ; elle a refusé d'affronter une réalité pleine de précipices n'ayant ni la candeur dévouée de Clara, ni l'énergie de récupérer ses propres forces morales comme Gesuina, ni l'intelligence ouverte et la claire conscience de Milena. Bianca est différente bien qu'elle leur ressemble.

Mario dit avec un peu d'irritation que Bianca est « une petite bourgeoise, dans le fond ». Elle l'est en effet et complètement. Et après ? Les petits bourgeois ne forment-ils pas la plus grande partie de la société ? Mario n'est pas un bon communiste s'il ignore encore que le résultat de toutes les batailles dépend de la petite bourgeoisie. Pourra-t-elle s'allier aux prolétaires si ceux-ci la méprisent ? Mario n'a rien compris à Bianca, sans quoi il l'aurait traitée autrement. Il ne l'aurait pas épousée parce qu'il ne pouvait trouver en elle un autre soi-même ; mais il l'aurait repoussée moins brutalement. Quoi qu'il en soit son geste n'a pas eu les conséquences désastreuses que Bianca avait prévues. Il lui a suffi de rencontrer Eugenio pour retrouver sa vraie nature qui n'était qu'assoupie. Elle peut maintenant occuper ses rêves à une réalité modeste mais concrète. Nous verrons alors que ses véritables aspirations la portent à se « procurer des satisfactions », comme lui a dit Eugenio. La maison donc, une maison en ordre avec un rien de prétention bourgeoise ; et la famille avec toute la douceur des sentiments familiaux. Ces choses humaines et légitimes lui ont été offertes et elle y a trouvé la route du bonheur pour elle et pour son époux.

Elle est encore éveillée et voici le sommet de ses rêves : quinze jours à la mer l'été, un fauteuil au théâtre le dimanche, ou le cinéma ; le paletot de fourrure comme celui de madame Nesi, mais d'une coupe plus moderne naturellement ; Eugénio aussi devrait être élégant ; il n'irait pas sans cravate comme Maciste. Eugenio ! pensons à lui ! comment serait-il avec elle ? et ses baisers ? Aime-t-il les teintes claires ou les teintes vives ? Et ses parents qui ont l'air si nombreux ? Que de nouvelles connaissances ! Elle rêve et ne pense pas qu'elle ne lui a pas encore donné la réponse. Elle a d'ailleurs l'intention de le faire attendre quelques jours ; elle veut réfléchir. Elle veut surtout voir l'effet qu'il produit sur elle quand elle l'épie de sa fenêtre et qu'il ferre ses chevaux.

C'est ainsi qu'un soir, vers la mi-avril, Revuar qui s'attendait à voir arriver un jour ou l'autre le typographe, vit au contraire s'avancer le maréchal-ferrant ; avec force salutations et des paroles non équivoques, il lui demanda la main de sa fille. Revuar fut très surpris ; Clorinda encore plus et la Via del Corno aussi. Mais tout le monde fut content parce qu'Eugenio était un brave garçon, et Bianca, une jeune fille dont on ne discutait pas l'honnêteté. Maintenant Eugenio, son frère et son beau-frère qui l'aident à la forge, mangent à midi chez Clorinda ; ils y prennent en quelque sorte pension.

Toutefois pendant que le cap Maciste brille à nouveau, la Baie des Nesi éteint toutes ses lumières.

Aurora ne donne plus ses thés l'après-midi. Elle aussi comme Bianca aspirait à se créer une existence sereine en oubliant le passé, mais le passé était plus vivace que l'espoir. Pour s'en délivrer il aurait fallu rompre avec tout ce qui s'y rattachait, détruire jusqu'au souvenir de la race Nesi, abandonner la Via del Corno, la ville même. Il aurait fallu « changer de peau », selon ses propres paroles.

Un an plus tôt elle avait cru se libérer de la domination du Vieux Nesi en se livrant au fils ; elle n'avait pas compris qu'Otello faisait partie du même passé. Ce n'est que plus tard qu'elle a vu que Nesi l'avait à ce point détruite et dominée qu'elle restait au pouvoir de son souvenir et de son vice. Elle se confia à Bianca et versa bien des larmes de pitié sur elle-même, de dévotion à l'égard de Nesi.

Elle avait espéré toutefois qu'auprès d'Otello elle arriverait à cette harmonie domestique qui lui garantirait un avenir de paix et calmerait ses sens. Bientôt elle s'aperçut qu'entre elle et Otello il n'y avait pas d'amour mais une sorte de complicité dont il payait, sans l'avouer, la rançon. L'ombre du

mort les tenait encore unis, mais comme deux criminels solidaires dans le crime. Aurora avait compris cela dès leur
retour Via del Corno, le soir où Otello lui avait manifesté
son mépris. Elle avait tenté une ultime défense en s'envelop-
pant d'humilité, en subissant la manifeste indifférence de
son mari comme elle avait supporté les coups de Nesi et en
essayant de le reconquérir. Mais désormais la partie était
perdue ; Aurora se savait vouée à l'échec. Déjà elle avait
vu se dessiner la menace d'une maîtresse : Liliana. Sa désinvolture, son cynisme même n'étaient qu'un masque. La blessure s'élargissait à l'intérieur. Elle fit sien ce proverbe :
« Fermer un œil et garder le bon pour veiller sur son repos » ;
elle rendit les armes comme quelqu'un qui ne demande plus
rien, s'installa dans la résignation et s'offrit la petite satisfaction d'avoir un salon où l'on prend le thé entre amies.

Mais la vie nous poursuit de ses terreurs hallucinantes et
seul celui qui n'a pas de passé peut s'endormir dans l'illusion du bonheur ; les autres doivent aller de l'avant pour ne
pas mourir ; brûler continuellement les scories tandis que leur
histoire les suit et les presse, et entasser les cendres sur le chemin jusqu'à faire un tas qui monte jusqu'à la gorge et étouffe
la dernière lueur d'espoir. Clara est mariée et heureuse,
Bianca a trouvé « l'amour véritable » ; de même, Aurora a
commencé avec le printemps une nouvelle vie ; mais point
celle qu'elle avait espérée.

La nouvelle vie commença le soir de la Saint-Joseph,
quand Aurora et Otello revinrent de chez Madame. Otello
était renfrogné. Il attendit qu'Aurora servît le repas, en tam-
bourinant sur la table. Comme sa mère commentait les événements de la soirée, il lui répondit grossièrement :

— Pense à tes affaires et à tes caprices que je te passe
sans rechigner ! En ma présence, je ne veux pas qu'on parle
de pareilles saletés !

— Il ne s'agit pas de saletés ! il s'agit d'un malheur ! dit
la mère.

— Pour moi ce sont des saletés ! et je voudrais bien voir
qu'on discute l'opinion d'un Nesi ! reprit-il irrité.

Sa mère se leva et posa sa serviette sur la table d'un air offensé :

— Tu es Nesi, mais tu es aussi mon fils. Ce que je supportais de ton père, je ne le supporterai pas de toi !

Et elle sortit. Les deux époux achevèrent leur repas en silence. Puis Aurora dit :

— Tu ne crois pas que tu devrais t'excuser auprès de ta mère ?

Il lui répondit qu'il n'avait pas besoin de conseils et ajouta qu'il avait à lui parler.

— Reste assise, dit-il.

Il passait les doigts sur le rebord du verre, le soulevait, le regardait par transparence ; puis il dit, comme parlant à lui-même :

— Pourquoi est-ce que tu t'intéresses tant à la santé de Madame ?

— Parce qu'elle est seule comme un chien et parce que je crois lui devoir de la reconnaissance.

— De la reconnaissance pour quoi ? Pour nous avoir aidés à fuir ?

Le ton était ironique ; il posa son verre et la regarda avec les yeux d'un ennemi.

— Tu es nerveux ce soir, fit-elle conciliante. Veux-tu que nous sortions un peu. La foire continue. Veux-tu que je t'accompagne ?

— Madame m'intéresse plus que la Foire ! dit-il.

— Tu as dit toi-même que tu ne voulais pas en entendre parler ! Que c'étaient des saletés !

Il sortit son paquet de cigarettes et les allumettes, les posa sur la table avec ostentation ; il avait l'air de quelqu'un qui s'attarde avant d'attaquer. Puis il lâcha l'insulte avec une douceur qui la soulignait encore :

— Mais entre nous, nous pouvons bien parler de saletés, tu ne crois pas ?

Il lui sembla qu'elle recevait une gifle. Ses paroles d'ailleurs étaient une véritable gifle. Elle tenta tout de même de sourire, plus humiliée qu'offensée.

— Tu m avais habituée à plus d'éducation. Maintenant tu me manques même de respect !

Il sembla se recueillir et alluma une cigarette en faisant écran avec ses mains.

— Peut-être suis-je allé trop loin, dit-il, mais je voudrais savoir si, toi aussi, avec Madame... Tu me comprends ?

Elle rougit et se versa machinalement de l'eau dans un verre.

— Que veux-tu dire ? demanda-t-elle.

— Bon ! dit-il en reprenant son ton blessant. Je vois que tu en as honte ; c'est déjà quelque chose !

Brusquement elle parut illuminée ; elle étouffa un Ah ! se leva, revint s'asseoir et dit, comme si brusquement elle avait perdu toute son énergie :

— C'est donc toi qui as fait fuir Liliana ? Tu vas donc la prendre officiellement pour maîtresse !

Elle parlait du ton de quelqu'un qui énumère pour se distraire les objets placés devant elle, dont c'est d'ailleurs l'unique distraction désormais dans l'attente de la mort.

Il prit la boîte d'allumettes, la reposa et toujours calme et impitoyable, il dit :

— Oui !

Maintenant Aurora suivait ses propres pensées. Il y eut un moment de silence. Il aspirait longuement la fumée et la rejetait en retenant un mince filet entre ses lèvres. Puis comme en conclusion de sa propre méditation, elle dit :

— Je ne sais que répondre. Tu marches sur les traces de ton père.

Elle n'était pas ironique ; même pas amère. C'était une réponse qu'elle se donnait à elle-même. Mais il profita de l'occasion pour reprendre sur le même ton cruel :

— Evidemment ! Du moment que tu es ma femme légitime, il fallait bien que je me trouve aussi une maîtresse !

Alors sa résistance s'épuisa d'un coup. Elle se leva, s'enfuit dans la chambre et se jeta à plat ventre sur le lit en fondant en larmes.

Il la rejoignit une heure plus tard. Il alluma et la vit étendue sur le dos les yeux au plafond, et les mains sous la nuque. Il s'assit sur le bord du lit et resta un moment à l'observer. Elle ne détournait pas les yeux du plafond; elle avait un air douloureux et tranquille comme quelqu'un qui s'est fait une raison et saura se résigner sereinement. Ce fut elle toutefois qui parla la première :

— Tu pouvais me l'apprendre d'une manière plus chrétienne ! De toute façon maintenant les choses dépendent de toi. Que veux-tu que je fasse ?

Il fut un peu surpris de la question et lui posa instinctivement la main sur le bras.

— Ne le prends pas au tragique ! J'ai besoin de toi pour beaucoup de choses ! Nous nous sommes trompés depuis le début et il est trop tard pour recommencer. Mais il y a quelque chose qui nous lie. Restons ensemble.

— Si tu veux, dit-elle.

Puis elle ajouta :

— D'ailleurs c'est ce que nous devons faire si nous voulons respecter la tradition.

Et elle sourit amèrement; mais ce fut sa dernière manifestation de regret; encore se parlait-elle à elle-même !

— Donc qu'allons-nous faire ? répéta-t-elle.

Otello n'eut pas de pitié; il était désormais le jeune Nesi, maître de lui et de sa vie.

— Pour commencer nous ferons chambre à part, ce soir même !

Puis comme il appartient à la nouvelle génération pour laquelle tout doit avoir un emploi rationnel, après plusieurs jours de cette nouvelle situation il jugea qu'Aurora ne servait à rien :

— J'ai l'intention, lui dit-il, d'agrandir mes affaires, en développant les transports automobiles. Il me reste donc peu de temps à consacrer à la vente au détail. Que dirais-tu de descendre quelques heures par jour à la charbonnerie ?

Elle répondit qu'elle voulait bien, qu'elle était même contente de cette solution.

— Ça me distraira, dit-elle.

Les quelques heures sont devenues maintenant la journée entière. Elle se tient sur le seuil de la boutique ; elle met une robe noire et cache ses cheveux dans un mouchoir ; son visage est noir de charbon, balafré de suie. Elle a vite appris à expédier durement la clientèle de la Via del Corno, qui s'approvisionne par kilo et demi-kilo, en renvoie le paiement de semaine en semaine. Elle est toujours la même Aurora, prompte à sourire et aimable avec tous, mais elle tient à faire savoir que, lorsque l'intérêt entre en jeu, elle ne connaît même plus ses parents.

— Bonne mesure et un peu de braise, c'est tout ce que je peux faire !

Elle prend le charbon elle-même, à la pelle dans les tas ; elle aide les commissionnaires à ranger les sacs, à préparer les livraisons pour les pensions des Lungarni. Le soir elle est tellement fatiguée qu'elle s'endort sur la table comme quand elle était enfant. C'est ce qu'elle veut. Elle passe ainsi la nuit entière à dormir d'un sommeil profond et ininterrompu et elle oublie qu'elle a vingt-deux ans, un mari, de la jeunesse qui se perd. Elle apprend l'égoïsme, l'indifférence. Elle fait de la solitude, un régime de vie, à peine adouci par les sourires de son enfant le dimanche après-midi ; il est grand ; il se porte bien, il a les yeux noirs des Nesi.

Otello est content qu'elle se soit si rapidement adaptée. Il veut lui manifester sa satisfaction et lui dit gentiment :

— Tu es la plus belle charbonnière de Florence !

Elle le regarde ébahie puis passe sa langue sur ses lèvres (une habitude qu'elle a prise en avalant l'air vicié de la charbonnerie) et répond :

— Tu croyais que la fatigue me faisait peur ? Mais je travaille depuis que je suis née !

— Tu prends tout de travers ! lui dit-il.

Aurora ramasse un morceau de charbon et le remet distraitement sur le tas.

— Tu vois bien que nous parlons deux langues différentes ! Tu peux être sûr que je prendrai tes intérêts tant que je vivrai. D'ailleurs ce sont les miens. Tu l'as dit toi-même.

Mais quand il te vient l'idée de me faire une amabilité, je t'en prie, caresse le chat ! Ecoute comme il miaule le pauvre minet, quand on le gratte sous la gorge !

Mais le jour où le balayeur Cecchi poussé par sa femme, a arrêté Otello et lui a demandé des explications sur sa conduite « sa maîtresse, etc..., etc... », comme il a dit pour se donner du courage, Aurora est intervenue elle-même et a dit en face à son père :

— Mon mari fait ce que bon lui semble et je l'approuve. C'est compris ? Je pense que je ne suis plus une enfant pour que mes parents viennent mettre le nez dans mes affaires !

Elle est maintenant sur le seuil de la charbonnerie ; elle a sur le visage des traînées de poussière noire, son regard a durci et s'est éteint en même temps. Madame même ne la reconnaîtrait pas, à supposer qu'elle soit encore capable de raisonner et de comprendre.

# CHAPITRE XXIII

Qu'est-il donc arrivé à Madame pour qu'elle ait renoncé à faire expulser tous les Cornacchiai et à avoir la rue pour elle toute seule ? Les stigmates ou la variole ? Les êtres comme Madame brûlent de leur propre feu et s'inventent des joies à la mesure de leurs péchés jusqu'à ce que leur feu s'éteigne. Madame n'est plus qu'un épouvantail.

Deux mois après la soirée de la Saint-Joseph, alors que son administrateur avait déjà conclu l'achat de toute la rue et qu'elle était devenue « la maîtresse de la Via del Corno » il advint ce que le médecin avait annoncé : une rechute. L'hémorragie cérébrale à laquelle elle avait miraculeusement échappé l'attaqua de surprise et lui enleva en même temps que la parole, ses dernières facultés. Depuis le 18 mai 1926, à 7 heures, Madame est virtuellement morte. Mais comme elle est de constitution robuste, comme elle a la vie aussi dure que le serpent auquel Staderini l'a comparée, elle survit à son propre effondrement. Elle n'a été frappée qu'au cerveau et au visage. Le reste de sa personne végète maintenant et se maintient comme un corps momifié. Et presque on pourrait dire que délivré du travail mental qui le consumait, il refleurit. Il promet en tout cas de remettre à un avenir lointain son agonie.

Elle a donc perdu l'esprit et retrouvé en même temps le goût des caresses enfantines et de certaines habitudes indécentes qui en disent long sur son passé. Mais son visage est

comme un masque immobile et effrayant qui font de ces manies, une macabre pantomime. La paralysie faciale a frappé
son visage de biais comme une hache. L'œil gauche est étiré
vers l'extérieur ; elle a la cataracte ; la bouche se tord en un
ricanement diabolique; la lèvre supérieure, dans le coin, est
constamment soulevée. Le visage s'est figé du côté atteint,
et l'autre côté, plus branlant que jamais, pend à l'os de la
pommette et souligne l'asymétrie horrible du visage. Toutefois l'œil non atteint a conservé sa lumière cruelle et explore
un monde qu'elle ne gouverne plus. Un dernier détail achève
de souligner sa décadence : sa perruque n'est plus savamment
posée et soignée; elle a une forte tendance au contraire à se
mettre de guingois, faisant entrevoir le crâne quasi nu, et
elle laisse échapper une misérable mèche blanche qui se mêle
au noir profond de ses cheveux postiches.

Madame a maintenant les capacités intellectuelles d'un
nouveau-né et les instincts d'une vieille femme corrompue
pour qui n'existent ni limites au plaisir ni inhibitions, le tout
aggravé d'une santé physique graduellement raffermie en ces
trois mois. Les deux vieilles infirmières qui la soignent (car
les femmes des Cornacchiai s'y sont refusées comme nous le
verrons) gagnent durement leur journée, bien qu'elles ne fassent que leur métier. Mais elles sont les seules personnes que
Madame puisse voir sans prendre feu. La folie lui a fait
oublié qu'elle avait déclaré la guerre à l'autre sexe; elle a
réveillé cette voracité qui en sa jeunesse détermina sa vocation, alors que l'expérience ne lui avait pas encore enseigné
le cynisme et la modération. Un homme ne peut plus mettre
les pieds dans sa chambre maintenant sans subir ses assauts :
elle arrache ses vêtements et s'offre, impudique, avec des
gestes obscènes et savants, des glapissements sauvages et des
contorsions honteuses. Aussi le médecin (qui a tout intérêt
ainsi que l'administrateur à ce que cet état de survivance se
prolonge) ne vient-il la visiter que la nuit, quand elle dort de
ce profond sommeil que depuis des années elle ne connaissait plus. Les jeunes filles la mettent dans le même état.
Une fillette du Purlescio, chargée du ménage, n'essaya pas

de monter une seconde fois. On pensa aussi à mettre la folle
dans une maison de santé et c'est ce qu'on fit. Mais bien
qu'inconsciente elle comprit qu'elle n'était plus dans sa maison. Elle fut prise de mélancolie brusquement, et refusa toute
nourriture. Muette, accablée, elle semblait promise à une fin
rapide. On la fit reconduire immédiatement chez elle.

Ceci étant, l'administrateur n'a pas cru devoir obéir à la
dernière volonté que Madame eût exprimée, il a renoncé à
envoyer l'ordre d'expulsion. Mais la nouvelle ne s'en est pas
moins répandue. Le ressentiment fut tel que l'idole s'est trouvée tout d'un coup renversée de son piédestal. Les premiers
jours, l'échauffement des Cornacchiai détermina un commencement d'émeute. Ils levaient le poing sous ses fenêtres, l'insultaient et la bafouaient. La folle répondait par des glapissements ; elle cherchait à articuler des injures à son tour mais
n'arrivait qu'à cracher sur les émeutiers. Ce fut, entre la rue
furieuse et la folle, un dialogue de haine à la clarté du soleil, haine longtemps contenue et trop brusquement libérée.
On n'hésitait pas à frapper ni d'un côté ni de l'autre. Les
Cornacchiai n'oublièrent aucune de leurs insultes et traînè-
rent dans la boue de son passé cette Madame qu'ils s'étaient
appliqués à croire généreuse et honnête ; la folle, de son côté,
incapable de comprendre et de se faire comprendre, n'hésita
pas à bombarder la foule de tous les objets qui lui tombaient
sous la main.

Mais le pardon fut plus puissant que la haine. Chacun reconnut avec Clorinda que Dieu avait justement et durement
puni Madame. Le cordonnier eut une idée qui ne contribua
pas peu d'ailleurs à incliner les Cornacchiai au pardon quand
la collectivité s'en fut emparée. « Madame étant folle et
n'ayant pas fait de testament il serait absurde de lui payer
les loyers ! » Malheureusement l'administrateur ne fut pas de
cet avis car il devait, lui, rendre des comptes à l'Etat après
la mort de sa cliente. Une délégation de Cornacchiai, composée du cordonnier, du confiseur et du terrassier, lui ayant
demandé audience pour vider la question, il les reçut flanqué
du comptable Carlino. La présence de Carlino démonta les

Cornacchiai. Il leur apprit que leur refus de payer les loyers pouvait être considéré en quelque sorte comme un acte de rébellion à l'égard de l'Etat, héritier légal de Madame. Il ajouta même : « Madame, c'est une affaire d'Etat, mes amis ! Et votre rébellion, suivant les Lois Exceptionnelles récemment promulguées, est passible du Tribunal Spécial qui vient de se constituer. » Un sourire et un clignement d'yeux accompagnaient ces paroles. « Ce soir, dit-on aux enfants, vous irez au lit sans manger ! » pour les punir d'une sottise. C'est sur le même ton que Carlino avait parlé aux Cornacchiai. Aussi, au moment du terme, quand le gérant passa, l'argent se trouvait-il tout prêt sous le marbre de la commode. Le nouveau gérant était le comptable Bencini Carlino en personne. Il exigea que la rue se montrât respectueuse à l'égard de Madame, à l'égard de son malheur en tout cas. « Ne bafouons pas à bon compte qui ne peut ni se défendre ni frapper ! »

Tout au plus, Luisa et Fidalma refusèrent-elles de servir Madame pour prouver qu'elles étaient solidaires de la rue.

Maintenant Madame est un monstrueux cyclope qui se met à sa fenêtre et fait des grimaces à tous ceux qui la regardent. Mais la rue lui a tourné le dos et tout le respect qu'on lui manifeste consiste à l'ignorer. Dans les ténèbres où sombre le cerveau de la folle, le sens de la propriété doit affleurer parfois. Elle se penche alors à la fenêtre et agite les mains pour chasser les importuns, elle montre du doigt l'horizon, embrasse les maisons du geste, se frappe la poitrine et fait entendre des mugissements irrités : « Tout cela est à moi ! semble-t-elle dire ! Ouste ! Partez tous ! »

Mais c'est un sentiment qui se réveille rarement. Elle passe maintenant ses journées dans le calme ; elle a un fort appétit et se veut beaucoup de bien. Elle est gourmande de bananes et d'amandes salées. Elle décortique et grignote pendant des heures les amandes avec une application, une voracité et dans son œil une expression de méfiance qui ont quelque chose de simiesque et d'enfantin tout à la fois. Quand elle n'est pas affairée à ce jeu, elle aime s'asseoir devant son miroir et se caresser le visage, les mains, les bagues, le collier, le bracelet qu'elle fait tinter sur le marbre. Elle émet des glapissements comme si elle se faisait la conversation; elle s'envoie des baisers et se contemple longuement; après quoi elle défait sa robe et l'on devine qu'elle s'apprête à se caresser le corps avec la même volupté; mais elle se laisse facilement détourner de son propos et promener à travers l'appartement comme une enfant que l'on tient par la main. On lui donne une banane qu'elle mord goulûment. Les femmes qui la surveillent se relaient et ne la laissent jamais seule. Elles se sont accoutumées désormais à ses manières de faire et devinent ses moindres désirs. On a constaté depuis quelque temps qu'elle ne reste vraiment calme qu'à la fenêtre. On lui a donc fait faire une chaise longue garnie de coussins avec un appui pour les pieds et de chaque côté deux rebords mobiles où poser ses amandes et ses bananes. Elle reste là des heures durant, l'œil fixé sur la rue comme si elle ne perdait pas un geste. Elle se permet seulement de jeter les peaux de banane dans la rue, en visant soigneusement les Cornacchiai qui viennent à passer. (Pour ne pas l'irriter et pour complaire au Comptable qui en a décidé ainsi, ils feignent de ne pas s'apercevoir de sa manœuvre.) Si elle réussit à atteindre quelqu'un, elle bat des mains de contentement et le Cornacchiaio, qui a servi de cible, ravale son irritation avec la philosophie qu'il faut. Jusqu'ici personne, fût-ce un enfant, ne pouvait lever les yeux sur sa fenêtre, elle devenait furieuse; quand c'était un homme, elle s'adonnait à ses habituelles manies. Toutefois il était difficile d'obtenir l'obéissance de tout le monde. La nouvelle qu'il y avait une folle à sa fenêtre, Via del Corno, s'était répandue dans tout le quartier et pendant plusieurs jours une procession de curieux défila sous sa fenêtre. Les régisseurs et les autres clients de Ristori et d'Eugenio s'ajoutaient aux curieux. Ces difficultés se sont maintenant bien aplanies; peut passer et regarder qui veut; Madame n'y fait plus attention. Elle a trouvé une occupation.

Ce sont les enfants qui la lui ont suggérée. Elle a vu un jour Gigi et Musetta faire des bulles de savon et elle n'a été

contente que lorsqu'on lui a apporté le nécessaire pour en
faire autant. L'infirmière lui remplit la tige de roseau et elle
souffle dedans jusqu'à ce qu'elle ait libéré la bulle irisée ;
elle lance des rires de satisfaction si la bulle est grande et
belle et si le soleil y allume des reflets. Gigi, Palle Giordano
et les petites filles participent volontiers à son jeu. Ils attendent en bas les ballons de Madame ; ils les suivent le nez en
l'air quand ils apparaissent et les font éclater dans leurs mains
avant qu'ils aient touché terre. Madame grimace de plaisir.
C'est un spectacle qui dure des après-midi entiers. Ce sont
les enfants qui s'en lassent les premiers, et ils se sauvent.

Madame ne leur en veut pas de leur abandon. Elle se
remet à contempler la rue en grignotant des amandes, en avalant des bananes, en crachant sur les gens qui passent et en
ricanant si quelqu'un se fâche. C'est ainsi qu'elle va vers
son agonie, sphinx dressé à sa fenêtre, avec sa perruque de
travers, son œil, sa folie.

# CHAPITRE XXIV

Le nouvel été est venu, mais ce froid au cœur, qui nous l'ôtera ?

Eugenio, faisant son propre portrait à l'intention de Bianca, lui fit remarquer que sa principale qualité était son indifférence politique. Toutefois si Maciste vivait encore, il lui serait facile de démontrer au jeune homme que sa profession de foi est déjà une attitude politique. Se tenir à l'écart signifie donner son accord à l'ordre établi, le reconnaître, au moins moralement, « avec tous ses tenants et aboutissants ». Tant vaut-il alors s'asseoir davantage dans la sécurité et demander sa carte au Faisceau comme a fait Otello par l'entremise de Carlino, comme a fait Ristori, comme a fait Oreste, comme a fait Beppino Carresi. Mais si Otello a été poussé aussi par l'intérêt, s'il l'a fait pour rester le fournisseur des Ecoles de l'arrondissement et en obtenir si possible d'autres, si Ristori a été poussé par le désir de « rester ami avec tout le monde », si le barbier, comme une girouette qu'il est, a voulu faire acte d'obédience à l'égard de l'hôtelier, Beppino Carresi, lui, travailleur libre, n'est rentré « dans les rangs » que poussé par la peur. D'ailleurs il a été le premier, parmi les Cornacchiai qui se respectent à rendre les armes. Sa défection ne fut pas publiquement commentée, bien sûr, mais n'en jeta pas moins une ombre de tristesse sur la rue. Car nos gens, presque analphabètes, agissent par instinct. Ils ont besoin de symboles pour accéder aux idées. Ils se trompent peut-être — cela l'histoire le dira — mais pour eux à la date

du 12 juillet 1926, le fascisme c'est Carlino; l'antifascisme
c'est Maciste. Or pour se ranger derrière Maciste ils n'ont
pas attendu la nuit de l'Apocalypse. L'assassinat de Maciste
n'a fait que leur confirmer qu'ils avaient pris d'instinct la
bonne voie.

Ils plient, naturellement; il faut bien vivre. Ils ont peur;
c'est normal. Maintenant Staderini sent sa main droite qui se
lève toute seule avec le marteau et tout, pour faire un beau
salut à Carlino quand il passe devant l'établi. Fidalma a
accepté d'aller chez lui faire le lit et balayer, puisque sa
mère est morte. C'est un travail comme un autre et Carlino
la paye comme n'importe quel monsieur. Et même il lui donne
des vêtements pour son vieux; c'est ainsi que nous verrons le
dimanche le cordonnier arborer un complet sombre, encore en
bon état, qui a connu les salles du casino Borghesi et peut-être
bien pis. Leontina a cousu également pour Carlino sur une
chemise noire, flambant neuve, les rubans de ses décorations.
Qui peut lui refuser ce service ? qui peut refuser de travailler
pour lui si Carlino le demande ? Depuis la mort de sa mère,
il s'aperçoit qu'il a besoin d'une infinité de petites choses
assommantes et pourquoi aller chercher plus loin puisque Via
del Corno a rabattu son caquet ?

Il y a plus. Comme, lors de l'anniversaire de la fondation,
Carlino s'étonnait devant Fidalma que seuls Otello, Ristori
et les infirmières de Madame eussent pavoisé, Fidalma sortit
et aussitôt on vit apparaître les drapeaux tricolores aux fenêtres du confiseur et du terrassier.

Mais essayons de lire dans le cœur. Nous y verrons la
peur, certes, l'effroi même, nous l'avons dit. Mais d'où vient
cette peur ? Et nous y verrons aussi la haine ou tout au moins
si le mot haine vous paraît trop fort parce que c'est un sentiment actif, disons la rancune, disons le feu qui couve sous la
cendre et le pouce retourné en signe de refus. Le refus sans
hésitation jusqu'au fond du cœur. Ce qui signifie : m'inscrire
au Parti Fasciste ? non ! Porter l'insigne ? non ! Donner mon
adhésion publique ? non ! Ce refus est la seule protestation
possible, la seule façon de se distinguer de ceux qui ont

assassiné Maciste. Voilà ce que pensent confusément les Cornacchiai et ils ont ôté leur confiance à Beppino Carresi.

Il s'en est trouvé un d'ailleurs pour abaisser le pouce publiquement. C'est Bruno. Bruno est un garçon qui obéit à sa nature. Nous l'avons vu avec Elisa; il avait dix-neuf ans et des sens en révolution. Tout enfant déjà il avait découvert l'existence de la femme et Elisa, belle, provocante, facile, l'avait troublé, obsédé au point de devenir, avec l'adolescence, un danger. Bruno risquait de tourner à l'onanisme mais il en avait une instinctive répugnance. Pour qu'elle ne lui « restât point en travers de la gorge », nous avons vu ce qu'il fit. S'il céda une seconde fois sur les prés de Cascine, ce fut à la fois par pitié et par entraînement des sens, parce qu'elle s'offrait. Pour ne pas s'habituer à elle, il s'imposa de la fuir et afficha un cynisme qui n'était qu'une défense; il avait son amour à défendre et son désir de créer une famille et de vivre sa vie. A l'égard de la politique, il avait la même position qu'Eugenio. Il pensait qu'il n'avait pas à s'y intéresser. Il marquait moins son indifférence, écoutait volontiers les discours de Mario et les approuvait mais il se contentait de donner sa participation hebdomadaire au Secours Rouge; il n'allait pas plus loin. La mort de Maciste avait accru sa peur, son trouble, sa rancune, sentiments qu'il partageait avec tous les Cornacchiai. Mais voilà qu'on licenciait aux chemins de fer; on mettait sur le pavé tous les « subversifs ». Le père de Bruno, bien que cité dans le livre d'or parmi les cheminots morts en service, revint sur le tapis comme un enragé socialiste. Il n'y avait aucune raison de supposer que Bruno partageât les idées de son père, mais comme le sang parle tôt ou tard, une commission créée à cet effet le fit appeler pour connaître ses opinions politiques et pour savoir si par hasard « il ne suivait pas la route de son père ». S'il ne suivait pas la même route pourquoi ne s'inscrivait-il pas au Faisceau? Alors Bruno a retourné son pouce. Il a dit que la mémoire de son père lui était plus chère que quoi que ce soit au monde; lancé sur cette voie par les questions qu'on lui posait, il a déclaré qu'il ne désavouait rien de ce qui fut la vie de son père y compris ses idées politiques; que c'était pour cela qu'il ne s'était pas inscrit au Faisceau et qu'il ne s'y inscrirait pas, bien qu'il ne soit ni communiste ni quoi que ce soit, mais un simple cheminot qui, son travail fini, ne pensait qu'à se retrouver en famille. Cette dernière réserve n'a pas été retenue; Bruno a été suspendu en attendant que le processus des licenciements soit fixé.

Il en fut à peu près de même de son beau-père. Antonio avait jugé qu'il en faisait assez, en votant tous les cinq ans pour les socialistes. Mais, quand on le mit aux pieds du mur, et qu'on lui demanda s'il désapprouvait les idées de son gendre, il n'a pas pu dire qu'il les condamnait. Comme il est à la journée, le licenciement a été plus expéditif. On devine quelles ont été les conséquences pour le budget familial.

Dire que la rue a perdu pour cela sa bonne humeur et le goût de s'exprimer vertement, serait trahir la vérité dans un désir d'apologie inutile. Rappelons-nous que la vie doit être vécue heure par heure, jour après jour et que les années suivent les années. Or il y a mille façons de mentir à son cœur (nous disons souvent le cœur, mais c'est conscience qu'il faut entendre).

Ainsi, que celui qui s'est imaginé les Cornacchiai « écrasés sous le poids de la dictature » veuillent bien changer d'opinion. Il n'y eut jamais Via del Corno tant d'excentricités qu'aujourd'hui. Le goût des potins, des farces, des grosses plaisanteries et de l'intrigue devient rage. C'est comme si une fois pour toutes les Cornacchiai avaient mis les verrous aux deux extrémités de la rue et avaient dit bonsoir au reste de l'humanité.

Elle est d'avant-hier la nouvelle répandue par Staderini, à savoir que Clorinda immola toute jeune sa vertu à son oncle, curé de Varlungo. Voilà qui explique les prêts que consent le curé soumis à un certain chantage. Le bavard a confessé la nouvelle entre un coup de marteau et un point de son alène, comme un quelconque journaliste fait son papier.

Mais Revuar par scrupule de conscience voulut en avoir le cœur net et interrogea sa femme. La pauvre Clorinda commença par des « Je m'étonne que toi, Serafino ! » mais plus elle croyait se justifier plus elle s'embrouillait. Pour finir elle murmura : « J'étais si jeune ! » et tomba évanouie dans les bras de Revuar.

Voilà pour avant-hier. Hier Revuar a pris sa revanche. Il a publié sous toutes les fenêtres et particulièrement sous celles de Fidalma que tous les samedis Staderini rencontre Rosetta, revenue depuis six mois de Santa Verdiana, à l'hôtel de la Via dell'Amorino et quelquefois, tout simplement sous les arbres de la forteresse de Basso.

Il y a de quoi remplir la journée entre le pas des portes et les fenêtres. Nous nous demandons où nos amis iront à cette allure-là. Pas loin, sûrement, au cabaret de la Via dei Saponai par exemple où Revuar et Staderini ont signé l'armistice, en se murmurant à l'oreille que Semira s'attarde plus longtemps que de raison chez Antonio le terrassier, en prenant prétexte de leur parenté depuis que son fils a épousé Clara. Or Semira est veuve depuis sept ans désormais et elle ne dépasse pas quarante-cinq ans ; elle ne les paraît pas d'ailleurs, pauvre Leontina ! Qui sait si une fois encore la méchanceté diabolique de Staderini n'a pas frappé juste ? Mais nous ne voulons pas discréditer des vies jusque-là sans reproche ; Staderini n'a fait sans doute que deviner des sentiments encore tout platoniques.

C'est ainsi que la Via del Corno se traîne dans les bas-fonds. Elle prétend qu'elle a oublié qu'Ugo est en prison depuis trois mois et que, aucune accusation précise ne pouvant être portée contre lui, on l'a appelé devant le tribunal « pour séquestration et violences sur la personne d'Osvaldo Liverani ». Ristori a été convoqué comme témoin ; il ira déposer et dira que c'est vrai. Car c'est vrai, qui peut le nier ? Laissons les Cornacchiai se dévorer les uns les autres. C'est leur façon de s'aimer. Que dans le fond de leur cœur ils disent : non, Carlino le sait, le beau premier. Mais si on le leur demande ils disent oui « que je devienne aveugle à

l'instant ! » Laissez-les broder sur leurs propres histoires !
Et que de conversations de fenêtre à fenêtre quand Fidalma découvrit Mario et Milena bras dessus bras dessous sur les Allées ! Milena, veuve depuis quelques mois à peine ! encore en deuil ! une honte ! un scandale ! et signes de croix et proverbes à la rescousse ! Mais il a suffi que les policiers viennent chercher le petit typographe pour que les sentiments des Cornacchiai se retournent comme la main. Maintenant Mario leur est cher ; tous sont cachés derrière leurs fenêtres et suivent avec appréhension Milena qui s'est faufilée, mine de rien, entre les agents et va sûrement avertir Mario. « Cours, Milena ! Cours ! »

Il était cinq heures et Mario sortait de l'Imprimerie. Il descendait la pente du Pino. Tout à coup il vit Milena qui venait au-devant de lui en courant. Elle prit un nouvel élan comme pour finir entre ses bras. A un pas de lui elle s'arrêta, porta la main à son cœur, baissa la tête pour reprendre son souffle et dit :

— Je suffoque !

Elle s'approcha et lui prit le poignet pour trouver un appui. Puis elle releva la tête et essaya de sourire.

— J'ai couru comme une folle ! j'ai même oublié de me mettre du rouge !

— Ils sont venus me chercher ? dit-il.

Elle reprenait peu à peu son souffle.

— Oui ! dit-elle ; il y a une demi-heure. Sois tranquille ; ils ne me suivent pas. Je ne sais pas comment ils ne se sont pas aperçus de ma mine quand je suis passée devant eux !

Maintenant elle était calme et ce fut elle qui l'invita à marcher d'un air indifférent. Elle le prit par le bras et le conduisit vers la Piazza Savonarole. Comme leurs pensées étaient les mêmes, elle exprima une décision commune en disant :

— D'abord tu te réfugieras chez Margherita. L'autobus part à 6 heures 40. Nous avons une heure pour nous reposer sur ce banc et réfléchir !

Ils s'assirent. Au-dessus d'eux, du haut de son piédestal, le Frère les bénissait et devant eux les enfants jouaient sous la surveillance de leurs mères ou de leurs nourrices. Les arbres étaient verts et couverts de fleurs; leur ombre était protectrice. Elle tenait son bras à deux mains et se serrait contre lui. Ils se regardèrent un instant dans les yeux. Leurs cœurs de vingt ans étaient pleins de sombres présages.

— Ils ne savent rien sur moi, dit-il; jusqu'ici nos activités étaient légales. Ils ne peuvent rien me faire!

— Bien sûr que non! dit-elle.

C'était justement une idée de gamin naïf. Il était en salopette. Il prit dans sa poche une des trois cigarettes qui y étaient et regarda autour de lui si quelqu'un pouvait lui donner du feu. Elle eut un mouvement gentil et protecteur à la fois:

— Je vais demander du feu, moi.

Elle prit la cigarette et s'approcha d'un vieux monsieur assis non loin sur un banc. Son bâton était posé en travers de ses genoux et il avait la pipe à la bouche. Il frotta une allumette contre le pied du banc et lui tendit la flamme en marmonnant. C'était la première fois qu'elle fumait. La fumée s'arrêta à la gorge et l'odeur du soufre la suffoqua. Elle fut prise d'un accès de toux. Le vieux monsieur en profita pour donner son avis:

— Qui donc vous a appris à fumer? Une femme! et de cet âge!

Et comme Mario avait suivi la scène et s'approchait il ajouta:

— C'est vous qui la faites fumer? je vous félicite!

Parmi les mères de famille et les nourrices assises sur les bancs quelques-unes se mirent à rire, d'autres prirent muettement partie pour le vieux ronchon. Une des plus âgées dit même:

— Vous n'avez pas honte que votre femme fume? et sur la Place encore!

Milena riait et toussait. Puis il lui prit le hoquet. Mario se sentait lui aussi une joie enfantine; ils étaient deux enfants

qui font des niches à des grandes personnes. Ils retournèrent
à leur banc. Milena essayait de refréner son rire mais il reprenait de plus belle à chaque hoquet. Quand enfin son
hoquet se fut calmé elle leva les yeux et vit le vieillard
gesticuler et parler aux femmes; elle éclata de nouveau de
rire ainsi que Mario parce que le rire appelle le rire. Le
monsieur les menaçait de son bâton; il était furieux. Pour
finir il se leva, disparut derrière le monument pour réapparaître
un instant plus tard accompagné d'un agent en uniforme.
Alors Mario et Milena revinrent à la réalité tout à coup, si
tant est qu'ils l'eussent réellement oubliée. Ils s'enfuirent,
toujours riant. Ils coururent en se tenant par la main jusqu'à
ce qu'ils fussent assurés que personne ne les suivait.

Ils se trouvaient Via Micheli; la rue était déserte, moitié
ombre, moitié soleil, avec ses maisons toutes claires et ses
volets fermés. Un désert de lumière. Ils se regardèrent surpris et leur rire mourut brusquement sur leurs lèvres. Il devint
un sourire où l'un et l'autre se reconnurent.

— Nous sommes des enfants! dit-elle, en relevant ses
cheveux.

— C'est vrai!

Leur voix n'exprimait pas un reproche mais un mutuel en-
couragement.

Ils se dirigèrent donc vers le garage des autobus de province. Ils traversèrent les allées en silence. Puis, sans s'arrêter elle dit d'un ton calme et naturel :

— Ne fais pas attention si je pleure maintenant; c'est la
réaction; j'ai trop ri, mais je ne suis pas triste.

Il lui prit la main et elle se laissa conduire. Mais elle
réussit à se dominer. Ils traversèrent la place Santa Maria
Novella; les obélisques scintillaient sous le soleil encore
haut. Elle dit :

— C'est passé!

Ils étaient sur le trottoir; elle jeta un coup d'œil sur l'horloge d'une pâtisserie :

Il est déjà 6 heures 5! Nous avons perdu tout ce temps
sans rien nous dire !

— C'est mieux ainsi. Il se peut que ce soit notre dernière rencontre avant longtemps et nous avons été joyeux. Qu'est-ce que tu veux de plus ?

Milena était de nouveau la Milena modelée par toutes sortes d'injustices, toutes sortes de souffrances, et son nouvel amour — le véritable amour qu'il fallait défendre. Elle dit :

— Chez Margherita tu ne seras pas en sécurité pour longtemps. La police la surveille, parce qu'elle est la veuve de Maciste. S'ils veulent vraiment te trouver ils iront jusque-là. Mais pour quelques jours au moins tu seras tranquille. Pendant ce temps nous chercherons ! Profites-en pour te reposer. Tu as les nerfs tendus depuis trop longtemps !

— Et toi donc, Milena ?

— Bon, bon ! ne faisons plus de discours ! Tu vois bien qu'ils ne servent à rien ! Va prendre ton billet ; moi, je garderai ta place dans l'autobus.

Il avait devant lui une queue de dix personnes environ et il ne pensait pas au billet mais à Milena. La queue diminuait petit à petit. Il avançait et ne pensait pas à Maciste, pas au parti mais à Milena ; quand la reverrait-il ?

— Pour où ? lui demanda l'employé.

— Grève, dit-il.

Il fouilla dans la poche de sa salopette et en tira deux cigarettes puis trois sous. Alors il se rappela qu'il n'avait pas d'argent sur lui. Il s'excusa, et se précipita vers Milena en disant qu'il allait revenir. Elle était assise dans l'autobus et pensait à lui. Quand le reverrait-elle ?

— Milena ! cria-t-il en frappant à la vitre. Tu as de l'argent ? J'avais oublié que je n'avais presque rien sur moi !

— Non, dit-elle. Je suis sortie sans mon porte-monnaie !

Elle descendit. Dans quelques minutes l'autobus allait partir. Ils revinrent ensemble au guichet. Le portillon était déjà baissé. Ils durent insister pour que l'employé qui répétait de l'intérieur : « Fermé ! Fermé ! » se décidât à passer sa tête de biais.

— Donnez-moi le billet ! je le paierai à l'employé, à

mon arrivée à Greve; je vais chez la fille du percepteur. Tout le monde le connaît.

L'employé tardait à se rendre compte de la situation; prolixe comme tous les employés, il répétait:

— Je ne peux pas. C'est contre les règlements! Le receveur des Contributions est certainement quelqu'un de bien; mais je ne le connais pas! Moi, je ne suis jamais allé à Greve! etc..., etc...

Ils le laissèrent à ses discours. Mario bondit vers l'autobus en criant:

— Je voudrais bien voir qu'on me force à descendre! Au revoir, Milena! au revoir, mon amour!

L'autobus tournait déjà à Borgognissanti. Il courut derrière lui, en hurlant et gesticulant; mais l'autobus s'était engagé sur la route toute droite et se perdit bientôt au loin.

Milena rejoignit Mario qui s'était arrêté au milieu de la route. Il se tenait le front d'un air furieux.

— Tu vois, Milena! Tu vois! et les passants pouvaient croire qu'il lui faisait des reproches.

— Je me suis mis dans la tête de faire des économies; de ne prendre que l'argent des cigarettes et du journal, et voilà les conséquences! J'ai voulu faire l'homme raisonnable! Ah! bien oui!

Après quoi il la mit vraiment en cause:

— Et tu étais de mon avis, non? parce que si je sortais avec de l'argent, je me laisais aller à acheter des glaces, des cigarettes de marque et des bêtises et ensuite je n'avais même plus assez d'argent pour m'acheter une paire de souliers. Voilà! voilà!

Mais elle était aussi calme qu'il l'était peu et pour qu'il se calmât à son tour, elle n'eut qu'à lui dire:

— Tu fais l'enfant vraiment! Regarde, tu te fais remarquer! Tu te rends compte de la situation?

Pourtant il ne put se retenir de faire encore une « sortie » aux gens qui s'étaient arrêtés à le regarder et, amusés, l'écoutaient discourir:

— Le spectacle est terminé! dit-il.

Quand ils furent sur les bords de l'Arno et que la situation leur apparut dans toute sa clarté, ils passèrent en revue tous les amis susceptibles de lui donner l'hospitalité pour la nuit. Car l'hôtel était exclu naturellement, quand même elle fût aller chercher l'argent nécessaire ; la Via del Corno, exclue aussi. Exclues également (et Mario insista là-dessus) les maisons des camarades que la présence de Mario compromettrait.

— Tu les avertiras demain matin ou ce soir même, lui dit-il.

Exclus aussi les collègues de l'Imprimerie qui n'étaient pas communistes, car il serait trop long de leur expliquer et ce ne serait pas prudent bien que ce soient tous de braves garçons et des ouvriers ; au jour d'aujourd'hui, on ne sait jamais ! Mario épuisa ainsi le cercle de ses connaissances. C'était au tour de Milena. Elle pensa aussitôt à son appartement des Cure qui était loué à une cousine d'Alfredo ; mais cette cousine avait un mari affilié aux Bandes Noires ! Malheureusement, en dehors de la Via del Corno et de l'appartement des Cure, elle ne savait vers quoi se retourner. La situation paraissait désespérée et l'était en effet, à moins de se réfugier chez un collègue de l'Imprimerie, ce que Mario ne voulait à aucun prix. En vérité, depuis qu'il savait que la police l'attendait Via del Corno, les pavés lui brûlaient les pieds et pas seulement les pavés de la Via del Corno, mais les pavés de Florence. Aussi sa décision était-elle prise.

— Je ne passe pas la nuit à Florence ! Qu'est-ce qu'ils diraient les camarades si je me laissais prendre comme un lapin ? Je m'en irai à pied vers Greve. J'arriverai quand j'arriverai !

— Tu t'imagines que je vais te laisser partir seul ?

— Avoue qu'il n'y a pas d'autre solution !

— Mon Dieu ! s'exclama-t-elle en portant une main à son front.

— Tu n'es plus Milena si tu te désespères !

— Je suis, je suis Milena ! dit-elle d'un ton qui était une caresse, et je t'accompagne ; je l'ai décidé !

Il se montra surpris et enthousiasmé. Puis il se reprit et se déclara opposé à ce projet; mais ses protestations étaient molles. Visiblement seul un scrupule les dictait.

— Ta mère va devenir folle de ne pas te voir rentrer !

— Je te répète, Mario, que je suis décidée !

— Il y a plus de trente kilomètres.

— Je t'ai dit que j'avais pris ma décision ! et sa voix n'était plus une caresse.

Ainsi, la main dans la main, ils attaquèrent bientôt la montée de San Gaggio. Aux Deux Routes, il acheta autant de raisin qu'il pouvait en acheter avec six sous et il se fit offrir par le marchand quelques allumettes pour pouvoir fumer en chemin. Ils se remirent en route la main dans la main; de leur main libre ils portaient les grappes à leur bouche et mordaient à belles dents; il avait sa salopette grise, et elle, sa robe qu'elle finissait d'user à la maison : une robe d'un bleu passé qui lui redonnait son air de jeune fille; elle s'arrêtait aux genoux, tirait aux hanches. Peut-être Milena avait-elle grandi ? Peut-être avait-elle grossi ? On eût dit deux gamins en train de faire l'école buissonnière.

— Petit cachottiers, se fût exclamé Staderini. Petits cachottiers !

Quand ils dépassèrent Tavarnuzze, la nuit était venue. Une voix s'éleva, ironique, narquoise, d'un groupe d'hommes qui prenaient le frais devant une auberge et les avaient salués :

— Mais où peuvent-ils bien aller ? où peuvent-ils bien aller ?

Et le Mario que nous connaissons s'empressa de renvoyer la balle.

— Au bout du monde, mon garçon ! tu veux venir ?

— Que non ! c'est trop loin ! répondit l'autre parmi les rires.

Maintenant une longue descente s'étageait au-dessous d'eux. La route était fermée sur la gauche par un mur; à droite s'ouvrait la vallée; elle descendait de précipices en escarpements jusqu'à la Greve.

La nuit s'annonçait étoilée et sans lune. Déjà une ombre uniformément étendue éteignait la luminosité du ciel. Mais la lourde lumière du soir donnait à la nature une expression plus intense. Les coteaux, les arbres, les haies semblaient prendre du recul et se fondaient les uns dans les autres comme de simples reflets, de profondeur et de ton différents où le vert devenait plus vert en s'assombrissant et le jaune des arbres et de la terre plus éclatant. Le lit du fleuve coupait les flancs de la vallée comme s'il en était le cœur et les poumons : toutes choses paraissaient surgies miraculeusement et vivantes. C'était un de ces rares moments où l'homme et la nature se retrouvent semblables.

Ils s'arrêtèrent au sommet du talus et admirèrent cette image d'eux, plus parfaite. Enfin Milena rompit le silence avec des mots à elle.

— Comme la Via del Corno semble loin ! et Carlino, et Madame, et le Cervia aussi !

Et Mario, serrant la main de Milena en un solide nœud, dit aussi ce qui lui venait aux lèvres :

— Et comme Maciste paraît proche au contraire ! on dirait qu'il vient de nous quitter à l'instant !

Puis ce fut la nuit tout d'un coup et le ciel plein d'étoiles. La campagne reculait dans le noir jusqu'à l'horizon pointillé de lucioles qui palpitaient dans l'air tandis que les grenouilles coassaient. Un chien aboyait dans une ferme, un autre, puis un autre encore lui répondirent ; puis ils se turent, puis se parlèrent à nouveau. Leur jappement sortait de leurs gueules cachées dans le noir et se répandaient en échos cordiaux dans tout l'univers.

Ils marchaient, protégés par la longue muraille d'un côté et de l'autre par la rangée de cyprès qui s'élevaient maintenant au-dessus de la route. Ils se taisaient parce que Mario avait parlé de Maciste et rappelé ainsi l'épouvante de cette nuit qui les révéla à eux-mêmes. Ils devinaient que les paroles ne faisaient que peser sur leurs pensées et leurs sentiments dont le cours se développait parallèlement suscitant les mêmes images, les mêmes projets. Ils comprenaient que parler, ce serait taire ce que les paroles ne peuvent traduire ; se trahir un peu l'un l'autre.

Puis ce fut minuit et ils retrouvèrent le son de leur voix en même temps que le poids de leur corps ; ils étaient fatigués ; ils décidèrent de se reposer. Ils sautèrent un fossé. Un espace large et herbeux s'étendait en marge de la route. Il s'étendit sur le dos une main sous la nuque et l'autre passée sous la taille de Milena couchée à côté de lui. La nuit était toujours aussi belle. Milena obsédée par un souvenir répéta :

— Comme elle est loin, vraiment, la Via del Corno !

Mario lui n'évoqua point Maciste cette fois.

— Plus loin que les étoiles ! dit-il.

Puis il ajouta après réflexion :

— Pourtant c'est notre rue ! Avec ce qu'elle a de bon et de mauvais !

Le vent s'était levé ; les cyprès frissonnaient à peine avec un bruissement semblable à des chuchotements tendres, prometteurs. Quelques chiens aboyaient encore. Ces aboiements, assourdis ou aigus, mais isolés désormais, la vallée les accueillait et semblait les retenir en soi pour les répandre ensuite dans toute son étendue, harmonieusement amortis, exténués jusqu'à suggérer un au delà de douceur. Le silence revenu, c'était comme si tout à coup la nature se remettait à respirer, à frissonner. Les lucioles naissaient, mouraient et renaissaient, suspendant dans les airs leur goutte de sang lumineux, accordées au chœur des grenouilles dont le coassement monotone, constant, avait la même dimension que le silence.

Pour autant que Mario et Milena se fussent désirés jusqu'à cette heure, pour vif que fût leur sang, ils ne s'unirent point, comme pour prolonger le désir et l'accroître. Ils se taisaient pour écouter leurs pensées, pour savoir si elles étaient toujours, chez l'un et l'autre, égales. Et ce fut, pendant des heures, la même interrogation et le même silence, plus intenses que toute parole.

Enfin un coq chanta et de tous les côtés on lui répondit ; il semblait qu'une armée de coqs sortaient de leurs tentes. Mario et Milena se levèrent aussi.

— Il y avait des mois que je n'avais pas entendu chanter un coq ! dit-il.

La Via del Corno leur revint à l'esprit avec ses policiers aux aguets dans les escaliers, au coin de la rue et peut-être dans le bureau de l'hôtel. Le jour n'était pas levé quand ils se remirent en chemin. Il entonna une chanson, la même qu'elle chantait sur le chemin quand il déboucha du pré et la surprit. Après la chanson des Mimosas, ils passèrent à une autre et ils chantèrent ainsi tout le long de la route, en marchant enlacés.

L'aube pointait au delà de la vallée ; l'air était frais et leur donnait une nouvelle vigueur. Ils croisèrent des charrettes, des bicyclettes, des paysans pieds nus et pantalons retroussés, des paysannes pieds nus et la tête enveloppée de mouchoirs bariolés, des attelages de bœufs. Devant les fermes les poules picoraient sur l'aire, les enfants mangeaient leur tranche de pain assaisonnée d'huile et de sel, les vieilles filaient depuis des siècles assises devant la porte avec leur quenouille. Les femmes tiraient l'eau du puits et se retournaient en fixant la poulie. Et les ânes à la roue et les bœufs attelés à la charrue, et les laboureurs qui les encourageaient de la voix à tirer et les stimulaient avec un roseau... Tous, les voyant passer — les laboureurs en contre-bas sous la route, les ménagères avec leurs seaux ruisselants d'eau, les grands-mères avec leurs fuseaux semblables à des fées d'un autre temps, les enfants s'essuyant la morve à leur tablier, les hommes et les femmes partant pour les champs, leurs outils sur l'épaule ou sous le bras, les cyclistes, les régisseurs sur leurs calèches, tous leur disaient : « Bonne journée ! »

Mario et Milena répondaient : « Bonne journée ! » et avançaient en traînant derrière eux mille souhaits.

Puis le soleil fut haut au-dessus de leur tête ; ils marchaient l'un derrière l'autre, à l'ombre étroite des cyprès de plus en plus rares. Ils se trouvèrent enfin devant un long morceau de route, nue sous le soleil, où passaient des autos qui les couvraient de poussière, les deux courriers du matin se croisèrent ; l'un allait vers Greve, l'autre vers Florence et Mario

cria : « Bernique ! » au conducteur et aux passagers. Enfin
ils arrivèrent à un groupe de maisons ; au delà commençait
une longue descente de deux kilomètres et l'on voyait tout
au fond le village de Margherita, une île de pierres au milieu
des champs, surmontée d'un clocher.

Ils étaient fatigués et ils avaient soif mais leurs pensées
étaient de joyeuses pensées d'amoureux ; le but tout proche
augmentait encore leur joie. Ils traversèrent une aire et demandèrent de l'eau. C'était de l'eau du puits ; elle était
fraîche dans les verres trapus. Il y avait de grosses boules de
pain de campagne dans la huche ouverte ; comme Mario le
regardait en buvant, la femme leur demanda s'ils en voulaient
une tranche.

Ils s'engagèrent dans la descente sous le soleil, mordant
dans le pain comme ils avaient mordu dans les grappes ; ils
étaient contents d'arriver et ne pensaient à rien, sauf à leurs
mains unies et à la saveur du pain. La maison de Margherita
était une des premières du village ; ils firent les derniers mètres en courant comme des enfants.

C'était une vieille maison de village ; derrière, le jardin,
le poulailler, le clapier ; de côté deux courtes rangées de
vignes et puis un figuier, un pêcher, le potager en fleur, les
pieds nains des tomates... Ils entrèrent dans la vaste cuisine ;
devant cette cheminée au fond s'était ébauchée l'idylle de
Maciste et de Margherita. On allait dans le jardin par la
cuisine et c'est là qu'ils trouvèrent Margherita.

Elle était assise sous un pêcher sur une chaise basse ; elle
tricotait. Ses deux neveux jouaient auprès d'elle. Elle les
surveillait du regard. Elle portait une robe noire, longue jusqu'aux chevilles et froncée sur les hanches. Elle n'avait plus
son air prospère, son expression étonnée et tranquille à la
fois, ses yeux timides et rieurs. Son visage était devenu sec
comme de l'ivoire, et le rouge couperosé des joues en accentuait la maigreur. La douleur avait éteint toute lueur d'étonnement dans son regard ; il avait maintenant une fixité mélancolique et résignée : l'immobilité définitive du vaincu.

Dès qu'elle les vit elle alla à leur rencontre. Son corps

amaigri lui aussi, paraissait plus grand et malgré la robe dont
il était affligé, élancé et florissant; on eût dit que le visage
en niait les promesses. Il y avait un évident contraste entre
la vigueur juvénile du corps et l'expression usée du visage
qui annonçait la ruine d'une vieillesse irréparable. Elle recherchait la fatigue, elle voulait « tout faire » dans la maison, comme disaient ses parents; cet acharnement n'avait
d'autre but que de combattre la chair pour que sa fatigue
égalât celle de l'esprit. Elle offrait aux regards d'autrui, sans
ostentation ni fausse pudeur, le visage de son mari dans un
médaillon suspendu à son cou; elle le portait sur sa poitrine
comme son propre cœur ouvert.

— Qu'est-ce qu'il y a? qu'est-il arrivé? leur demanda-
t-elle.

La joie des jeunes gens s'envola en sa présence. Ils retrouvèrent une exacte notion des choses. Balancés pendant
tout le voyage d'étonnements en découvertes, ils avaient
oublié que l'horizon était sombre, indéchiffrable leur sort.
La réalité rendit les corps à leur fatigue. Ils renseignèrent
rapidement Margherita et lui demandèrent s'ils pouvaient se
reposer. Il n'y avait qu'une seule chambre d'amis. Mario
l'occupa et Milena se coucha dans le lit de Margherita.
Avant de s'endormir ils se crièrent à travers les murs : « Bon
repos! » ce fut l'heureux sommeil de ceux qui ont vingt
ans.

Ils dormaient depuis dix heures quand Margherita jugea
qu'il était temps de les réveiller pour les faire manger. Ils
descendirent à la cuisine; il était minuit; ils trouvèrent la
table mise. Les parents de Margherita s'étaient retirés, parce
que c'était leur habitude et aussi pour ne pas les gêner. Margherita les servit puis s'assit à côté d'eux avec son tricot. Ils
mangèrent avec l'appétit que donnent la jeunesse, une longue
marche et un long repos. Mais au fond d'eux-mêmes il y
avait la menace de la réalité et le silence de Margherita les
forçait au silence. Puis Margherita dit à Milena :

— J'ai envoyé quelqu'un de sûr avec la voiture avertir ta
mère et lui dire que tu serais de retour demain.

Milena se leva pour l'embrasser. Margherita lui sourit avec un air las.

Le repas terminé, ils se sentirent reposés et l'air qui venait du jardin leur parut bon. Ils sortirent des chaises et s'installèrent. Margherita les quitta; Milena lui promit de la rejoindre bientôt.

Les lucioles semblaient s'être rassemblées toutes dans le jardin comme prisonnières de l'air et l'air semblait naître de la terre, de la verdure, des fruits; il avait un goût humide et frais, excitant. Ils s'assirent sous le pêcher l'un près de l'autre. Elle appuya la tête sur son épaule. Une étoile tomba du ciel avec son sillage de lumière et disparut derrière les vignes.

— Un an est passé! dit Milena. L'été dernier j'étais accoudée à la fenêtre de la cuisine, dans mon appartement des Cure. J'attendais de voir tomber une étoile filante pour faire un vœu. Je voulais un enfant! peut-être étais-je plus sage!

— Tu étais seulement plus heureuse, je pense.

— Peut-être! dit-elle, et elle se serra un peu plus contre lui.

— Il y a un an, reprit Mario, je ne savais pas que Maciste existait, je ne savais même pas que tu existais, et que la Via del Corno existait. Bianca me le disait; mais je croyais que c'était une rue comme les autres. Je n'y étais jamais venu. Un soir j'y suis passé exprès, pour voir, comme un passant quelconque; je n'ai rien vu. Il faut y vivre pour comprendre.

— C'est une rue un peu abandonnée.

Et pour fuir une obsession qu'elle ne savait elle-même préciser elle ajouta: avec ses gens malheureux et bavards!

Il exprima alors une pensée qui n'était pas de lui mais qu'il avait faite sienne:

— Mais nous sommes tous les deux de cette même pâte. Nous nous sommes libérés de certains défauts mais nous avons perdu aussi quelques-unes de leurs qualités. Quoi qu'il arrive, et même si nous devions monter dans les étoiles, la Via del

Corno restera toujours en nous ! mais certes, nous resterons sur terre !

— La main dans la main, toujours comme la nuit passée ?

— Oui ! dit-il.

Puis il ajouta :

— Ne te semble-t-il pas que nous n'avons fini de nous connaître que cette nuit ? Bien que nous n'ayons pas parlé ?

— Maintenant je comprends pourquoi, il y a un an, nous étions plus heureux, répondit-elle. Ce n'est pas que les ennuis nous aient enlevé une part de notre bonheur. Mais nous avons appris tant de choses cette année que maintenant elles voudraient sortir toutes ensemble de nos lèvres et nous empêchent au contraire de nous exprimer. Autrefois c'était facile ! Ce que nous disions alors, nous le savions de naissance ; c'étaient des choses de tous les jours ! Mais notre bonheur, c'est peut-être justement de vouloir dire certaines choses et de ne pouvoir les dire ; par exemple : je t'aime. Je sais bien au dedans de moi pourquoi je t'aime mais si je dois le dire je ne trouve plus rien.

— Moi aussi et il m'est arrivé la même chose quand Maciste a commencé à me parler. Je ruminais tout seul ce qu'il m'avait dit et j'éprouvais la même impression que lorsque je me suis foulé le pied. Ne ris pas. Le pied était remis ; il ne me faisait plus mal, mais je ne l'appuyais par terre qu'avec appréhension. Je n'arrivais pas à marcher !

Mais elle rit, en femme amoureuse.

— Il faut apprendre à marcher et à parler ! Nous avons fait quelque progrès ! Espérons que nous sommes nés tout au moins !

— Comment donc ! dit-il, et ses lèvres se posèrent sur ses lèvres.

Puis, joyeux, il ajouta :

—. Et nés Via del Corno, grâce à Dieu ! Car il me semble que j'y suis né aussi.

Ils restèrent en silence, comme le premier soir, à écouter les chiens aboyer, le frémissement mystérieux des lucioles, puis ils rentrèrent en se tenant toujours par le bras. Ils traversèrent le couloir sur la pointe des pieds et retinrent leur souffle devant la chambre de Margherita.

Ils étaient encore éveillés à l'aube quand une auto s'arrêta sous les fenêtres. Ils furent les premiers à l'entendre. Les policiers furent courtois; ils rassurèrent Mario; il s'agissait seulement de lui demander quelques éclaircissements! Puis ce fut la séparation tendre comme avaient été leurs baisers et aussi pleine d'amour, d'espoir aussi. Margherita lui dit adieu sans larmes, en silence. Tandis que l'auto s'éloignait et que Milena agitait la main, Margherita serrait sur son cœur l'image de Maciste.

Quand Milena pénétra Via del Corno l'après-midi de ce même jour, Staderini qui avait tourné exprès son fourneau pour la guetter, se leva tout à coup en renversant sa chaise et l'établi.

— Ils l'ont pris? demanda-t-il.

Elle fit signe que oui de la tête. Alors le cordonnier explosa. Sans prendre garde qu'il se trouvait dans la rue il leva le poing vers le ciel en criant:

— Mais tu es là? Où es-tu?

Le temps d'un éclair, le temps de prononcer ces paroles, de laisser exploser son cœur en dépit de ses cheveux blancs et il ramassa en tremblant ses outils épars sur le pavé. Les femmes étaient aux fenêtres et ne disaient rien. Madame faisait des bulles et les enfants, ces innocents, applaudissaient.

# CHAPITRE XXV

L'automne ramena l'anniversaire de la mort de Maciste et il se trouva quelqu'un pour porter des œillets sur sa tombe, gardée comme une poudrerie. Pour la première fois de mémoire d'homme, la Via del Corno n'organisa pas de « scampanata ». Les œillets s'étiolèrent et on eut la neige. Bianca épousa Eugenio. Ils refirent le foyer de Maciste avec la cage à poules et la table ronde.

Ce fut Noël et l'on joua à la tombola. Madame faisait des bulles debout sur son lit pour les voir tomber. Bruno et son beau-père, le terrassier, se mirent à vendre des fruits et des légumes, en poussant jusqu'aux quartiers de la périphérie. Leontina mourut d'une pneumonie. Carlino fut nommé Cavalière[1] de la couronne d'Italie. Fidalma lui fixa le ruban blanc et rouge à côté des autres sur la chemise noire.

Au printemps le soleil se montra de nouveau en même temps que les réveils sonnaient. Les Foires eurent leur foule et leur tapage. Mario fut relâché par manque de preuves Il resta chez Milena quelques jours puis ils quittèrent notre rue tous les deux pendant la nuit. Notre rue, elle, vivait de ses potins et de ses misères, de son humaine joie. Ugo se préparait à purger une peine de cinq ans de prison. Gesuina alla habiter chez Margherita ; elle comptait les jours et les mois de sa libération. Clara eut une petite fille. En juillet Bep-

---

1. *Note de la tr.* : Distinction très répandue en Italie.

pino Carresi gifla Staderini qui, lui avait-il semblé, riait dans
son dos parce qu'il portait l'uniforme. Madame crachait sur
la tête des gens et faisait des bulles de savon.

Avec le nouvel automne se répéta le miracle des fleurs
rouges sur la tombe de Maciste. Antonio, le terrassier, veuf
depuis un an, épousa Semira. Notre rue bavardait et pensait
déjà à sortir de la naphtaline les défroques d'hiver. Pourtant
nous n'étions que fin septembre. C'était jeudi ; Musetta Cecchi revenait de sa dernière livraison. Elle rencontra Porta la
Croce, le jeune Renzo qui habitait maintenant avec sa mère,
une veuve, où habitaient autrefois Nanni et Elisa.

— Tu rentres ? dit Renzo.

— Oui, et toi ?

— Alors faisons le chemin ensemble !

— Comment te trouves-tu par ici ? demanda-t-elle.

— Je suis allé au Garibaldi voir Ridolini !

Un moment après elle lui demanda encore :

— Et Via del Corno, tu te trouves bien ?

— Comme çi, comme ça ! je ne m'y suis pas encore habitué !

— Pourquoi ne descends-tu pas dans la rue après dîner ?
Nous nous allons prendre le frais à Santa Croce.

— Oui, vous, Cornacchiai, vous allez plutôt vers Santa
Croce. Moi je suis habitué à la Piazza della Signoria. Il y a
le bassin et on peut faire les parallèles aux barres de fer !

— Nous allons vers Santa Croce parce que Piazza della
Signoria c'est déjà le centre et il y a du chemin à faire !
Mais à Santa Croce aussi on fait les parallèles aux échafau-
dages de la Bibliothèque. Santa Croce est sans façons.

— Comment ils se débrouillent pour faire les parallèles sur
les échafaudages ?

— Gigi et mon frère t'apprendront si tu viens.

— Je ne les connais pas !

— Je te présenterai, moi. Les garçons disent que tu es
fier ; je ne le crois pas. Mais peut-être, comme tu as habité
dans le centre jusqu'à maintenant, la Via del Corno te semble-t-elle étrangère ?

Il rougit et elle aussi, le voyant rougir.

— Comment t'appelles-tu ? lui demanda-t-il.

— Musetta ; toi, Renzo, je le sais. Ta mère a déjà fait amitié avec la mienne et avec les autres femmes.

— Tu es la fille du chef d'escouade du Nettoyage, n'est-ce pas ?

— Oui, et ma sœur est la patronne de la charbonnerie !

— Qui est cette amie avec les tresses sur les épaules ?

— Adele ! mais avec elle il n'y a rien à faire ; elle est fiancée avec mon frère.

— Je demandais ça par curiosité, et la toute petite ?

— Tu veux dire Piccarda ? C'est la sœur de l'ancien cheminot qui a épousé Clara. Leurs parents se sont mis ensemble... C'est difficile de t'expliquer ; mais il suffit que tu t'entendes bien avec la rue ; tu verras il n'y a rien d'extraordinaire. Via del Corno, même si quelquefois il y a un peu de tempête, nous nous aimons tous bien.

— Je m'en aperçois : vous êtes tous parents !

— Nous sommes toute une tribu, dit Staderini. Staderini, tu sais qui c'est j'espère.

— Il m'a récité un chant de l'*Enfer* pendant qu'il m'enfonçait un clou dans le soulier !

— Dante, c'est sa marotte, Via del Corno plus personne ne l'écoute. Il est obligé d'aller réciter ses vers dans le café de la Via dei Saponai !

— Pourtant il récite les vers comme un professeur, ça te plaît la poésie ?

— Je ne comprends pas bien, et toi, ça te plaît ?

— A moi, oui. Et tu aimes lire ?

— Assez, mais je ne trouve jamais le temps.

— Moi j'ai une bibliothèque de quatorze volumes ; si tu veux je peux t'en prêter.

— Ils parlent d'amour ?

— Certains...

Il y eut un silence.

— Alors, reprit Renzo, Ridolini ne te plaît pas non plus parce qu'il ne parle pas d'amour ?

— Non, en effet ! Et à toi ?

— A moi, oui ! et Tom Mix, il te plaît ?

— Non, et à toi, oui ?

— Nous avons des goûts différents. Qu'est-ce que c'est qui te plaît ?

— Les films d'amour mais aussi les films gais. Tu as vu Scampolo avec Carmen Boni ? Attention, en traversant, il y une voiture !

— C'était une Lambda !

— Tu t'y entends dans les autos ?

— Je les reconnais à la plaque qu'il y a sur le radiateur.

— Via del Corno il y avait Maciste qui possédait un side-car.

— Maciste, qui c'était ? le suspect qui a été tué par les fascistes ?

— Tu es fou de crier comme ça !

Il y eut un nouveau silence. Puis Musetta demanda :

— Et Madame, quel effet a-t-elle produit sur toi ?

— C'est une vieille ruine ! pourquoi ne la met-on pas à Manicomio ?

— Elle fait la grève de la faim si on l'enlève de sa fenêtre. Et son administrateur a tout intérêt à la faire vivre le plus longtemps possible. C'est son gagne-pain. Mais avant de devenir idiote, Madame leur en a fait voir de toutes les couleurs à tous pendant des années !

— Il me semble qu'elle finit plutôt mal.

— En tout cas elle possède toute la Via del Corno. Et je crois que toute idiote qu'elle est, nous sommes moins heureux qu'elle. Quand on pense qu'elle peut cracher sur la tête des gens tant qu'elle veut !

Il se mit à rire et elle aussi.

— Tu es une fille gaie ! dit-il.

Puis il ajouta :

— Si Adele est fiancée avec ton frère j'ai l'impression que Piccarda s'entend bien avec Gigi.

— Comment le sais-tu ?

— Je l'ai deviné. Et toi, tu as ton cavalier ?

— Moi, non, et toi ?

— Moi certainement pas !

Ils se mirent à rire de bon cœur, comme rient les enfants. Toutefois, quand ils eurent fini de rire, ils se sentirent gênés ; alors, pour changer de conversation, il lui posa une question au hasard et timidement :

— Tu ne vas plus en classe ? lui demanda-t-il.

— Non, j'ai fini ; et toi ?

— Moi aussi bien sûr puisque je suis plus âgé que toi !

— Moi, je suis allée jusqu'à la 4ᵉ ; et toi ?

Il resta un moment incertain puis répondit :

— Jusqu'à la 6ᵉ. J'ai passé mon examen !

Alors elle le regarda d'un air malicieux et lui dit :

— Tu en es bien sûr ?

— Tu lis dans les pensées ? Ça marchait en italien ?

— Non, et toi ?

— Oh ! moi, c'était ma partie !

— Moi, je réussissais bien en géographie. Qui sait pourquoi ? Il n'y a que deux ans et je ne me rappelle plus rien !

— Tu travailles ? quel métier fais-tu ?

— Modiste, et toi ?

— Moi, je n'ai pas de travail depuis une semaine. Je travaillais chez un coiffeur mais ça ne me plaisait pas.

— Pourquoi n'entres-tu pas dans une imprimerie ? C'est un beau métier ! Mario gagnait déjà presque dix lires par jour et il avait à peine vingt ans. Mon frère aussi apprend ce métier !

— Qui est Mario ?

— Le plus beau garçon qu'on ait jamais vu Via del Corno ! Mais il n'y est pas resté longtemps ! Les premiers temps qu'il était là, les grandes personnes étaient plus gaies. Maintenant il est parti avec Milena ; il paraît qu'ils sont en France !

— Et Milena, qui est-ce ?

— Mon vieux, chaque chose à son tour ! Les histoires de la Via del Corno devraient se chanter sur la guitare ! et le plus beau c'est qu'il ne se passe jamais rien, dirait-on. Je n'y comprends rien !

Il eut alors une réflexion qui dépassait son âge :

— C'est la vie !

Elle se rappela une expression familière à Maciste et dont il usait surtout l'hiver, pendant les parties de tombola, car elles le rendaient plus loquace. Elle la prit d'ailleurs à son compte et la jeta en guise de plaisanterie :

— Avec tenants et aboutissants !

Et elle rit ; puis elle reprit :

— Tu as vu l'annonce ? Dimanche à l'Olimpia il y a « Stenterello brasseur à Preston ». Tu y vas ?

— Ridolini ne te plaît pas et Stenterello te plaît ?

— J'aime aussi Ridolini ; je t'ai dit non, pour voir ce que tu dirais !

— Alors nous avons des goûts communs ?

Il mit dans sa question une certaine intention qui n'échappa point à Musetta.

— Attends un peu avant de me faire une déclaration, dit-elle. Il se pourrait que je sois déjà prise !

Elle rougit, et elle seule, cette fois. Elle regarda tout autour d'elle pour se donner une contenance, puis elle ajouta d'une voix changée :

— Je parle comme une poissarde, hein ? Dis la vérité !

— Je crois que tu veux te montrer différente de ce que tu es, une brave petite fille ! Mais un peu mal embouchée, ça oui ! Et crois-moi, ça ne te va pas.

— Il faut me pardonner ; ce soir, je suis dans tous mes états, ça me soulage de parler.

— Que t'est-il arrivé ?

— Ça n'a pas d'importance !

Ils étaient arrivés Piazza San Firenze. Devant eux il y avait la via dei Leoni, le bord de l'Arno au fond et le tram qui passait.

— Pourquoi ne ferions-nous pas encore un tour avant de rentrer ? dit-il.

— Non. J'aimerais bien parler avec un garçon bien élevé comme toi ; mais je vois que tu prends déjà la chose au sérieux ! Peut-être vous, hommes, êtes-vous tous comme ça !

et puis je ne t'ai pas dit que moi aussi je suis fiancée avec
un garçon de ton âge, à peu près ; un de San Frediano ; il
travaille chez un boulanger.

— Et ce soir vous vous êtes disputés !

— Pas ce soir, hier !

— Et pourquoi, si je peux savoir ?

Ils s'étaient arrêtés devant les marches du Tribunal. On
faisait cercle autour d'un marchand ambulant qui vendait des
mouchoirs et des coupes de tissu pour costumes. Renzo répéta
sa question. Elle resta un peu songeuse et regarda la rangée
des fiacres parqués Via Condotta. Le marchand de journaux
annonçait les éditions du soir, de l'intérieur du kiosque.

— C'est une chose dont tu peux faire ton profit, toi aussi !
Nous nous sommes disputés parce qu'il s'est inscrit à l'Avant-
Garde. Jusque-là encore il n'y aurait pas grand mal !

— Il n'y a rien de mal en effet, dit-il. J'ai l'intention de
m'y inscrire moi aussi. Pour l'instant je suis dans les Explo-
rateurs Catholiques ; mais ce n'est pas agréable du tout.

— Je sais ; ils vous obligent à écouter la messe et à com-
munier !

— Et ils nous défendent de nous arrêter dans la rue avec
les filles ! dit-il en souriant ; puis il ajouta :

— A l'Avant-Garde, au contraire, ils vous font faire des
essais au revolver. De vrais revolvers, tu sais ? de vraies
balles ! et dans quelques mois il y aura un grand rassemblement à Rome, tous frais payés ! Il a dit que la Révolution
compte surtout sur les plus jeunes pour la défendre contre
ceux qui voudraient la juguler.

— Ah oui ! dit-elle, juguler ! et elle articula le mot pour
en saisir le sens.

— Alors quel mal y a-t-il si ton fiancé s'est inscrit à
l'Avant-Garde ?

— Mon ami a les mêmes idées que toi ! Pendant des
jours et des jours il m'a rebattu les oreilles avec son instructeur qui est ci et ça, Dieu le Père, quoi ! Puis on en est venu
à parler du Centurion Bencini ? c'est-à-dire du comptable
qui habite au numéro 1 de la Via del Corno !

— Eh bien! je le connais de vue!

— Nous, par contre, nous le connaissons personnellement!

Elle se sentait proche des larmes, troublée et désespérée.

— Comme ça peut justement t'être utile, il faut que je te dise que...

Elle ne finit pas la phrase ; elle s'effraya elle-même de ce qu'elle allait dire. Elle regarda çà et là avec des yeux de chatte malade puis se reprit à sourire et redevint la Musetta que Gigi Lucatelli appelait mauvaise langue!

— Ainsi, dit-elle en marchant de nouveau, tu n'as pas de travail ?

Il était tout entier absorbé par sa présence et suivait ses changements d'humeur avec la condescendance d'un garçon qui se lie avec une fillette qui lui plaît et à qui déjà il se confie volontiers.

— Demain, dit-il, j'entre dans une étude d'avocat. Ils me donnent trente lires par semaine.

Elle le regarda, étonnée.

— Mais commis dans un bureau, ce n'est pas un métier! Qu'est-ce que tu feras quand tu seras grand ?

— Mon rêve est d'être aviateur! dit-il candidement.

Il l'amusait autant que Stenterello et Ridolini décidément!

— Quelle drôle d'idée! Un aviateur Via del Corno!

Le rire de la fillette le démonta et le vexa un peu.

— Tu aimes le chewing-gum ? demanda-t-il pour dire quelque chose. — C'est une nouveauté! tiens! Il y a un peu de poussière dessus parce qu'il était collé au fond de ma poche, mais si ça te plaît !

Et il pensa qu'il avait eu un geste de gosse.

*Naples, 3 février — Florence, 14 septembre 1946.*

**FIN**

« Bibliothèque Albin Michel »
au format de poche :

*La reproduction photomécanique,*
*l'impression et le brochage*
*de cet ouvrage ont été réalisés*
*par l'imprimerie Pollina à Luçon*
*pour les Éditions Albin Michel*

N° d'édition 9394. N° d'impression 10049
*Dépôt légal avril 1988*